KATE LORD BROWN creció en una zona tan agreste como bonita de Devon, Gran Bretaña, y publicó su primer libro antes de terminar los estudios. Tras cursar Filosofía en Durham e Historia del Arte en el Instituto Courtauld, trabajó como asesora de arte de las colecciones de diversos palacios y embajadas en Europa y Oriente Próximo. En agosto de 2012 obtuvo el máster con honores en Escritura Creativa por la Universidad Metropolitana de Manchester. Vive en Oriente Próximo con su familia.

Papel certificado por el Forest Stewardship Council®

Título original: *The Perfume Garden*

Primera edición en B de Bolsillo: mayo de 2014
Primera edición con esta encuadernación: diciembre de 2024

© 2012, Kate Lord Brown
First published by Atlantic Books Ltd.
© 2014, 2024, Penguin Random House Grupo Editorial, S. A. U.
Travessera de Gràcia, 47-49. 08021 Barcelona
© Paula Vicens, por la traducción
Diseño de la cubierta: Estudio Ediciones B
Imagen de la cubierta: © Thinkstock

Printed in Spain – Impreso en España

ISBN: 978-84-1314-921-9
Depósito legal: B-22.327-2024

Impreso en QP Print

BB 4 9 2 1 A

El jardín de los perfumes

KATE LORD BROWN

Traducción de Paula Vicens

Para VL y KL, PB y DB

He tenido peores despedidas, pero ninguna que siga remordiéndome tanto la conciencia. Tal vez esto sea decir aproximadamente lo que solo Dios podría demostrar a la perfección: que la individualidad comienza con una partida y el amor se demuestra dejando partir.

CECIL DAY LEWIS

Podéis marcharos orgullosos. Sois la historia, sois la leyenda.

LA PASIONARIA
Discurso de despedida a las Brigadas Internacionales,
Barcelona, octubre de 1938

Lo que pervive de nosotros es el amor.

PHILIP LARKIN

1

España, septiembre de 1936

En el postrer otoño de su vida, la joven estaba tendida sobre la hierba susurrante, al sol de Andalucía. Las nubes pasaban lentamente mientras seguía con la mirada una solitaria mariposa que revoloteaba a escasa altura. Se dio la vuelta, pasó la película de su cámara Rolleiflex y miró por el visor.

—Aquí estás —le dijo Capa, tumbándose a su lado. Entrecerró los ojos mirando hacia la cima de la colina, donde había tres milicianos de pie, con los rifles amartillados, apuntando hacia las montañas del otro lado de la llanura—. Te he buscado por todas partes. Ya creía que había perdido a mi rubita... —Le besó el hombro y su Leica osciló—. Pareces una raposa, aquí escondida en la hierba. —Pegados el uno al otro, con el sol reflejándose en las lentes de sus cámaras, se pusieron a hacer fotos.

—Me aburría. Me ha parecido que ibas a pasarte toda la tarde jugando a las cartas. —Gerda enfocó a los hombres, girando despacio las lentes para que la imagen fuera nítida, en primer plano los tallos herbosos y, en segundo, las caras sudorosas de los milicianos. El sol caía a plomo sobre ellos, implacable, y las cigarras chirriaban en la colina.

—Aquí no pasa nada, solo hay hombres formando y comiendo el mejor jamón del pueblo. —Capa avanzó poco a poco, apoyando los codos en la tierra seca.

Ella se lamió los labios, saboreando el polvo, la sal en su piel. De repente se dio cuenta de que tenía hambre, pero la luz era tan buena y había tanta claridad esa mañana que no había querido perderse la oportunidad de conseguir la foto perfecta.

—Necesitamos algo bueno que mandar a la revista *Vu*, André. Ya es hora de que regresemos a Madrid. ¿Dónde estamos, además? ¿Cerca de Espejo?

—Sí, cerca de Córdoba. Creo que vamos hacia Cerro Muriano. —Capa movía la cámara de izquierda a derecha.

Gerda lo notaba distraído, como en otra cosa. Solía estar así cuando trabajaba, atrapado en el instante de la fotografía. Se acordó de haber estado persiguiendo una mariposa de niña, en Alemania, intentando atraparla con las manos. A veces la fotografía era eso mismo para ella: un fogonazo de color y luz perfecto justo fuera de su alcance. Los dos eran cazadores, se dijo, cazadores de luz. Se dio cuenta de que Capa había enfocado el objetivo en un miliciano que, de pie, solo en la colina, tenía el rifle en la mano derecha. El hombre llevaba una cartuchera de piel por encima de la camisa blanca, pero parecía más un civil, un joven cazando conejos, que un combatiente.

—Los tenemos demasiado lejos. —Capa reptó hacia delante sobre el vientre—. ¿Qué te digo siempre?

—Si la foto no es buena, es que no estás lo bastante cerca. —Gerda se apartó el pelo rubio cobrizo de la cara.

Capa sonrió y luego soltó una risita que fue como un arrullo.

—Estás aprendiendo. —Cerró el puño y lo levantó—. ¡Adelante! —Los dos subieron gateando la colina, riendo como niños. Las alpargatas se deslizaban silenciosas por la hierba seca.

—Aquí —dijo ella, mirando por el visor. Disparó un par de fotos en las que capturó a dos soldados con el rifle apuntando al cielo, al igual que la hierba que pisaban, con los rostros morenos, del mismo color que la tierra.

Capa se puso de pie y caminó decidido hacia ellos.

—¡Salud!

En la cima de la colina, Gerda se acuclilló para comprobar la película. Al incorporarse, conteniendo el aliento, repasó los grupos de soldados republicanos que había a lo lejos: siluetas delgadas y desharrapadas acurrucadas entre la hierba y repartidas por la colina como ovejas pastando, con un vasto cielo de El Greco punteado de nubes hinchadas sobre sus cabezas. Se apretó el cinturón de cuero que llevaba al cinto del mono azul y palpó la pistola. Por una vez, no estaban en primera línea del frente, pero sabía que no tardarían en volver a estarlo. Achicó los ojos y miró cautelosa a lo lejos, hacia la bruma morada de las montañas situadas al otro lado de la llanura. Incluso allí, lejos del frente, seguía existiendo el riesgo de que hubiera francotiradores. Se sacó del bolsillo de la pechera un lápiz de labios escarlata y se lo aplicó. Se alisó el arco de las cejas y se quitó el polvo de las mejillas. Capa se rio y ella lo miró, sonriente.

—Acabo de hablar con los chicos. Nos vamos —dijo. Mientras caminaba hacia ella, Gerda notó el familiar acelerón del deseo. Siempre era así, desde el momento en que lo había visto por primera vez en París—. Hacemos un par de fotos más y volvemos a Madrid.

Ella le pasó la mano por el pelo, espeso y moreno, y le levantó la barbilla.

—Vámonos al hotel...

—Pues mira —dijo Capa, pasándole el brazo por la cintura—: es la mejor idea que he oído en todo el día, señorita Taro.

—Francamente, lo único que quiero es tomar un baño caliente y dormir en una cama limpia, señor Robert Capa. —Le miró brevemente de reojo, zafándose de su abrazo.

—André —le gritó él cuando ya se alejaba—. Para ti no soy Capa. Siempre seré tu André.

—Siempre —dijo ella riéndose. Miró el cielo y se protegió los ojos del sol—. En cualquier caso, Robert Capa tiene tanto de ti como de mí. —Gerda se volvió hacia él—. Los dos hemos creado al mejor fotógrafo estadounidense del mundo.

—¿Decías? —Capa levantó una ceja y le devolvió la sonrisa—. Un día de estos voy a hacer de ti una mujer honrada —le dijo, dejando de rebobinar la película.

Gerda lo miró por encima del hombro y bajó la colina ágilmente, dando saltitos.

—Ya veremos, André. Primero convirtamos a Robert Capa en leyenda, ¿te parece? —En aquel momento lo vio subir corriendo de nuevo hacia la cima de la colina, levantar la Leica y encuadrar a uno de los milicianos. Se oyó el ruido del diafragma, sonó un tiro y, mientras el soldado caía, la cámara congeló su imagen, entre el cielo y la tierra, para la posteridad.

2

Londres, 11 de septiembre de 2001

¿Sabes, Em? El inconveniente es que ellos, me refiero a los médicos, han dicho que me dará una sensación de «conclusión» (qué palabra tan horrorosa) dejarte una carta. Les he dicho si realmente creen que puedo destilar el valor de toda una vida de experiencia en una carta. ¿Puedo resumir todo cuanto querría decirle a mi hija en unas cuantas hojas de papel? No puedo. Me conoces. Siempre me enrollo, ¿verdad, cariño?

Emma se acordó entonces de Liberty, su madre, sentada a la mesa de la cocina en casa de su abuela Freya. Seguramente sería a finales de los setenta, porque, recortado contra el sol matutino, el pelo de Liberty formaba un halo rizado a lo Kate Bush y en la radio sonaba Blondie. Gesticulaba con los brazos mientras hablaba, y Freya se estaba partiendo de risa. Emma, ovillada en la cesta del perro, junto a la estufa, se comía una tostada haciéndole carantoñas al nuevo cachorrito de dogo de Charles. Eso es lo que recordaba: el aroma del hogar, de café colado, tostadas recién hechas, el olor de las galletas secas del perro que le tocaba con la pata la chapa de esmalte verde de delegada del colegio que llevaba prendida en el jersey de lana. Algunos recuerdos se basan en imágenes o canciones, pero en el caso de Emma siempre en fragancias. Liberty la había educado bien y, ya de niña, detectaba instintivamente las notas armónicas del aroma que le hacía evocar el hogar.

—Emma, levántate, cariño —le había dicho Freya—. Mira el uniforme del colegio. Lo llevas lleno de pelos.

Emma recordaba la calidez del perro, el delicioso cuerpo canela meneándose entre sus manitas. Recordaba el modo en que Liberty le había hecho cosquillas hasta que las dos estuvieron en el suelo riéndose con el perrito brincando alrededor. Cuando su madre la había abrazado, Emma había inhalado su perfume. Rosas: Liberty siempre olía como una rosaleda en plena floración; un aroma cálido, luminoso, un puro *soliflore*.*

Como verás, me he entusiasmado un poco. Te he dejado una caja llena de cartas, una para cada ocasión que se me ha ocurrido. Además, he adjuntado mi último cuaderno. Me gusta imaginarte retomándolo allí donde yo lo he dejado, Em. Prométeme que lo continuarás. Úsalo. Llénalo de cosas hermosas.

Emma apoyó el codo en la maleta que tenía al lado. Llevaba meses viajando, pero cuando el autobús de dos pisos número 22 iba dando bandazos entre el tráfico a la hora punta del almuerzo por King's Road, tuvo la sensación de que los días desaparecían. Era un día gris y frío típico de Londres y un ligero viento de otoño hacía revolotear las hojas en las aceras. Nada había cambiado aparte de ella. Las náuseas que durante meses la habían acosado volvieron y rebuscó un caramelo de menta en el bolsillo. El forro estaba

* Perfume con una sola dominante floral.

roto y, mientras leía la nota de Liberty, metió el índice en el dobladillo, buscando en vano.

Había vuelto a la última página del cuaderno de su madre un centenar de veces, con el lapicero preparado, y se había quedado helada, incapaz de continuar donde Liberty lo había dejado. Nada parecía lo bastante hermoso. Emma repasó la nota una última vez. Era la única que se había llevado en sus viajes, y la había leído tantas veces que el papel se estaba rompiendo por las dobleces. Las cartas las estaban esperando, sin abrir, en una caja negra lacada, en el estudio de Liberty. Después de la lectura del testamento de su madre, Joe se había ido y ella se había quedado sentada mirando la caja durante horas, hasta que la luz del amanecer se había filtrado por el tejado de cristal en pendiente. La había puesto en el centro del escritorio de Liberty: un órgano de perfumista consistente en gradas semicirculares de estantes llenos de frascos, cada uno de los cuales contenía una nota de fragancia. Así le había enseñado Liberty su arte: a pensar en cada esencia como en una nota musical, en cada frasco del órgano como en una llave. Allí había compuesto Liberty todas sus obras maestras, allí había jugado Emma de niña. Era el lugar donde todavía sentía la presencia de su madre con más fuerza.

El ruido de las botellas de leche que le estaban dejando en la calle la había sacado de su ensoñación y finalmente había destapado la caja. No estaba demasiado segura de lo que esperaba de Liberty: un estallido de confeti, una serpiente de papel que le saltara a la cara. Rio aliviada cuando vio que su madre simplemente había pintado el interior de naranja, su color preferido. Le temblaban las manos al coger la hoja suelta de papel que cubría un fajo de cartas atado con una cinta de terciopelo color cereza y el cuadernito negro.

El primer sobre ponía: «Sobre la familia.» A Emma se le llenaron los ojos de lágrimas al leer la nota adjunta.

Te quiero, Em. Estoy tremendamente orgullosa de la mujer en la que te has convertido. No soporto la idea de dejarte, pero tienes que saber que mi amor va contigo, que siempre te acompañará. Sé que ese amor pervive.

MAMÁ

Había estado tentada de abrir todos los sobres aquella mañana, de tragarse ávidamente las palabras de Liberty. Simplemente leyendo la nota una y otra vez la sentía más cerca. Pero había esperado. Cuando le había dicho a Freya que había decidido dejar las cartas en Londres mientras viajaba, su abuela se había reído.

—¡Qué propio de ti, Em! —le había comentado—. Siempre reservando los regalos, incluso de niña. Nunca he conocido a nadie capaz de hacer durar una tableta de chocolate tanto como tú.

Emma inspiró profundamente y miró por la ventana.

Había llegado a su límite. «Puede que sea hora de dejar de lo mejor para más tarde», pensó. Dobló la nota, la metió en el cuaderno Moleskine de su madre que tenía sobre el regazo y hojeó por encima las páginas iluminadas con la escritura florida de Liberty, captando brevemente palabras como «neroli», «duende», «pasión». Su madre había pegado recortes e intercalado fórmulas en las anotaciones sobre el perfume en el que estaba trabajando: fotos de naranjales, de cielos de un azul punzante, un anuncio de periódico amarillento de una exposición de Robert Capa. Era la famosa foto *Muerte de un miliciano*. Emma pasó el dedo por la cara del soldado, preguntándose qué habría estado pensando en el momento en que la muerte lo alcanzó mientras bajaba corriendo por aquella colina. Se preguntó lo que vio mientras caía. Tocó el papel y sintió el contorno de algo que había debajo. Dio la vuelta a la página y apoyó la mano en el sobre más pequeño que Liberty había dejado en la caja de las cartas. En él, su madre había escrito una dirección: Villa del Valle, La Pobla, Valencia, España. Dentro solo había una antigua llave. «Tengo que preguntarle a Freya si sabe algo de esto», pensó. Emma se había pasado la noche en vela el día que había abierto aquel sobre, dándole vueltas a la llave y a las posibilidades que planteaba. «Típico de mamá», había pensado, recordando todos los viajes mágicamente misteriosos en los que Liberty la había embarcado de niña, en la sucesión de pistas que le dejaba para que siguiera su rastro hasta regalos escondidos. La búsqueda, la expectativa eran siempre más divertidas que el regalo en sí. Emma sonrió con tristeza, metió el sobre otra vez en el cuaderno y fue pasando las páginas, mirando la cara melancólica y serena de una madona, una foto de un muro blanqueado cubierto por una buganvilla. Las anotaciones se iban volviendo menos densas, la letra menos segura hacia el final. Notaba que Liberty había estando mirando hacia el pasado tanto como hacia el futuro. Al lado de una etiqueta pegada de Chérie Farouche, el perfume que Liberty había creado para Emma cuando esta cumplió los dieciocho, había escrito: «"Algunos perfumes son como niños, inocentes, tan dulces como oboes, verdes como la hierba de los prados." Baudelaire.» Seguía siendo el perfume de Emma. Olía al principio a lluvia en un jardín y, luego, cuando las notas verdes se evaporaban, a Emma le recordaba la tierra y se veía recogiendo flores en el bosque con su madre. Las notas dominantes, de jazmín y *muguet*, se fundían a la perfección con la base de sándalo y almizcle. Liberty solía decir que el perfume era como ella: tímido pero sorprendentemente intenso. Había una foto de Liberty con Emma de bebé en la página. Le dio la vuelta, incapaz de seguir soportando la visión de la hermosa y ancha sonrisa de su madre. Se detuvo en el esbozo del nuevo frasco del perfume Liberty Temple, con un apresurado garabato: «¿Jazmín? Azahar... ¡sí!» Luego venían los dolorosos espacios vacíos. Las páginas que su madre le había dejado en blanco para que las llenara. Emma parpadeó al tocar la filigrana de oro del guardapelo que llevaba al cuello. No había esperado que el regreso a casa la trastornara tanto. Durante meses se había estado convenciendo de que estaba sobrellevando la situación mientras asistía como una sonámbula a interminables reuniones. Los países y las habitaciones de hotel eran un caleidoscopio mental. Se puso la mano instintivamente sobre la suave hinchazón del vientre. «Algo hermoso», pensó. Sacó un lapicero del bolso, pasó la mano por la primera página en blanco y escribió: «España.»

3

Cambridge, septiembre de 1936

Las últimas bateas del año se deslizaban por los canales del río Cam, con las hojas de otoño girando en su estela. Charles se metió la carta de su hermana Freya en el bolsillo de la chaqueta de cheviot y se puso cómodo, con las manos enlazadas en la nuca.

—¿Cómo está? —le preguntó el joven rubio sentado a popa, hundiendo la percha.

—¿Freya? Suena espantoso lo de España, para serte sincero.

—¿Iremos o no?

Charles pensó en el ejemplar de *Vu* que había visto la noche anterior, con las fotos de guerra de Robert Capa. Uno de los alumnos del King's College se había subido a una silla del pub enarbolando la revista y gritando para imponerse al ruido del bar que cualquiera en su sano juicio debía unirse a las Brigadas Internacionales y combatir el fascismo en España. Charles había quedado fascinado al ver la fotografía del soldado caído, casi había sentido el impacto de la bala, oído el choque del cuerpo contra el suelo.

—¡Charles!

—Perdona, Hugo. Estaba pensando.

—He oído que hay un tipo en París que pasa a la gente a escondidas en tren o cruzando los Pirineos. Tengo una dirección de la calle Lafayette a la que podemos ir. Un tren de voluntarios sale dentro de dos días de la estación de Austerlitz. Tu amigo Cornford dice que podemos estar en el campo de entrenamiento de Albacete en cuestión de pocos días.

Charles pensó en el titular del noticiario Movietone que había leído la noche anterior mientras, en el cine, el humo de los cigarrillos se alzaba hacia las llamas en blanco y negro de la pantalla: «Guerra Civil tras el levantamiento fascista en un país descontento. Reina la confusión.»

—No sé. Todavía no lo he cuadrado todo con Crozier en el *Manchester Guardian*. Si no hay trabajo para nosotros...

—Entonces seremos soldados comunes y corrientes, como los demás —dijo Hugo, riéndose—. Te estará bien merecido por gastarte todos los ahorros en esa cámara tan tremendamente cara. Podrías haberte comprado un coche, Charles. Personalmente, yo me habría contentado con un lápiz y un cuaderno.

—La fotografía es el futuro, Hugo. Cuando la gente ve una foto, o una película, se cree lo que escribo porque lo recalca. —Hizo una pausa—. A lo mejor he sido un poco imprudente, sin embargo. Si no conseguimos ese trabajo, no podré permitirme el billete.

—Siempre puedes hacer retratos.

Charles puso mala cara, se levantó y cogió la percha.

—Siempre he soñado con ser reportero de guerra.

Hugo fue hacia la popa de la batea. El agua lamía la embarcación.

—¿Las mariposas no son lo bastante emocionantes para ti?

—Siempre puedo volver a mi doctorado dentro de un par de meses, cuando acabe la guerra. —Charles soltó el aire; la embarcación apenas rozaba la superficie del agua—. Creo que muy pocos de mis mentores tienen siquiera un doctorado.

—Hay un montón de caballeros aficionados a los lepidópteros.

—¡Oh, cállate, Hugo! Y, por el amor de Dios, siéntate. Vas a volcar este trasto. —Charles miró hacia el frente. Las nubes se desplazaban rápidamente por el cielo, reflejándose en las ventanas de King's Chapel como un apresurado cortejo nupcial. La lluvia empezó a puntear la suave superficie del río—. Al menos en España podríamos marcar la diferencia.

—Exacto. Mira lo que está pasando en mi país, lo que Hitler está haciendo. —A Hugo se le ensombreció la cara—. No puedo quedarme aquí en una torre de marfil, por mucho que eso complazca a mis padres. Es la primera oportunidad que tenemos de devolver el golpe. Si no lo hacemos, Hitler, Mussolini, Franco... bueno, se apoderarán de Europa entera. —Encendió un cigarrillo y tiró la cerilla al río—. Además, es un país hermoso. No soporto la idea de que lo destrocen.

—Te dije que habíamos vuelto demasiado pronto —dijo Charles. Mientras la lluvia le caía en la cara, recordó el calor del verano en las colinas, cerca de la vieja casa de su amigo, en Yegen, la caricia de la hierba alta y seca en las piernas, el aroma del romero y la lavanda cuando los pisaba cazando mariposas. Pensó en la nieve de Sierra Nevada, en el brillo inusitado que tenían allí las estrellas—. ¿Recuerdas lo hermoso que es? No puedo creer que en ese país se estén masacrando.

—Bueno, es una guerra civil —Hugo exhaló el humo—. Los españoles son muy sanguinarios. Las corridas de toros, el flamenco, los campesinos en mula... siguen en la Edad Media.

—Posiblemente sea mejor que todo eso —dijo Charles,

mirando ociosamente a una mujer con gabardina beige que paseaba un labrador jadeante por la orilla—. También hay pasión. Miran a la muerte a los ojos, la ven como el momento último y culminante de la existencia. —Se inclinó hacia Hugo—. El cementerio es la «tierra de la verdad». Para los españoles, la vida entera es ilusión.

—Sigo diciendo que viven atrasados.

—No. Están en contacto con la tierra. Todavía creen en hechiceras, en la magia blanca, ¿sabes? Creen que vuelan a la luz de la luna y que se reúnen en aquelarres. Tienes que guardarte de las brujas, creo, de la magia negra...

—No seas ridículo —dijo riendo Hugo—. Eres un romántico, Charles, a lo mejor el último de una raza en extinción. —Le tendió la mano a su amigo—. Entonces ¿podemos ir? ¿Estás de acuerdo? El mundo no necesita otro artista alemán de segunda fila y, en cuanto a ti, siempre habrá mariposas.

Charles le estrechó la mano, volvió a acomodarse y se palpó la lana de la chaqueta, notando la carta de Freya en el bolsillo.

—Es nuestra oportunidad. Lo que pasa en España es una versión reducida de lo que podría pasar en todo el mundo. Si no combatimos a los fascistas en las calles de Madrid, dentro de nada los combatiremos en King's Road o Fosse Way.

Freya se acurrucó en la caja del camión que daba tumbos por la carretera hacia Madrid. Llevaba una bata lila enrollada en la cabeza para protegerse del frío.

—¡Maldita sea! —dijo entre dientes cuando pisaron otro bache y la estilográfica le hizo un borrón en la página. Tenía las manos heladas y se inclinaba encima de su ejemplar sobado de *Lo que el viento se llevó*, cuyas páginas azotaba el viento.

España es bastante bonita, como sabes, Charles —escribió en la página en blanco del final—. Simplemente, tienes que venir. Gracias por el pastel de fruta, por cierto. Es un estímulo recibir tus cartas. Parece que haya pasado una vida desde que la gente nos arrojaba flores en la estación Victoria, cuando nos fuimos. ¿Eso fue hace solo un mes? El viaje desde la frontera con España fue excitante. Llevábamos el camión lleno de caramelos de café y regaliz para los niños. Por cada pueblo que pasábamos se nos acercaban corriendo. Las mujeres nos daban naranjas y melones... Charles, no te imaginas la dicha del melón frío cuando tienes la garganta apretada y seca después de haber pasado horas en la carretera.

Hay una desesperada escasez de todo en los hospitales. Las enfermeras están siempre agotadas y pasan hambre, y en invierno será peor, pero no podemos quejarnos. No creerías lo valiente y maravillosa que es la gente con la que trabajo. Este pobre país... No soporto que esta enfermedad, que esta guerra civil, esté partiéndolo en dos.

Ven en cuanto puedas. Por primera vez, tenemos una única opción. El bien debe vencer al mal. No podemos permitirles aplastar esta democracia. Esta es también nuestra guerra, querido hermano.

El camión paró en el primer punto de control de las afueras de la ciudad y Freya levantó los ojos. Pasaban vehículos ininterrumpidamente y oyó voces, el timbre incesante de un teléfono en la garita. Firmó la nota precipitadamente, dobló la hoja y la metió en un sobre que tenía listo para mandar por correo. Desató los brazos de la bata que se había anudado bajo la barbilla y sacudió la melena rubia y corta.

—¡Salud, compañero! —le dijo a uno de los guardias—. ¿El correo?

—No tardará en pasar. —El soldado se acercó para que le entregara la carta y, cuando el camión ya arrancaba, se la puso en la mano abierta.

—¡Gracias!

—De nada.

Freya volvió a sentarse con las demás enfermeras y miró hacia Madrid mientras se acercaban a la ciudad. Había oído que habían incendiado cincuenta iglesias y el humo acre todavía flotaba en el aire, oscuro y sulfuroso. «Ahí está», pensó, repentinamente consciente de que se encaminaban hacia el corazón de la batalla. Miró las caras pálidas de las enfermeras que la rodeaban y vio el miedo en ellas. «Cálmate», se dijo. Le ardían los ojos porque el viento cargado de polvo le daba en la cara.

Las tripas se le revolvieron por la adrenalina porque, imponiéndose al traqueteo de los camiones, oyó en la distancia el primer estallido atronador de la guerra.

4

Londres, 11 de septiembre de 2001

Emma saltó del autobús a la acera. Pétalos de rosa y hojas de fresno se arremolinaban en los escalones de la oficina del Registro de Chelsea como corazones y huesos. El abrigo negro aleteaba mientras caminaba a grandes zancadas entre el gentío, taconeando con sus pulcras botas marrones, tirando de la maleta plateada con las etiquetas de la compañía aérea. Se detuvo a mirar una pareja de recién casados que se abrazaban en la puerta. Sus amigos los felicitaban y ella salió. «Tendríamos que haber sido nosotros», pensó, buscando en el bolso porque sonaba el teléfono.

—Hola, soy Emma Temple —dijo, sujetando el móvil entre la barbilla y el hombro y doblando hacia Flood Street.

—Gracias a Dios. Estaba muerta de preocupación. ¿Ya estás en casa? —le preguntó Freya.

—Acabo de llegar —sonrió parando frente a los Chelsea Manor Studios. Un grupo de jóvenes turistas alemanes tomaban fotos en la entrada. Se apartaron para dejarla pasar y uno de los chicos tiró de su maleta hasta la puerta.

—Gracias —le dijo ella.

—Es de *Sergeant Pepper*, ¿verdad? —dijo el chico—. ¿Los Beatles?

—Sí, eso es. Tomaron la foto de portada en el estudio de mi madre. —Emma estaba mareada por el *jet lag* y tenía los ojos enrojecidos. Lo único que quería era dejarse caer en la cama, pero aquellas caras jóvenes la emocionaron. Le indicó por señas al muchacho que le diera la cámara y les sacó una foto. Cuando los adolescentes ya se iban se apoyó en la puerta y abrió el móvil—. Perdona. Acabo de llegar ahora mismo. El vuelo llevaba cierto retraso.

—Hemos trasladado allí todas tus cosas. Está un poco revuelto, lo siento, aunque el estudio siempre lo ha estado, incluso cuando tu madre vivía. —Freya hizo una pausa—. No he abierto las cajas. Supuse que querrías algunas cosas de Liberty antes de instalarte...

—No hay prisa. Gracias por ocuparte de todo. No soporto volver a la casa. —Frunció el ceño—. Así que ella se ha mudado, entonces.

—¿Delilah? —la voz de Freya se endureció—. Sí. Nuestra señora Stafford no pierde el tiempo, aunque no me sorprendería que se mudara a Estados Unidos...

—¿Cómo está? —la interrumpió Emma.

—Bien, él está bien. Eres tú la que me preocupa. ¿Ya has ido al médico?

—Freya...

—Tranquila, que estoy sola. Se han ido todos a comer. No se lo he dicho a nadie, lo prometo.

—Pues sigue así, al menos hasta que yo haya hablado con Joe.

—¡Qué desastre! —dijo Freya—. La mataría, en serio. Delilah siempre ha sido el cuco del nido. Llevo semanas sin hablarle, desde que te fuiste. La atmósfera en la oficina es horrible.

—Ya lo supongo. Siento que todos os hayáis visto metidos en esto.

—¿Por qué te disculpas? Nada de esto es culpa tuya, Emma. Como siempre te digo, eres demasiado amable. Cuando pienso en lo que te ha hecho... Esa mujer se coló en la compañía y luego...

—Ella no lo obligó a escogerla, ¿sabes? Fue decisión de Joe.

—Sé que es una actitud poco cristiana, pero estoy que me muero por ver la cara que pone Delilah cuando se entere de que estás embarazada de él.

Emma se sentó en la maleta y apoyó la cabeza en la pared.

—Estoy encantada con el bebé, claro, pero no puedo decir que me sienta orgullosa de esto. Ya estábamos separados cuando... —Emma pensó en el día de la lectura del testamento de su madre.

—Acababais de separaros. Es perfectamente comprensible que todavía os necesitarais. Espero... Bueno, esperemos que él le vea sentido.

—Es demasiado tarde, Freya. Quiero decir que, cuando vino conmigo esa noche, estaba optando por mí. —Emma hizo una pausa—. Por eso tuve que irme. Me sentía como una completa idiota.

—No. No eres ninguna idiota. ¡Oh, esto me parte el corazón! Los dos erais unos críos cuando os conocisteis.

—Posiblemente habría sido diferente si hubiera aceptado casarme con él.

—Tonterías.

—Joe siempre ha sido mucho más tradicional que nosotras.

—No. Delilah llevaba años detrás de él. —Freya chasqueó la lengua, enojada—. ¿Sabes qué? Tuvo las narices de decirme que ella lo había visto primero, ¡que tú se lo quitaste!

—Espero que no te lo haya hecho pasar demasiado mal mientras he estado fuera.

—No te preocupes por mí, cariño. Puedo manejar a la señora Stafford: mi gato tiene más carácter.

—En cualquier caso, ellos dos solo eran amigos cuando nos conocimos en Columbia. —Emma tenía el ceño fruncido. Siempre se había preguntado si eso era cierto—. ¿Sabes lo que me dijo la última vez que lo vi? Que estaba hecho un lío. Dijo que nos quería a las dos.

Freya murmuró algo entre dientes.

—Joe no está hecho para relaciones sentimentales complicadas. No sabe lo que hace, todavía sigue triste por tu madre —dijo.

Emma se frotó el caballete de la nariz.

—Estaba tan destrozado como nosotras cuando mamá murió.

—Estaban muy unidos. En cierto modo me alegro de que Liberty no esté aquí para ver todo esto, aunque le habría encantado ser abuela. Yo me siento un carcamal cuando pienso que seré bisabuela... —La voz de Freya se oyó más lejana cuando cubrió el auricular para hablar con alguien—. Oye, están volviendo a la oficina. ¿Vas a venir?

—Dentro de un rato. Voy a darme una ducha. —Tras una pausa, añadió—: Supongo que debería llamar a Joe.

—Está en Nueva York. Bueno, los dos están en Nueva York.

—¿Delilah se ha ido con él?

—Pues claro. No iba a poner en peligro el trato, ¿verdad? No ahora que huele el dinero. Espero que no te estés precipitando con esto. No tienes por qué vender la compañía, lo sabes.

Emma suspiró.

—Sí, lo sé. Ahora ya no hay nada para mí aquí. Hemos pasado años levantando el negocio, pero la oferta de los americanos es demasiado buena para rechazarla. Es un nuevo comienzo.

—A tu madre no le gustaría nada. Siempre quiso que fuera un negocio familiar y que lo llevarais los tres. Jamás habría dividido la compañía entre vosotros en el testamento de haber sabido lo que tramaba Delilah.

—¿Qué puedo hacer? Mejor que no se enterara de su aventura. —Emma cerró los ojos—. Me alegro de que no lo hiciera. De todos modos, ahora Joe y Delilah poseen el interés mayoritario. No podemos hacer nada. Cuando hayamos vendido, podré seguir adelante.

—¿Te parece? Ya sabes que los americanos querrán que te quedes: Liberty lo arregló para que tú fueras el rostro de la compañía.

—Solo era la fachada. Todos juntos levantamos la marca. —Se le ensombreció la cara. Por la calle pasaba una fila de alumnos de educación infantil de Hill House. ¿Cuántas veces habían caminado de la mano ella y Liberty, volviendo a casa desde el colegio?

«Todos esos preciosos sencillos momentos... se han ido.» Se le hizo un nudo en la garganta y sintió el escozor de las lágrimas. Por muy duro que trabajara Liberty, siempre iba a recogerla. A menudo llegaba tarde, pero iba. Después de clase y por la mañana temprano eran los únicos ratos que Emma tenía a su madre para ella sola. «Fuimos y vinimos centenares de veces y solo me acuerdo de un puñado de momentos.»

—Es una verdadera pena, después de todo lo que hemos trabajado.

—¿Eh? No. Ha llegado la hora de empezar de nuevo. Mira... por fin podrás jubilarte —bromeó Emma hurgando en su ajado bolso Mulberry intentando encontrar las llaves.

—¿Yo? —Freya soltó una breve carcajada que le salió del alma—. Eso dice Charles. Nunca me jubilaré. El trabajo me mantiene viva. Si no estuviera trasteando en la oficina y metiéndome en todo, ¿qué haría?

Emma sonrió. Liberty nunca había tenido el valor de obligar a Freya a jubilarse.

—¿Cómo está Charles?

—Como siempre.

—Siento haberme olvidado de tu cumpleaños el mes pasado.

—Casi prefiero olvidar que tengo ochenta y cuatro años, cariño. ¿Por qué no te pasas y comes algo con nosotros?

—Gracias, pero me tomaré un bocadillo en la cafetería. Solo quiero arreglarlo todo aquí lo antes posible y marcharme a España. Necesito empezar de cero.

—Sí —dijo Freya, arrastrando la palabra—. Tenemos que hablar de eso en serio.

—Por favor, no empieces. Sé que detestas la idea, pero es justo lo que me hace falta. No tenía ni idea de que mamá hubiera comprado allí una casa.

—Cariño, no es en absoluto como tú crees. Sé que te estás imaginando una finca preciosa con jazmines trepando por las paredes.

—¡Qué va! —Eso hacía, claro.

—España... —Tras una pausa, Freya añadió—: Bueno, me sorprendió cuando tu madre me contó que había comprado la casa.

—¿Por qué no vas conmigo? Ya va siendo hora de que te tomes un descanso.

—No. —Freya fue categórica—. Charles y yo juramos que nunca más pondríamos un pie en España después de todo lo que pasó.

—¿Qué ocurrió? Ninguno de los dos me ha contado nunca...

—Ahora ya no importa —la cortó Freya—. Hace toda una vida de eso.

—¿Tienes alguna idea de por qué mamá eligió Valencia? Fue allí donde tú trabajaste de enfermera, ¿verdad?

—En Valencia, en Madrid... —Freya se aclaró la garganta—. Nos movíamos mucho; íbamos donde hacíamos falta.

—Suena bien. He estado leyendo sobre el tema en internet. ¿Sabes que lo llaman el Edén español? —Emma pensó en naranjales perfumados de azahar, en jardines cargados de jazmín e iglesias frescas con aroma de incienso.

—Claro que lo sé —le espetó Freya—. Es una idea absurda. No sé en qué estaría pensando Liberty. Por lo que dijo, nadie se ha ocupado de la casa desde hace décadas. Seguramente es una ruina y estarás muy ocupada con el bebé. ¡Estás loca! No tienes ni idea del trabajo que da un niño. Necesitas una familia que te apoye.

—Tengo que... —Emma hizo una pausa—. Tengo que hacer esto. —Oyó que Freya inspiraba profundamente.

—Eres tan terca como tu madre.

—Ya lo sé. —Emma miró hacia el extremo de la calle, hasta que el último escolar desapareció—. Sé que puedo conseguirlo. He trabajado toda la vida y, gracias a mamá, tengo ahorros. Puedo permitirme tomarme unos meses, conseguir ayuda para arreglar la casa, tal vez incluso alguien que me ayude con el bebé.

—Lo sé, lo sé. Eres una chica sensata, siempre lo has sido.

—Te prometo que iré y vendré. Solo la usaré en vacaciones, así que no voy a llevarme lejos a tu bisnieto que digamos.

Freya estaba callada.

—Claro. Mira, no quiero discutir cuando acabas de llegar. Ven en cuanto te hayas instalado.

—Eso haré.

—Te quiero, Em —dijo Freya.

—Yo también te quiero, abuelita.

—No me habías llamado «abuelita» desde hacía años.

—Gracias, por todo —dijo Emma, dando vueltas al guardapelo que llevaba al cuello, y enrollándose la cadena en el dedo—. No habría podido pasar por todo esto sin ti, pero lo que ahora me hace falta es empezar de cero.

5

Madrid, septiembre de 1936

—¿Qué pasa? ¿Cómo ha ido el mitin? —Rosa se acercó al café con la mano en la pistola que llevaba al cinto. Iba vestida de miliciana, pero sus movimientos eran rítmicos y precisos, como de bailaora de flamenco, y el apretado cinturón del mono le marcaba una cintura fina como la de una niña. Miró hacia las barricadas de la calle adoquinada y vio tres hombres inclinados sobre un único plato de comida con la bandera republicana, roja, amarilla y morada, ondeando sobre sus cabezas. Los muros, a ambos lados de la calle, estaban cubiertos de carteles revolucionarios. ¡DEFENDEOS CONTRA EL FASCISMO!, rezaba uno, debajo de una esvástica formada por huesos. Rosa se caló la boina y se alisó el pelo moreno que llevaba muy corto en la nuca. Jordi, sentado en el capó del viejo autobús, la esperaba al sol, observando cómo conducían un rebaño de ovejas por la ciudad, escapando de los campos de batalla, camino de Valencia. Se volvió al oír su voz, con el pelo reluciente de brillantina. Cuando la vio, se bajó del capó y levantó el puño en un saludo.

—Señorita Montez. Mi compañera. —Sonrió y la abrazó—. Mi amor —murmuró, besándola—. No te has perdido nada. Un anarquista de Valencia ha cabreado a los comunistas —dijo, besándole el cuello—. No quería que los rusos se involucren: los asuntos de España solo conciernen a los españoles, eso ha dicho en su discurso. —Jordi sacudió la cabeza—. Díselo a Hitler y Mussolini. Están armando las tropas franquistas. Sin los rusos, ¿qué esperanza tenemos los republicanos?

Bajaron los escalones de piedra y entraron en la penumbra del café, que estaba en el sótano del edificio. Detrás de la barra sonaba un disco: «... la música suena y suena y sale de aquí...»

Él le tapó los ojos con la mano.

—¿Qué haces? —le preguntó riendo.

—Tengo una cosa para ti. —Jordi se sacó del bolsillo una larga cadena de oro que le abrochó al cuello—. Feliz cumpleaños. —Le besó los ricitos de la nuca.

—¡Creía que te habías olvidado! —Rosa bajó los ojos hacia el guardapelo de oro y jadeó—. Jordi... ¡qué bonito! ¿Cómo has podido permitírtelo?

—Era de mi madre. Lo cogí el verano pasado en Valencia, cuando Vicente no miraba. ¡Uf! —Se dobló hacia delante porque ella le dio un puñetazo en el brazo—. ¡No tenía que enterarse! Todos mis hermanos se preocupan por el dinero... si Vicente lo hubiera visto lo habría vendido. Mamá siempre lo consideró demasiado bueno para ponérselo. —Abrió con cuidado la cajita de filigrana—. Creo que lo usaban para el perfume antiguamente.

Rosa inhaló y notó el leve rastro de una fragancia.

—Yo he metido dentro una foto tuya y una mía.

Rosa reconoció los retratos del estudio fotográfico que se habían hecho unos meses antes, cuidadosamente recortados para que encajaran en el marco de oro.

—Me encanta —lo besó largamente, saboreando la sal de sus labios, el calor de su piel.

—Prométeme que lo llevarás siempre —le dijo él en un susurro—. Así, pase lo que pase, siempre estaremos juntos.

—Nada podrá separarnos nunca, Jordi.

—No —dijo él, bajando la mano hacia su vientre—. No quiero que sigas combatiendo con nosotros. En cuanto pueda te llevaré a Valencia. Vicente te cuidará. —Cogió una de las últimas rosas silvestres de un bote que había en la barra y se la puso en el ojal.

—No quiero irme. —Rosa hundió las manos en los bolsillos del mono—. Todavía puedo combatir. Estamos juntos. Con eso basta.

Jordi se volvió para abrazar a su amigo Marco, que estaba de pie junto a la barra. Rosa escuchó retazos de conversación de las mesas preparadas para el almuerzo y miró cómo la camarera se movía con maestría entre el mar de soldados.

—Valencia es segura por ahora —decía uno—. La ciudad está llena de estibadores leales a la CNT y en la huerta hay muchos campesinos ricos que quieren seguir cultivando tranquilamente arroz y naranjas en sus minifundios.

—¡Arroz y naranjas! —Marco se rio y codeó a Jordi—. De eso tienes que saber mucho.

—¡Yo no soy agricultor! Soy recortador. —Jordi se subió a la barra de un salto, con la elegancia de un gato. Los de las mesas cercanas lo jalearon y aplaudieron—. ¡Soy el mejor recortador de España!

Rosa lo obligó a bajar, riendo.

Jordi se apartó el flequillo de los ojos.

—El agricultor era mi padre. —Le pasó un brazo por los hombros a Rosa—. Era un terrateniente que perdió sus tierras. Se tragó su descontento ayudado por el coñac y arruinó a mi hermano de por vida. Vicente es un matador frustrado, un carnicero desgraciado que se cree un aristócrata. Bebe en el café hasta las tres o las cuatro, duerme un par de horas, sirve tripas de cerdo a las mujeres del pueblo...

—Y algo más, por lo que he oído —murmuró Marco.

—¿Y tú quieres que me quede con un hombre así? —Rosa se rio, incrédula.

Jordi se encogió de hombros.

—Estarás más segura que aquí. Vicente es apolítico: está a caballo entre las dos opciones. Pero es mi hermano y le quiero. Yo fui una sorpresa para mis padres, que creían que después de tener a Vicente mi madre no podría tener más hijos. Mientras fui niño, él era mi ídolo. —Jordi se volvió hacia ella—. Ya lo verás. Ahora está calvo y tiene la barba y el vello del pecho grises, pero cuando baja al lago todos los días a nadar, después de la siesta, y se quita el albornoz rosa, le queda algo de la plaza, del clamor de la multitud... —Se inclinó hacia ella y le susurró al oído—: Recuerdo el día que Marco y yo lo espiamos. Tenía a la mujer del jefe de la oficina de Correos en el mostrador y estaba con la cabeza gacha como un toro y los pantalones en los tobillos. Sus manos se veían oscuras en contraste con los muslos de ella...

Rosa se rio bajito.

—Te burlas de mí.

—¡No! Espera a verlo en el lago. Vicente se queda de pie así. —Jordi sacó pecho, separó las piernas y, con los brazos en jarras, miró despacio de izquierda a derecha—. Todas las mujeres lo adoran. Las deja fascinadas con sus historias de toros. La manera que tiene de arrojar al suelo su albornoz, como si fuera una capa de seda... —Jordi imitó el movimiento lateral—. Cuando aspira el aire, como un toro, sigue siendo Vicente *el Magnífico*.

—Es verdad —dijo Marco—. Se ha tirado a la mitad de las mujeres del pueblo.

—¿Cómo es que ningún marido ofendido le ha pegado un tiro? —preguntó Rosa.

—Los hombres le tienen miedo o lo admiran, una de dos. —Marco tomó un sorbo de su vaso—. Creo que la marca de los incisivos de oro de Vicente en el cuerpo de tu mujer es como una marca de calidad para algunos hombres... —Mientras los viejos amigos intercambiaban anécdotas sobre el hermano mayor de Jordi, Rosa puso mala cara y prestó atención a las conversaciones que mantenía la gente a su alrededor.

—Al menos ahora no avanzarán hacia Madrid desde el Este —decía un soldado.

Rosa pensó en el Oeste, en el fragor de la batalla. La sangre todavía le rugía en los oídos, un agudo aullido como la réplica de las explosiones.

—Los contendremos en los otros frentes y la carretera de Valencia está despejada.

—Están sacando los cuadros de El Prado, ¿os habéis enterado?

—¿Sabéis lo que dice la derecha? Que los rojos violan monjas...

—Bueno... ¿Qué hay de las emisiones del general Queipo de Llano desde Sevilla? ¿Eh? ¿No habéis oído que ha ofrecido a las mujeres de Madrid a sus tropas como recompensa si saquean la ciudad?

Las conversaciones se solapaban y Rosa se puso a mirar la madera pulida de la barra. Se apoyó en ella mientras Jordi pedía otros tres vasitos de jerez. Las baldosas del café estaban húmedas, recién lavadas, y ella aspiró el olor penetrante de la madera empapada de vino, el aroma salado del marisco. La oferta era patética, se dijo, con el estómago protestando por los días en que el hielo rebosaba de cangrejos y ostras.

«Siempre las mujeres y los niños», pensó, recordando lo que le ocurrió a la esposa de un amigo del sur, a la que había violado un pelotón entero de fusilamiento antes de matarla.

—Queipo de Llano ha dicho que por cada hombre que matemos él matará al menos diez.

Jordi se volvió para interrumpir la conversación.

—Por eso no podemos dejar que gane, compañero. Se cometen atrocidades en ambos bandos, sí... es la guerra, pero Franco se cargará media España si hace falta. Despeñan pueblos enteros.

—He oído que los falangistas están organizando la caza de campesinos a caballo —le dijo alguien a Jordi.

—Lo creo —repuso este—. No hago más que oír informes de que esos fascistas «limpian» los pueblos una vez que han pasado por ellos las tropas, yendo a toda velocidad en los coches de sus padres, con sus novias y disparando las pistolas como si fuera un juego.

«El juego de la vida», pensó Rosa. Recordó los primeros días del verano, después del levantamiento de los nacionales. La gente iba en coche a Toledo como turistas de la guerra, como si fueran a una merienda campestre, para tomar unas cuantas fotos de los nacionales en nombre de la democracia. Conducían hasta el frente como yendo a una fiesta, armados con fusiles, tortillas y botellas de vino, y luego volvían a casa para dormir y hacer el amor. Por todas partes se cantaba, recordó; nunca había oído cantar tanto. Rememoró la excitación cuando los grandes hoteles abrieron sus puertas: allí donde habían cenado los aristócratas, los hombres y las mujeres corrientes comían en los nuevos clubes de trabajadores, con vajilla de porcelana fina. Todo era igual... pero las cosas ya habían cambiado. ¡Había habido tantas pérdidas, tan rápidas y violentas! Las prisiones se habían vaciado y los delincuentes se vengaban. Ellos eran los responsables de las peores atrocidades, no los republicanos, estaba segura. La guerra estaba de repente demasiado cerca de casa.

—¡No es ningún juego! —gritó—. Que vengan y tendrán que luchar conmigo cara a cara a ras del suelo. —El café estalló en vítores y Rosa se volvió porque notaba que Jordi la miraba—. Jordi, no soporto la crueldad —le dijo—. ¿A qué clase de mundo vamos a traer a este niño?

Él sujetó su cara entre las manos.

—A un buen mundo. Crearemos una España libre, una España mejor para nuestro hijo. No temas. Los nacionalistas tienen que aterrorizar a los trabajadores: no tienen otro modo de ganar aparte del miedo. Por eso enseñan los cadáveres, por eso dejan que la gente monte bares en los lugares de las ejecuciones. Para ellos es una cruzada sagrada y quieren infundirnos el miedo de Dios, pero no son más que hombres y les ganaremos.

Rosa miró bajar la escalera a un grupo de hombres, que fueron recibidos con hurras y los puños en alto. El primero levantó el brazo, recortado a contraluz.

—¡Viva la república! ¡Viva la libertad! —gritó Robert Capa.

—¡Eh, Capa! —lo llamó Jordi y, cuando se acercó, lo abrazó—. ¡Felicidades! Todo el mundo habla de la foto del soldado caído. Ahora el mundo despertará y se enterará de lo que pasa en España.

Capa se encogió de hombros.

—Fue un golpe de suerte.

—¿Conoces a mi chica? Esta es Rosa. —Jordi se volvió hacia el camarero—. Una copa para mis amigos.

—No, permíteme. —Capa puso un rollo de billetes sobre la barra.

—¿Quiénes son? —le susurró Rosa a Jordi.

—Fotógrafos, periodistas —le dijo este—. Capa me tomó fotos hace algún tiempo. Servirán para contarle al mundo la verdad sobre España.

—¡Demonios que sí! —dijo Capa. Se volvió hacia Rosa, le besó la mano y la miró a los ojos—. Eres un hombre afortunado, Jordi. Me gustaría fotografiar a tu chica.

—No lo creo —dijo ella.

—¿Por qué? ¿Temes que pueda robarte el alma?

—No creo que sea mi alma lo que te interesa.

La risa de Capa le recordó el ronroneo de un gato. Robert le guiñó el ojo a Jordi.

—Como he dicho, eres un hombre con suerte.

—Lo soy. —Jordi abrazó a Rosa—. Y, ahora mismo, Capa, necesitamos toda la suerte posible.

6

Londres, 11 de septiembre de 2001

La puerta del café Picasso se cerró a su espalda y Emma se subió el cuello del abrigo. Unos cuantos clientes de la zona se entretenían almorzando en las mesas de la acera y uno de los comerciantes del mercado de anticuarios le gritó un saludo. Ella se lo devolvió con la mano y tomó un sorbo de su taza de té mientras esperaba una pausa en el tráfico. El aroma del bocadillo de bacón ahumado que llevaba en una bolsa de papel hizo que su estómago protestara de hambre. Un taxi aminoró para dejarla pasar, así que le hizo un gesto de agradecimiento y cruzó hacia el cine.

Cada losa agrietada le resultaba familiar, cada cara. El aire fresco del otoño, el olor de los tubos de escape y del café... todo era conocido y querido para ella. A veces soñaba despierta con crear fragancias para contener las ciudades en un frasco. «Londres sería fuego de carbón, té y gasolina», pensó. Aquel era su hogar, su rincón en el mundo; sin embargo, nunca volvería a ser lo mismo. Había echado un vistazo al silencioso estudio lleno hasta los topes de cajas de embalaje, se había duchado y se había ido. La caja de laca estaba exactamente donde la había dejado meses antes, rodeada de los aromas del escritorio de Liberty, como el director al frente de una orquesta.

Comió con voracidad mientras pasaba por Habitat, caminando decidida hacia St. Luke's Gardens. Echó la bolsa en una papelera y se terminó el té. El jardín estaba prácticamente desierto, los oficinistas regresaban a sus despachos. Unas cuantas madres llevaban niños en cochecito hacia la zona de juegos mientras Emma se acercaba al que siempre había considerado su banco: suyo y de Liberty. Había estado allí con Freya, Charles y Joe después del funeral, para esparcir las cenizas de Liberty en la rosaleda. Pensar en las flores que saldrían en verano le recordó uno de los primeros viajes en los que la había llevado su madre, a Turquía, para visitar a sus suministradores. Los hombres estaban metidos hasta la cintura entre las rosas y Emma había metido la manita en un saco de pétalos sedosos y perfumados. La fragancia era tan intensa que parecía tener textura, una voluptuosidad de talco. Emma había olvidado la floración única de aquellas rosas. Ahora la tierra volvía a estar desnuda, con los rosales podados para el invierno.

—Hola, mamá —dijo débilmente, sentándose.

Mirando el jardín, mantuvo mentalmente una conversación, diciéndole cuánto la echaba de menos, que al final sería abuela. «Raíces y alas, Em —recordó que su madre le decía—. Eso les das a tus hijos.» Se le ensombreció la cara cuando pasó un autobús rotulado con un anuncio del nuevo perfume de Liberty Temple. El departamento de marketing había trabajado a marchas forzadas para presentar a Emma como la sucesora de Liberty. Emma recordó la última entrevista con *ES Magazine*, cómo Joe había enseñado al periodista su nueva casa, los caprichos que había instalado: el *home cinema*, los carteles de exposiciones de Hirst, el mobiliario que parecía sacado de un catálogo del Museo de Diseño. El fotógrafo, mientras, le había pedido a Emma que oliera las orquídeas de la repisa de la chimenea.

—Pero si no huelen a nada —le había dicho ella.

—Bueno, acarícialas, encanto. Tienes que parecer inspirada. —Había hecho un gesto envolvente con la mano sin molestarse en mirar por el visor.

Mientras Emma acariciaba obediente las orquídeas, había sonado el móvil de Joe en la cocina. Esperaban noticias del hospital sobre Liberty, así que había leído el mensaje. Se había preguntado un centenar de veces qué habría pasado de no haberlo hecho. «Te echo de menos —decía—. Esta noche x.» Emma había oído las pisadas de Joe que bajaba la escalera nueva de panga-panga y puesto rápidamente el teléfono boca abajo, tal como lo había encontrado, y servido una copa de champán para todos.

—¡Es una casa fabulosa! —había dicho el periodista, sentándose en un taburete junto a la reluciente encimera de Corian—. ¿Cuánto hace que viven aquí?

—Poco —había dicho Emma intentando pensar con claridad—. Es todo obra de Joe, en realidad.

—¡Tonterías! —Joe se había sentado en la butaca Eames, al lado de la chimenea, con las manos en la nuca—. Yo me ocupé de los ladrillos y el cemento, pero Emma tiene un ojo excelente. Me encargaba cosas por e-mail. Yo viajo mucho por trabajo. —Las piezas habían empezado a encajar—. Nuestros principales mercados son Japón y Estados Unidos. La madre de Em dirigió una empresa de cosmética durante años, pero a finales de los ochenta nosotros entramos en ella y llegó el gran éxito de la marca de perfumes Liberty Temple. Ahora Emma es el cerebro creativo... la nariz, ¿verdad, cariño?

—¿Perdón? —Lo había mirado. Su cara, tan familiar, de repente le resultaba extraña. ¿Llevaba una camisa nueva de Pinks? Iba tan pulcro como siempre. Aunque no había entrado en el Ejército estadounidense como su padre, su porte y su precisión de movimientos tenían algo de militar. Aquella mañana le habían recortado el pelo en

Trumpers y le habían hecho la manicura. Emma se había mirado las manos: llevaba semanas sin tener tiempo para hacérsela. Haciendo un esfuerzo de concentración, había empezado a contar la historia que había relatado un millar de veces en conferencias de prensa acerca de cómo un negocio familiar iniciado en la mesa de una cocina había crecido hasta convertirse en una de las marcas independientes de perfume más importantes del mundo.

—Mi madre siempre usaba Calèche —había dicho el periodista—. ¿Sabe una cosa? A veces pasa una mujer por la calle que lo lleva y me parece que es ella.

—Exactamente. Me encantan las emociones que nos evocan las fragancias. —Emma tenía un nudo en la garganta—. Me gustaría crear un perfume verdaderamente clásico, como el Chanel n.º 5.

—Sí, estoy seguro de que los contables también estarían en las nubes —había dicho Joe riendo.

A Emma le temblaba la mano cuando dejó la copa.

—¿Sabían en que en algunas partes del mundo la palabra «beso» equivale a «aroma»? No sorprende la relación entre aroma y sensualidad. —Miraba fijamente a Joe.

—Puede que el título de mi artículo sea algo así como «Aroma y sensualidad», ¿sabe?, al estilo de *Sentido y sensibilidad*. A todo el mundo le encanta Jane Austen.

—Lo siento —Emma se había levantado para estrecharle la mano—. Tendrá que disculparme. No me encuentro bien.

Emma se puso cómoda en el banco. Por un momento, se permitió imaginar una vida perfecta en la que Joe y ella seguían juntos. La invadió la nostalgia. A pesar de todo lo sucedido, lo amaba. Nunca sería lo mismo, era lo suficientemente mayor como para saberlo. La confianza había desaparecido, pero había amado a Joe demasiado tiempo para que aquel sentimiento desapareciera de golpe. Emma dio la vuelta al pesado Patek Philippe de hombre y echó un vistazo a la hora. Eran casi las dos. Caminó hacia Chelsea Green, inspiró profundamente, sacó el móvil y pulsó el 1 en marcación rápida.

—¿Em? —respondió él de inmediato—. Llevo semanas intentando hablar contigo por teléfono.

—Qué tal, Joe —dijo ella, igual que siempre. Cerró los párpados despacio recordándolo levantar la cabeza de los libros en la biblioteca de la Universidad de Columbia, con el flequillo rubio sobre los ojos. «Qué tal, Joe.» Volviéndose hacia ella a la luz del amanecer en su primer piso compartido sin cortinas de Battersea. «Qué tal, Joe.»

—¿Dónde demonios estabas? Has estado ilocalizable desde Tokio.

—Pasé por Vancouver para ver a papá.

—¿A tu padre? —parecía sorprendido—. Llevabas años sin verlo.

Emma frunció el ceño.

—Me pareció que ya era hora. Solo quería... No sé lo que esperaba... —Inspiró profundamente.

—Claro, lo entiendo. Después de que tu madre... —se le apagó la voz—. ¿Estás en Londres?

—Acabo de volver. —Esperaba parecer tranquila y calmada. Se acordó de la última vez que lo había visto, después de la lectura del testamento de Liberty, con lágrimas en los ojos de arrepentimiento y pérdida. «Qué tal, Joe.»

—Bien hecho. Los japoneses están encantados. —Tras una pausa, añadió—: Me has tenido preocupado. ¿Estás bien?

—Claro. Pareces cansado. —«Pareces culpable», pensó.

—Sí. Maldita sea... —Lo oyó suspirar—. Ya sabes cómo es esto.

«¿Cómo es esto? —Pateó con rabia una lata de Coca-Cola de la alcantarilla—. ¿El negocio? ¿Estar con Delilah?»

El simple sonido de su voz, con aquel acento de la Costa Este, la mataba. La noche que se había enfrentado a él, en la luminosa cocina de su nueva casa, los dos habían llorado desconsoladamente, como niños, por todo lo destruido y perdido. Fue como si algo que llevaba dentro se liberara. «¿El amor?» Ahora ocupaba aquel espacio una herida, un agujero que lo ansiaba a él, que clamaba por ambos, por todo lo que habían sido. Pensó en el correo electrónico que Charles le había mandado cuando estaba en sus horas más bajas: «Hemingway solía decir que el mundo nos quiebra a todos. Después, algunos se hacen más fuertes en las grietas. Me gusta la idea de que lo que nos quiebra nos hace más fuertes. Agárrate a esta idea, Em. Esto mejorará.»

Se aclaró la garganta.

—Entonces ¿qué tal es estar en casa?

—¿En Nueva York? Sí, siempre es agradable estar de vuelta. Mamá y papá te mandan recuerdos —añadió, incómodo.

Emma se estremeció.

—¿Vas a quedarte?

—Puede ser. Lila se está mudando. —Suspiró—. ¿Has recibido los papeles?

Emma miró a izquierda y derecha mientras cruzaba la calle.

—Ajá.

—Fírmalos, Em. Es por lo que hemos trabajado.

—¿Para vender?

—No. Para hacer una fortuna. Para hacer lo que queramos en un futuro.

—¿Qué futuro, Joe? Nosotros no tenemos futuro. —Dudó antes de proseguir—. ¡Oh, Dios! Te refieres a uno con ella, ¿verdad?

—No sé a qué me refiero. Fuiste tú la que me dejó.

Se lo imaginó pasándose la mano por el pelo.

—¿Qué se supone que debía hacer? Te acostabas con

mi amiga, con nuestra amiga... —Un ejecutivo la miró al cruzarse con ella. Se volvió y protegió el teléfono con la mano—. Menudo tópico, Joe. Creía que tenías más imaginación.

—Siempre estabas tan cansada... Siempre estabas tan... distante.

—¡Trabajaba para los dos! Por el futuro de ambos.

—Sea como sea, hemos tenido que seguir adelante con el lanzamiento de invierno sin ti. Lila ha asistido en tu lugar a las conferencias de prensa.

—Evidentemente, se le da muy bien sustituirme.

—No, Emma. No sirve, es demasiado entusiasta. Hemos reñido. Emma, tengo que verte. He cometido un error estúpido. Ya no sé lo que me hago.

—Tienes razón, Joe. Hagamos una tregua. Todos hemos dedicado años a Liberty Temple.

—No hablo del negocio.

—Lila quiere el dinero, Joe... Eso es lo que siempre le ha interesado.

—Me insiste para que venda, tú estabas ilocalizable y Freya me dice que deberíamos conservar la compañía. Entre todas me dan ganas de desaparecer a mí también.

—Bueno, entonces ¿por qué no lo haces? —le espetó—. En cualquier caso, yo no he desaparecido. He viajado durante meses para intentar asegurar la supervivencia de la marca.

—Te he echado de menos.

—No me digas eso. —Se secó una lágrima, furiosa—. No tienes derecho.

—No es demasiado tarde. Podemos conseguirlo.

—Tengo que dejarte.

—Vale, vale. Luego hablamos. —Lo oyó silbar para detener un taxi, se lo imaginó de pie en el bordillo, con los rascacielos de Nueva York detrás y el tráfico pasando por delante—. Tengo que ir al World Trade Centre. He quedado con los chicos en Windows on the World para desayunar.

«Huevos a la benedictina —pensó ella—. Un expreso doble con dos terrones de azúcar.»

—No dejaré que se vayan hasta que lo tengamos todo ultimado. ¿Me mandarás los documentos por fax cuando llegues a la oficina?

Emma frunció el ceño.

—Sí.

—Gracias por todo. Em... —Tras una pausa, añadió—: Lo siento. Soy un imbécil. Te quiero. Sabes que siempre te querré.

—Bien.

—Dime que todavía me quieres.

—No.

—Dame una oportunidad. Puedo hacerlo bien.

—No —volvió a decir ella, con enfado esta vez—. Nunca volverá a ser lo mismo.

—Te llamaré.

—Hazlo. —Mientras paraba en la puerta del edificio de oficinas Pond Place, tecleó un mensaje de texto.

«¿Me amas? Demuéstramelo. Esperamos un hijo.»

Fue a coger la manecilla de la puerta, de acero pulido, pero dudó y en lugar de abrir se acercó a la puerta roja de al lado y llamó. Mientras esperaba, se imaginó a Freya andando con rigidez, con el bastón de ébano con empuñadura de plata golpeando los crujientes tablones del suelo. Emma oyó que quitaban la cadena de seguridad y, cuando se abrió la puerta, una melodía de Ella Fitzgerald.

—¡Oh, no, eso no, *Ming*! —murmuró Freya, impidiéndole el paso a un gato siamés con el bastón. Miró hacia arriba—. ¡Em!

Emma abrazó a su abuela. Le pareció más delgada, se le notaban más los huesos debajo del jersey de cuello alto de cachemira negro que llevaba.

—Te he echado de menos —le dijo, con la voz ahogada por la emoción.

—Deja que te vea. —Freya la sostuvo a la distancia de sus brazos—. Me encanta ese pelo.

—Gracias. —Emma se pasó la mano por la melena morena hasta los hombros—. Me lo corté en Tokio. Creo que volveré a mi color natural.

—Será mejor. Nada de tinte de pelo en unos meses para ti —susurró Freya, apretándole la mano.

—Entonces ¿me das el visto bueno?

—Bueno, estás un poco paliducha, pero no voy a ponerme a darte la vara cuando acabas de llegar. Entra, entra —dijo, cediéndole el paso—. Charles está en el invernadero.

—Me alegro de verte —dijo Emma, cogiéndola del brazo mientras cruzaban la casa.

«Al menos aquí sigue todo igual», pensó, consolada por el familiar caos del hogar de Freya y Charles. El saloncito amarillo lleno de libros y cuadros abstractos daba a la calle y había un incesante trasiego de peatones y coches por delante de las ventanas de guillotina. Unos gastados *kelims* flanqueaban los sofás y una gran vela con aroma a nardos perfumaba el aire. El fuego ardía en la chimenea y del primer piso llegaba el sonido de una aspiradora. En la cocina, de pequeño tamaño, un aparador lleno de loza azul y blanca y viejas postales hacía juego con una mesa de madera sin tratar, y *Ming* descansaba ocioso en un viejo sillón rojo, al sol, mirando a las dos mujeres con sus ojos turquesa.

—¡Charles! —llamó Freya, arrastrando los pies hacia el invernadero, golpeando el suelo de terracota con el bastón. Entre las plantas, mariposas azules iridiscentes batían las alas en el aire caliente y húmedo, hundiendo la trompa en el néctar. La condensación goteaba de las hojas y una mariposa se posó en el pelo de Emma sin que esta se diera cuenta—. ¡Charles! —Freya sacudió la cabeza—. Seguramente está en el estudio. —Apartó una cortina de cadenillas, abrió la puerta trasera y se apoyó en Emma para bajar el escalón del jardín. Freya caminó con cautela por el empedrado desigual hacia un cobertizo azul celeste y abrió la puerta. Encontraron a Charles inclinado sobre un escritorio, clavando una fritillaria en un tablero de corcho. Emma sonrió. De niña se había pasado horas allí dentro con Charles, ayudando a su tío abuelo a catalogar sus especímenes. Las paredes estaban llenas de cajas de mariposas, un mural de alas en Technicolor. Un dogo entrecano bufó suavemente a sus pies mientras un reloj de pie Mora marcaba el paso de los minutos.

—Hola...

—No te oye —Freya le pinchó suavemente la espalda con el bastón—. ¡Charles! Tenemos visita.

—¿Qué demonios,..? —Se volvió, se puso las gafas en la cabeza de pelo blanquísimo. Su manga izquierda, vacía y sujeta al hombro con un imperdible, osciló—. ¿Acaso quieres que me dé un infarto? —sonrió en cuanto vio a Emma—. ¡Em! —La abrazó con el brazo derecho y ella le besó la mejilla, suave y seca.

—Enciéndelo. —Freya le hacía señas y Charles activó el audífono.

—Es la única manera de tener un instante de paz en esta casa de locos con gente yendo y viniendo todo el día —protestó él, dirigiéndose a Emma.

—Deja de refunfuñar —le dijo Freya—. Cuando no estén los echarás de menos.

—¡Qué alegría verte! Tienes buen aspecto —comentó Emma.

—¿Ah, sí? A nuestra edad uno se alegra simplemente de estar vivo. Nuestros amigos caen como moscas. —Suspiró—. Todos los años hay unos cuantos menos en Jubilee Gardens, en la conmemoración de las Brigadas.

—Ya lo conoces. —Freya cruzó los brazos sobre el pecho—. Siempre lee en primer lugar las esquelas para ver si conoce a alguien.

—No lo hago. ¡Ah, llevas una pasajera, Em! —Charles atrapó la mariposa de su pelo en una cajita de rejilla y cerró la tapa.

Viéndolos juntos, Emma pensó que el parecido de los hermanos era inequívoco a pesar de la edad: ambos eran altos, esbeltos aunque ya encorvados, con los mismos pómulos altos y la nariz aguileña. Mientras que Freya era la viva imagen de la sobria elegancia, sin embargo, a Charles, los pantalones oscuros de pana con marcas de años de fuegos de acampada y cigarrillos le colgaban de las caderas. Mientras el anciano se volvía hacia el escritorio y deslizaba un cristal en el marco, Freya suspiró.

—Mira la pinta que tienes, Charles. Ojalá me dejaras comprarte ropa nueva.

—¿Para qué? —Hundió las manos en los bolsillos cedidos de la chaqueta de punto azul marino y sacó una petaca—. ¿Para qué necesito ropa nueva? —murmuró mientras encendía un cigarrillo liado a mano.

Freya achicó los ojos, irritada, y se quitó un pelo del perro de la manga.

—¡Ahueca el ala, deja de chincharme por tonterías, mujer! —Charles sacudió la mano para echarla.

—Está bien. —Freya se alisó la inmaculada melena gris y se mordió el labio—. Bueno, todos se mueren por verte, Emma. ¿Qué tal si vamos?

Desde la caótica casa que había sido el hogar familiar durante casi setenta años, Freya, Charles y Emma salieron a la acera y cruzaron la puerta del edificio contiguo. El despacho de Liberty Temple era un hervidero. Cuando Emma abrió la puerta principal el aire sacudió las orquídeas del mostrador blanco de recepción. En las oficinas sin tabiques trabajaban frenéticamente muchachas elegantes y hombres lánguidos; se oían retazos de conversaciones en francés, inglés y japonés; olía a rosas.

—Bienvenida a casa, Em —dijo la recepcionista.

—Gracias —repuso ella, entrando con decisión en la zona de trabajo—. Hola a todos.

Freya y Charles esperaron en recepción, mientras los miembros del equipo se congregaban alrededor de Emma para felicitarla.

—Espero que esté haciendo lo correcto —dijo Freya en voz baja—. Ahora esto es lo más parecido que tiene a una familia. Cuando se venda la empresa...

—¿Hablas de Emma o de ti?

Freya le dio un codazo en las costillas.

—¡Eh! ¡No tan condenadamente fuerte! —protestó Charles.

—Yo estaré bien, no te preocupes. —Freya se subió el cuello del jersey negro y cruzó los brazos sobre el pecho—. Me he pasado la vida cuidando de Liberty, Emma y la empresa...

—Exactamente. Las chicas te han mantenido joven.

—A diferencia de a ti.

Charles le hizo una mueca.

—Será mejor que ignore el comentario. —La miró de reojo—. ¿Te mudarás definitivamente a la casa de Cornish?

Freya negó con la cabeza.

—No te librarás de mí con tanta facilidad.

—Te encanta aquello, y no habrá necesidad de... —Charles se quedó sin habla cuando vio la pantalla plana del televisor que había encima de la chimenea. Corrió hacia él y subió el volumen—. ¡Silencio! —gritó. El resplandor de las noticias en directo de la BBC se reflejaba en sus gafas.

—¿Qué pasa? —Freya fue la primera en ponerse a su lado y miró horrorizada el humo que salía del World Trade Center—. ¡Dios mío, no! —Se tapó la boca con ambas manos mientras otro avión se estrellaba contra la segunda torre.

Emma se acercó corriendo.

—No lo entiendo. ¿Qué pasa? —Le pasó un brazo por los hombros a Freya—. Joe está ahí. —Se le quebró la voz—. Acabo de hablar con él hace media hora. Está en la Torre Norte.

7

Madrid, noviembre de 1936

—¡Hugo! —gritó Charles, corriendo para pillarlo. La Undécima Brigada Internacional marchaba por la Gran Vía y él formaba con los artilleros británicos y alemanes del batallón Edgar André. Los rótulos de neón, crudos en la luz otoñal, se encendían y apagaban a lo largo de la calle mientras los madrileños los aclamaban.

—¿Cómo ha ido la comida?

—No hay nada como unos cuantos obuses preprandiales para abrir el apetito. —Volvió su cara pálida y cansada hacia él—. ¿Has tomado fotos?

Charles sacudió la cabeza, negando.

—He pensado que a lo mejor al periódico le gustarían unas cuantas fotografías de hombres y mujeres comunes y corrientes...

—¿No has encontrado a nadie? —Hugo sonrió.

—¿Qué es lo último?

Los fascistas han tomado la universidad —dijo Hugo, marchando al lado de Charles.

—Entonces, menos mal que las Brigadas están aquí —dijo este último, echándose el viejo fusil soviético al hombro—. La Undécima los echará. —Oía a su lado el sonido de los pies marchando, los gritos, las canciones y las bocinas pero, más lejos, el de los fusiles, de las ametralladoras, de los morteros. Se acercaban cada vez más al frente.

—¿Tienes mucha película?

Charles miró las formas cuadradas y elegantes de los nuevos edificios de la universidad que tenían enfrente, amarillos y rojizos contra el cielo distante, ya con remolinos de humo de la batalla.

—Espero tener la suficiente. —Le parecía que toda la ciudad estaba en llamas por el resplandor del cielo. Anduvieron por calles llenas de humo. Trozos de vigas sobresalían como costillas rotas y en las aceras había camillas manchadas y vacías con flores esparcidas. Se pasó la mano por el pelo y notó que lo tenía apelmazado por el polvo. Le pitaban los oídos debido al bombardeo continuo y ensordecedor.

—Espera —le dijo a Hugo. Mientras los hombres marchaban hacia el frente, Charles pasó la película de su cámara y enfocó los rostros como máscaras de una madre con su hijo tendidos juntos, muertos, al final de la calle.

—¿Qué haces? —Un miliciano español lo agarró por el cuello de la camisa—. ¡Buitres! ¡Los periodistas me ponéis enfermo! —Le escupió.

Charles lo miró sin verlo y Hugo lo agarró del brazo y lo apartó.

—Es mi trabajo —dijo Charles—. Estoy haciendo mi trabajo.

Al anochecer las sombras de las palomas se movían sobre los cuerpos amontonados de los hombres. A Charles le pareció que se había abierto la boca del infierno. En el fragor de la batalla había perdido a Hugo. Sabía que tenía que salir de allí, que los coches de la prensa se irían pronto. Corrió ciegamente hacia un portal en el que refugiarse, oyendo las balas que rebotaban a su espalda. Se agazapó. Los ojos le picaban, llenos de humo y sudor. El corazón le martilleaba en el pecho. Agarró la culata caliente de su fusil, comprobó la munición y abrió la puerta con un hombro. Corrió por un aula abandonada, entre pizarras agrietadas y rotas. Los bancos estaban quebrados como cerillas. El agua caía de las tuberías reventadas. Bajó corriendo una escalera destrozada hacia la oscuridad, pisando charcos negros, intuyendo por dónde iba, deseando desesperadamente no encontrar ningún cadáver. Apoyó la espalda en la pared, junto a una ventana rota y echó un vistazo cauteloso a su alrededor, por si había francotiradores. Miró por la ventana, hacia el campus, y vio a las tropas de Marruecos moviéndose a lo lejos, entre la neblina. Tenía que correr. El terror le atenazaba el estómago mientras corría agachado y poniéndose a cubierto. Se lanzó de cabeza al refugio subterráneo más cercano justo en el momento en que se producía una tremenda explosión. La tierra saltó a su alrededor y la fuerza de la deflagración fue como un puñetazo en el pecho. Se acurrucó, enterrando la cabeza entre las rodillas.

—¡Dios! —gritó, con las tripas flojas de terror.

Se quedó tendido, temblando, mientras se hacía de noche, recordando el día en que Comrade Marty se había dirigido a los nuevos reclutas que abarrotaban la plaza de armas de Albacete como sardinas. La gorra de lana que le habían dado le picaba y las botas eran malas. Ya se le habían hecho ampollas en los talones durante la instrucción de aquella mañana, pero cuando miró a su alrededor y vio los harapos que vestían muchos soldados se dio cuenta de lo afortunado que había sido. Algunos llevaban excedentes de la Gran Guerra, otros con lo que parecían disfraces de pantomima. El comandante, sin embargo, con chaqueta de piel negra y boina oscura, llevaba en el cinturón Sam Browne una pistola automática de nueve milímetros.

—Desde aquí seréis trasladados al campo de entrenamiento de Madrigueras —había gritado el comandante.

—¿Cómo es que él lleva pistola? —había murmurado Charles.

—Es el jefe —le había respondido en un susurro Hugo—. A los demás nos basta un mango de escoba. Me parece que esos centinelas es la primera vez que empuñan un fusil. —Había mirado a un chico apoyado en la pared—. ¡Por el amor de Dios, hombre, deja de fumar! —había siseado, señalando las cajas de dinamita apiladas a su lado.

—Esto no me convence —había dicho Charles—. Creía que tenían armas suficientes para todos.

—Sí, habría estado bien.

—Sé por qué luchamos, pero no estoy demasiado seguro de cómo lo haremos.

—Ya es demasiado tarde para que nos echemos atrás, Charles —le había dicho Hugo—. Se quedaron con nuestro pasaporte en Figueras.

Charles se había acordado entonces del rubicundo hombre moreno de la garita del viejo castillo.

Les había tomado los datos y metido luego los pasaportes en una caja a rebosar de otros pertenecientes a multitud de países.

—Vale —había dicho, entregándoles un billete de cien pesetas, condones y una gorra de campaña con una borla—. Ya formáis parte del Ejército republicano. —Había levantado el puño en un gesto que Charles y Hugo habían imitado sin demasiada convicción.

Marty había levantado la voz.

—¿Quién sabe conducir un camión?

Unos cuantos hombres habían alzado la mano.

—De acuerdo. Formad una fila aquí. ¿Quién sabe ir en moto? ¿Hay alguien con conocimientos médicos?

Cuando el último hombre se hubo colocado arrastrando los pies, había mirado a los que quedaban.

—El resto sois de Infantería. Haréis historia.

—Incluso un mapa habría sido de agradecer —había dicho Charles entre dientes, soplándose las manos y mirando el grupo de andrajosos mineros, estibadores, ex convictos y soñadores universitarios—. Alguien tendrá al menos una guía Michelin en alguna parte, ¿no?

—Ni mapas ni brújulas —había dicho Hugo alegremente—. Será el caos en el aguanieve y la oscuridad. —Tiritaba—. Me parece que tendrían que pagarnos más de diez pesetas al día.

—¡Tú, Temple! —Marty lo había señalado—. Eres periodista, ¿verdad?

—Trabajamos para el rotativo *Manchester Guardian*, señor. —Charles había adoptado la postura de firmes—. Pero quisiéramos luchar con las Brigadas, señor, si es posible.

—Bien. Hay demasiados periodistas y fotógrafos para la campaña. —Marty había pasado revista a una fila—. Madrid será vuestra base de operaciones. Informad al cuartel general de las Brigadas de aquí. —Había estampado su firma en un papel—. Aquí tenéis un salvoconducto para los dos. Luchad si queréis, pero quiero que informéis desde todos los puntos del país. Contad a los británicos lo que está pasando aquí. Os conseguiremos un coche.

—Gracias, señor. —Charles había saludado con el puño en alto.

«Gracias, señor —pensó, poniéndose en cuclillas. El aire nocturno era cada vez más frío y llevaba la ropa húmeda y asquerosa—. Ahora mismo preferiría estar acompañando la marcha.» Se acordó con nostalgia de su habitación de hotel. Recordó que se había quejado a Hugo por los jergones de paja infestados de piojos en los que habían tenido que dormir en Albacete, y por las letrinas llenas a rebosar. En aquel momento se habría alegrado de tener ambas cosas.

—El olor de la guerra es de comida podrida y mierda —había dicho, dejándose caer en su cama del cuartel.

—Ahí lo tienes. ¿No te costaba dar con la frase inicial para tu primer artículo? Tiene mucha chispa. —Se había inclinado hacia delante y encendido la mecha de una lata llena de aceite de oliva. La llama había danzado y una débil luz había iluminado la oscuridad—. Estos condenados piojos me están matando —había dicho, rascándose la entrepierna.

—Es de las ratas de lo que tienes que cuidarte. ¿No has oído la canción? «Hay ratas, ratas, ratas grandes como gatos...»

Hugo había fruncido el ceño.

—¿Estás seguro de que estamos hechos para esto?

—Claro que sí. —Charles lo había mirado—. Podemos escribir y podemos ver la verdad. Cuando uno ve la basura que publican los periódicos ingleses contra los republicanos... Me pongo furioso. —Había pensado en las caras marcadas de agotamiento de los brigadistas que habían vuelto de Aragón. Le habían parecido locos de amargura. «Es un fracaso; no hay artillería ni aviones», decían. Hablaban de la brutalidad de los marroquíes, de amigos a los que habían rebanado la garganta y arrojado como si tal cosa desde un puente.

Ahora Charles comprendía lo que habían visto. Apretó los párpados. Pensó en lo esperanzados que estaban cuando iban hacia Madrid. Recordó las canciones en el tren mientras él y Hugo iban sentados en tercera clase, entre mujeres con gallinas en el regazo. En las estaciones la multitud aclamaba a los soldados: «¡Salud! ¡No pasarán!» Cantaban *La Internacional* con campesinos que les daban naranjas, aceitunas y vino. En cada andén había un mar de puños alzados cuando el tren pasaba con la máquina resoplando y los vagones traqueteando y sacudiéndose. Recordó a una muchacha de ojos negros que le lanzaba besos, gritándole: «¡Chico, tu mujer no está aquí para despedirte con un beso!»

—¡Una esposa! Eso sí que estaría bien —dijo Charles entre dientes, poniéndose de lado. Le castañeteaban los dientes. Un macabro murmullo en distintos idiomas resonó a su alrededor entre explosión y explosión.

—¿Charles? —Hugo se agachó sobre él—. ¿Estás bien? No te veía aquí dentro.

Charles veía que los labios de Hugo se movían, pero no oía lo que decía, como si estuviera hablándole desde debajo del agua.

—¡Gracias a Dios! Creía que tú...

—¿Qué ha pasado?

—Ha estado a punto de alcanzarme un obús. Me temo que estoy bastante maltrecho.

Hugo lo cogió con cuidado del brazo.

—Salgamos de aquí. Quiero escribir mi artículo ahora que lo tengo todo fresco en la memoria. Señor... Ha sido un infierno. Al final hemos luchado habitación por habitación. —Sonrió—. Vamos, será mejor que te laves. —Guio a Charles más allá de las barricadas erizadas de patas de silla y forradas de colchones. Siluetas sin rostro pasaban a su lado en la oscuridad. Caminaron a trompicones hacia el coche de la prensa, por una calle con huellas de sangre. Sonaba un despertador en alguna parte.

—Vámonos —le dijo Charles a Hugo arrellanándose en el asiento. La puerta del coche se cerró de golpe y cerró los ojos mientras el vehículo daba marcha atrás.

8

Londres, 11 de septiembre de 2001

—Abre los ojos.

Emma recordó la voz alegre de Joe, la calidez de su aliento en la oreja. Había notado el peso de la cadera de él contra la suya, sus muslos se tocaban.

—¡No puedo!

Se había quedado en el suelo, paralizada, delante del frío cristal del mirador del World Trade Center, incapaz de moverse, con las suelas de las Converse clavadas contra el antepecho, tratando de retroceder.

Joe le había apretado la mano.

—Confía en mí. Abre los ojos.

Había abierto uno, acobardada.

—Mira esto. —Él se reía—. Es precioso. —Habían vuelto la cara hacia la tierra, mirando por encima de Nueva York—. Me siento como si volara.

A sus pies, la ciudad bullía de actividad y el sol primaveral rielaba en el agua, iluminaba miles de ventanas, caldeaba la vegetación de Central Park.

Emma había sentido vértigo. Todo le daba vueltas y se le secó la boca. En lo único que podía pensar era en lo que pasaría si el cristal cedía. Retrocediendo un poco, había mirado a Joe.

—¿Ya estás contento? He aceptado el reto.

Él la había alzado, riendo.

—Ahora que te tengo, nunca te soltaré.

Emma, enterrando la cabeza en su pecho, le había pasado los brazos por debajo de su chaleco acolchado Puffa. Tocarlo todavía la embriagaba por aquel entonces. Aquella mañana se habían estado besando durante horas. Cuando estaban juntos era como si fueran un solo ser, no dos, cuerpo contra cuerpo, hambrientos el uno del otro.

—¡Eh...! —le había dicho él—. No lo decías en broma, ¿verdad? ¿Estás bien?

Emma le había dado un puñetazo cariñoso en el vientre.

—Que te sirva de lección. Nunca apuestes con una Temple. Me debes un almuerzo.

Una sonrisa había iluminado la cara bronceada de Joe.

—Trato hecho. —Le había pasado el brazo por los hombros mientras iban hacia el ascensor—. De todos modos, es mejor que nos movamos porque Delilah nos está esperando.

—¿Otra vez? —había refunfuñado Emma—. ¿Cuándo podré estar contigo a solas?

—Me gusta cómo suena eso, pero Lila es mi amiga, cariño —le había dicho entrando en el ascensor—. Está molesta desde que salimos. No te importa si se nos une, ¿verdad? Todavía se está acostumbrando a la idea de que una hermosa inglesa me haya cazado.

Mientras el ascensor bajaba le había abrazado la cintura, buscando la cinturilla de sus Levi's 501 y había notado sus dedos, cálidos y firmes, acariciándole la columna vertebral.

—No, claro que no me importa. —Había apoyado la cabeza en su clavícula.

Las puertas del ascensor se habían abierto y él le había besado la coronilla.

—Estaremos solos más tarde, te lo prometo. Tengo una clase más a última hora, pero te recogeré a eso de las siete, ¿vale?

—Claro —había dicho ella, esforzándose por sonreír mientras cruzaban el vestíbulo.

«Sonríe, Emma.»

Había recordado el consejo de su madre: «Encuentro estupendo que su mejor amiga sea una chica; demuestra que tiene una faceta sensible. Delilah forma parte del paquete y vas a tener que acostumbrarte a ello. Hazte amiga suya. Los chicos detestan a las celosas que se pegan a ellos. Si Delilah te disgusta, sonríe, cariño. Pronto se aburrirá y se dará por vencida.»

Emma había visto a Delilah inmediatamente, sentada, esperándolos, con el pelo rubio reluciente al sol y sus interminables piernas sobre el banco. «¡Qué razón tenías, mamá!» No tenía pinta de haber renunciado a nada en toda su vida.

Mientras se le acercaban, había desdoblado las piernas y la luz había arrancado reflejos a los grandes aretes de oro que llevaba.

—¡Hola, chicos! —había dicho perezosamente, levantándose con la gracia de una chica que ha ido a clases de ballet toda su vida. Las hombreras de la chaqueta de hilo que vestía acentuaban todavía más lo estrecha que tenía la cintura.

Emma se había mirado la ropa que llevaba, unos vaqueros con zapatillas deportivas, sintiéndose poco elegante. Delilah era una auténtica neoyorquina y la confianza de la ciudad parecía correr por sus venas.

Joe había pasado el brazo libre por los hombros de su amiga.

—¡Eh, Lila! ¿Cómo ha ido la clase?

—De lo más aburrida, pero he aprobado el último examen.

—Querrás decir que lo «hemos» aprobado —había comentado Joe, riéndose.

—Lo que sea. Yo te he ayudado bastante durante años.

Emma se había estremecido. Delilah no dejaba de recordarle lo bien que conocía a Joe, lo mucho que llevaban siendo amigos. Los miró, sintiéndose insegura.

—Al menos nos graduaremos dentro de una semana. —Delilah se había atusado el pelo.

—¿Qué harás? —le había preguntado Emma.

—Tengo varias opciones.

—Quiero hablar con las dos de eso —había dicho Joe, guiándolas hacia el paso de peatones—. Tuve una interesante conversación con Liberty ayer. Dejad que lleve a mis dos chicas favoritas a almorzar y hablaremos de eso.

Mientras Emma veía las Torres Gemelas en el televisor, diez años después, se acordaba de todos los detalles de aquel día. Se había esforzado por mantener la calma y sonreír con calidez mientras Joe hablaba de construir una nueva empresa ellos tres, con Liberty, una que reemplazara Senso, su primer proyecto fallido.

Liberty había quedado prendada de Joe nada más verlo. Emma siempre había supuesto que era como el hijo que nunca había tenido. Naturalmente, donde iba Joe iba Delilah y, mientras Liberty Temple tomaba forma, los dos se habían convertido en la fuerza bruta del negocio y del marketing que Liberty necesitaba para promover la nueva empresa. Emma era el cerebro creativo, la sucesora de Liberty, la «nariz» que construiría el futuro.

Liberty había insistido en que hiciera un breve curso de negocios en Columbia después de estudiar perfumería en Grasse; esperaba que pasando una temporada en Nueva York criara callo.

Emma se acordaba de haber estado por la noche, tarde,

sentada a la mesa de la cocina de Freya mientras Liberty caminaba de un lado para otro, hablando sin parar de cómo le preocupaba que su hija estuviera demasiado enclaustrada, que le faltara mundo para llevar sola un negocio.

—Eres una artista como yo, cariño —le decía—. Una artista de los aromas. Eres demasiado frágil para vértelas con la faceta comercial. ¡Mira cómo me han jodido los inversores! Los negocios son duros, Em. El mundo ha cambiado desde que empecé con Senso, fabricando jabón y crema facial en la mesa de esta cocina mientras tú jugabas debajo con el juego de construcción. —Dio una palmada en la mesa que hizo saltar los vasos—. Necesitas ayuda.

Por eso Joe y Delilah se habían unido a ellas dos en Londres.

A Emma le daba vueltas la cabeza y tuvo que agarrarse a algo para no caer. No podía aceptar que las imágenes de la pantalla fueran reales.

—Acabo de hablar con él hace unos minutos —dijo, buscando a tientas el bolso. Marcó el número. Comunicaba. Vio que tenía tres llamadas perdidas y un mensaje de voz de Joe: «Em... ¿En serio? ¿Un bebé?» Lo oyó reírse. «Dios mío, siempre se te ha dado bien sorprenderme. No sé qué hacer... He cometido una verdadera estupidez. Escucha, voy a arreglar esto. Em, ahora tengo que entrar. Te llamaré después de la reunión. Te quiero.»

—¡Oh, Dios mío! —gritó—. No puede estar ahí dentro.

Freya la abrazó y le apretó el hombro.

Miraron atónitos, en silencio, los titulares que pasaban por la pantalla: «Última hora. Un avión se ha estrellado contra el World Trade Center de Nueva York.»

—Es imposible —susurró Emma, sin apartar los ojos de la azotea de la torre.

Se lo imaginaba sentado a la mesa, frente a los compradores, con una camisa blanca y la corbata azul de la suerte que resaltaba el color de sus ojos. Oyó el tintineo de la porcelana, de los cubiertos, el siseo de la cafetera, los pasos eficientes de los camareros. Luego el impacto, el momento preciso en que se había desatado el infierno. Jadeó, intentando respirar. Toda la rabia y todo el dolor que había sentido desaparecieron.

—Joe. ¡Dios mío! Joe...

Vio el humo que salía y supo que él estaría luchando por encontrar una salida, que se pondría al frente de los demás, que mantendría unida a la gente. Así era Joe. Así había sido siempre. Se lo imaginó mirando hacia fuera, hacia aquel terriblemente hermoso cielo despejado.

—Saldrá —dijo Freya bajito—. Si alguien puede salir, ese es Joe.

El sonido estridente del teléfono atravesó el aire. La recepcionista corrió al escritorio.

—Buenos días, Liberty Temple —dijo mecánicamente—. Sí, señora Stafford...

—¿Es Delilah? —gritó Freya—. Acepta la conferencia. Que se ponga al teléfono. —El sonido de las sirenas irrumpía por los altavoces mientras todos se arracimaban alrededor de la mesa de reuniones—. Delilah, soy Freya. ¿Estás bien?

—¿Freya?

—¿Dónde estás?

—En la calle, junto a la Torre Sur. ¡Dios mío, Freya! ¿Qué está pasando?

Emma se inclinó hacia el altavoz.

—¿Joe está contigo?

—¿Emma? ¡Dios, no lo sé! Yo...

—¿Dónde está, maldita sea?

—Calmaos las dos —les espetó Freya—. Tenemos que pensar con claridad. Delilah, ¿dónde está Joe?

—Estaba en una reunión. Yo tenía que asistir con él, pero se me ha roto un tacón y he tenido que hacer una parada.

Oyeron los chillidos de una mujer como telón de fondo: «¡La gente cae! ¡Que Dios salve su alma! Se tiran... ¡Por favor, Señor!»

Delilah hablaba entrecortadamente, como si estuviera corriendo.

—Nos están diciendo que despejemos la zona... —jadeó—. La gente se arroja, se tira... —la comunicación se cortó.

—Intenta llamar al teléfono de Joe y al de Delilah —le dijo Freya a la recepcionista. En silencio, volvieron a reunirse frente al televisor.

9

Valencia, noviembre de 1936

El perfil de Rodolfo Valentino parpadeó en la lámina blanca colgada en la plaza del mercado de La Pobla. La luz del proyector atravesaba la oscuridad y las sombras de las polillas danzaban en la pantalla cuando cruzaban el haz. Rosa miró el despejado cielo nocturno, el manto de estrellas, y se acurrucó contra Jordi, con los pies en su regazo. Él tiró del abrigo para cubrir a ambos, abrazando su calidez.

—¿No te gusta la película? —le susurró.

Los del pueblo estaban viendo *Sangre y arena* con silencioso arrobo. Solo se oía el zumbido del proyector y los ladridos de los perros a lo lejos. A un lado de la plaza jugaban los niños. Un chiquillo, con los pies juntos, el pecho fuera, el trasero hacia dentro y la barbilla alzada, levantó los brazos. Gritó y dio una patada en el suelo. El otro niño bajó los cuernos y atacó.

—No. La película está bien —dijo ella, frunciendo el ceño—. Lo que no me gusta es este sitio.

—Solo llevas aquí un día. Dale un poco de tiempo.

Rosa no podía dejar de pensar en la gran caravana de vehículos que llenaba la carretera de Valencia mientras el

Gobierno republicano huía de Madrid. Sentía vergüenza de haber sido uno de ellos. A su paso por Tarancón había visto con apuro cómo un grupo de anarquistas detenía un coche lleno de políticos. «¡Cobardes! —les había oído gritar—. Deberíamos mataros por abandonar Madrid.» Con su documentación, Jordi había conseguido sortear el asedio, pero no se quitaba aquellas palabras de la cabeza.

Jordi se levantó y la cogió de la mano. Los que estaban sentados detrás protestaron y estiraron el cuello para ver la pantalla. La llevó hasta un lado de la plaza.

—Rosa, ya hemos hablado de esto. Yo me crie en La Pobla, aquí estarás a salvo. —Consultó la hora—. Vicente ya habrá terminado de trabajar. Vamos. Le he dicho que nos encontraríamos en el café. Luego regresaré a Madrid.

«Vicente», pensó ella. El primer encuentro no había tenido éxito. Jordi había estacionado el coche al lado de un muro encalado de las afueras del pueblo y caminado con ella de la mano.

—Esto es Villa del Valle, la casa de mi familia —le había dicho, indicando las puertas metálicas cerradas—. Esta es la tienda de Vicente. —El olor de la sangre en el aire le había dado náuseas. Jordi había abierto la puerta y había sonado una campana. En la penumbra del fondo de la tienda había un hombre concentrado en afilar un cuchillo—. ¡Vicente! —había gritado Jordi. Los ojos de Rosa se iban acostumbrando a la escasa luz. De perfil, el hermano mayor de Jordi era guapo, pero luego se dio la vuelta y sonrió. Rosa tuvo que hacer un verdadero esfuerzo para no retroceder. Tenía la boca torcida, con cicatrices, los dientes de oro. Jordi la había abrazado y la había empujado hacia delante—. Esta es Rosa, mi mujer. —Se había inclinado para decirle al oído—: Que Vicente no te asuste. Perdió contra un toro una vez.

Vicente se había reído, secándose las manos en un trapo manchado de sangre.

—Pero ahora la gente se come los toros de lidia, así que, después de todo, quizá gané. —Avanzó hacia ellos y la estudió con ojo experto—. Muy guapa. Felicidades, hermanito. —Le sostuvo la mirada a Rosa—. Jordi me ha dicho que eres bailarina.

—Rosa es muchas cosas —dijo Jordi con orgullo—. Sus antepasados eran del Sacromonte: bailaores, curanderos.

—Así que es un poco gitana, ¿eh? —Se acercó más. Sus ojos eran dos pozos de oscuridad—. Jordi dice que conocías a Lorca. Lástima que se lo llevaran a dar un paseo.

«Dar un paseo.» Rosa se estremeció al recordarlo. Una frase inocente antes de todo aquello. ¿Cuántos más serían obligados a «dar un paseo» y cavar su propia tumba?

—Todavía no entiendo por qué matan a los poetas —le había dicho a Jordi una noche mientras estaban en la cama—. No era político, ni soldado.

—Lorca les hizo más daño con la pluma del que podría haberles hecho con un arma, por eso —le había dicho él—. Defendía todo cuanto ellos odian: el amor, la libertad, la justicia, la compasión. Por eso están fusilando a nuestros poetas contra las tapias de los cementerios.

Rosa había cerrado los ojos, pensando en el hermoso *Romance sonámbulo* de Lorca mientras la vencía el sueño. Siempre hacía que se sintiera como si flotara en un agua limpísima de color esmeralda o volando entre hojas verdes susurrantes. Siempre tenía la sensación de que había escrito aquellos versos sobre la niña gitana para ella. La primera vez que había visto a Lorca no era más que una niña que sacaba agua de un pozo en Granada.

Recordó cómo el verso de Lorca sobre dos amigos que se encaraman a las vigas de una casa le había llegado al corazón, cómo la había impactado. Con claridad meridiana vio a Jordi y Marco subiendo, más y más arriba, desangrándose. Había intentado sacudirse la imagen que la acosaba. Ya había tenido visiones antes y confiado en ellas.

Jordi se volvió y le sonrió. Esperaba estar equivocada.

—¿Mi hermano, amante de la poesía? —comentó riendo Jordi.

Rosa miró fijamente a Vicente.

—Sí, conocía a Lorca. Bailé para él —dijo con orgullo—. Serví de inspiración al gran poeta. Nos conocimos en el Concurso de Cante Jondo, el festival de flamenco. Oí cantar a Caracol y a Pavón, bailé con ellos.

—¡Debías ser una niña! —exclamó Jordi.

—Lo era.

—A lo mejor un día bailarás para mí, ¿eh? —Vicente apartó la vista—. Hasta entonces, puedes ayudar limpiando la casa...

—Trabajaré —dijo ella sin ambages—. Si no permiten que las mujeres sigan combatiendo, puedo prestar servicio en los hospitales de la ciudad, al menos hasta que nazca el niño.

—¿Qué edad tienes?

—Diecinueve. —Alzó la barbilla desafiante—. Soy lo bastante mayor.

—¿Vas a casarte con ella? —le preguntó a Jordi, que levantó las manos.

—Se lo he pedido, créeme.

Vicente se encogió de hombros.

—Siempre y cuando trabajes como es debido, me da igual lo que hagas.

—Llévame contigo —le rogó a Jordi—. No puedo quedarme aquí. Me pone enferma ver las tiendas llenas de jamones, tartas y pasteles, a la gente paseando por las tardes como si no hubiera guerra. ¿No les importa lo que ocurre en Madrid? ¿Han olvidado lo que pasó en verano? Ya no hay un frente lejano contra el asalto fascista: el frente está en Madrid. —Enterró la cabeza en su pecho—. Los lobos están a las puertas. Debería estar allí, luchando a tu lado.

—No —dijo él—. No quiero ni oírlo. Si me quieres y quieres a nuestro hijo te quedarás aquí. Volveré contigo, te lo prometo.

—Pero ¿y si...?

—Rosa. —Le cogió la cara con ambas manos—. Ninguna bala fascista puede tocarme, ninguna bomba puede apartarme de ti. Volveré. Lo juro. —Miró a los niños que jugaban a torear—. ¿Ves? Ese pequeño también lo lleva dentro. Para enfrentarse a un toro hace falta el valor de permanecer quieto. No debes correr; tienes que dominar el miedo.

—¿Eso quieres que haga? ¿Que me quede quieta? —Los ojos negros de Rosa echaban chispas cuando lo miró.

—No que te quedes quieta, que estés tranquila. —Le besó la frente—. Descansa, come bien. Procura que nuestro hijo esté fuerte.

—¿Hijo? —Rosa soltó una carcajada—. ¿Y qué pasa si es una niña?

—Entonces será tan guapa y tan tozuda como su madre.

Jordi le abrazó los hombros y ella deslizó un brazo alrededor de su cintura mientras caminaban. Quería que el aire que los separaba desapareciera. Desde la noche que se habían conocido, en un bar de Madrid donde Rosa bailaba, tenía sed de él, le dolía la boca del estómago. Miró los pies de ambos, caminando acompasadamente a la luz de la luna que iluminaba la calle. Desde el momento que la había tomado en sus brazos, ella había sido incapaz de resistir el ritmo que creaban sus cuerpos. Cuando bailaban, cuando paseaban, se movían como un único ser. Lo deseaba en aquel momento, deseaba sentir su cuerpo contra el suyo una última vez antes de que se marchara. Tiró de él hacia un callejón, hacia un portal oscuro y apretó los labios y la lengua contra su boca. Salía música de la ventana abierta de un piso: una guitarra, las notas líquidas, el ritmo del tamborileo de unos dedos sobre una caja. Notó sus manos buscándola en la oscuridad. El aire que había entre ellos se volvió fosforescente, electrificado y fresco contra la piel cálida de sus muslos. Cerró los ojos, escuchando la música, el castañeteo de las castañuelas como escarabajos azules, el sonido metálico del cinturón de Jordi.

—Mi amor —le susurró él en el arco de su cuello, con una mano en la base de la columna, levantándola hacia sí.

Rosa sintió el deseo invadiéndola como la savia de un pino, subiendo desde la tierra. Mientras la tocaba en la oscuridad, notaba las yemas de sus dedos trazando sobre su cuerpo una filigrana, la luz invadiéndola como a un fruto maduro abriéndose al sol.

—Te amo —le susurró—. Te quiero.

—Para siempre —dijo él, sin aliento.

—Para siempre.

10

Londres, 11 de septiembre de 2001

Justo antes de las tres, Charles salió a la calle desierta y encendió un cigarrillo. Freya salió con él y se lo quitó.

—Llevas años sin fumar —le dijo él.

—No puedo creerlo. —Freya exhaló el humo—. No es una guerra, todavía.

—Esto no es una guerra, es terrorismo. Al menos cuando estábamos inmersos en la contienda podíamos ver la cara de nuestro oponente. Uno sabía a quién devolver el golpe.

—Estamos en guerra, ¿no lo ves? —dijo Freya. Se le quebraba la voz—. ¡Dios mío! ¿Es que nadie aprende nada nunca? —Lo miró, con la cara pálida—. Esto es solo el principio. Esta es nuestra guerra tanto como la de los estadounidenses. —Se volvió hacia la oficina cuando oyó una exclamación colectiva: «¡No!»

Charles arrojó el cigarrillo a la alcantarilla y se abrieron paso entre la gente arracimada en torno al televisor.

—¿Qué ha pasado?

—La Torre Sur se ha derrumbado —dijo Emma, pálida como un cadáver.

Todos miraban la enorme nube de polvo que invadía las calles de Nueva York.

—Todavía no está todo perdido —dijo Freya—. Tal vez tengan tiempo de evacuar la Torre Norte.

Emma sacudió la cabeza, negando.

—Está atrapado. Si estaba en el restaurante, Joe está atrapado. —Se abrazó, agarrándose fuertemente los codos—. Joe... —susurró. «Qué tal, Joe.» Su Joe. Joe y Emma. Y él estaba solo allí dentro. Parpadeó, luchando contra las lágrimas—. Sal, Joe —murmuró.

Lo recordó en el mirador: «Me siento como si volara...»

Siguieron todos en silencio, mirando paralizados. Minuto a minuto, pasó media hora.

—¡Me siento tan inútil...! —dijo Charles, con la voz ronca.

—Todos nos sentimos así —dijo Freya—. No podemos hacer nada... —jadeó, llevándose una mano a la mejilla—. ¡Oh, Dios mío, no...! —Sacudió incrédula la cabeza mientras la Torre Norte colapsaba y caía.

Emma se adelantó y tocó la pantalla del televisor.

—Joe —dijo entre dientes, con las mejillas arrasadas de lágrimas—. Marchaos a casa todos —añadió en voz baja—. Id a casa con la familia.

Se quedaron levantados hasta muy tarde, cambiando de canal entre la CNN y la BBC. El resplandor de la televisión y el del fuego del salón de Freya fluctuaban. La luz dorada de las farolas se colaba por las ventanas porque no se habían tomado la molestia de correr las cortinas. Emma se durmió de agotamiento, acurrucada al lado de Freya, en el viejo sofá.

«Los ataques terroristas pueden sacudir los cimientos de nuestros edificios más grandes, pero no pueden tocar los cimientos de Estados Unidos —oyeron decir a George

W. Bush—. Esos actos hacen pedazos el acero, pero no pueden mellar el acero de la determinación americana...»

Freya acarició ausente a *Ming*, que estaba en el respaldo, detrás de sus hombros.

—¿Qué clase de mundo es este?

—El mismo de siempre —dijo Charles, levantándose del sillón. Se acercó pesadamente a la chimenea para atizar el fuego—. ¿No te acuerdas de que, cuando los fascistas usaron los bombarderos sobre Guernica, y en Madrid y Valencia por primera vez, dijimos lo mismo?

—Esto es distinto —dijo furiosa Freya—. Esto es una cobardía. Se me parte el corazón cuando pienso en los miles de hombres y mujeres, en los niños cuyos padres no van a volver a casa esta noche. —Cuando cerraba los ojos veía la imagen de un hombre cayendo.

—¿Por qué es diferente? ¿Únicamente porque es un tipo de guerra distinto?

—Los que han muerto no eran soldados, Charles. Eran gente común y corriente, como Joe, que cumplía con su rutina.

—Olvidas que los de España no eran soldados en su mayoría —dijo Charles con expresión dura—. ¿Te acuerdas de las mujeres, de los niños?

—Claro que me acuerdo. No tienes que recordarme lo que vimos.

—Eran inocentes, como nuestra pequeña. —Acarició el pelo de Emma dormida—. No hay una maldita cosa que podamos hacer al respecto. Joe ya no está. Nunca confié en ese pelota oportunista, jugando con las dos.

—¡Charles! —Freya hizo gestos para que bajara la voz.

—Ahora Emma tiene que pensar en sí misma y en el niño. —Le ofreció la mano a Freya y ambos taparon a Emma con una manta antes de subir a sus habitaciones.

Emma se despertó al amanecer, enroscada en el sofá de Freya, con las cenizas del fuego a su lado. El sonido ahogado de un timbre acabó de despertarla. Apartó la manta y buscó el bolso.

—Hola —murmuró en cuanto abrió el móvil, frotándose los ojos rojos e hinchados.

—¿Em? ¿Emma? Soy yo. —La línea crepitó.

—¿Lila? ¿Dónde estás? —Emma vaciló cuando oyó abrirse la puerta de la habitación de Freya en el piso de arriba.

—¡Oh, Dios mío, Em...! —Sollozaba Dalilah.

Cuando Emma se levantó, la manta cayó al suelo.

—¿Lo han encontrado? ¿Sabes algo de Joe?

—No, nada. He pensado que a lo mejor tú te habías enterado de algo en el despacho.

—Nadie ha llamado. No sabemos nada en absoluto.

—Simplemente... Todos han desaparecido, sin más. Toda esa gente. Yo... aún no me lo puedo creer —dijo Delilah, sorbiendo las lágrimas—. No puede haberse ido. No puede. No es justo. No puedo vivir sin él. ¿Qué voy a hacer?

Emma apretó un puño mientras la voz de Delilah se convertía en un gemido.

—¿Dónde estás?

Oyó que Delilah intentaba reponerse, respirar con normalidad.

—Estoy de vuelta en la Paramount.

—¿Por qué no lo estás buscando? —le gritó Emma.

—¡Lo he estado haciendo! Me he pasado horas intentando enterarme de si alguien había visto a Joe. La gente mantiene una vigilia en Union Square Park. Todo el mundo deambula con fotografías de personas desaparecidas...

Emma miró hacia arriba cuando los pies delgados de Freya aparecieron en la parte superior de la escalera sobresaliendo de un quimono plateado.

—Voy a ir.

Tras una pausa, Delilah siguió hablando, con una repentina frialdad.

—¿Por qué? No hace falta. Además, no despega ningún avión.

—Tengo que ir. Tengo que encontrar a Joe. —Emma siguió con la mirada a Freya, que bajaba la escalera agarrando la barandilla con su pálida mano huesuda.

—No hace falta. Ahora estoy yo aquí —dijo Delilah, poniéndose a la defensiva—. Tendría que haber estado con él. No puedo... No puedo vivir sin él. Si ha muerto... ojalá yo hubiera muerto también.

—Esto todavía no se ha terminado, Lila. —A Emma le temblaba la voz—. Hablé con Joe justo antes de la reunión... —Freya se le acercó, sacudiendo la cabeza, toda ella compasión—. Me dijo que había cometido un error. Me dijo que me amaba.

—Tonterías.

—Me dijo que siempre me había amado.

—Sí, pero ya no. —Delilah se rio, con aquella risa suya tan seductora y profunda con la que Emma la había visto hacer babear a hombres hechos y derechos—. Has perdido, Emma. Me ha escogido a mí.

—Íbamos a vivir juntos de nuevo.

—Eso es lo que tú crees. —Delilah hizo una pausa antes de decir—: Así que supongo que Joe no te lo dijo...

A Emma se le encogió el corazón.

—¿Decirme qué?

—Creo que quería decírtelo cara a cara.

—¿Decirme qué?

—Cuelga, Emma —le susurró Freya y, cuando negó con la cabeza, intentó cogerle la mano y se la apartó de un manotazo—. Por favor, cuelga, no permitas que te angustie. Piensa en el bebé.

—Nos casamos, Em. El mes pasado.

—No. —Emma sintió una oleada de náuseas—. Mientes. ¿Se casó... contigo? —Emma vio por la cara que ponía Freya que ella tampoco tenía ni idea de aquello.

—Tú lo abandonaste. Yo amo a Joe, siempre lo he amado. Habríamos estado juntos hace años de no haber sido por ti.

—¡Tenía una aventura contigo, por Dios! ¿Qué iba a hacer? —Emma se pasó la mano por el pelo—. Así que fuiste a por todas y lo empujaste a casarse contigo en cuanto me hube ido.

—Sabes lo mucho que Joe deseaba casarse y tener hijos. Tú te negaste bastantes veces.

—Sí, bueno, una familia es algo que tú nunca podrás darle, ¿verdad? —Emma se cubrió el vientre con el brazo, protectora.

—Eso ha sido una bajeza —siseó Delilah.

—¿Cuántos abortos has llegado a tener, Lila?

—Íbamos a adoptar.

—¡Qué encantador! Una familia ya hecha a juego con la casa que yo construí con Joe.

—¡Siempre has detestado esa casa! Fue Joe quien la hizo realidad mientras tú estabas viajando.

—¡Levantando el negocio! —Emma rompió a llorar—. ¿Cómo pudiste... cómo pudo Joe...?

—En cualquier caso, no íbamos a volver —dijo Delilah tranquilamente—. Hemos encontrado una casa aquí, cerca de la de sus padres. Íbamos a vender la de Londres. No te preocupes, tendrás tu parte.

—¡Como si a mí me importara un bledo el dinero! —Emma se secó con rabia los ojos con la mano—. Cuando pienso que estuviste pegándomela durante meses...

—¡No podíamos contártelo mientras Liberty se moría!

—De todos modos me enteré, ¿no? —Buscó a tientas debajo del sofá y sacó un viejo par de pantuflas.

—Nunca quisimos hacerte daño.

—Me lo hicisteis. —Emma se puso el bolso al hombro—. Bueno, ahora todo es tuyo, Lila. Si Joe ha muerto, todo es tuyo: la casa y dos tercios de la empresa. Eres rica. Espero que eso te haga feliz. Es lo que siempre habías querido.

—No. Antes tal vez... Lo único que quiero ahora es tener a Joe.

Emma sacudió la cabeza mientras Freya abría la puerta de entrada.

—Eso es lo que hemos querido siempre las dos, ¿verdad? —dijo, antes de colgar y salir en tromba a la calle.

—¡Emma! —la llamó Freya, siguiéndola con paso inseguro por la acera—. ¡Vuelve!

Charles bajó la escalera y la metió dentro de la casa.

—Deja que se vaya. Ya es una mujer adulta. No podemos librar sus batallas. Sabe que estamos aquí si nos necesita.

—Pero...

—Pero nada. Siempre hacías lo mismo con Liberty. No puedes protegerla eternamente, Frey.

—Ya lo sé. —Freya tenía la cara crispada de dolor—. Esa pobre chica... ¿Qué va a hacer ahora?

—Se levantará y se lamerá las heridas. Es lo que hace siempre. —Charles le besó la frente y suspiró—. Déjala.

11

Madrid, noviembre de 1936

Charles recorrió con decisión el pasillo del hotel Florida con un brazo sobre los hombros de Hugo. Las puertas de las habitaciones estaban abiertas y por ellas veía a hombres encorvados sobre sus máquinas de escribir, mecanografiando los artículos que mandarían por cable. Uno, con un cigarrillo entre los labios y el humo subiendo en volutas desde sus manos mientras recorría el teclado con los dedos, soltó un juramento entre dientes.

—Estos bastardos... Siguen negando que los nazis estén aquí. Si no están, entonces ¿quién demonios nos está bombardeando desde hace tres días?, ¿eh? Ya verás. Voy a contarles lo que he visto: Junkers de la Legión Cóndor en el cielo, como moscas. Te juro que si no hago que lo publiquen...

—¡Eh, Capa! —le gritó Hugo.

—¿Dónde habéis estado? —Un hombre de poco más de veinte años, con el pelo espeso y negro y unas cejas marcadas los miró. Estaba apoyado en una jamba, fumando. Charles se fijó en que tenía unas manos fuertes de dedos largos, extrañamente femeninas.

—Hemos estado en el frente. Ha sido el bautizo de fuego de Charles. ¿Tienes unos pantalones limpios?

Capa le dio una palmada en el hombro a Charles, sonriendo.

—¿Otro con las tripas más flojas que los pies? Vamos, y te lavas.

Mientras iba decidido hacia el baño, Charles echó un vistazo nostálgico a la cama. Lo único que quería era acostarse hecho un ovillo.

—No te preocupes —le dijo Capa—. Yo iba hecho un desastre cuando volví de mi primera salida. Desafío las tripas de cualquiera a no soltarse la primera vez que está bajo el fuego de los obuses.

Charles conocía el trabajo de Capa: había visto *Muerte de un miliciano* en *Vu* y se moría por conocerlo, por hablar con él de fotografía. «Pero no de esta guisa.» Se estremeció interiormente. La ropa que llevaba olía a rayos, sucia de sangre y de algo peor. Intentó desesperadamente decir algo, algo que contrarrestara el hecho de llevar la ropa espantosamente asquerosa, algo que lo convirtiera en alguien tan heroico y lacónico como su compatriota.

Oía a Capa apenas, como si estuviera escuchándolo desde el fondo de una piscina. El otro rio, se señaló los oídos y usó la mímica para describir una explosión. Charles asintió torpemente.

—Ya te acostumbrarás. —Capa abrió el grifo de la bañera y puso unos pantalones limpios en el toallero—. Estaremos abajo cuando acabes.

Charles se lavó a conciencia antes de sumergirse en el baño humeante. Tenía los brazos y las piernas pesados de agotamiento y se le cerraban los ojos. De repente, recordó el parloteo en distintas lenguas, la atronadora artillería. Así que eso era la guerra. Nada lo había preparado para aquello. Le había sostenido la mano a un chico mientras yacía moribundo aquella tarde. Se le crispó la cara cuando recordó la del muchacho, pálida como el mármol de una lápida, impávido, con las tripas desparramadas en la tierra fría a su lado. Se había quedado con él hasta el final, mientras el moribundo le hablaba de su madre y su hermana, parpadeando, la luz de sus ojos apagándose.

El día implacable de lucha y carnicería se resumía en aquel único momento para él.

—¡Estamos aquí! —lo llamó Hugo desde el otro lado de la abarrotada barra.

Mientras Charles se abría paso hasta ellos se sentía como si nadara en el barullo de idiomas, el humo de tabaco y el olor del campo de batalla, de sudor y colonia barata.

Capa levantó la cabeza.

—¡Ah, el inglés! —Le pasó un brazo por los hombros—. ¿Te sientes un poco mejor?

—Un poco.

—Hugo: una copa para nuestro amigo. Hoy ha perdido la virginidad.

El whisky le quemó la garganta y le temblaba la mano cuando se apoyó en la barra para no caerse.

—Luego es cada vez más fácil. —Capa le ofreció un cigarrillo—. Viniste con Hugo, ¿verdad? ¿Eres periodista?

—Soy Charles Temple. Sí, soy reportero del *Manchester Guardian*. Hago... Bueno, estoy aprendiendo a tomar fotografías.

—¿Qué cámara usas?

—Una Contax.

Capa soltó un lento silbido.

—Una buena cámara. Yo uso una Leica. —Levantó el vaso—. Bienvenido a bordo. Como puedes ver, somos un equipo variopinto. —Se apoyó en la barra y tomó un sorbo mientras repasaba la habitación y señalaba a un hombre con gafas que jugaba al ajedrez.

—Ese es Chim.

Chim se les acercó y le tendió la mano a Charles.

—Encantado de conocerte.

—¡Eh, Capa! Tienes una llamada —gritó el camarero.

Capa se cambió el cigarrillo de mano y se colocó el auricular entre la barbilla y el hombro.

—¿Con quién hablo? —Sonrió seductor en cuanto oyó a su interlocutora—. Lo siento. Tendrás que recordármelo. ¿Taro? ¿Nos conocemos? —Sonrió de oreja a oreja y dio una calada—. Dime, ¿eres morena? ¿Alta? ¿Con las piernas torneadas? —Le hizo un guiño a Chim y se rio—. ¡Ah, esa señorita Taro! ¡La raposa!

«Dios mío, ojalá pudiera hablar yo así con las mujeres», pensó Charles, volviéndose hacia Chim.

—¿Cuánto lleváis aquí?

—Una temporada. Yo tomo fotos entre batalla y batalla. Les dejo lo peligroso a él y a Gerda —dijo, inclinando la cabeza hacia Capa.

—¿Gerda?

Chim sonrió.

—Ya la conocerás. Todos están locos por ella.

—¿Está con Capa?

—Sí, lo que lamentan muchos.

—Creo que estoy enamorado de ti, señorita Taro. —Capa fue a colgar el auricular—. Ven pronto. Esto es duro para mí.

Cuando se reunió con ellos, Chim levantó el vaso.

—¿Cuándo vendrá?

—Pronto.

—¿Es tu novia? —Charles intentaba parecer despreocupado, mundano.

Capa asintió y abrió la cartera.

Charles miró la fotografía que le tendió. Algo en su interior sufrió una sacudida. Cuando vio la cara de aquella mujer le pareció que la conocía. La reconoció. «Tú», pensó, rígido y concentrado en su rostro sonriente.

—Nos casaremos cuando esto termine —dijo Capa.

Charles parpadeó y le devolvió la foto.

—Enhorabuena.

—¡Ah, el amor...! —Hugo cogió un taburete de la barra y se sentó. El whisky bailó en el vaso—. ¿Sabes?, los obispos dicen que esta guerra ha sido promovida por el Sagrado Corazón y que el amor de Dios les ha dado poder a los soldados de Franco. —Tenía la cara contorsionada por la rabia—. ¿Qué clase de amor es ese? Este no es mi Dios.

—Ni el mío —Charles adelantó la barbilla. La foto lo había turbado.

—Pero nadie quiere saber la verdad. Los periódicos no quieren preocupar a mis compatriotas publicando los hechos —dijo Hugo.

—Apuesto a que nunca has oído hablar de ese Dornier que se estrelló en Bilbao. Los nazis que sacaron de él llevaban las cejas depiladas, lápiz de labios y bragas de mujer. Apuesto a que no salen en los titulares, ¿eh?

Charles miró de reojo a Capa y quedó complacido cuando este soltó una carcajada.

Hugo dejó de golpe el vaso.

—¿Es eso cierto? Típico de los nazis.

—Por lo que sale en la prensa, uno diría que la masacre de centenares de niños españoles es menos interesante que los zapatos de la señora Simpson. —Charles tragó el whisky.

—Hablé con un tipo que estuvo en Aragón —dijo Chim en voz baja—. Vio cómo mataban a tiros a una mujer y su hijo en el lugar del padre. Dijo que acunaba al niño como si estuviera durmiéndolo.

Se quedaron todos en silencio, en medio del ruido del local.

—Vamos. ¿Quién juega a cartas? —dijo finalmente Capa, pasándoles a cada uno un brazo por los hombros—.

No he podido evitar darme cuenta de que tienes una botella de *schnapps* arriba, Charles. ¿Podríamos?

Al amanecer, Charles se despertó en el suelo de la habitación de Hugo. Todo le daba vueltas. Hugo, que iba de un lado para otro empaquetando cosas para pasar el día, le dio una patada en los pies.

—Vamos, hombre. Los jeeps salen dentro de diez minutos. Muévete.

Charles se incorporó con dificultad y se puso las botas.

—¿Adónde vamos?

Hugo se encogió de hombros.

—Quién sabe. ¿De vuelta a la universidad, tal vez? Donde crean que habrá acción hoy. Para serte sincero, la mayoría esperan a ver dónde va Capa. Tiene una habilidad tremenda para acabar en el meollo.

Hombres con los ojos enrojecidos, sin afeitar, iban saliendo de las habitaciones y bajando la escalera. Charles saludó con un gesto a un reportero que había visto en la barra un par de horas antes. Por todas partes se percibía el olor acre del sudor y del alcohol. Le latía la cabeza y tenía la boca seca. Se moría por un vaso de agua fría, pero en el vestíbulo no vio más que café negro fuerte que servían con unas cafeteras de lata.

Buscó en el bolsillo unas monedas para comprarse una tortilla y entonces recordó vagamente que Capa le había ganado todo el dinero la noche anterior. Cogió una taza de lata y se tomó el café demasiado deprisa, quemándose la lengua.

Hugo se abrió camino entre la multitud.

—Bien, ya estamos listos.

A la luz gélida del amanecer, los periodistas y los reporteros gráficos salieron a la calle y se subieron a los camiones y los jeeps que los estaban esperando. Charles observó a Capa poner las cámaras en el jeep de delante. Pensó en la foto de la chica. No se había sentido así desde que era un crío. Un niño que iba un curso más adelantado que él en la escuela tenía un barco de juguete que él deseaba desesperadamente. Era un niño carismático, admirado: la clase de persona con la que la gente quiere codearse, con quien quieren que la vean. Aquel barco era la cosa más maravillosa que Charles había visto en su vida, con el casco rojo vivo brillante y una resistente vela blanca. Por la noche, alguien, presuntamente un rival, había forzado la taquilla del chico y había roto el hermoso barco. No habían quedado de él más que astillas rojas en el suelo.

12

St. Ives, septiembre de 2001

Emma cerró los ojos y levantó la cara hacia el cielo despejado. Las gaviotas volaban alto. Un viento frío soplaba procedente del mar y la playa de Bamaluz estaba desierta. De niña aquella era su playa favorita. La mayoría de los turistas de St. Ives ni siquiera conocían su existencia y seguían a todo el mundo a Porthmeor o a Porthminster. Liberty siempre la llevaba allí. En aquella época del año, cuando todas las hormigas, como los de la zona llamaban a los turistas, desertaban de Cornwall, Emma tenía la playa para ella sola.

Era pleamar y las olas rompían a su lado mientras dejaba sus huellas en la orilla. Hasta la playa había un paseo corto desde la casa de pescadores que Charles y Freya habían comprado hacía décadas, antes de que St. Ives se pusiera de moda. Aquella había sido la playa de su madre mientras se crio y a Emma le recordaba siempre las vacaciones de verano, haciendo surf y tomando el sol. Siempre se había sentido segura allí.

Había conducido de un tirón hasta Cornwall la mañana en que dejó la casa de Freya, deteniéndose solo para recoger la maleta y la caja de cartas de Liberty del estudio. Cuando había llegado a St. Ives anochecía. Había estacionado delante de la casa y escuchado el ronroneo del motor caliente en el silencio circundante. En la calle no había un alma. La luz del pub iluminaba la acera. Había oído el sonido apagado de un televisor y, al mirar hacia arriba, visto a una familia sentándose a cenar en el cuadrado iluminado de una ventana. El marido había pellizcado la mejilla de su mujer al sentarse a la cabecera de la mesa.

Nunca en la vida se había sentido tan sola.

Caminó por la playa, sin aliento. Sus pisadas retumbaban. «Joe», pensó, con las mismas imágenes pasándole una y otra vez por la cabeza. Se acordó de la noche que por primera vez había sospechado que algo iba mal, la Noche Vieja del cambio de milenio, en una fiesta en Londres. Las caras conocidas de los asistentes se habían comportado como piezas de un juego de ajedrez, representando cada una su papel habitual. Y Emma era Emma, la vieja Emma en la que siempre se podía confiar.

—¿Habrá campanas de boda este año, Em? —le había preguntado el anfitrión después de la fiesta, mientras lo ayudaba a recoger—. Ya va siendo hora de que Joe te convierta en una mujer decente.

—¿Qué necesidad hay? —había respondido ella riéndose—. Somos felices tal como estamos.

Eran felices. Había contestado a aquella pregunta tantas veces con las mismas palabras que lo decía sin pensar, como una autómata. Pero aquella vez algo le había sonado a falso en aquella afirmación; como el sonido apagado de una campana, las palabras habían salido inertes de sus labios. La felicidad le había sabido a polvo, a hojas chafadas y fotos amarillentas. En apariencia nada había cambiado, pero algo le había chupado la vida a su amor.

Dos gaiteros de la fiesta habían encabezado la procesión por la orilla del río a medianoche, apartando a la gente y abriendo un sendero por los jardines. Emma había iniciado el paseo del brazo de Joe pero, cuando el Big Ben empezó a sonar, estaba sola, sosteniéndole el pelo a una amiga que vomitaba en un arriate. Se había perdido los fuegos artificiales y el río de fuego en la aglomeración, sosteniendo a la chica, que pesaba cada vez más.

A lo mejor si no hubiera caminado tan despacio, prácticamente cargando a la chica de vuelta a la fiesta, no habría visto a Joe. Él no la vio y sabía por qué. Cuando la gente que ya se iba se alejó, lo vio en un portal, a mitad de la calle Lord North. Hablaba con alguien por móvil. No tenía que oír lo que decía para saber que aquello era el comienzo del final. Le bastó verlo: hablaba como solía hablar con ella al principio de su vida en común.

Cuando se reunió con ella más tarde, en la fiesta, Emma fingió que nada había pasado. La había estado buscando, le dijo. Habían vuelto andando a su casa a medio terminar de la calle Old Church al amanecer y hecho el amor. Joe había proclamado un nuevo comienzo mientras para Emma era un último adiós.

Había durado una temporada, más de un año. Joe era muy cuidadoso y, luego, el cáncer de Liberty había atacado de nuevo. Emma era demasiado joven para saber lo que pasaba la primera vez, pero ahora no le cabía duda de que era el final. Entre el trabajo y cuidar de su madre, se había visto apartada de él en el momento en que más necesitaba estar a su lado.

Se despertaba por las noches en un hotel de Hong Kong o de Sídney, con las sábanas pegadas y el pecho pesado, intentando recuperar el aliento a causa de una pesadilla que la asustaba mortalmente: caía por una escalera de caracol interminable, precipitándose cada vez más rápido y gritándole a Joe que la ayudara, aunque él nunca estaba presente.

Después de diez años juntos no había vestido de novia

por el que llorar, ni hijos, ni siquiera gatos por cuya custodia luchar. Esperaba una prueba fehaciente porque sabía que, sin pruebas, él lo negaría todo. En el fondo, esperaba estar equivocada.

Al final, él se había relajado demasiado y olvidado la llave de su archivo cuando se había ido a jugar a squash. Allí estaba el claro rastro en papel de recibos de hotel y restaurantes, de un número de teléfono conocido en sus recibos telefónicos que aparecía con demasiada frecuencia. Emma se dijo que a lo mejor había una explicación inocente para todo aquello: Joe también viajaba por negocios a menudo y, por supuesto, tenía que llamar a Lila por motivos de trabajo. Luego había visto el mensaje de Delilah. Emma se había mudado a casa de Liberty. Su madre era la única persona a la que quería abrir el corazón, pero no pudo. ¿Cómo iba a destruir el amor y la confianza que su madre le tenía a Joe? Así que le había dicho que Joe estaba siendo muy comprensivo, porque ella quería estar con su madre lo más posible.

«Lo que era cierto», pensó Emma paseando por la playa. Durante las últimas semanas, a medida que Liberty se iba debilitando, habían fingido. Delilah la había visitado por última vez para despedirse, incapaz de mirar a la cara a Emma hasta marcharse, momento en que le había lanzado una sola mirada triunfal de reojo.

Después del funeral, Emma había salido de la vida de Joe tal como había entrado, con una sola maleta. Los años de convivencia se habían escurrido como la arena por las rendijas. Al principio lo había negado todo, como ella esperaba, pero al final se había derrumbado frente a su furia controlada. No era una mujer vengativa. Había jugado con la idea de destrozarle los trajes, de impedirle disfrutar del placer del vino subiendo la calefacción. Sin embargo, sabía que para él, volver a su vida y hallarla tal cual, pero sin ella, sería la mejor venganza. Joe detestaba los cambios. Le encantaba la vida que llevaban. Le contó que Delilah lo había pillado en un momento de debilidad, que podían volver a empezar. Le dijo que su nueva casa daba fe de sus años de amor. El cenicero estaba en su escritorio porque lo habían elegido juntos en una tiendecita de Hamburgo; cada cuadro de las paredes lo habían buscado y valorado los dos durante sus viajes de domingo a Christie's, en el barrio de South Kensington.

Emma pensó en la noche que Joe había ido al estudio después de la lectura del testamento de Liberty, en cómo desahogaron su dolor encontrando el familiar consuelo en brazos del otro. Él no quería que se fuera. Le había dicho muchas cosas en aquella última conversación, con la voz ronca por lágrimas de arrepentimiento. Había sido un insensato, la amaba, aquello no era más que una aventura pasajera. Cuando volviera de su viaje de negocios, le había dicho, empezarían de nuevo. Emma no debía precipitarse. Rompería con Delilah.

Recordó cómo el corazón se le paró.

—¿Significa eso que sigues viéndola? —Lo había apartado, protegiéndose con la sábana—. ¡Fuera! ¿Cómo has podido venir aquí...?

—Emma, te quiero.

—¡Fuera!

Le había lanzado la ropa y cerrado de un portazo, dejándolo en el pasillo suplicándole que volviera a casa.

Cuando Joe había vuelto de Nueva York, se había encontrado la casa ordenada y limpia como una patena. Se había felicitado creyendo que ella había entrado en razón, ignorado los mensajes frenéticos de Delilah y preparado la cena para ambos: ostras y pollo asado, lo que más les gustaba, con una botella de vino de Sancerre.

Cayó la noche y Joe estuvo esperando a la luz de las

velas su regreso. La llamó por teléfono, pero lo tenía desconectado. Las ostras se pasaron, el pollo se secó y se quemó. Finalmente, se puso a buscar por la casa. Solo habían desaparecido unas cuantas cosas: su perfume preferido, los otros seguían en el tocador a medio usar; sus mejores zapatillas de deporte; unos viejos tejanos y una botas; la chaqueta de piel que los dos se ponían, aunque le sentaba mucho mejor a ella que a él. Miró en la mesilla de noche. Había dejado la foto de ambos tomada en la fiesta de la noche que habían hecho el amor por primera vez, pero se había llevado una en la que salía de bebé, en brazos de su madre. Había quedado un rectángulo más oscuro en la caoba. Se había marchado llevándose lo más valioso de su vida. Viajaba ligera de equipaje.

La semana en Cornwall le sentó bien. Emma se sentía más ella misma, pensó, mientras escalaba la que había considerado siempre su roca para contemplar el mar. El sol atravesaba las nubes e iluminaba las olas. Se abrigó con la chaqueta, dándose cuenta de que el dolor ya era menos agudo. Notó una patada del bebé contra la mano. Se acarició la tripa, acordándose de la noche de su llegada. Aquella primera noche en la playa había gritado el nombre de Joe al viento una y otra vez, con el cuerpo convulso por los sollozos, dejándole ir, dejando ir todo cuanto había deseado. El aire salado le acariciaba la cara y se mezclaba con sus lágrimas mientras gritaba: «¿Por qué? ¿Por qué a mí? ¿Por qué él? ¿Por qué me has quitado a Joe?» Tambaleándose, había vuelto a la casa y buscado la llave que Freya dejaba escondida debajo de una piedra, cerca de la puerta trasera. En el umbral había encontrado una botella de leche y una cazuela de sopa aún caliente. Había reído entre lágrimas. Evidentemente, Freya había llamado a los vecinos y les había dicho que se ocuparan de ella.

«¿Tan predecible soy?», se preguntaba ahora.

Enterró la cara en su bufanda rosa pálido y aspiró el cálido aroma floral de Chérie Farouche. Sacó una de las cartas de Liberty del bolsillo. La había estado reservando para la última mañana. A su llegada a la casa de pescadores había dejado las cartas en la vieja mesa de la cocina y se había sentado a leer los títulos para escoger cuál abrir primero. La número diecisiete decía: «En caso de emergencia.» La había tapado con la mano. «No. Esta mejor la guardo.» Sonriendo para sí, la había elegido sin embargo.

La escritura de su madre en el sobre ponía: «Acerca de la familia.» Emma le dio la vuelta y la abrió.

Si mal no te conozco, Em, habrás guardado estas cartas sin abrir durante un tiempo. Siempre has preferido la ilusión de un regalo sin abrir, siempre has saboreado todos los regalos. No llegas al extremo de Freya, que sigue guardando todos los papeles de regalo para reutilizarlos, pero me parece que te enseñó a disfrutar de cada momento, algo que yo comprendí demasiado tarde.

¿Te acuerdas de aquella vez, cuando tenías unos siete años y soltaste las mariposas de Charles? Supongo que creías estar haciéndoles un favor dejándolas en libertad, pero eran tropicales y Charles perdió la paciencia contigo.

No eras una niña traviesa, en absoluto. De hecho recuerdo haberme sentido aliviada por el hecho de que hubieras hecho algo tan impropio de ti, tan espontáneo. Te dije que aprendieras de tu error. Te dije que tenías que aprender las lecciones de la vida por tu cuenta, que nadie podía enseñártelas. Me dijiste: «Eso no es justo, mamá. ¿Qué lecciones son?» Sigo pensando que tienes que vivirlas tú, pero como no voy a estar para guiarte, intentaré contarte en estas cartas las lecciones que he aprendido yo.

Espero que leas esto escuchando Sister Sledge: «We are family...» ¿Recuerdas que solíamos bailar esa canción una y otra vez? Somos una familia de mujeres... con Charles, por supuesto. Siempre he lamentado que tu padre prefiriera tener la parejita, un monovolumen y una mujer que vestía ropa de nilón que seca rápido a estar con nosotras dos, pero ¿qué podía hacer yo? Escogí al hippy más tradicional de la Costa Oeste. Mis relaciones fueron un desastre, pero les sacamos el mejor provecho, creo, tú y yo: creamos nuestra familia.

Me pregunto si Freya ha hablado contigo de mí ahora que ya no estoy. Hace muchos años que sospecho, aunque Freya siempre lo ha negado, que ella intentaba protegerme a su modo, aunque equivocadamente. Nunca he tenido la sensación de pertenencia, Em. Realmente nunca me he sentido en casa. Es como si me faltara algo, pero nunca he sabido qué. A lo mejor a ti te contará más. A lo mejor serás capaz de resolver el misterio familiar. A mí se me ha acabado el tiempo. Tal vez esa es la primera lección: en vida sospechaba que la familia que uno crea no siempre está unida por lazos de sangre. Espero que tú descubras la verdad sobre la nuestra.

Te quiero,

MAMÁ

13

Morata de Tajuna, Jarama, febrero de 1937

Los cirujanos del hospital de campaña del frente del Jarama trabajaban desnudos de cintura para arriba, con las piernas cubiertas por un delantal blanco y botas blancas. Un andamio metálico desvencijado sostenía un débil foco por encima del paciente: parecía el intento de un niño de crear una mesa de operaciones con un Meccano.

—¿Qué nos entra? —preguntó uno de los médicos.

—Seis abdominales y un par de cabezas, doctor —dijo Freya.

—¿Cómo va el último?

—Está estable, doctor. La transfusión ayuda.

—Bien. Escalpelo.

Freya buscó a tientas en la oscuridad el instrumento adecuado. La luz de una vela titilaba en los escalpelos plateados de la bandeja.

—¿Cuántas botellas de sangre nos quedan? —preguntó el médico.

—Hemos usado la última —dijo una enfermera que estaba al lado de la nevera.

—¡Maldita sea! La entrega se retrasa. —Se secó el sudor

de la frente con el dorso de la mano—. Manda un mensaje al banco de sangre. Que nos manden todo lo que puedan. —Se apoyó cansado en el borde de la mesa de operaciones—. Bueno, tendremos que hacerle a este hombre una transfusión directa. ¿Quién es de tipo O?

Freya alzó la mano.

—¿Cuándo hace que diste sangre?

—Un par de meses.

—Servirá.

En una habitación contigua, Freya se tendió en un camastro frío y húmedo, al lado del herido, y cerró los ojos. Intentaba no pensar en el equipo que estaban preparando, esforzándose por mantener la mente ocupada recordando el viejo palacio de Madrid donde la habían mandado a pasar un par de noches cuando iba hacia el frente, con su hermosa escalinata de piedra, los setos recortados y las palmeras. Lo había abandonado un partidario de los nacionales al principio de la guerra y las enfermeras y los conductores de ambulancia jugaban a billar en las enormes salas con cortinas de seda y leían revistas en la biblioteca. Cenaban todas las noches pan y garbanzos en la vajilla dorada. Era surrealista estar rodeados de paz y lujo a pocos kilómetros del frente.

—Vale —dijo una voz masculina—. Notarás un pinchacito.

Freya se envaró.

—Estupendo. No he notado nada.

—Bien. Vamos a unirte a la vena de este muchacho.

—Siempre igual con usted. Prefiero que no me lo describa todo paso a paso. —Abrió los ojos para mirar al doctor, que la estaba mirando a su vez. Por las arrugas en las comisuras de los ojos supo que sonreía debajo de la mascarilla.

—Tenías los párpados tan apretados que nadie hubiera dicho que tenías miedo.

—Lo tengo. No soporto las agujas, al menos cuando me tocan a mí.

—Eso es un poco peliagudo siendo enfermera, ¿no? —Miró al herido—. Estoy seguro de que este hombre sabrá valorarlo. —El médico dejó su brazo apoyado en el camastro y comprobó que la sangre fluyera adecuadamente hacia el paciente—. Ahí va, bien hecho. Tienes mucho trabajo que hacer hoy.

—¿No tenemos siempre mucho? Al menos cuando esto está abarrotado los cuerpos calientan un poco el ambiente. Por el momento tenemos más de doscientos, aunque esta unidad está preparada para acoger solo cincuenta. Hay tres hombres por cama y tendidos en el suelo, en cualquier parte... —Le pareció que hablaba demasiado y flexionó la mano, sonriendo forzadamente. Le dolía de frío. Aquella mañana había ayudado a unas enfermeras españolas a lavar sábanas en el agua helada de un riachuelo que desembocaba en el Jarama, frotándolas sobre las rocas. El aire olía a la batalla, pero también a tomillo, a la hierba aplastada bajo las botas de miles de hombres.

—Adoro a los ingleses. Siempre veis la parte positiva de las cosas. —El médico se reía—. Soy Tom Henderson, ya que estamos.

—Encantada de conocerlo, doctor Henderson.

—Llámeme Tom.

Freya lo miró a los ojos, unos ojos azules de mirada dulce.

—Yo soy Freya.

—Bueno, Freya, me parece que después de esto te mereces una taza de té —dijo él, imitando el acento inglés.

—¿Té? Ojalá. No estoy segura de que el té siga siendo té —comentó Freya—. Eres demasiado amable. Tengo que volver al trabajo. Están llegando los heridos.

—¿Sabes cómo llaman a esta batalla?

—Creo que la llaman de la «colina suicida». —Freya suspiró—. He oído que el Decimoquinto Batallón hace lo que puede pero que hemos perdido prácticamente a todos los oficiales y a más de la mitad de los soldados ingleses.

Tom comprobó el estado del paciente.

—Bien, está recuperando el color. —Se sentó al borde del camastro de Freya y se quitó la mascarilla—. Creo que el Batallón Abraham Lincoln ha tenido incluso más bajas. Esos pobres estadounidenses, esos valientes jóvenes, marcharon directamente hacia las líneas de los nacionales sin cobertura de artillería. Los hicieron picadillo.

Freya sacudió la cabeza y suspiró.

—Al menos hemos impedido que sitien Madrid.

—¿«¡No pasarán!»? —Tom la miró—. Viendo a estos chicos, me pregunto a qué precio. —Sonrió con tristeza—. Dime, ¿cuánto hace que no has comido decentemente?

—¿Por qué? ¿Estoy cadavérica?

—No. Un poco pálida.

—Nos trajeron un poco de estofado anoche. —A Freya le castañeteaban los dientes—. Siempre que como algo con huesecitos pequeños intento convencerme de que es conejo y no gato.

—Yo también. —Tom se levantó y volvió a comprobar el estado del paciente—. Creo que ya casi está —le dijo a Freya—. Unos minutos más y listo. —Volvió a sentarse a su lado—. ¿Te gustaría que te sostuviera la mano? Tiemblas un poco.

—¿Quieres decir que tiemblo como una hoja?

—Caray, estás helada —dijo él, frotándole los dedos para hacerla entrar en calor.

—Estoy bien. Bastante cansada, creo. Llevamos varios días trabajado sin parar. Si pudiera dormir un par de horas... —Freya lo miró a los ojos, intentando combatir la modorra.

—Venga, dame la otra mano.

—Gracias. —Freya miró su cabeza inclinada, el pelo negro que le caía sobre la frente—. ¿Cuánto llevas aquí?

—El Cuerpo de Transfusiones Canadiense entró en servicio el pasado noviembre, pero yo me uní en enero a la unidad del doctor Bethune. Viajamos con un grupo de estadounidenses desde Nueva York. Formo parte del Batallón Mackenzie-Papineau.

—¡Oh, yo pensaba...!

—No. Soy canadiense. —Tom le sonrió y se le formaron hoyuelos en las mejillas sin afeitar—. Nací y me crie en Toronto. —Consultó la hora—. No fue un viaje cómodo: en tercera clase cruzando el Atlántico; cuatro hombres por camarote y todos mareados como sopas. Me pasé casi todo el trayecto en cubierta.

—¿Hicisteis escala en París?

—Sí. Es una ciudad fenomenal. Me encantaría volver allí algún día.

—A mí también. —Freya ya se veía paseando del brazo con él por las calles adoquinadas de Montmartre.

—Luego fuimos en tren hasta Marsella y en camión a Perpiñán antes de cruzar los Pirineos. ¿Y qué me dices de ti?

—Nuestro primer destino fue el frente de Aragón, cerca de Huesca. Algunos fuimos desde allí a otros hospitales de campaña. Al final acabé en Madrid y luego vine aquí con las ambulancias del Cuerpo Médico...

—¿De veras? —La interrumpió Tom—. ¿Estás diciéndome que algún tipo te tuvo para él solo en una ambulancia todo el trayecto hasta aquí? Voy a tener que cambiar de medio de transporte.

Freya se ruborizó. No estaba acostumbrada a que alguien fuera con ella tan atrevido.

—Es un país hermoso, ¿no te lo parece?

—Se está volviendo más bonito por momentos.

—Los naranjos, las carreteras polvorientas...

—A lo mejor te gustaría dar un paseo más tarde... —Tom se levantó y se desperezó. La camiseta blanca se le pegó a los abdominales marcados.

—Podría ser... Me gustaría mucho.

Tom se inclinó para extraerle la aguja y ella volvió la cabeza hacia el otro lado.

—Escucha —le dijo él—. Nos han refugiado en una casa ostentosa de Madrid. Por lo visto es más seguro: los fascistas no bombardean los barrios ricos. Hoy he visto cómo trabajas. Si te apetece soportar el carácter de Bethune, necesitamos otra enfermera para la unidad, porque una de las nuestras ha pillado la fiebre tifoidea y tiene que volver a casa. ¿Te plantearías un traslado?

Freya no lo dudó un instante.

—Me encantaría.

—El trabajo es duro. Estarás en el frente a menudo, entregando sangre y administrándosela a los moribundos.

Freya volvió la cabeza hacia él y se estremeció cuando le extrajo la aguja.

—Mientras no me pidas que me someta a otra transfusión directa hasta dentro de una temporada, creo que podré soportarlo.

Tom mantuvo una gasa apretada contra la vena de su brazo.

—Ya está. Mantenla apretada un minuto o dos.

—Puedo con esto —dijo ella—. Pero... Bueno... Es duro, ¿verdad? Tantos heridos por todas partes, el espantoso sonido de sus gritos. —Sacudió la cabeza, pensando en las salas limpias y bien iluminadas en las que se había acostumbrado a trabajar en la escuela Nightingale de enfermería, en Londres.

Mientras los camilleros levantaban la camilla del herido, Tom le tendió la mano a Freya.

—Si gritan: «¡Enfermera, curandera, ven aquí!», tienen

alguna posibilidad. Es a los que están callados, como este, a los que tienes que vigilar. —Tom comprobó los documentos del paciente y los metió bajo la manta del soldado—. Jordi del Valle. He ido contra mi instinto al intentar salvarlo, pero es tan joven...

—¿Lo conseguirá?

—Quién sabe. Las amputaciones son difíciles. Hemos estado a punto de darnos por vencidos en la mesa de operaciones. —Tom suspiró—. Tenemos que tratar a demasiados y andamos cortos de recursos. Mira cómo trabajamos, a la luz de las velas la mitad del tiempo.

—Es bastante romántico, si uno lo mira por el lado bueno.

—Ahí lo tienes. Otra vez buscándole lo positivo a la situación. —Tom comprobó la gasa de su brazo—. ¿No te molesta cuando alguno de los chicos se enamora de ti? He visto cómo te insisten.

—En absoluto. Son unos críos la mayoría. Están solos. Los que no lo son, bueno... —Freya se sacó una pistola del bolsillo del delantal y Tom levantó las manos, riendo.

—Gracias por la advertencia.

—No pretendía decir... —Calló porque oyeron disparos fuera. Una explosión sacudió la habitación. Freya notó cómo el suelo temblaba bajos sus pies, la sangre rugiéndole en los oídos. Tom la rodeó con los brazos y la protegió apoyándola contra la pared mientras caía una lluvia de yeso.

—Creía que aquí estábamos seguros. —La cama donde Freya se había acostado estaba cubierta de desconchones. Instintivamente, ambos miraron hacia el techo, esperando más explosiones—. A lo mejor el tipo ha tenido suerte o a lo mejor ha sido un tiro perdido. ¿Estás bien? —Tom se apartó un poco, todavía con el brazo alrededor de su cintura. Oían los disparos y pasos a la carrera por el pasillo.

—Estoy bien. Tiene gracia, ¿verdad?, lo rápido que eres

de reflejos. —Freya le quitó el polvo de la nariz. El corazón le latía acelerado por la adrenalina y la proximidad de Tom. Entonces se inclinó a besarla y sus labios rozaron los suyos—. ¿Besas a todas tus donantes, doctor Henderson?

—Solo a las guapas. —Sonrió y miró hacia arriba porque se oían bocinas de vehículos—. Tengo que volver a Madrid, pero me gustaría invitarte a esa taza de té alguna vez.

Freya le sostuvo la mirada.

—Me gustaría.

—Hablaré con Beth de sacarte de aquí —dijo Tom—. Hasta pronto. —Se paró en la puerta y se volvió hacia ella—. Feliz Día de San Valentín, Freya.

14

Londres, septiembre de 2001

—Me alegro de que hayas vuelto —le dijo Freya a Emma—. Me preocupé al no poder dar contigo.

—Me temo que tiré el móvil al mar. —Emma se abrió camino entre un montón de hojas doradas del sendero. Había escuchado el último mensaje de Joe por última vez: «He cometido una verdadera estupidez. Escucha, voy a arreglarlo.» Le resultaba insoportable. Ya era demasiado tarde.

—Estás convirtiendo en un hábito eso de desaparecer —le dijo Charles, caminando con rigidez a su lado.

—Liberty me enseñó que uno no puede confiar en nadie más que en sí mismo. Necesitaba pasar una temporada sola. —Una brisa fresca rizó el agua y un niño pequeño mandó un barco rojo a navegar sobre las olas.

—Bobadas. Sabes que siempre podrás confiar en nosotros. —Charles se levantó el cuello del jersey de lana—. Nos tenías preocupados.

—No puedes con esto tú sola, Em. —Freya sacudió la cabeza—. No soporto verte así. Te comportas como de niña, empeñada en no llorar cuando te caías.

—Estoy bien. —Emma tenía un nudo en la garganta.

—No hay noticias de Joe —dijo Freya en voz baja.

—Lo sé. —Emma siguió andando—. Le pedí a su madre que me avisara si se enteraban de algo.

—Se alegrarán de lo del bebé... —La voz de Freya se apagó.

—Se lo diré a su tiempo. Todavía no. —Se estremeció—. Ahora tienen una nuera como es debido.

—Delilah vuelve a casa.

Emma se volvió en tromba.

—¡Por favor, no le cuentes nada!

—Acabará por saberlo.

Emma sacudió la cabeza.

—No estoy preparada para decírselo todavía. Este bebé es lo único bueno que tengo en la vida por ahora y no voy a dejar que también me lo estropee. —Emma se dio cuenta de lo que acababa de decir—. Una de las tres cosas buenas que tengo. —Enlazó un brazo con el de Freya y el otro con el de Charles y siguieron paseando—. ¿Sigue adelante el trato? Firmé los documentos.

—Sí, vi que los habías dejado en el despacho anoche. —Freya indicó un banco—. ¿Podemos sentarnos?

Charles desempolvó el asiento y le ofreció la mano a Freya para que se sentara.

—La cuestión es que los americanos se han retirado. Francamente, presentía que lo harían.

—¿Por el 11-S? —Emma inspiró profundamente y miró el lago—. ¿Qué pasará ahora? Yo no puedo trabajar con Lila ahora que Joe no está.

—La propuesta sigue en pie. Delilah cree que podrá encontrar otro comprador.

—Entonces dejemos que lo haga.

—¿Estás segura, Emma? —preguntó Charles—. No tienes que tomar ninguna decisión precipitada. Puede ser ella la que se vaya.

Emma negó con un gesto.

—No puedo comprar su parte, no la participación suya

y la de Joe en la empresa. Lo tiene todo a su favor siendo su esposa. Ha vencido. Delilah tiene tanto dinero como siempre había querido. Joe era siempre tan organizado... Apuesto a que cambió el testamento justo después de la boda.

Freya asintió con la cabeza.

—Delilah me mandó por fax una copia, como si yo necesitara una prueba. ¡Es tan injusto! —Freya atizó furiosa una bolsa arrugada de patatas fritas con el bastón—. ¿Por qué has tenido que perderlo todo?

Emma la miró.

—Nadie ha dicho que la vida sea justa. Mira lo que le pasó a mamá.

—¿Qué harás? Está el estudio, claro. Puedes volver a empezar...

—No. —Emma negó con la cabeza—. Voy a venderlo.

—¿Dónde vivirás? Puedes venirte con nosotros, pero solo tenemos dos habitaciones.

—¿Sabes? —dijo Emma tras una pausa—. Una noche, sentada en la playa, pensé: «Puedo irme a cualquier parte.» Os tengo a ti y a Charles y siempre me tendréis a mí, pero no estoy atada a nadie, de hecho ahora ya no. Es sorprendente lo rápido que desaparece lo que parecía sólido. Joe, mamá, mi casa, mi trabajo... todo se ha esfumado.

—¡Oh, Em, cariño! —Freya le apretó la mano.

—No me doy lástima —dijo Emma—. Simplemente... —Se pasó una mano por el pelo—. Releí el testamento de mamá mientras he estado fuera. He decidido mudarme a Valencia de forma permanente.

—¿Has decidido qué? —Freya había abierto unos ojos como platos—. Que la casa te sirva de lugar de vacaciones es una cosa, pero ¿mudarte allí?

—¿Por qué no? Quiero tener a mi hijo lejos de aquí, lejos de todo esto. Quiero empezar de cero.

—Pero si según Liberty esa casa lleva décadas deshabitada, Emma. —Charles se sacó una moneda antigua del bolsillo y la acarició con el pulgar—. Seguramente se está cayendo a pedazos.

—Me da igual. Voy a invertir el dinero de la venta del estudio en esto. Voy a construirme una vida distinta. Por supuesto, espero que vengáis a verme, que os quedéis conmigo todo el tiempo que queráis.

—No, no lo creo. —Charles apartó la mirada.

—¿Por qué no? Te encantaba España.

—El país que yo amaba ya no existe, ni la gente a la que yo amaba. Todo ha cambiado. —Charles jugueteaba nerviosamente con la moneda, dándole vueltas entre los dedos.

—¿Después de todo este tiempo? Pues claro. Valencia parece un lugar hermoso.

—Lo es. —Tras una pausa, Freya añadió—: Siempre ha sido un paraíso. La tierra de las flores, la luz y el amor.

—¿En serio?

—¡Oh! Eso dice una antigua canción. —Freya miraba el lago—. Las montañas, esas hermosas cúpulas azules, *Sangre y arena...* —Notó la confusión de Emma—. Tyrone Power y Rita Hayworth, querida. Es algo mágico. ¿Sabes que el Santo Grial está en la catedral?

—¿Te burlas de mí? —Emma sonreía, pero se sentía extraña; los músculos de su cara habían perdido la costumbre de hacerlo—. Tienes que venirte conmigo.

—No. No, no lo creo. Tienes que descubrir el país por tu cuenta. Nuestros recuerdos de la Guerra Civil... bueno, un montón de idealistas vieron sus ideales rotos y destruidos cuando ganó Franco. —Miró de reojo a Charles—. Si estás decidida a ir, no quiero que nuestras vivencias tiñan tu estancia allí.

Charles se aclaró la garganta.

—¿Cómo era aquel viejo dicho mallorquín tan encantador?

—«Fue así y no fue así» —apuntó Freya. Eso lo resume

todo, ¿verdad? Todas las historias tienen dos caras: una de luz y una de sombra —murmuró—. Sigo manteniendo que hubo actos individuales de notable valor y compasión que te permitían soportar lo peor. Pero la matanza fue brutal. ¿Quién era ese hombre espantoso que decía: «Muerte a la inteligencia, larga vida a la muerte»?

—Millán Astray. —Charles torció el gesto—. Fundó la Legión Extranjera. Eran muy peligrosos cuando los atacabas, te lo aseguro. Eran muy aficionados a usar el cuchillo.

Freya asintió con la cabeza.

—La guerra es siempre sangrienta y una guerra civil la que más.

—Hermanos contra hermanos —dijo Charles, con una mirada penetrante a Freya—. Todos sospechaban de todos. Los republicanos intentaban localizar a los franquistas que trabajaban clandestinamente: los llamaban la «quinta columna», el enemigo interno.

—Pero no dieron con todos —dijo Freya en voz baja—. Francamente, los políticos nos parecían irrelevantes a la mayoría. La gente como Charles y yo habíamos ido a España porque parecía la única cosa decente y humana que podíamos hacer.

—El Gobierno británico estaba asustado, como todos los conservadores, fueran de donde fuesen —dijo Charles—. No hacían más que ver titulares sobre monjas violadas y curas y terratenientes asesinados. Te aseguro que nunca he conocido gente más decente que los hombres y las mujeres con los que combatí en las Brigadas. Eran simples trabajadores, estibadores y mineros en su mayoría, que veían sufrir a sus iguales y que la democracia estaba en juego. Ahora, la gente cree que las Brigadas Internacionales eran un nido de poetas con flores en la gorra.

—O mariposas —dijo Freya.

—Acababas de empezar la carrera cuando te fuiste, ¿verdad, tío Charles? —dijo Emma—. Tenías una beca, ¿no?

—Mmm. Sí. Era un niño. Cuando mataron a nuestros padres nos quedamos en la estacada. Conseguí reunir lo suficiente para comprar las casas: por entonces Chelsea era un barrio muy degradado y St. Ives un pueblecito de pescadores. ¿Te acuerdas, Frey, de cómo la humedad rezumaba de las paredes? Tuvimos que escondernos del lechero debajo del sofá en más de una ocasión.

—¿Por eso no terminaste los estudios?

—Bueno, en aquellos tiempos no era necesario, a no ser que estuvieses interesado en dar clase, claro. En cierto modo era visto con malos ojos... era un poco impropio de caballeros. Mira a Nabokov, uno de los mejores expertos en lepidópteros que jamás haya existido y un completo aficionado.

—Te carteaste con él una temporada, ¿verdad? —Freya se recogió un mechón de cabello detrás de la oreja y se caló la gorra—. Charles era un buen partido en aquella época —le comentó a Emma con picardía—. Era uno de los que estaban tremendamente de moda. Fue una época interesante. Muchos de sus contemporáneos se hicieron bastante famosos.

—Yo era bastante ingenuo, por no decir otra cosa, en lo tocante a política. —Tras una pausa, añadió—: En lo tocante a un montón de cosas.

—¿Al final te uniste a los Apóstoles? —dijo Freya. Inclinándose hacia Emma, le susurró—: Nunca he podido sacarle una respuesta clara.

—¿Eh...? No. —Charles cruzó las piernas—. Recibí una invitación en mi casillero, pero creía que era de algún grupo de fanáticos religiosos y la tiré.

—¡Tonterías! No me lo creo. —Freya soltó una carcajada—. Era una sociedad secreta de hombres del Trinity y del King's College que se reunían los sábados para debatir. Era una membresía para toda la vida. Personajes como Lytton Strachey, Rupert Brooke, Burgess y Blunt han pertenecido al club. ¿Llegó Cornford a ser miembro?

—¿John? No, era demasiado modesto.

—Desde luego, en los tiempos de Charles reclutaban a sus miembros por el aspecto más que por el intelecto.

—¡Oh, cállate, Frey! Hablas de cosas de las que no sabes nada.

—Nunca he entendido por qué no volvió al King's College si tanto le gustaba. Era casi como si se estuviera castigando —le dijo Freya a Emma.

—¿Castigándome? ¿Eso crees? A lo mejor había allí demasiados recuerdos. —Charles frunció el ceño—. Era bastante feliz en Downing. Volví después de 1945, cuando Imms sustituyó a Wigglesworth. Se especializó en mariposas y polillas. Un estupendo hombre de familia, muy cálido: aunque no lo deducirías del poema de Updike sobre él. Era una época emocionante. Revolucionamos realmente el modo en que la gente veía los insectos con nuestro trabajo en Cambridge. Al principio yo buscaba la escala de aromas de las alas de mariposa. ¿Sabías que emiten feromonas para atraer a las hembras?

Charles había explicado sus teorías un centenar de veces, pero Emma le siguió la corriente.

—Es fascinante, tío Charles.

—No está mal para unas criaturas tan pequeñas que pesan igual que dos pétalos de rosa y viven apenas unos días.

—¿Se marcharon a España muchos de tus amigos?

—¡Oh, sí! Fuimos yo, Hugo, John Cornford...

—Era poeta, ¿no?

—Sí. Volvió en 1936 para convencernos de que nos uniéramos a las Brigadas Internacionales. Por supuesto, lo mataron al cabo de pocos meses. Lo vi, brevemente, en Madrid. —Charles sonrió tristemente al recordarlo—. Se parecía a Byron, tenebroso y romántico, con la cabeza vendada. Salieron en tren hacia el frente de Andújar en Nochevieja. Perdimos a Ralph Fox y a John al día siguiente de que cumpliera veintiún años. —Suspiró, mirando a Emma—. Si de verdad te interesan todas estas viejas anécdotas, tengo un regalo de despedida para ti. Ven a verme a Cambridge antes de marcharte.

—Gracias. Lo haré. Espero que cambies de idea sobre Valencia. No hay prisa. Tardaré unos cuantos meses en adecentar la casa. —Eso esperaba—. Seguro que querréis ir para conocer al bebé, ¿no?

—Ya veremos. —Freya sonrió débilmente—. Espero que sepas lo que haces.

—¿De qué vivirás? —le preguntó Charles.

—Ya se me ocurrirá algo. Perfume, cosméticos, todo eso parece tan poca cosa desde el 11 de septiembre...

—Te equivocas —dijo Freya. Emma notó la súbita dureza de su tono—. La gente necesita cosas así, perfume y poesía, música y pintura, más que nunca en los tiempos que corren. La gente necesita recordar los placeres sencillos de la vida. Si uno los olvida, si la vida pierde su color, entonces ellos habrán ganado. Esos bastardos cobardes sin alma habrán ganado.

—Frey... —le rogó Charles.

—Lo siento. Es que cuando hablamos del pasado siempre... bueno. —Parpadeó y bajó los ojos—. No podemos permitir que ganen.

Emma se dio cuenta de pronto de que nunca había visto llorar a Freya, ni una sola vez, ni siquiera por la muerte de Liberty. Habría querido preguntarle por la carta de Liberty, pero no le pareció el momento apropiado. Freya parecía repentinamente cansada.

—Solo espero que sepas bien lo que haces —le dijo su abuela.

—No le hagas caso —le recomendó Charles—. Siempre ha sido demasiado precavida...

Freya le puso mala cara.

—Bobadas. He tenido momentos de arrojo.

Charles palmeó la mano de Emma.

—Buena suerte, Em. Si necesitas hacerlo, hazlo. —Miró el lago—. Todo pasa tan deprisa... Tenemos que disfrutar tanto como podamos.

15

Guadalajara, marzo de 1937

Freya trabajó con dos enfermeras españolas hasta el anochecer, limpiando algunas de las habitaciones derruidas de la granja abandonada, barriendo los suelos irregulares e instalando más camas para el hospital de campaña. Estaba agotada y tenía las manos en carne viva de mover ladrillos y piedras y las espinillas llenas de golpes y arañazos de tropezarse con los camastros de metal. Lo único que quería era una bebida fuerte y relajarse con Tom de vuelta en Madrid. Se moría por tomar un baño caliente, por su cama.

Se sentía como una princesa cuando por las mañanas se despertaba rodeada por el lujo de la casa abandonada por el franquista donde la unidad de transfusiones de sangre canadiense había establecido su cuartel general. Los contrastes de su vida la asombraban: la intensidad de sus días, haber encontrado la felicidad entre tanto horror. Había conocido a Tom. Se apoyó en el palo de fregar y levantó la lata de aceite de oliva, cuya mecha chisporroteaba mientras ella inspeccionaba la habitación sin ventanas de techo bajo, lo más parecido a una sala de hospital que podrían tener.

—Bien hecho, chicas —dijo—. Por lo menos ahora por la mañana estaréis listas para empezar.

—¡Aquí estáis! —dijo una voz de hombre.

—¿Tom? —se volvió y notó la mirada de curiosidad de una de las enfermeras—. Esta habitación está lista, doctor Henderson.

—Bien. No tiene por qué ayudar a hacer esto, enfermera Temple. Ya trabaja más que suficiente con la unidad de transfusiones.

—Quería hacerlo —dijo ella, con una mano en la cadera.

—Muy bien. ¿Está lista para volver a Madrid? —le preguntó, levantando los ojos de las anotaciones que había estado leyendo. Esperó a que las enfermeras españolas se hubieran ido y dejó la tablilla sobre una cama. Abrazó a Freya y la besó, acariciándole los riñones y atrayéndola hacia sí—. Así que aquí es donde te escondías. Te he echado de menos hoy —le dijo, besándole el cuello. Se apoyaron en la pared y Freya hundió los dedos en el pelo espeso y oscuro de Tom—. Dios, nunca he deseado a nadie tanto como a ti.

—Tom. —Susurró su nombre con los labios apoyados en su oreja. La cabeza le daba vueltas de cansancio y deseo.

Cuando oyeron pasos en el pasillo se quedaron muy quietos los dos y se apartaron. Freya esperó mirando fijamente la puerta destartalada, con el pecho agitado.

—Vamos. —Tom la llevó fuera en cuanto los camilleros hubieron pasado con unas angarillas—. Tenemos un poco de tiempo antes de que la ambulancia se marche.

Se alejaron de la granja, cruzaron los campos por un sendero de mulas. El sol estaba bajo en el cielo. A Freya le pareció estar mirando la tierra a través de un trozo de ámbar, rodeados como estaban de luz dorada. Cuando estuvieron fuera de vista, Tom la cogió de la mano.

Freya se quitó la bufanda roja del pelo y sacudió la melena rubia. El cuerpo le dolía por el esfuerzo, pero, caminando juntos, notaba el apresuramiento del deseo. El viento cálido traía el aroma limpio de Tom a algodón, sudor reciente y colonia. Notaba el calor en las mejillas. A lo lejos oían los cañones del frente. Se apoyó en él. Sus hombros se tocaban.

—En momentos así parece imposible que estemos en guerra —dijo.

Tom le pasó un brazo por el hombro y ella le abrazó la cintura, notando los músculos fuertes de su espalda mientras caminaban alejándose del hospital de campaña, alejándose de la guerra. Él le besó la coronilla.

—Esto es una belleza. Seguro que esto está lleno de amapolas en verano. —La colina era rosada: la tierra color salmón, ámbar, melocotón, punteada de salvia y árboles plateados, empolvados de blanco como las mejillas de una cortesana—. Podríamos ser como cualquier pareja joven, saliendo juntos a disfrutar de la puesta de sol... —Calló en cuanto pasó una bala silbando y se incrustó en un árbol—. ¡Dios, agáchate! —La empujó al suelo y la protegió con el cuerpo entre la hierba.

—¿Qué ha sido eso? —Freya se estremeció cuando una segunda bala dio en el árbol que tenían delante y saltaron astillas de corteza.

—Seguramente nos hemos acercado demasiado al frente. —Tom rodó sobre sí mismo, se puso de lado y escrutó a su alrededor. Indicó un grupito de árboles colina abajo que acababan de pasar y un muro de piedra derruido—. Ve tú delante. Arrástrate hacia ese muro. El tirador está lejos, pero no vamos a correr riesgos.

—Tom, estoy asustada.

—Yo iré detrás de ti. —La besó rápidamente—. Para llegar hasta ti tendrá que pasar por encima de mí primero.

Freya avanzó entre la hierba pegada al suelo, jadeando.

Las piedras y los terrones secos se le clavaban en los codos y las rodillas. Los tallos de hierba se cimbreaban sobre su cabeza, oscuros contra la puesta de sol. Después de lo que le pareció un siglo, vio el muro que sobresalía, lo rodeó y se sentó con la espalda apoyada en las piedras calientes, conteniendo la respiración. Tom iba justo detrás de ella, levantando tierra y piedras con las botas. Se miraron y se echaron a reír. Tom metió la mano en un bolsillo y sacó dos pitillos de una cajetilla arrugada. Encendió ambos y le pasó uno.

—Después de esto, las citas para ir al cine van a parecernos una sosería —dijo, riéndose.

Freya soltó el humo, sonriente.

—Va a ser difícil de superar.

—Tranquila —le dijo Tom, quitándole el polvo de la mejilla con el pulgar—, será algo que podremos contar a nuestros nietos.

Freya notó reducirse el espacio que los separaba hasta desaparecer.

—Tal vez no —dijo en voz baja. El momento, la posibilidad estaba allí—. Te deseo —le susurró, acariciándole la mejilla, el cuello, con labios suaves como alas de mariposa. Él apagó los cigarrillos y la abrazó. Se recostaron en el suelo, entrelazados sobre la hierba movida por la brisa.

Freya miró el cielo. La estrellas diminutas como cabezas de alfiler iban apareciendo una a una.

—Ojalá pudiéramos quedarnos en este lugar para siempre —murmuró.

Tom levantó la cabeza de su vientre y le besó las costillas, el pecho. Se tendió boca arriba, abrazándola. Ella notó la calidez de su pecho contra la mejilla, oyó los latidos de su corazón.

—Debemos tener cuidado —le dijo Tom.

—No creo que nadie sepa que salimos.

—No me refiero a eso. Me importa un bledo que alguien lo sepa. Me refiero a que quiero cuidar de ti. —Le alisó el pelo, apartándoselo de la frente—. Tal vez queramos estar un ratito a solas antes...

—¡Oh! Te refieres... —Freya se ruborizó—. Yo no me preocuparía. No he tenido... Quiero decir que no...

—Para ser enfermera eres terriblemente mojigata, ¿sabías? —dijo él, riéndose.

Freya le dio un puñetazo en las costillas.

—Llevo meses sin tener la regla, así que es muy improbable que me quede embarazada. Y si me quedara...

—Sería maravilloso —dijo él, estrechándola contra sí—. Quédate conmigo esta noche. ¿Me quieres, Freya? ¿Lo harás?

—Por supuesto. —Se sentó y le cogió la cara entre las manos, sonriéndole—. Claro que te amo, Tom.

Él también se incorporó.

—Cásate conmigo.

Freya le besó la palma de la mano.

—Estás loco. Apenas me conoces.

—Te conozco —dijo él, sosteniéndole la mirada—. Nunca he estado más seguro de algo. Cásate conmigo, Freya.

16

Madrid, septiembre de 2001

Emma corrió por el andén, haciéndole señas al revisor. En el momento preciso en que se cerraban las puertas subió de un salto al vagón atestado de gente. Cuando encontró asiento en el coche restaurante, el tren dio una sacudida y salieron traqueteando por la vía de la estación de Atocha, el sol la cegó. Un ejecutivo que estaba sentado frente a ella la ayudó a poner la maleta en el portaequipajes y se acomodó para el viaje hasta Valencia. Bajó un poco la cortinilla y cerró los ojos. Se había pasado toda la mañana visitando los museos de Madrid y tenía en la cabeza la imagen del *Guernica* de Picasso mientras echaba una cabezada.

Le llegaba el olor del almuerzo que preparaban en la cocina del tren: distinguió el aroma del ajo y la cebolla, la rica fragancia del azafrán. En España, Emma se sentía como si estuviera despertando de una hibernación. La noche anterior había caminado kilómetros explorando las calles de la ciudad, deteniéndose a comer tapas en las terrazas de los cafés y mirando pasear a los elegantes madrileños. Los olores de la ciudad eran embriagadores: tabaco negro, café humeante, alcantarillas, tomate frito... Cada uno de aquellos olores contribuía a que sus sentidos volvieran a la vida. Se había detenido a la puerta de una antigua perfumería, transfigurada por los frascos dorados y de colores del escaparate. Había cerrado los ojos e inhalado cuando la puerta se había abierto.

«Rosas —había pensado—. El perfume de mamá.»

En aquel momento había quedado convencida de que había hecho lo correcto marchándose a España.

El tren dejó atrás la ciudad y Emma sacó un libro del bolso. Pasó el dedo por el título grabado en el lomo: *Mariposas de Andalucía*, Charles St. John Temple. Lo abrió y sonrió cuando vio la foto de estudio de su tío, con una mata de pelo rubio sobre la frente, los ojos azules y una corbata extravagante sobre la camisa blanca, mirando a lo lejos.

«Seguramente se la tomaron antes de la guerra —pensó Emma—. Nunca ha tenido un aspecto tan despreocupado desde que lo conozco.»

Fue volviendo las páginas: «España. El mayor sufrimiento y la mayor felicidad de mi vida.»

Emma arqueó una ceja cuando leyó aquella primera frase. Nunca había oído a Charles expresarse en términos tan apasionados.

Notaba el viento del cambio proveniente del sur. Caminaba por carreteras polvorientas, bronceado como un profeta, lleno de picaduras de las pulgas de los hostales. Viajé durante días de luz lacerante y calor abrasador. Mi España era una España en la que las gallinas picoteaban y las golondrinas se posaban en los aleros de un viejo salón de baile con ristras de claveles. Donde bailaban muchachas de ojos negros con ferocidad contenida, de una belleza tremenda, para un cantaor cuya tonada contenía las lamentaciones del islam. Mi España era una tierra de hombres vigorosos, independientes, rebeldes e indisciplinados que se dirigían a ti llamándote «hombre». Era una tierra que te arrastraba hacia el corazón de sus extensas y acogedoras familias; sin embargo, nunca me he sentido más solo que en los pueblos desiertos a oscuras o en los extensos campos donde de repente echaban a volar un millar de mariposas blancas como una melodía impulsada por el viento.

Emma silbó entre dientes y sacudió la cabeza. Aquel no era el Charles que ella conocía. Como tenía por costumbre, pasó a la última página.

Algunos dicen que España era un lujo emocional para un puñado de idealistas inmaduros, pero cualquier hombre y cualquier mujer que amara el país y luchara por él discreparía. España es Europa en miniatura. La Guerra Civil fue una explosión en un polvorín, una fuerza que había estado forjándose durante siglos. Yo luché por ese país y, como muchos, pagué un precio. Mi España, la tierra de los paseos a la luz de la luna por el Albaicín y la Alhambra, del sonido de los cascos de las mulas en los caminos pedregosos, de la tierra ocre y la menta, de las caras oscuras y apergaminadas, prematuramente envejecidas, ya no existe. La vida es una ráfaga de aire en comparación con el momento de la verdad, dicen los españoles, y en su hermoso país sumido en la ignorancia he visto a demasiados enfrentarse a ese momento cuando todos estábamos completamente solos.

Emma pasó las páginas buscando fotos. Había pensado que el libro sería un catálogo de las mariposas que Charles había visto en Andalucía, pero además de dibujos y anotaciones sobre mariposas, contenía fotos y recuerdos de la guerra.

«¿Tomó todas estas fotos? No sabía que Charles fuese también fotógrafo profesional.»

Se entretuvo mirando una foto de una mujer rubia y esbelta con la cabeza apoyada en una columna rota de un edificio bombardeado. El pie rezaba: «Gerda.»

Gerda sonreía, pero no miraba hacia el objetivo, como si estuviera haciendo un esfuerzo para no reírse. Entonces Emma imaginó a Charles paseando por el edificio en ruinas, escogiendo enfocar a la mujer.

«Gerda —pensó—. Gerda Taro era la compañera de Robert Capa.» Percibió la intensidad de la mirada de Charles a través del objetivo. Buscó la fecha: «Frente de Córdoba, junio de 1937.» Aquello había sido unas cuantas semanas antes de la batalla de Brunete.

Mientras el tren avanzaba, Emma miró por la ventanilla las colinas de tierra ocre que desfilaban por detrás de la icónica imagen vigilante de un enorme toro negro de Osborne.

«Pobre Charles», pensó.

Pasó foto tras foto de la guerra: caras desafiantes y solemnes de soldados, cuerpos destrozados en las barricadas, críos con el aspecto agotado y maduro de viejos.

«Las cosas que visteis Freya y tú.»

Se quedó mirando la última fotografía y le dio la vuelta al libro. Era el desnudo de una joven arropada con una sábana, con un abanico negro ocultándole las facciones.

«¡Charles! —Emma sonreía—. Nunca lo habría dicho, viejo bribón.» Leyó el último párrafo, que ocupaba la página siguiente:

Si este pobre y atribulado país se levanta de sus cenizas será gracias a sus mujeres. Lo que los hombres no comprenden es que las sociedades pueden retroceder tanto como avanzar. Creíamos en la victoria; no era posible que perdiéramos. Sin embargo, perdimos. Luchamos codo con codo con nuestras mujeres y, no obstante, España sufrió un retroceso. Las españolas llevan dentro todo lo bueno de España. España vive en su corazón y en su devoción. En España conocí a la mujer más hermosa que he visto, luminosa y frágil, cariñosa y efímera como una mariposa. Si España se levanta, libre de nuevo, será por ellas.

Charles se había ruborizado al entregarle el libro.

—Está tremendamente anticuado, claro —le había dicho mientras ella lo sacaba del papel marrón después de tomar el té en Fitzbillies, cerca de sus habitaciones de Cambridge—. En su momento quedó eclipsado por la obra de Lee y de Orwell. Soy un poco como ese del anuncio de las Páginas Amarillas. Siempre que paso por una tienda de libros de segunda mano tengo la tentación de preguntar: «¿Tienen un ejemplar de *Mariposas de Andalucía* de Charles St. John Temple?» —Se rio—. La prosa deja bastante que desear, pero a lo mejor las fotos han superado la prueba del tiempo.

Emma había pasado las hojas que olían a moho.

—Estás siendo modesto. ¡Son maravillosas! ¿Por qué dejaste de hacer fotos? —Veía lo orgulloso que estaba del librito.

Él se había limpiado los labios con la servilleta.

—Tuve mi época. Hubo una pequeña exposición en el club. Todavía tienen una de mis fotos, ¿sabes? Pero, bueno... —Se miró el brazo de la amputación—. Esto era un impedimento. Francamente, necesitábamos unos ingresos fijos cuando tu madre era niña. Freya volvió a ejercer como enfermera cuando Liberty empezó a ir a la escuela, pero mientras fue un bebé teníamos que llegar a fin de mes con mi sueldo.

Emma le había cogido la mano.

—Gracias. Lo conservaré como un tesoro.

—No me puedo creer que te marches a España.

—Volviste allí después de la guerra, ¿verdad?

—¿Yo? ¡Oh, sí! Había estado cazando mariposas en Andalucía justo antes de que estallara la guerra. Hugo y yo nos alojábamos en la vieja casa de Gerald Brenan, cerca de Yegen. Estaba a partir un piñón con el Círculo de Bloomsbury, ¿sabes? Era un tipo encantador que me enseñó mucho acerca de la historia de España. —Charles se aclaró la garganta—. Tienen las mariposas azules más maravillosas allí y las fritillarias, las reinas de España, son preciosas. Es un lugar fantástico. Recuerdo haber visto enjambres de mariquitas tan densos que los ríos eran rojos como la sangre. —Calló y se apoyó en la mesa para levantarse, rígido.

En la puerta, le había entregado a Emma el abrigo y había recogido la bufanda y el sombrero.

Después de que ella le hubiera dado las gracias habían salido a la acera. Hacía frío y era la hora punta del tráfico nocturno. Las farolas relucían entre las ramas desnudas de los árboles.

Un grupo de estudiantes que volvían a sus alojamientos los adelantó mientras ella y Charles caminaban despacio del brazo.

Se detuvieron a la puerta de la facultad de Charles y este la abrazó.

—Cuídate, tío Charles —le había dicho Emma, abrazándolo fuerte y aspirando su familiar aroma de Acqua di Parma, naftalina y tabaco Drum—. Espero que no trabajes demasiado.

—¿Yo? Hace años que me jubilé oficialmente, pero son lo bastante bondadosos para dejarme trastear por aquí. Me sorprende que no me hayan disecado y metido en una vitrina con los otros dinosaurios. —Le guiñó un ojo—. Para serte sincero, prefiero poder salir de Londres. Frey no me deja en paz ni un instante. Me he pasado sesenta años entrando y saliendo de la universidad. Mi sitio está aquí. —Se llevó la mano al ala del sombrero—. Cuídate, Em. Ya sabes que siempre nos tendrás si nos necesitas.

Emma se acordó de la carta de Liberty: «En caso de emergencia.»

—Lo mismo digo. Si me necesitáis sabéis dónde encontrarme.

—¿En la tierra de las flores y del amor...?

17

Madrid, marzo de 1937

Charles y Hugo estaban comiendo en el restaurante de la Gran Vía donde solían hacerlo. Charles miró a su alrededor. Por lo que parecía, todos los escritores de éxito del mundo estaban allí. Esperaba que alguien se lo llevara aparte y le dijera que no tenía derecho a estar en el local. Cuando una vez le había dicho a Capa lo fuera de lugar que se sentía, este se había echado a reír. «Créeme —le había dicho—, en cuanto empiezas a sentir que Dios te ha dado derecho a estar donde sea, deja de ser divertido. Disfrútalo.»

En la cabecera de la mesa, Hemingway era el centro de atención, con un posesivo brazo alrededor de Martha Gellhorn, su sofisticada e intimidantemente inteligente novia. A Charles lo apabullaba tanto que apenas había tenido valor para saludarla. También estaban allí Ted Allan, el comisario político de la unidad de transfusiones de sangre de Bethune, y Gerda, a quien Charles no dejaba de mirar, como si fuera una mariposa revoloteando.

—Deja de babear, Charles —le susurró Hugo, inclinándose para coger un cenicero.

—No sé a qué te refieres. —Charles cruzó los brazos sobre el pecho.

—No le quitas ojo. Se dará cuenta si no eres más discreto.

Hemingway se volvió hacia Ted.

—¿Sabes lo que tienes que hacer, chico? Deja tus relatos durante diez años y luego vuelve a ellos.

—Papá, eres demasiado duro. Ted es un buen escritor. —Gerda lo miraba de igual a igual.

—¿Sí? Bueno, señorita *Femme Fatale*, a lo mejor dentro de diez años sea un gran escritor. A lo mejor entonces escriba algo bueno y claro y sincero.

Charles vio que a Ted le habían subido los colores. Parecía furioso, humillado.

Hugo inclinó la cabeza hacia él.

—Eso es lo que pasa cuando el capitán de la vanidad intenta golpear a un periodista novato.

Charles estaba íntimamente aliviado de no haberse atrevido a enseñarle a Hemingway las notas para su libro sobre España.

—¿Qué planes tenemos para hoy: salir otra vez después de una buena comida? Si así se le puede llamar a esto. —A Charles le rugían las tripas de hambre mientras jugaba con los restos de arroz y garbanzos. Todavía no se había acostumbrado a lo normal que era el aspecto de los restaurantes. Estaba todo en el lugar adecuado: los camareros, la porcelana, los manteles blancos. Todo menos la comida.

—Como si Hemingway la necesitara —le susurró Hugo—. ¿Crees que sabe lo molesto que es para todos despertarse con el aroma de los huevos fritos con bacón que desayuna todas las mañanas?

—Diría que le importa un bledo. —Charles apuró el café—. A lo mejor podemos convencer a los rojos para que nos sirvan el desayuno en la cama a nosotros también.

—¿A nosotros? —Hugo se rio—. No somos lo bastante importantes ni de lejos.

Charles miró de reojo a Gerda, preguntándose cómo podía llegar a ser lo bastante importante. ¿Qué podía hacer para que se fijara en él?

Cuando no estaban combatiendo o mandando informes, Charles y Hugo ayudaban en la escuela del frente a los soldados republicanos, donde se enseñaba a los hombres a leer y escribir y se los instruía en las virtudes de serle fiel a la esposa y de ser abstemio y vegetariano.

La aplicación de aquellos hombres sin educación los había conmovido a ambos y, mientras Charles les enseñaba lo básico sobre flora y fauna, Hugo creaba maravillosos dibujos de amapolas, mariposas e insectos en la vieja pizarra.

Después de clase, aquella mañana, mientras paseaban entre las tropas, Charles había visto a sus alumnos haciendo cola para pasar por la barbería donde los afeitaban y les cortaban el pelo. La visión de sus nucas vulnerables, de la pálida piel que las tijeras habían dejado al descubierto, le había resultado chocante. Se había sentido tan unido a los hombres con los que había estado luchando hasta aquel momento, tan orgulloso de ellos, que se le habían llenado los ojos de lágrimas. De repente había comprendido por qué luchaban. Si ganaban los nacionales, todo volvería a ser como antes. Aquella gente se vería aplastada, sin acceso a la educación, apaleada de nuevo.

Sentado en la hierba, cerca de un grupo de nuevos reclutas que aprendían a desmontar y montar los fusiles, había contemplado sus rostros castigados por el sol de campesino. En el campo de entrenamiento, chicos de pueblo recibían instrucción, marchando adelante y atrás con palos de escoba al hombro. Por primera vez en su vida, a Charles le había parecido estar exactamente donde debía. El fuego de mortero había quebrado repentinamente el silencio y Charles se había levantado, buscando torpemente su fusil y la cámara. Hugo se había acercado corriendo y le había tendido unos prismáticos con los que enfocar las siluetas que corrían hacia la colina.

Había distinguido entonces a una mujer pelirroja que iba corriendo en cabeza, a campo abierto.

—¿Quién es? ¡Está loca! —Pero mientras lo preguntaba, Charles ya sabía de quién se trataba. Era la chica de la fotografía. Se le paró el corazón.

—¿Todavía no conoces a Gerda? —Hugo se había echado a reír—. No tiene miedo de nada, como Capa. Son jugadores, Charles, juegan con la vida. Son como dos niños enamorados, entre sí y de la vida. Todo esto es un gran juego para ellos.

Charles había observado desaparecer la cabeza de Gerda bajo el borde de una trinchera, con el sol reluciendo en su pelo cobrizo. Recordó haber visto un zorro en casa desaparecer entre la hierba crecida, brillante y ágil, como una llama apagándose.

«La raposa», pensó mirando hacia el otro extremo de la mesa llena de hombres. Deseaba con toda el alma ser el hombre que corriera a su lado.

Por fin, a la mañana siguiente Charles consiguió hablar con ella. Iba por el pasillo de la Casa de Alianza, de camino hacia los coches, hablando con una de las secretarias.

—¿Puedes entregar esto en la Oficina de Prensa, en el edificio de Telefónica, enseguida, por favor? —dijo Charles. Hizo una corrección apresurada en su crónica y el lapicero rompió el papel, que era traslúcido de tan fino—. Maldita sea. Esto no tiene remedio.

La secretaria se rio.

—Por lo menos todavía tienes papel. Conozco algunas chicas que escriben a máquina con papel higiénico Izal.

—¡Eh! ¿Eres Charles?

Él levantó la cabeza del borrador de su crónica y, por la puerta abierta de una habitación vio a Ted Allan, trabajando con su máquina de escribir Royal.

—Gracias —le dijo a la secretaria entregándole la crónica. Esperaba que obtuviera el sello de aprobación de los censores. Se pasó la mano por el pelo rubio y se acercó a Ted.

—Soy Charles Temple. Trabajo para el *Manchester Guardian*.

—Encantado. Te vi ayer durante la comida. Capa dijo que había un inglesito dando vueltas por aquí. —Se levantó y le estrechó la mano—. Estaba en casa de Beth anoche y tu hermana me pidió que te diera esto. —Le tendió una tabla envuelta en papel de seda.

—Gracias. —Charles desenvolvió la tabla y dio la vuelta a una detallada pintura de un naranjal, con luminosas montañas moradas a lo lejos.

Ted miraba por encima de su hombro.

—Es toda una artista, la joven Freya. —Ladeó la cabeza—. Beth adora el arte. Está intentando que Freya se suelte un poco.

«Apuesto a que sí —pensó Charles echando un vistazo a la habitación de Ted—. Un inglesito, ¡no me digas!» Era seguramente tan alto como aquel estadounidense.

Charles se quedó helado cuando vio que Gerda estaba sentada en la cama con las piernas cruzadas y la cabeza inclinada sobre la cámara mientras ponía película nueva en el carrete. El pelo cobrizo, muy corto, formó un halo alrededor de su cara cuando la levantó. Le recordó las estatuas de diosas que había visto en libros sobre Oriente: autosuficiente, dorada, radiante. Lo estaba mirando con ojos serenos de cejas arqueadas, como si lo viera y viera a través de él, como una gata.

—¿Conoces a Gerda? —le preguntó Ted.

—No. Es un verdadero placer conocerla. —Charles se le acercó con la mano tendida—. ¿También eres fotógrafa?

—Sí. ¿Y tú?

—Soy todavía un aprendiz.

—¿No lo somos todos?

—Capa me dijo que no basta con tener talento, también tienes que ser húngaro. Más vale que me dé por vencido.

Gerda se rio.

—Típico de él. —Se levantó y alzó los ojos para mirarlo. Charles calculó que mediría un metro y medio—. ¿Sabes? Una cámara no es mejor que el hombre, o la mujer, que la usa. —Sus ojos verdes brillaban de regocijo cuando le apoyó con delicadeza los dedos en el pecho—. Es una extensión de... esto. —Le tocó el corazón—. Y de esto. —Le tocó la frente como si lo bendijera—. Las fotos están ahí, esperándote.

—¡Oh, yo...! —Las palabras se le quedaron en los labios.

—¿Vas a Guadalajara hoy?

—Yo... Sí. Solo tengo que enviar este informe.

—Te esperaremos. Hay sitio en nuestro coche.

—Gracias. —Charles notó el desprecio en la expresión de Ted cuando lo empujó para pasar.

Los tres jóvenes periodistas se instalaron en el coche que arrancó hacia la plaza de Cibeles. Gerda se subió el cuello del abrigo para cubrirse las orejas.

—¿Tienes frío? —Ted le pasó un brazo por los hombros y la sostuvo contra sí.

Charles los miraba con el rabillo del ojo mientras limpiaba el objetivo de la cámara.

—¿Por qué te gusta la Contax? —le preguntó Gerda.

—Es una buena cámara. ¿Con cuál trabajas tú?

—Con una Rollei —dijo ella, volviéndose a mirar a los dos hombres, con la espalda apoyada en la ventanilla.

Charles no pudo evitar darse cuenta de la familiaridad con que metía las puntas de los pies debajo de la pierna de Ted.

—La Contax es demasiado cara para mí. Estoy pensando en cambiar la mía por una Leica.

—Gerda está saliendo de la extensa sombra de nuestro señor Capa —dijo Ted.

A Charles no le gustó su tono.

—¿Cuándo vuelve Bob de París?

—Me reuniré con él allí dentro de unos días —dijo Gerda.

—¡Ah! —Charles procuró que no se notara lo decepcionado que estaba—. Os movéis mucho, vosotros dos.

—Hay que ir detrás del trabajo. —Le sonrió—. Volveremos. ¿Has visto las fotos de los refugiados de Málaga que tomé con él en febrero? —le preguntó a Charles, metiéndose el pelo detrás de la oreja—. Nunca había visto nada parecido. Es como el éxodo bíblico: tenía que haber por lo menos 150.000 refugiados en la carretera de Almería. Esos bastardos los atacaban. Vi los aviones ametrallando mujeres, niños, ancianos... —Sostuvo la mirada de Charles—. Unas imágenes maravillosas, poderosas desde luego.

Aquel mismo día, más tarde, Charles empezó a entender cómo se habría sentido aquella gente. Estaba tendido en una trinchera poco profunda con otros dos periodistas. La batalla arreciaba a su alrededor y los republicanos se esforzaban por obtener una victoria contra las tropas de Mussolini. Tenía las uñas ensangrentadas de cavar para profundizar en el agujero. Le parecía que el cuerpo le sobresalía mucho.

—¿Crees que nos han elegido como blanco deliberadamente? —le preguntó al hombre acurrucado a su lado.

El otro sacudió la cabeza tratando de ver por encima del borde de la trinchera.

—No. Simplemente... ¡Mierda! ¡Agáchate! —Se puso las manos sobre la cabeza y se agazapó. Cerca explotó otro obús y cayó sobre ellos una ducha de tierra.

—Esto no me hace gracia —dijo Charles. Las balas de ametralladora rebotaban en el suelo a su alrededor como granizo.

—No es tanto el temor de que te disparen como la incógnita acerca de dónde te dispararán —gritó el otro—. Se te ponen los pelos de punta.

Charles estiró el cuello y vio el destello del objetivo de la cámara de Gerda enfocado a hurtadillas por encima del borde de la trinchera, detrás de él.

Notaba la euforia de los republicanos. Mientras el día tocaba a su fin y la intensidad del combate decrecía, se tendió a esperar la señal de volver a los coches. Saber que había sobrevivido a otro día, que ella estaba cerca, a apenas unos metros, le proporcionaba un intenso placer.

Mirando hacia las cimas nevadas de la sierra, aterido y con dolorosos calambres en las piernas, por primera vez en años se sintió vivo.

18

Valencia, septiembre de 2001

Emma cruzó la plaza del Ayuntamiento de Valencia y comprobó de nuevo la dirección del agente. Era temprano, como siempre, así que decidió explorar. La ciudad era voluptuosa, había una suavidad en la luz que la embelesó de inmediato. Un poco más arriba de la calle vio a una joven baldeando la acera con un cubo de agua frente a un café, mientras un hombre disponía las mesas y sillas para la oleada de clientes de la mañana.

Se paseó por la plaza, admirando la arquitectura barroca y las tupidas palmeras. Se detuvo ante una tienda de imágenes religiosas. Apretadas hileras de Vírgenes idénticas la miraban con ojos melancólicos. El café Santa Catalina tenía un aspecto cálido y acogedor, así que se sentó en la barra. Las paredes recubiertas de espejos reflejaban varias Emmas por encima del suelo de damero de cerámica mientras charlaba con el camarero.

—¿Ha probado la horchata? —le preguntó el hombre.

—¿Eso qué es?

—Leche de chufa. O a lo mejor prefiere un chocolate a la taza.

—¿Cuándo no viene bien un chocolate? —Emma apoyó la barbilla en la mano. Detrás de la barra había cuencos blancos apilados debajo de un grabado de la valenciana Virgen de los Desamparados, un trofeo de fútbol y antiguos carteles publicitarios con los bordes levantados. Bailaoras de ojos saltones con trajes de topos rojos y mantón de flecos la tentaban para que comprara aceite de oliva Hilo de Oro, como habían estado haciendo durante décadas.

—¿Está de vacaciones? —le preguntó el camarero, poniéndole al lado un plato de buñuelos.

—No, vivo aquí —dijo ella, probándolos.

Acababan de dar las nueve cuando Emma abrió la puerta de cristal doble con el marco de acero del agente inmobiliario. Los tacones de su botas claquetearon sobre el suelo de baldosas.

—Buenos días. —Una recepcionista la miró con indiferencia, parapetada detrás de una vieja máquina de escribir. La melena larga y lacia le caía sobre una camisa de nilón con volantes y parecía tan poco entusiasmada como las flores de plástico polvorientas que había a su lado en un tapete.

—Buenos días, señorita —la saludó Emma—. Lo siento, tengo muy olvidado el español.

La chica se encogió de hombros.

—Y yo el inglés.

—Me llamo Emma Temple. Mi secretaria dijo que los llamaría...

En un despacho contiguo, Emma oyó el sonido de las patas metálicas de una silla arrastrándose por las baldosas.

—¡Fidel! ¡Eh, Fidel! —llamó la chica.

Una columna de humo anunció su entrada. Un hombre gordo con un jersey tejido a mano y un cigarrillo de tabaco negro entre los dientes salió y le tendió una mano de dedos como salchichas. Sobre los ojos le caía un espeso flequillo gris.

Emma supuso que tendría la edad de su madre.

—Encantado. Fidel Pons García. ¿Va a venir su marido?

—¿Mi marido?

—Eh... No es asunto mío, ¿verdad? —Miró de reojo a la chica, que seguía ansiosa la conversación—. ¡María! —Dio una palmada y ella se puso a escribir a máquina.

De un armario, Fidel sacó un gran llavero.

Emma salió a la acera.

—Esto es bonito. ¿Vive usted en la ciudad?

—¿Yo? No. Yo vivo en la vieja casa de mis padres, en La Pobla, no lejos de Villa del Valle. —La condujo por una calle lateral—. Tengo ahí el coche. Trabajo con mis cinco hermanos y nuestra hermana, ¿sabe? Vivimos en una casa pegada a la otra, trabajamos juntos... Tiró el cigarrillo en la alcantarilla cuando doblaban la esquina.

—Tiene suerte —comentó Emma—. Tener una familia numerosa es maravilloso.

Alguien gritó desde un coche y Fidel se plantó en la calzada y se asomó por la ventanilla del conductor a charlar amigablemente un minuto, obstruyendo el tráfico. Nadie pitó. Cuando terminó la conversación, Fidel saludó magnánimo con la mano a los que hacían cola y todos arrancaron.

—¿Va a vivir sola en la casa? —le preguntó, caminando a saltitos por la acera. Se detuvo al lado de un pequeño Seat abollado y abrió la puerta.

—Sí.

Fidel se encogió de hombros y le abrió la puerta.

—Es usted valiente. La mitad del pueblo cree que está encantada. —Barrió un montón de papeles del suelo del coche.

Cuando Emma se instaló en el coche, la asaltó un fétido olor de perro mojado.

El motor arrancó al segundo intento.

—¿De veras?

—La otra mitad cree que está maldita.

Salieron de la ciudad y, al cabo de poco, ya estaban entre naranjales y campos de cebollas.

Fidel dejó la carretera principal para dirigirse por un camino rural hacia un pueblecito con los tejados de teja. Emma bajó la ventanilla y aspiró el aire. Olía a tierra húmeda y captó el aroma del agua cayendo a borbotones en los canales de irrigación. Había un rebaño de ovejas pardas arracimado bajo un olivo, junto al cementerio. Fidel señaló hacia la cima de la colina, donde había unas puertas de hierro forjado en un sólido muro encalado. Por encima de ellas, Emma solo vio un campanario cuadrado con un arco de herradura.

—Aquí es —dijo él, frenando de golpe en medio de una nube de polvo—. No hay prisa, voy a abrir las puertas.

Cuando se reunió con él, Fidel estaba discutiendo con un marroquí que vendía claveles y rosas delante de la entrada. Gesticulando, le decía al joven que saliera de en medio.

—No, de veras, da igual. —Dijo Emma. Pasó los dedos por un rótulo de cerámica desportillado: VILLA DEL VALLE.

—Esta es ahora su casa. No quiere esto.

—Pero si las flores son bonitas. —Buscó en el bolso un billete y se lo ofreció al marroquí—. Hola. Soy Emma.

—Aziz.

De cerca, vio lo joven que era. Tenía unos quince o dieciséis años.

—Puedes quedarte, no pasa nada. Esta es mi casa.

Asintiendo, el chico le tendió una brazada de rosas.

—Tenga cuidado. —El agente inmobiliario lo miró con mala cara—. Esta gente no es bienvenida aquí.

—¿Moros y cristianos? Lo he leído todo sobre esas fiestas.

Fidel parecía avergonzado.

—Tenga cuidado o se aprovechará.

—¿Eso cree? Sé por experiencia que si tratas a las personas con respeto tienden a hacerse dignas de ese respeto. —Se apoyó en el muro, protegiéndose los ojos del sol matinal. Una anciana, viendo las puertas abiertas por primera vez en años, se santiguó y cruzó al otro lado del camino.

Fidel dio a las puertas herrumbradas un último empujón y la acompañó dentro. Cuando las puertas se cerraron a su espalda, el ruido de los coches y del pueblo se apagó. Emma estaba en un jardín amurallado. Se volvió despacio, con una sonrisa en los labios.

«¡Oh, mamá, qué bonito!» Buganvillas de flores escarlata cubrían los muros y crecían naranjos en una zona herbosa. Mientras caminaba por el sendero descuidado, la hierba alta le acariciaba las piernas desnudas. Los insectos zumbaban.

—Me hará falta un jardinero —dijo.

—Va a necesitar algo más que eso.

Fidel la llevó a una puerta lateral. Emma estaba fascinada por los altos muros de estuco y la sombreada terraza en la base del campanario. No veía otra cosa que posibilidades.

—No hay electricidad y el agua es de un pozo que puede que se haya secado. Las tuberías llevan sin revisar desde los años treinta... Le dije a su madre que estaba loca, pero se empeñó.

—¿Conoció a mi madre?

—Yo... Nosotros la ayudamos con el papeleo. —Se sacó las llaves del bolsillo de la chaqueta y buscó la de la puerta.

—Espere —le dijo Emma. Sacó la caja de cartas del bolso y fue pasando los sobres hasta que dio con uno que ponía Villa del Valle. Lo abrió y le plantó la llave que sacó de él en la palma de la mano a Fidel.

—Gracias. —Abrió la puerta—. Antes todos los terrenos de detrás pertenecían a la villa, todos los naranjales hasta donde alcanza la vista. Ahora esto es todo lo que hay. —Hizo un gesto despectivo con la mano señalando el jardín enmarañado.

—Es perfecto.

La pintura azul de la puerta estaba desconchada. Las casas de ambos lados eran más modernas, chalés con las tejas brillantes y persianas metálicas, pero Villa del Valle era sin duda mucho más antigua; algunas partes parecían mudéjares. Las ventanas, tras las persianas de madera, estaban bien cerradas, y las pesadas puertas de madera de la base de la torre acerrojadas.

Emma levantó los ojos hacia el pretil ornamentado del tejado y los tres balcones de hierro forjado de la primera planta.

—Parece salida de un cuento de hadas —comentó.

El agente levantó una ceja intentando accionar el picaporte.

—Como he dicho, no hay electricidad, así que no sé lo que podrá ver.

Emma miró los cables negros que serpenteaban en la fachada de la casa contigua y pensó que empezar de cero sería probablemente lo mejor.

—¡Joder! —exclamó entre dientes Fidel. Le dio un empujón con el hombro a la puerta hinchada y la abrió—. ¡Vamos!

Salió una gata atigrada de la hierba y los miró con cautela.

—¡Ja! —dijo el agente—. Está igual que usted. —Imitó con gestos un vientre hinchado. Luego le entregó la llave y algunos documentos—. Todos los contratos están aquí.

—Gracias.

Fidel miró dubitativo la casa a oscuras.

—¿Está segura de que quiere quedarse aquí?

Emma sonrió.

—En la vida he estado más segura de algo.

—Escuche... Le he dicho a mi hija que le mande una caja de fruta y verdura. Tiene una verdulería en el mercado. Si necesita algo, pídaselo o llámeme. Buena suerte.

Cuando se quedó sola, Emma se puso en cuclillas y le ofreció la mano a la gata.

—Hola.

El animal retrocedió con un bufido y se escabulló sigilosamente hacia el pasillo oscuro.

—¿No tienes ganas de compañía? —Se levantó y miró cómo el animal se alejaba contoneándose, con la cola levantada—. ¿Qué opinas? ¿Seremos felices aquí?

Fue de habitación en habitación, todas silenciosas, encaladas, con las persianas cerradas, dejando sus huellas en los suelos de terracota llenos de polvo. Abrió las ventanas y entró la luz. Había poco que ver. El último habitante había dejado solamente periódicos amarillentos, botellas vacías de coñac y una pastilla petrificada de jabón en el lavabo. El único mueble era la gran mesa de madera de la cocina. Supuso que la habían montado allí y que era demasiado grande para sacarla y requería demasiado esfuerzo aserrarla y usarla como leña.

Salió al jardín trasero y se paseó por la hierba que le llegaba hasta las rodillas. Entre las matas asalvajadas encontró menta, romero y lavanda creciendo sin control. Partió una ramita de romero, la aplastó y la olió. Se dio cuenta de que estaba en lo que quedaba de un huerto de plantas aromáticas. Recorriendo el perímetro, pegada al muro exterior, dibujó los antiguos parterres elevados en el cuaderno de su madre. Siempre había soñado con crear un jardín de fragancias y había recorrido con Liberty los pasillos de Chelsea Gardener durante horas, planificando las plantas que escogerían.

Supo instintivamente lo que quería hacer en aquel lugar

y esbozó lo que sembraría y los nuevos canales de irrigación, con una piscinita en la parte de atrás de la casa.

De pie en la puerta delantera, mirando hacia la villa, se imaginó una fuente de azulejos, una acequia hasta la casa. Devolvería el jardín a la vida. «Tal vez él haga lo mismo por mí.» No tenía ni idea de cómo había encontrado Liberty aquella casa, pero comprendía que aquel era su último regalo para ella.

—Gracias, mamá —murmuró.

Aquella noche durmió en el suelo de la cocina de su nuevo hogar, con las persianas abiertas al cielo estrellado. Había comprado un colchón hinchable, dos mantas y una almohada en el mercado del pueblo, además de una ración en la tienda de pollos asados.

Decidió arriesgarse a encender la chimenea y se sentó en la cama a comer con los dedos a la luz del fuego. Después de lavarse los dientes usando el agua de una botella de Evian, se tiró en la cama y rebotó del colchón. Tirada en un revoltijo de mantas, se echó a reír a su pesar.

«Ya está bien de soñar», se dijo. Encendió la linterna, cogió el neceser y sacó un frasco de aceite de almendras. Rebuscó entre las botellas de aceites esenciales y escogió dos. Después echó dos gotas de camomila y de lavanda en el aceite y se puso un poco en las manos, se las frotó y aspiró el aroma relajante. Se puso las palmas sobre el vientre y se dio un suave masaje. El bebé le respondió con una patadita.

—¡Eh, tú! —dijo ella, sonriendo—. Bien, aquí estamos. —Miró insegura a su alrededor, escrutando la oscura cocina—. Mañana nos enteraremos de qué médicos hay, y qué hospitales. —De pronto se sentía abrumada.

Se tendió en el colchón con cuidado y cogió la caja de cartas de su madre. A la luz de la linterna, fue pasando los sobres hasta elegir uno.

—«Sobre el perfume» —le leyó en voz alta a su bebé—. Veamos lo que tu abuela tenía que decir acerca de esto. —Abrió el sobre y desdobló la hoja. Sobre la cama cayeron pétalos secos de rosa y Emma se rio.

Somos una familia de perfumistas. Lo llevamos en la sangre, Em, estoy segura. Freya dice que en cuanto empecé a andar siempre estaba cogiendo flores en el parque, haciendo mejunjes para ella, y tú eras igual. Perfumistas, farmacéuticas, curanderas... todo aquello que hace que la gente se sienta mejor.

Emma recordó las palabras de Freya, su rabia junto al lago de Londres: «La gente necesita cosas como el perfume más que nunca en los tiempos que corren.»

El perfume es la llave de nuestros recuerdos. Según decía Kipling, nos toca la fibra sensible. Un repentino aroma nos retrotrae a otros lugares, amantes, países, épocas.

¿Quién no recuerda la colonia que usaba su primer amor o el olor del tocador de su madre?

Siempre quise crear perfumes con los que la gente se sintiera como cuando huele la hierba recién cortada, la cabeza de un bebé recién bañado. El perfume nos dice que estamos aquí, que estamos vivos.

Recuerdo a una princesa de Baréin con la que cené una noche. Iba de invitado en invitado, aplicando en las muñecas de cada uno aceite de sándalo de un frasco de cristal. Eso quería hacer yo: ofrecer el perfume como un regalo, como una bendición. El perfume es sagrado: recuerda el jardín del Cantar de los Cantares.

Emma recordó a Liberty leyéndoselo de niña, acurrucada a su lado a la sombra de un árbol: «Sus mejillas como una era de especias aromáticas, como dulces flores; sus labios, como lirios que destilan mirra fragante.» Era el pasaje favorito de Liberty.

A lo mejor te preguntas por qué siempre me he mantenido fiel al perfume de rosas. ¿Sabes? En plena guerra santa, los soldados volvían de las Cruzadas con rosas de Damasco. Eso me encantó. Me gusta pensar que se las traían a las mujeres a las que amaban y habían dejado en casa. El perfume es amor. Cleopatra sumergía las velas de su barca dorada en fragancia de rosas y, cuando visitaba Roma, el perfume permanecía en las calles hasta mucho después. El perfume es romántico: por eso me enamoró la rosa.

Viajé durante años, como sabes, buscando fragancias. Me gustaban todas: plumeria en los trópicos; incienso en Oriente; café tostado y gasolina en América. Nunca fui más feliz que viajando contigo. ¿Te acuerdas? Te enseñé de dónde provenía el sándalo en Mysore y los campos de lirios de la Toscana. Así aprendí el oficio, moviéndome, buscando proveedores en Turquía y Bulgaria, India y Siria y, por supuesto, en Francia. Todo lo que aprendí te lo enseñé, Emma, y me has superado. Eras una verdadera artista de las fragancias, la heredera de los curanderos, los alquimistas, los farmacéuticos... ¡Eres una maga! Nunca lo olvides. Lleva tiempo crear un gran perfume, no hay prisa. Tardé ocho años en crear para ti Chérie Farouche, pero tú tardaste dieciocho en convertirte en la extraordinaria mujer para el que lo creé. Las cosas buenas llegan con el tiempo. Hazle caso a tu corazón, Emma, confía en tu olfato... escucha tu voz interior. Tócale la fibra sensible a la gente. Crea perfumes que le recuerden lo hermoso que es estar vivo. Porque así es, Em. Estar vivo es algo glorioso y la gente debe recordarlo y detenerse a oler las flores.

Con amor,

MAMÁ

Esa noche, mientras Emma dormía, llenó en sueños la casa de tesoros, de secretos, del perfume de arcones de ropa blanca y especias, de antiguas palabras susurradas.

Al amanecer del primer día en su nueva casa, con el lento despertar de la conciencia, intentó comprender dónde estaba. Le dolía la espalda y tenía los pies helados. Estaba en el suelo. ¿Dónde? Mientras los ojos se le acostumbraban al resplandor de la cruz de luz que entraba por las persianas, se acordó.

Estaba en España. Aquel era el suelo de su casa, de su hogar. Aquel era el momento que había imaginado un millar de veces. El comienzo de una nueva vida en otro país.

Lo único que oía era un siseo. Se preguntó al principio si sería un despertador que sonaba en algún lugar de la casa. Joe tenía uno cuando lo conoció. Ella lo detestaba tanto que lo había tirado por la ventana la primera mañana que se había despertado a su lado. «¿Qué será?», pensó, frotándose los ojos y ensuciándose de negro los dedos con el kohl que no había podido quitarse la noche anterior.

Abrió los ojos de golpe.

—¡Dios mío! —exclamó en voz alta.

Emma no era dada al histerismo, pero se daba cuenta de la suerte que había tenido. A medio metro por encima de su cabeza, colgando de las vigas del techo, estaba el nido de avispas más grande que hubiese visto nunca: gris, plateado, como el furioso fantasma de pasados veranos. Despacio, muy despacio, Emma salió de entre las sábanas y cerró la puerta de la habitación, espantando una avispa curiosa que la siguió al pasillo. Se apoyó en la pared respirando agitadamente, con una mano protectora sobre el vientre. Odiaba las avispas desde que Freya le había contado el cuento de una tía que se había tragado una que se había metido en una lata de limonada durante un picnic familiar y se había muerto allí mismo, asfixiada, rodeada de bizcochos y mermelada.

Por pocas cosas se inmutaba ya Emma. Había viajado sola por todo el mundo, pero seguía teniéndoles un miedo enfermizo a las avispas.

Miró por la ventana y vio a Aziz al otro lado de las puertas. Lo llamó, haciéndole gestos para que entrara.

—¿Está bien? —Corrió hacia ella.

—Avispas... o avispones. —Tenía los ojos muy abiertos—. Ahí dentro. —Señaló hacia la puerta de la cocina, cerrándose la bata.

—¿Tiene gasolina?

—Puede que sí. Vi una lata en el taller.

—Bien. —El joven salió a toda prisa y Emma lo oyó arrastrar la lata al jardín. Volvió armado con una escoba.

—Quédese aquí. —Desapareció en la cocina y Emma oyó sus maldiciones mientras tiraba el avispero y lo sacaba para quemarlo.

—¿Te han picado? —le preguntó cuando apareció de nuevo.

—Un poco, pero la mayoría estaban muertas, porque ya casi es invierno. —Se chupó las picaduras.

—Gracias. Ven, deja que te ayude.

En la cocina, buscó el vinagre en la bolsa de comestibles que había comprado. Empapó un poco en un trapo de cocina limpio y le dio unos toques en las marcas del brazo.

—No puede vivir usted así —le dijo él, mirando el revoltijo de la cama—. Está loca.

Emma se encogió de hombros.

—Puede que sí. Ahora mismo, quiero hacerlo.

—¡Qué loca! —Se reía—. Tozuda como mi madre y mis hermanas. Mi madre ha muerto.

—La mía también. —Emma lo miró con atención. Confió en su instinto—: ¿Te apetece un café? Quiero proponerte una cosa.

Las sombras eran alargadas en los muros ocres de la Casa de la Cultura. Le había llevado tiempo arreglar el papeleo en el pueblo, pero por fin, con la ayuda reacia de Fidel y todos los sellos del Ayuntamiento requeridos, estaba lista para darle a Aziz la buena noticia.

El chico había aceptado de inmediato la idea de Emma de abrir legalmente una floristería en la vieja tienda que daba a la calle desde Villa del Valle. Mientras esperaban que les sellaran los permisos, le había contado su historia. Resultó que vivía con sus hermanas pequeñas en un chalé derruido de las afueras del pueblo. Sus padres habían muerto y, a los dieciséis años, él era el hombre de la familia, responsable de alimentar y vestir al resto.

—Mira —le había dicho Emma aquella mañana abriendo las puertas de la antigua tienda. Era evidente que alguien había estado usándola como garaje, pero los estantes originales seguían en su sitio. Miró con inquietud los ganchos afilados que colgaban del techo—. ¿Qué te parece?

—Me parece que está hecho un desastre. Como todo lo demás aquí.

Emma pasó una mano por el mostrador de madera.

—Podemos poner una caja registradora aquí. Si abrimos las ventanas traseras, habrá luz natural y las puertas dobles que dan a la calle nos servirán de escaparate.

—¿Una caja registradora? —Le había contagiado su entusiasmo.

—Una tienda, Aziz. Podemos crear aquí una pequeña floristería.

Al chico se le ensombreció la cara.

—Pero yo nunca podré permitirme...

—Mira, esta tienda es un espacio desaprovechado y me gustaría ayudarte. Te pagaré el sueldo mínimo y un porcentaje de los beneficios. ¿Qué te parece? —Le ofreció la mano.

Él se la estrechó, sonriendo.

—¿Cómo podría darle las gracias? —Ayudó a Emma a abrir los pestillos herrumbrados de la puerta trasera, que daba al jardín. La luz inundó por completo la tienda y entrecerró los ojos cuando salieron al jardín de la casa—. ¡Ya lo tengo! —señaló la hierba crecida y los arbustos asalvajados—. Se lo dejaré bien. Además, que el jardín esté hecho un desastre no es bueno para el negocio.

Emma soltó una carcajada.

—Trato hecho.

—No sé qué decir. ¿Por qué a mí?

—Me gustas. Veo lo duro que trabajas. Ya tienes clientes fijos. —Se rio—. Y si voy a tener por aquí a los albañiles durante dos meses... ¡tendré que usar la puerta principal!

Aziz miró hacia atrás, hacia la tienda.

—Hay mucho que hacer.

—¡Pues manos a la obra! —Miró otra vez al techo—. Lo primero hay que quitar estos ganchos espantosos.

—He hablado con una de las viejas del pueblo que me ha contado que esto era una carnicería.

—Ah, así se entiende. —Emma cruzó los brazos sobre el pecho—. Sigue sin gustarme, pero podemos mejorarlo. Nos hará falta un rótulo y cal. —Echó un vistazo alrededor—. Cubos y eso, también. Le preguntaré a Fidel dónde conseguirlos.

—¿Qué nombre le pondremos?

—Necesitamos uno bueno. —Le vinieron a la memoria las palabras de la carta de Liberty—. La llamaremos El jardín perfumado.

19

Brunete, mayo de 1937

—¿Dónde ha estado, enfermera Temple? —le preguntó el ayudante del doctor Jolly sin levantar los ojos de sus notas—. Llega tarde.

—Lo siento —se disculpó Freya—. Los aviones nos disparaban mientras las ambulancias volvían de la estación.

Él sacudió la cabeza.

—Creo que esos animales consideran las cruces rojas un blanco en lugar de un símbolo de trabajo humanitario.

La misma idea se le había pasado a Freya por la cabeza, encogida en una zanja, al borde de la carretera, con las valiosas botellas de sangre que los hombres habían sacado de las ambulancias. Los proyectiles de ametralladora acribillaban el suelo a escasos centímetros de su cara. Todavía notaba el sabor de la tierra.

—Bien, vaya a trabajar, por favor. Me parece que la batalla acaba de empezar. Tenemos quinientos heridos a los que atender esta noche. —Miró a Freya, preocupado—. ¿Se encuentra bien?

Ella se tocó la mejilla y notó que le temblaba un ojo.

—Sí, claro —dijo. Le gustaba aquel francés. En su opinión parecía más un pirata que un médico, con aquella barba negra y los ojos brillantes. Cogió un delantal limpio del armario de las enfermeras y se alisó el pelo—. Gracias.

—¡Ah, enfermera Temple! —la llamó cuando ya se iba—. El doctor Henderson la está buscando.

Freya sonrió mientras se abría paso entre las hileras de hombres tendidos en el suelo del hospital. Habían estado tan ocupados haciendo transfusiones en el frente que se había ofrecido voluntaria para quedarse en el centro hospitalario. Llevaba más de una semana sin ver a Tom y pensar en él la consoló.

El suelo de todas las habitaciones del hospital estaba lleno de hombres heridos y moribundos. Freya sorteaba con cuidado los cuerpos que obstruían el vestíbulo apenas iluminado. Un médico iba de paciente en paciente con Mimi, una de las enfermeras francesas, para ver a cuáles podían ayudar. Un hombre vendado y espectral con muletas se tambaleaba delante de ella, tropezando con las patas de las camas en las que yacían hombres con los brazos o las piernas rotos.

En la estación de Madrid, mientras despedían a los heridos que se iban en un tren hospital a las casas de reposo de la costa, había llegado otro tren al andén, lleno de caras frescas y limpias, con los pañuelos rojos relucientes al sol primaveral.

«Me pregunto cuánto falta para que esos soldados estén tendidos entre estos pobres desgraciados», pensó Freya pasando junto a una fila de camillas empapadas de sangre esperando a ser limpiadas junto a la lavandería. Miró las botellas vacías de sangre que había en un cesto de mimbre, a la puerta de su sala, y comprobó un puñado de etiquetas manchadas de sangre: en cada una se consignaba el nombre, el batallón, el tipo de herida y la fecha.

«Gracias a Dios que hemos logrado salvar el suministro de las ambulancias.»

—¡Freya! —la llamó Tom en cuanto abrió la puerta.

—Hola, Tom. —Comprobó que nadie les estuviera prestando atención y lo besó cariñosamente en los labios.

—Te he buscado por todas partes. —La empujó hacia el almacén.

—Nos hemos detenido en la carretera de Madrid.

—¡Señor! Esto es un no parar. Hay tres mesas de operaciones trabajando a destajo ahí abajo. —La abrazó y suspiró enterrando la cara en su pelo. Él olía a éter.

—¿Dónde has estado? Llevo días sin verte.

—Ha habido problemas. —Cuando la miró, Freya vio que tenía unas ojeras oscuras—. Cariño, no tengo un modo fácil de decírtelo. Han destinado a Beth a Canadá y debo irme con él.

Freya se tambaleó ligeramente y se agarró a un estante de madera.

—¿Te vas? Yo...

—Ven conmigo, Freya.

—Tom, no puedo. Tengo trabajo aquí. —Sacudió la cabeza—. Cuando veas lo que hicieron en Guernica... Esto irá a peor.

—Los bastardos intentan ocultarlo, ¿sabías? Dicen que los aviones tenían objetivos militares, pero ¿qué demonios hacían entonces cuarenta y tres aparatos de la Legión Cóndor bombardeando el pueblo? —Hizo una mueca—. Derribaban a los civiles con las ametralladoras cuando intentaban huir de los incendios. —Agarró por los brazos a Freya—. Tienes razón, las cosas empeorarán, empeorarán mucho. Los nazis están utilizando las ciudades españolas como campo de pruebas de lo que va a pasar en el resto de Europa. Tú lo sabes, ¿verdad? Lo próximo que arrasarán será Barcelona, Madrid, Valencia. No puedo soportar dejarte aquí.

Freya apoyó la frente en sus labios.

—Me conoces, soy inmune a las bombas.

—Freya, hablo en serio. —Tom le sujetó la cara—. Te quiero —le dijo—. Quiero pasar contigo el resto de mi vida. Ven conmigo. No nos marcharemos hasta final de mes. Me pone enfermo tener cerca a Beth, así que puede que no esté mucho por aquí durante un par de semanas, pero así tendrás algo de tiempo para pensar. —La besó—. Por favor, piénsatelo.

A Freya el corazón le latía de manera irregular cuando entró en la sala. Comprobó los gráficos, pero las palabras bailaban ante sus ojos. Solo podía pensar en una cosa: Tom se iba. Su breve momento de felicidad se había terminado tan repentinamente como había empezado.

—Enfermera... —gimió un hombre. Ella levantó los ojos, volviendo a la realidad, y se le acercó. Llevaba la cabeza completamente cubierta de vendas. Allí donde deberían haber estado sus manos había dos sangrientos fardos informes.

—Hola... Simón —dijo ella, comprobando las anotaciones—. Vamos a ver si podemos ponerte más cómodo. —Sabía que necesitaba una transfusión, así que cogió la última botella de la nevera. Mientras la calentaba hasta la temperatura corporal, comprobó dos veces el grupo sanguíneo del paciente y esterilizó una jeringa. En cuestión de minutos estuvo todo listo—. ¿Mejor?

—Sí, estoy en la gloria.

Freya sonrió. No dejaba de maravillarla que los hombres no perdieran el sentido del humor.

—Veamos como vas —le buscó el débil pulso.

—Estoy muy mal —dijo él, con la voz apagada por las vendas—. Solo llevaba un par de días en España. No he hecho nada en pro de la causa.

—¿Nada? —El valor de aquel hombre la conmovió—. Lo has hecho todo. —Le arregló las sábanas—. Ahora descansa, si puedes. Tienes el pulso más fuerte. Lo estás haciendo bien.

Lo único que tenía ganas de hacer Freya era tumbarse en una cama y dormir una semana de un tirón, pero cuando se volvió hacia la sala y vio las dos hileras de camas que se prolongaban a la débil luz, algunas con dos hombres, todos con heridas tan terribles como las de Simon, se le partió el corazón.

A la mañana siguiente, temprano, el ayudante del doctor Jolly la encontró sentada fuera del hospital, a la luz del amanecer, abrazándose las rodillas y meciéndose.

—¿Freya? ¿Qué pasa?

—He perdido a cinco hombres esta noche.

—¡Oh, Dios mío! Lo siento. —Se sentó en el suelo a su lado, encendió un cigarrillo y se lo ofreció.

—Había seis moribundos y solo estaba yo para atenderlos. He tenido que escoger. —Se peinó con los dedos—. Uno a uno, han ido muriendo. Yo corría de cama en cama, intentando que estuvieran cómodos, intentando... —Luchó para contener las lágrimas.

—Escuche, Frey —le dijo él con dulzura—. Ya ha estado en el frente con la unidad de sangre bastante tiempo. Me parece que es hora de que se tome un descanso. —Le apretó el brazo—. Haré que el doctor Jolly rellene los impresos. Vaya al centro de acogida del Cuerpo Médico de Valencia. Será lo mejor. Tome mucho té, levante la moral. Allí la mayoría de los casos son de convalecientes y no tendrá que afrontar tantas pérdidas. Ahora vuelva a Madrid y empaquete su gramófono, su hornillo y un paquete de té.

—Este país... —dijo ella—. Este pobre país. Están quemando libros en Córdoba, a miles. Los niños pequeños desfilan por las calles con fusiles de madera. Matan a tiros a los hombres como si fueran conejos y ese tal Queipo de Llano, con sus proclamas transmitidas por todo el país ahora que los alemanes le han dado una emisora... ¿Qué es lo que dijo?: «Esta noche me tomaré un jerez y mañana tomaré Málaga.» Lo odio. Odio esta guerra horrenda. ¡Me siento tan inútil!

—Por eso nos necesita España —dijo él, palmeándole el hombro y alejándose—. Viva día a día. Ahora no hay mañana, no hay ayer para muchos de nosotros. Solo existe lo que podemos hacer, lo que podemos conseguir hoy. Así es como puede ayudar.

20

Valencia, septiembre de 2001

Debajo de las tablas del suelo de la habitación de Emma había una pequeña fotografía de un niño al que le bailaban los ojos. A veces, cuando el sol daba en la rendija de las contraventanas, un fino haz de luz incidía sobre el suelo y le iluminaba la cara. La fotografía estaba tirada entre el polvo de décadas, junto con agujas de coser y botones que se habían colado entre los tablones y otra foto caída boca abajo uno de cuyos bordes tocaba al niño. Era como si estuviera esperando.

—Estoy bien —insistió Emma, sujetando el teléfono entre la barbilla y el hombro mientras se ponía un pendiente—. ¿La casa? No está en tan mal estado —dijo, sin demasiado convencimiento, mirando a su alrededor e intentando coger el otro pendiente del viejo tocador.

—¿Tienes al menos una cama decente? —le preguntó Freya—. Tienes que cuidarte la espalda, Emma.

—He encargado una —repuso distraída. Buscaba a tientas el pendiente y se le cayó. Lo miró dar vueltas por el suelo pulido y desaparecer por la rendija.

—¡Maldita sea!

—¿Qué pasa?

—Nada, no te preocupes. Es que se me ha caído una cosa. Un pendiente que me regaló Joe por Navidad. —Suspiró poniéndose a gatas—. Escucha, te llamo luego. Tengo que hacer un par de recados en la ciudad.

—Cuéntame lo que te haya dicho el médico, ¿vale?

—Lo haré. Te quiero, abuela.

Emma se apoyó en el tablón, probándolo. Le pareció que estaba suelto, porque crujió cuando ejerció presión sobre él. «Alguna ventaja tenía que tener vivir en una vieja ruina», pensó. Encontró una palanca en la leñera y se la llevó a la casa. Aziz, que estaba al lado de un fuego en el que quemaba toda la maleza que había quitado del jardín, la miró.

—¿Puedo ayudar? No debe levantar cosas pesadas estando embarazada.

—Tengo que levantar un tablón del dormitorio. ¿Crees que podrás?

Aziz tardó poco en sacar el tablón.

—Esto no está bien —dijo, apartándolo—. Estas tablas son viejas. Necesita usted un constructor.

—Ya lo sé —dijo Emma, poniéndose en cuclillas. Espantando con la mano la nube de polvo—. ¡Aquí está! Levantó el pendiente y lo limpió.

—Mire todo esto —dijo Aziz—. Se estiró y sacó la foto.

—¡Oh! ¿No es maravilloso? —dijo Emma cuando se la tendió—. Aquí hay otra. —La cogió y las puso una al lado de la otra—. ¿Quiénes serían? —Les desempolvó la cara con un dedo.

—A lo mejor puede preguntárselo al agente inmobiliario. Puede que sepa quién vivía aquí.

—Buena idea. Llamaré a la tienda antes de ir a la ciudad esta tarde y veré si Fidel anda por aquí.

A Emma le encantaba el ritmo de su nueva vida. Después de semanas de agitación, sentía verdadero placer viendo que el jardín tomaba forma. A la hora del almuerzo, cuando iba hacia la puerta, levantó la cabeza hacia el *bu-bu-bu* de la abubilla que se había instalado en el antiguo campanario y sonrió.

Siempre le había gustado el otoño y el olor del humo de la hoguera que invadía el jardín le daba a la villa un aire más hogareño.

Salió a la calle y bajó hacia el pueblo con un ramo de rosas Bianca en los brazos. Delante del café había una mesa de optimistas y escandalosos viejos con una gran dama que era el centro de atención. Parecía que llevaban allí sentados un rato. Un funeral retenía el tráfico y los coches lo sorteaban despacio. A Emma las tripas le rugieron de hambre cuando vio que la mujer servía platos de paella de una gran paellera puesta encima de un trozo de cartón ondulado. Un hombre sentado solo que comía anguilas con ajo y pimientos sumergió pan en un plato con aceite de oliva y se lo echó a un perrito negro que se alejó a saltos para unirse a su pandilla de perros callejeros y levantó la pata en una botella de agua que alguien había dejado en la esquina de la calle.

La bandera valenciana ondeaba al viento en la fachada del Ayuntamiento y Emma evitó chocar con un viejo que llevaba una camisa a cuadros que se agachó, con un puro en la boca, a pellizcarle la mejilla a un bebé en un cochecito. «¡Qué bonita!», le oyó decir. Emma le sonrió a la madre. Empezaba a reconocer caras en La Pobla, a aprender las costumbres del pueblo. Sabía, cuando llegó al final de la calle, que la pareja de ancianos estaría sentada en cajas naranja puestas boca abajo pelando patatas a la puerta de su desmoronada mansión barroca. Sabía cuando pasó por delante del bar Musical que oiría la música de la banda de las Fallas. Emma adelantó a dos miembros de la banda que llegaban tarde al ensayo pero sin apresurarse, con el sol otoñal arrancando destellos a su corno francés y su trombón.

Se paró en el bordillo de la cera para cruzar. La efigie de un santo en una hornacina con tejadillo miraba hacia abajo a un agente de la Policía Local que dirigía el baile de coches y motos como un coreógrafo, moviendo en arco los brazos, moldeando el aire. Chicas con pantalones de licra y chaqueta acolchada iban en moto, agarradas de sus novios, todos con cresta engominada y un cigarrillo en la comisura de los labios, acelerando entre los coches atascados.

El portal de al lado estaba adornado con hojas de palmera y pétalos para una boda.

En el mercado la recibió el olor del cuero y luego el de carne chamuscada. Un chihuahua corrió por encima de las mantas de los vendedores de ponchos peruanos y telas y se le escurrió entre las piernas. En medio del ajetreo de comerciantes y gente del pueblo que se iba a comer, vio la tienda de la hija de Fidel. Supo inmediatamente lo que le recordaba su colmado.

Siendo Emma una niña, Liberty había conocido a una mujer cuya hija había desaparecido. La madre tenía una pequeña tienda, una mina de joyería hippy y aceite de pachulí situada en una tranquila calle que desembocaba en King's Road. Todos los adolescentes se sentían atraídos hacia ella por una curiosidad morbosa. Entrar en la tienda desde el bullicio de Chelsea era como entrar en una sala victoriana dispuesta para un duelo más que para vender. La pena lo inundaba todo. Despertaba su sensiblería.

En sus viajes, Emma había llegado a la conclusión de que en todos los pueblos había una tienda como aquella: una tienda por la que no pasaba el tiempo, suspendida en ámbar. Aquellos comercios existían en un limbo sin clientela, vendiendo un par de bragas o unas pantuflas polvorientas. La tranquilizaba encontrar aquella constante en todo el mundo. Le encantaban los grandes almacenes estadounidenses, surtidos de curiosidades, gasolina y raciones de supervivencia. En Europa buscaba lo prodigioso: la tienda con una sola casa de muñecas en una galería de cristal de París; un comercio de iconos de Florencia. Lo que vendían era distinto, pero todas tenían la atmósfera de aquella tiendecita de su ciudad natal, de una quietud casi religiosa, la atmósfera de haber sobrevivido a la pérdida.

En los días transcurridos mientras se instalaba, se había dado cuenta de que había muchas tiendas así en las calles de Valencia, en las que vendían abanicos o peinetas, pero solo la de Fidel había sobrevivido a la modernización del pueblo, a la invasión de tiendas de todo a cien y panaderías elegantes. Estaba encajada detrás de la escalera de piedra de un lado de la iglesia. Los expositores de tomates relucientes, gordas berenjenas y suculentos melones estaban junto a la puerta verde entreabierta, que la invitaba tímidamente a entrar. Dentro, encima de un cuadrado de mesas de caballete cubiertas de tela de cuatros rojos y blancos, había cestas de verduras frescas. Sorprendentemente, había otra clienta en la tienda, una anciana con aspecto de gitana que sostenía contra la cadera una cesta de pimientos rojos mientras conversaba con la hija de Fidel. Miró a Emma con curiosidad.

—Buenos días —saludó Emma cuando la clienta se fue—. ¿Está su padre?

—Sí. Se ha ido a casa a comer y ha vuelto.

La chica apartó una cortina y acompañó a Emma hasta un patio trasero. Mientras Emma echaba un vistazo, recordó que Fidel le había dicho que la familia seguía viviendo allí, encima de la tienda.

—¡Ah, Emma! —dijo el hombre, saliendo del taller—. ¿Cómo está? ¿Ha venido por el expositor? —Encendió la luz del antiguo almacén—. Coja lo que quiera —dijo, indicándole un expositor de hierro forjado oxidado para flores—. Tuvo mejores épocas, pero si le gusta...

—¡Me encanta! ¡Es precioso!

—Antes de morir, mi mujer lo usaba para vender flores a la puerta de la tienda.

Emma sonrió con compasión. Todo estaba bien, su instinto no le había fallado.

—Me alegro de que alguien vuelva a vender flores en el pueblo. Mucho mejor que los lastimosos ramos de claveles del hipermercado.

—Tiene que dejar que le pague algo por esto.

—¡Bah! —Sacudió la mano, descartando la idea—. Me hace un favor. Esto está hasta los topes.

Emma miró el pulcro patio encalado con las macetas de geranios y la fuente cantarina.

—No sé qué decir.

—Es un verdadero placer. —Ladeó la cabeza—. No parece florista.

Emma se rio.

—No lo soy. Soy perfumista.

—¿En serio? Pues ha venido al lugar adecuado. En España nos encanta el perfume. En todos los pueblos hay una perfumería.

—Dígame... ¿Sabe usted algo acerca de la historia de la casa, de Villa del Valle? —Emma sacó las fotos de la cartera y se las enseñó—. He encontrado esto debajo de los tablones del suelo esta mañana.

—Parecen muy antiguas. —Fidel sacudió la cabeza y apartó la mirada—. No, no sé nada de la casa. Mi inmobiliaria tenía los contratos de la familia Del Valle, pero eso es todo. Ha habido unos cuantos inquilinos en estos años, pero lleva mucho tiempo deshabitada.

—¿Cuánto hace que vive usted aquí?

—Mi familia llegó en los años cuarenta. Lo siento, no puedo ayudarla. —Pensó un momento—. Pregunte a Inmaculada. La familia De Santangel vive en La Pobla desde hace siglos. Cuando venga a la tienda le diré que se pase a verla.

—Gracias. —Emma salió a la acera.

—Así pues, ¿qué le parece Valencia?

—Todavía no lo sé. Quiero decir... Me encanta, pero me parece bastante...

—Es difícil ver más allá de la superficie, posiblemente. La gente es cauta. Somos muy diferentes del resto de los españoles. Esta tierra estuvo en manos de los moros durante muchos siglos y tenemos más de catalanes que de castellanos.

Emma asintió con la cabeza.

—Se nota en el idioma: encuentro el valenciano más parecido al catalán o al francés.

—Espero que arraiguemos en usted. Es un lugar agradable, un buen lugar.

—Espero quedarme —dijo Emma—. Quiero crear perfumes aquí, con ingredientes españoles.

—¡Ah! Entonces tiene que hablar con Inmaculada, no cabe duda. Los De Santangel son los que más tierras tienen de por aquí. —Le estrechó la mano—. Le diré a Macu que vaya a verla.

Emma tenía una cita con un médico de Valencia que hablaba inglés, así que metió el bolso en el viejo Land Rover que se había comprado y se marchó a la ciudad. Cuando el tráfico redujo la velocidad al cruzar el lecho seco del Turia, bajó la ventanilla y la brisa le acarició el pelo. Su móvil vibró y Emma se puso el auricular.

—Hola, Freya.

—Solo quería comprobar que te acordabas. Tienes la cita dentro de diez minutos.

Emma se rio.

—Voy de camino. Deja de preocuparte.

—Por lo visto es un buen médico. Tu viejo médico de cabecera de la calle Sloane me lo recomendó.

—Habría encontrado un médico yo misma...

—No puedes arriesgarte, cariño. De todos modos, me preocupo. Manejas demasiadas cosas una vez más. ¿Cómo se te ocurre abrir una floristería nada más llegar?

Emma puso el intermitente para meterse en el aparcamiento, cerca de la plaza de toros.

—No hago más que ayudar a un chico marroquí.

—¡Oh, Em! ¿Otra buena causa? No tienes remedio, como tu madre.

—Se las apaña bastante bien, de hecho. —Emma tenía el ceño fruncido—. Y me ayuda con el jardín. —Cerró el coche y caminó hacia una callecita sombreada. Pensó por un instante en pedirle consejo a Freya para encontrar albañiles, pero tuvo una visión de su abuela dirigiendo el proyecto de reforma desde Londres—. Me las arreglo. Me siento mejor de lo que me había sentido en años.

—Bien. Eso está bien. ¿Comes?

—Sí. —Emma se reía—. He recuperado unos kilos. No muchos, pero estoy segura de que el bebé está bien.

—Libby estaba delgada mientras estuvo embarazada de ti, hasta los últimos meses.

—Ahora que mencionas a mamá, quería preguntarte una cosa. —Emma se detuvo para que pasara un coche antes de cruzar la calzada—. ¿Abuela?

—Sí.

Emma percibió que dudaba.

—¿Sabes por qué compró mamá esta casa?

—No... Bueno, ya sabes lo impulsiva que era tu madre.

—Me preguntaba si sabías algo sobre esto. Hoy he encontrado unas fotos antiguas, de un chico y una chica. En una de las cartas, mamá decía...

—Sabe Dios, cariño. En una casa antigua como esa, vete a saber quiénes son.

Emma achicó los ojos. Por la manera de hablar de Freya sabía que no quería hablar de aquello.

—No te pregunto si conocías a esas personas, te pregunto si sabes algo de la casa.

—No sé nada —dijo Freya enojada—. ¿Qué es esto? ¿La Inquisición española?

Las dos se callaron y luego su abuela se echó a reír.

—¡Oh, querida...! —dijo Freya, recobrando el aliento—. A tu madre siempre le encantó Monty Python, ¿verdad?

Emma sonrió. Evidentemente aquel no era momento de preguntarle a Freya por la carta de Liberty.

—¿Va todo bien por ahí?

—Nada de particular. La señora Stafford ha vuelto —dijo con cierto retintín—. Pero puedo manejarla.

Emma consultó la hora. En aquel momento no tenía ganas de pensar en Delilah.

—Tengo que dejarte —le dijo, caminando rápido hacia una puerta con una placa de latón—. Te mandaré la ecografía por correo electrónico. Te quiero.

Una hora más tarde, Emma salió al sol vespertino, con una imagen de su bebé en la mano. Se detuvo en el portal.

—¡Mírate! —le dijo a la criatura. Iba por la calle como si bailara, enseñando la ecografía a todas las personas con las que se cruzaba. Las cúpulas azules de la ciudad le parecían más brillantes, la piedra caliza más cálida.

Paseó por las calles comiéndose un helado de vainilla, con el abrigo oscuro desabrochado. Llegó a la plaza de la catedral y la curiosidad acerca del Santo Grial la empujó hacia las enormes puertas del templo.

—Perdón —le dijo un hombre alto y elegante, adelantándola.

Emma captó el perfume de Acqua di Parma, piel y algodón a su paso. Se fijó en él de inmediato, arrastrada por el familiar aroma cítrico de la colonia de Charles. Recorrió la columnata y le echó un par de vistazos, caminando rápido por los pasillos. Se detuvo al lado de un grupo de mujeres de negro que rezaban ante un relicario que contenía el brazo de san Vicente Mártir. El silencio impregnado de incienso la mareó. Siguió andando, taconeando con sus botas de piel sobre el embaldosado. Cuando cruzaba la nave, notó que alguien la observaba y se volvió rápidamente. Había un niño pequeño de pie, solo, ante el altar, mirándola.

—Hola —lo saludó, acuclillándose delante de él—. ¿Te has perdido?

El niño negó con la cabeza.

—¿Cómo te llamas?

—¡Paco! —llamó el hombre, y el niño le sonrió brevemente antes de correr hacia su lado. Salió el sol y la luz dorada se filtró como la miel en la catedral por los ventanales. Fue como si el tiempo se detuviera momentáneamente y el hombre le hizo un gesto, dándole las gracias, con el niño agarrado a una pierna.

Paseando por el edificio, Emma no pudo evitar mirarlo. De nuevo caminaba, al mismo ritmo que ella, echándole algún vistazo de vez en cuando mientras hablaba con el pequeño.

Al final Emma encontró la capilla del Santo Grial y leyó en la guía que había cogido en la entrada: «El Santo Cáliz es muy antiguo y nada contradice la idea de que fuera utilizado por el Señor durante la primera cena eucarística.» Se sentó a contemplar el cáliz enjoyado en su vitrina.

—¿Puedo sentarme aquí? —Había aparecido a su lado de repente, llevando al niño de la mano.

—Sí. —Le dejó sitio.

—¿Es usted inglesa? ¿Americana?

—Las dos cosas —repuso ella, riendo—. Bueno, mitad y mitad.

—Queríamos darle las gracias.

Emma le tocó el pelo al niño.

—¿Cuántos años tiene su hijo?

—¿Mi hijo? No... Es mi sobrino. Mi hermana me mataría si se enterara de que se me ha escapado. —Miró el Grial—. ¿No es terrible lo que le han hecho a una cosa tan hermosa?

Emma lo miró. Medía más de un metro noventa y el pelo negro le caía en la nuca por encima del cuello del traje de lino. Se fijó en que tenía las sienes canosas e intentó adivinar su edad. «Cuarenta, quizá», pensó. Costaba determinarlo. Tenía una energía que lo hacía parecer diez años más joven de lo que las patas de gallo sugerían.

—¿Es de verdad el Grial?

—Claro, se dice que proviene de Palestina. Dos mil años de antigüedad. —Le tendió la mano—. Soy Luca.

Luca se había metido en el banco a presión. No había ningún otro asiento en la capillita y Emma se sentía como un ave marina refugiada a la sombra de un alto acantilado en medio del parloteo de los turistas y las ancianas.

Emma sonrió educadamente cuando él prosiguió, en tono conspirativo:

—¡Como si un sencillo carpintero pudiera haber tenido una copa decorada con oro y piedras preciosas!

Sus palabras calaron en ella. Observó sus manos mientras acariciaba la madera pulida que tenían delante. Emma había encontrado desde siempre más expresivas las manos que los rostros: eran más difíciles de disfrazar. Las de aquel hombre eran perfectas, se dijo: de uñas suaves y redondeadas, con los dedos morenos y largos y unas palmas fuertes. En sus muñecas brillaban unos gemelos de oro.

—A lo mejor la copa es auténtica —dijo.

Una mujer con un velo negro se volvió, con los labios fruncidos.

—Ssss.

Emma salió de su ensoñación y lo miró a los ojos por primera vez. Se sentía como si hubiera llegado al final de un largo viaje.

—Algunos siempre creen lo que quieren que sea la verdad —le susurró cuando se levantaban para irse—. La conozco —le dijo de repente, abriendo la puerta para que pasara.

—¡Acaba de conocerme en la catedral!

—No, de La Pobla. Es usted la florista.

Ella se detuvo y lo miró.

—Sí.

—Maravilloso. —Sonreía—. Me preguntaba...

—¿Qué?

—El letrero. EL JARDÍN PERFUMADO. ¿Conoce el libro de Richard Burton?

Emma ser rio.

—No se me había ocurrido. Pensaba en mi madre: siempre le encantó el Cantar de los Cantares de la Biblia. —Estaba sonriendo—. ¿Se refiere a *El jardín perfumado* de Shaykh Nefzawi?

—Exactamente. Al texto erótico —dijo él, evidentemente complacido por el hecho de que ella hubiera establecido la relación.

—Bueno... no hay concubinas ni afrodisíacos en La Pobla —dijo Emma, riéndose.

Luca se inclinó hacia ella.

—Lástima. Es precisamente lo que le hace falta a nuestra vida: un poco de sensualidad. —Miró el Grial—. ¿Cree usted en los milagros?

Emma lo miró atentamente. «¿Y si es un loco o un evangelista?», se dijo. «No. Va demasiado bien vestido para serlo», imaginó que habría dicho su madre.

—¿Quién no, en un sitio como este? —le respondió.

—Bien. La Virgen... ¿Conoce a la patrona de Valencia?

—¿La Virgen de los Desamparados?

—Sí, la loca, la desposeída.

—¿Hace milagros?

—Sí. Se dice que la tallaron en el siglo XIV unos peregrinos que llegaron pidiendo comida para cuatro días y una habitación. La caritativa gente se lo dio y, cuando abrieron la puerta, allí estaba la Virgen, pero los peregrinos habían desaparecido.

—¿Cómo?

—Eran ángeles, claro —dijo él, solemne, pero ladeó la cabeza sonriendo—. Pregúnteselo a mi madre.

—Ssss —volvió a pedirles que se callaran la mujer.

Emma estudió su perfil mientras él le pedía disculpas. Tenía la nariz de una estatua romana, tal vez rota. La tarde acababa de empezar, pero ya le sombreaba la barbilla una barba incipiente.

Luca cogió de la mano a Paco y la acompañó fuera de la capilla, con la otra mano en sus riñones. Un recuerdo lejano despertó en ella. «Esto es lo que se siente —pensó—. Esto es sentirse atraída nuevamente por un desconocido.»

Cuando salieron a la plaza, las palomas levantaron el vuelo hacia la basílica de la Virgen. Luca sacó un paquete de cigarrillos en cuanto pusieron un pie fuera.

Le ofreció uno.

—Lo dejé —dijo ella.

—Lástima —se encogió de hombros—. Somos una especie en extinción.

—¡Por eso lo dejé!

—Pues tendremos que encontrar otro vicio que compartir.

Su cara bronceada se arrugó cuando sonrió, con el cigarrillo entre los dientes, blancos a pesar de todo.

—Bueno, ha sido un placer conocerlos a los dos —dijo Emma, hundiendo las manos en los bolsillos del abrigo.

—Bienvenida a Valencia —repuso él con burlona formalidad—. Soy Luca de Santangel.

—Emma Temple.

—Emma —murmuró él. El reloj empezó a sonar y Luca

buscó en el bolsillo de la chaqueta y sacó una tarjeta—. Si necesita algo, llámeme. Ahora somos vecinos.

Ella cogió la tarjeta y le dio la vuelta.

—Lo siento, pero tengo que recoger a mi madre —dijo él.

Caminaron hasta la basílica de la Virgen, de donde montones de mujercitas vestidas de negro salían como las hormigas en una incursión.

—Encantada de conocerlo, Luca de Santangel. —Echó un vistazo a la tarjeta de visita. «¿De Santangel?», pensó, recordando su conversación con Fidel.

—Lo mismo digo, Emma Temple. —Le sostuvo la mirada, sonriendo—. Es un pueblo pequeño. Estoy seguro de que no tardaremos en toparnos.

21

Valencia, mayo de 1937

Freya se paró al final de la calle para recuperar el aliento. El sol que irradiaba de las montañas llenas de lavanda relucía como una joya; era como si mirara a través de un vidrio morado. Las ventanas brillaban, anaranjadas y doradas contra el cielo rosado. Cogió la maleta, abrió la verja de Villa del Valle empujándola con un hombro y tomó por el bien definido sendero. Llamó a la puerta azul recién pintada y oyó pasos en el pasillo de baldosas. La puerta se abrió.

—¿Sí? —Una joven bonita con el pelo apartado de la cara se asomó. Tenía un lunar entre las cejas y unos ojos oscuros y almendrados que le daban un aire oriental.

—¿Rosa del Valle? —preguntó Freya. El aroma de algo oloroso que se estaba cocinando la atrajo.

—No. Yo soy Macu. Entre. Rosa está en la cocina.

Freya la siguió por el pasillo hasta la cocina, donde una joven más morena y de aspecto más fuerte que Macu machacaba hierbas en un mortero de piedra, sentada a la mesa.

Iba vestida de negro. Cuando se levantó y se secó las

manos con el delantal, Freya vio que estaba al final de su embarazo.

—Hola, buenas. —Se acercó con intención de estrecharle la mano—. Soy Freya Temple, del Cuerpo Médico español. No quedan habitaciones donde se alojan las enfermeras, pero me han dicho que tal vez usted tenga una libre.

—Sí, sí. —Rosa le indicó por gestos que se adelantara y fue a coger su maleta.

—¡Oh, no! No puedo permitirlo. En su...

Rosa se rio.

—¿Se refiere a esto? Si por mi marido fuera, estaría en el huerto cavando entre las coles. —Cogió la maleta—. Vamos, le enseñaré la habitación, a ver si le gusta.

Freya miró la encimera de la cocina, los montones de hierbas frescas.

—Algo huele muy bien. ¿Qué está cocinando? —le preguntó a Rosa, señalando las plantas.

—¿Eso? —Rosa sacudió la cabeza—. Son medicinales. Es una buena época para recogerlas. Macu y yo estuvimos ocupadas anoche. —Indicó por gestos un dolor de cabeza—. Ayudo a los del pueblo que no se fían del médico.

—Entonces, las dos somos enfermeras. —Siguió a Rosa hacia el recibidor, que la guio, taconeando escaleras arriba.

—Puede ser. Ayudo en el hospital cuando puedo.

—¿Trabajaremos juntas, pues? —Freya se volvió hacia la puerta de su habitación. Rosa le había gustado desde el primer momento. Notaba su sentido del humor bullendo en lo profundo de sus ojos oscuros y tristes.

—Solo hay tres habitaciones. Macu duerme en la de al lado. Esta era... Bueno, ahora esta está desocupada. Yo duermo con Vicente ahí —indicó hacia el fondo del pasillo.

—¡Rosa! —gritó un hombre desde el piso de abajo. Freya notó que Rosa se estremecía.

—Lo siento, tengo que irme. Vicente ha venido cenar y él... Bueno, la cena no está lista. —Retrocedió.

—Deje que la ayude.

—No hace falta.

Freya abrió la puerta, miró la habitación limpia y sencillamente amueblada. Las cortinas de lino se hinchaban en la ventana abierta.

—Es perfecta. —Le entregó a Rosa el primer mes de alquiler y arrastró la maleta hasta el pie de la cama—. Venga, vamos a cocinar. —Cogió a Rosa del brazo y bajaron juntas—. Me alegro de estar aquí. En el frente la carnicería es espantosa.

—Lo sé —dijo Rosa—. Estuve allí. Combatí en Madrid. —Se detuvo al pie de la escalera. A través del cristal esmerilado veía la silueta del torso de Vicente caminando de un lado para otro por la cocina—. Ahora está cambiando. ¡Había tanto optimismo! —Se le ensombreció el rostro—. Ahora ya no queda.

—¡Rosa! —gritó Vicente.

—Voy —dijo ella, y le hizo señas para que la siguiera hasta la cocina.

—¿Dónde estabas? —gruñó Vicente en cuanto se abrió la puerta—. Me he pasado todo el día sudando en la tienda... —Plantó una pata de jamón sobre la encimera y luego vio a Freya.

Rosa lo sorteó, murmurando:

—Esta es Freya. Va a quedarse aquí.

Vicente achicó lo ojos.

—Va a pagar. —Rosa dejó los billetes que Freya le había entregado sobre la encimera.

Vicente se encogió de hombros y se los guardó.

—Encantada —dijo Freya, tendiéndole la mano.

Él se la estrechó, reacio.

—Buenas.

—Mi... marido —dijo Rosa.

Freya notó que había dudado al decirlo.

—Vicente del Valle. Es carnicero.

—¿Carnicero?

—Sí, eso es.

Vicente ocupó su silla a la cabecera de la mesa y Freya notó que la observaba. Su arrogancia la ponía nerviosa. Lavó unos cuantos tomates en el fregadero y, mientras los cortaba, levantó los ojos y se topó con los de él.

Era guapo, de eso no cabía duda, se dijo, pero había debilidad en su boca con cicatrices, cierta mezquindad. Incluso en reposo parecía que estuviera sorbiendo agua helada.

—¿En este? —Freya señaló un cuenco de barro esmaltado que había en la encimera.

—Sí, gracias —dijo Rosa. Puso los tomates, un pan recién sacado del horno y algo de jamón en la mesa.

—¿Siempre ha sido carnicero?

—No. Vicente era torero —dijo Rosa.

—¿Todavía...? —Freya simuló un pase de capote.

—No. —Vicente se rio, apoyándose en la mesa. Sus dientes de oro brillaron a la luz del candil—. Ahora soy carnicero. Me he vengado de los toros, ¿eh?

Empujó hacia atrás la silla y fue a llenar el vaso de vino en la trascocina. Rosa se inclinó para susurrarle a Freya:

—No era bueno. Para ser matador hay que enfrentarse a la muerte con entereza. —Hizo una mueca—. Pero su hermano Jordi...

—¿Por qué hablas de él? —Vicente la miró y Rosa bajó los ojos rápidamente y los fijó en el plato—. Mi hermanito era recortador. —Freya estaba confusa—. No es lo mismo. Un recortador esquiva los toros, pero nosotros nos enfrentamos a ellos. —Con el cuchillo del pan simuló clavar el estoque en la cruz del toro.

—Jordi era el mejor recortador —dijo Rosa en voz baja.

—¿Te parece? —Vicente apretó el mango del cuchillo—. Tal vez no era lo bastante bueno para esquivar las balas de los nacionales, ¿eh?

—No. —Rosa se encogió.

—Si era el mejor, ¿por qué te dejó aquí, embarazada? ¿Por qué se dejó matar? —Vicente le agarró la mano—. Si es mejor que yo, entonces... ¿por qué no se casó contigo?

—Me lo pidió —dijo ella con los ojos llenos de lágrimas. Miró entonces a Freya—. Si vas a vivir aquí, quizá sea mejor que lo entiendas. A Jordi, el hermano de Vicente, lo mataron en el Jarama. —Indicó una foto enmarcada de Jordi y Vicente que había en el aparador.

Freya se preguntó si podía haber dos hermanos que se parecieran menos.

—Lo siento mucho. —«Jordi del Valle. ¿De qué me suena ese nombre?», pensó.

—Mi hermano dejó sola a su mujer, embarazada. Así que yo me ocupo de ella.

«Apuesto a que sí», pensó Freya, con una sonrisa forzada de compasión.

—Rosa decía que no necesitaba un marido, pero la hice entrar en razón.

Freya lo evaluó. Percibía la intensa pena de Rosa, la vulnerabilidad que ocultaba su fachada de fortaleza. «Sabías que pasaba por un momento de debilidad y te echaste sobre ella como un depredador.»

—¿Quién es ahora tu marido?

—Tú —dijo Rosa en apenas un susurro.

—¡No te oigo!

—Tú, tú eres mi marido —le dijo Rosa, retándolo, con los ojos llenos de lágrimas.

Él manifestó su satisfacción con un gruñido y cogió el tenedor.

Comieron en silencio. Vicente sin apartar los ojos del plato mientras acababa con casi todo el jamón y la mitad del pan. Por fin apartó el plato y se marchó sin decir ni una palabra.

—¿Es siempre tan encantador? —Freya esperó a que Rosa la mirara y se sonrieron.

—Vicente no está cómodo con las mujeres. Si no eres esposa, madre o fulana, no sabe cómo tratarte.

Freya recogió los platos.

—No, no. Tú siéntate —le dijo a Rosa cuando esta fue a ayudarla—. Deberías poner los pies en alto siempre que puedas.

—Gracias. —Rosa se arrellanó y se acarició el vientre hinchado.

—¿Cuándo sales de cuentas?

—Dentro de poco.

—¿Es el primero? —Se volvió hacia Rosa—. Debes estar emocionada.

Rosa dudaba. Necesitaba desesperadamente hablar con alguien y supo instintivamente que podía confiar en aquella inglesa.

—Vicente... —Se le crispó la cara—. Te he horrorizado...

—No, no. —Freya se sentó a la mesa y le cogió la mano—. Por favor, no llores. Estamos pasando por una época espantosa. Hiciste lo mejor para el bebé.

—Es tan terrible... —dijo Rosa.

—Estoy segura de que lo arreglaremos. Ahora dime dónde guardas el té.

—¿El té?

—¿La manzanilla? —Freya se acercó a la alacena que Rosa le indicó—. Voy a preparar una infusión y me cuentas toda la historia. ¿Cuánto tardará tu marido en volver?

Rosa se rio amargamente.

—Horas. Se ha ido al café a emborracharse.

Freya cogió dos tazas.

—Estupendo. Así tendremos tiempo de sobra para ponernos al día. ¿Por qué no empiezas por el principio y me cuentas cómo acabaste metida en este lío?

Rosa fue contándole su historia. Estuvieron hablando hasta las tantas.

—Lo raro es que no me parece que se haya ido.

—¿Quién? ¿Jordi? —Freya tomó un sorbo de infusión.

—Lo noto aquí —dijo, poniéndose un puño sobre el corazón—. A veces veo cosas, pero nunca lo veo morir.

—¿Te refieres a visiones?

Rosa asintió.

—Mi madre, y antes mi abuela, eran mujeres inteligentes, expertas en hierbas. Las llamamos «curanderas», aunque algunos las llaman «hechiceras» o brujas que practican la magia blanca. Me enseñaron a preparar medicinas para curar a la gente. Me enseñaron a recoger hierbas y plantas a medianoche.

—Así que tú también tienes el don.

—Sí. Soy una de dos: tenía una hermana gemela que murió cuando éramos pequeñas. —Rosa hizo una pausa—. Tengo esto —se arremangó la chaqueta negra y le enseñó los dedos a Freya, delgados como los de una niña. En la cara externa de los meñiques tenía unas cicatrices pálidas—. Tenía seis dedos, uno más en cada mano. El médico me los quitó cuando nací.

Freya enarcó las cejas.

—¿Seis dedos? Bueno —dijo amablemente—, la gente siempre teme a las mujeres sabias.

—Mi familia es gitana. Vivía en las cuevas del Sacromonte. Allí crecí yo.

—He oído hablar del Sacromonte. ¿No es allí donde va la gente a ver bailar?

—Sí. Siempre estamos bailando, por dinero o por gusto. Puedo contarte historias de derviches y de profetas musulmanes que estuvieron allí muchísimo antes de que la gente viniera a vernos bailar. Allí fue donde aprendí.

—¿Flamenco?

Rosa hizo una mueca, gesticulando con la mano.

—Es más que eso. La música, las canciones, el cante jondo, es... —Señaló hacia el suelo y fue subiendo las manos como si algo se elevara de él—. Es la vida, el duende...

—¿Duende?

—El espíritu. Hay quien dice que es el diablo, un fantasma... pero también es mágico. —Se golpeó el corazón—. Pasión. ¿Conoces a Lorca?

—¿El poeta? Algo de él he leído. —Freya se miró las manos—. He oído la muerte espantosa que tuvo.

—Federico era amigo mío —dijo con orgullo Rosa—. Mi familia trabajaba para la suya. Su antigua ama de llaves era mi prima. Cuando la visitaba lo veía. Fue al Sacromonte a verme bailar.

—¿De verdad? ¡Qué maravilla! ¿Alguna vez te leyó algo?

—Sí. Era muy amable, un buen hombre. Me dio uno de sus libros. —Rosa fue al tocador y sacó un volumen escondido debajo de unos cuantos viejos libros de cocina—. Nunca lo he leído, claro. No sé leer.

Freya lo abrió y vio que Lorca le había dedicado el libro a Rosa.

—Puedo ayudarte, si quieres. Enseñarte los rudimentos.

—¿Harías eso por mí? —Se le iluminó la mirada. Cogió el libro de manos de Freya y pasó los dedos por la cubierta antes de volver a esconderlo entre los libros de cocina—. Lo pongo aquí porque Vicente nunca mira los libros de recetas. —Le guiñó un ojo—. Aunque yo tampoco. No quiero leer recetarios, pero si me enseñas a leer a Lorca, bueno... —Bajó la mirada—. Lo mataron. Esos hijos de puta le dispararon aquí —se señaló el trasero—. Y todo porque había dicho que le gustaban los hombres. —Sacudió la cabeza—. ¿A quién le importa eso? El amor es el amor. Lorca era un genio.

—Sigue con tu historia —le dijo Freya con dulzura.

Rosa ladeó la cabeza.

—Bueno... Cuando empezaron a matar a mis amigos pensé que era hora de marcharme. Fui a Madrid, pero mi familia se fue a Málaga. —Sacudió la cabeza—. ¿Te has enterado de lo que hicieron en Málaga? La gente huía a cientos, a miles por la carretera; mujeres, niños... y, ¿qué hicieron los fascistas bastardos? —Se estremeció recordando lo que veía en sueños: los aviones zumbando, sobrevolando a los refugiados.

—He oído que los aviones ametrallaban a los refugiados. Decía un amigo que vio cómo dibujaban pautas entre la gente de las carreteras.

—Bueno, pues ahí estaba mi familia. La gente a la que asesinaban en esas pautas que dibujaban era de mi familia. —Se golpeó el pecho—. Sentí cómo caían.

—Lo encuentro insoportable. ¿Qué clase de mundo es este en el que hombres en avión, con ametralladoras, siegan a mujeres y niños indefensos?

—No es un mundo, es el infierno. Hemos creado el infierno en la tierra. Tal vez la muerte sea mejor. ¡Oh, ya sé que algunos republicanos no están libres de culpa! Mis camaradas matan... pero ¿en comparación con lo que hacen los fascistas? —Se abrigó los hombros con el mantón.

—Tú has sobrevivido y tienes al bebé. Eso es algo, al menos.

Rosa la miró angustiada.

—Sobrevivir... ¿para qué? Solo para perder al hombre al que amo, al padre de mi hijo. —Contenía las lágrimas—. Cuando conocí a Jordi en Madrid, él me hacía sentir tan fuerte... Por primera vez en mi vida él hizo que me sintiera libre. Me lo contó todo sobre política, me abrió los ojos. Ojalá le hubieras visto hablar, que hubieras podido ver cómo hacía que la gente se sintiera. Sin él —dijo, sonriendo tristemente— ya no me siento fuerte. Ni segura. Pero todavía lo percibo. Vicente me dice que ha muerto, dice que vio la documentación que le quitaron al cadáver.

—¿Por qué te casaste con Vicente? ¿Te obligó él, Rosa? No te habrá pegado, ¿verdad? He conocido a otros hombres como él.

Rosa negó con la cabeza.

—Él... Vicente es listo. Yo estaba muy mal cuando me dijo que Jordi había muerto. Me pasé días sin comer ni dormir. Quería morirme. Cuando se lo dije, me dijo que pensara en el bebé. —Miró a Freya—. Son malos tiempos. Quiero darle a mi hijo lo único que puedo darle: legitimidad.

—Lo entiendo.

—De momento aquí está a salvo. Tengo a Macu que me ayuda en casa. Es una buena chica. —Rosa le sonrió—. Y ahora tú y yo seremos amigas. Tenías que venir. Lo presiento.

22

Valencia, octubre de 2001

La casa retumbaba con el ritmo del agua que caía. Emma había puesto ollas y sartenes para recoger las goteras y estaba sentada a la mesa de la cocina, tiritando. Cuando había ido a preparar café aquella mañana, el fogón se había apagado. La bombona de gas se había terminado, lo que significaba que se había quedado sin desayuno y que no tendría agua caliente para lavarse hasta que el repartidor de butano descargara en la plaza a la mañana siguiente. Miró la gata que maullaba lastimera en la puerta trasera.

—Hola. ¿Tú otra vez? —El animal parpadeó, impasible—. ¿Tienes hambre? —Emma buscó en la alacena y sacó una lata—. Al menos estás bien—. Abrió el atún y se lo dejó en el umbral.

A la luz pálida de octubre la observó comer.

—¿Dónde has escondido a los gatitos, eh? —Se puso en cuclillas e intentó acariciarle el lomo. La gata bufó y se marchó corriendo por el jardín con un trozo de pescado en la boca. —No te preocupes —le gritó Emma—. No hace falta que me des las gracias. —Se apoyó en la puerta a contemplar el jardín lluvioso. Tenía peor aspecto, en cierto modo, ahora que habían quitado la maleza. La zona de hierba tenía aspecto de muerta, los muros circundantes necesitaban una mano de pintura.

Emma se arrebujó en el abrigo que llevaba encima del pijama, se puso un par de botas de agua y decidió buscar fuera de la casa una bombona de butano vacía. Cogió la linterna y fue chapoteando por el jardín. El antiguo almacén estaba silencioso y oscuro, con telarañas polvorientas en las vigas. Encendió la linterna. Allí había poco que fuera de utilidad: solo el cortacésped que le había comprado a Aziz y una lata de gasolina. Iluminó con el haz de la linterna la pared y caminó hacia una puerta del fondo que no había visto hasta entonces, parcialmente oculta por cañas de bambú y rastrillos oxidados. Lo apartó todo, tirándolo al suelo de cemento. La madera estaba hinchada y tuvo que forcejear para abrirla.

Al principio no vio más que hilera tras hilera de plantas secas colgadas de los estantes de rejilla de un armario profundo, como un bosque petrificado. Luego se dio cuenta de que había algo al fondo del estante superior, una sombra oscura. Se empinó, tanteando el polvo con los dedos hasta tocar algo de piedra. Se subió al estante inferior, esperando que aguantara su peso, y bajó el pesado mortero de piedra. «¡Qué bonito! Tiene que ser muy antiguo», pensó. Volvió a auparse y miró en el estante, buscando la maza. Había rodado hacia la parte posterior y estaba apoyada contra un par de libros viejos. Emma los bajó y salió al jardín, tosiendo por el polvo.

Se paró en la puerta de la cocina. Una mujer pequeña vestida de negro y tan frágil como el esqueleto de un pajarito daba vueltas por la habitación, acariciando con la mano la vieja mesa. Llevaba el pelo blanco recogido en un moño en la nuca y tenía un bonito lunar entre las cejas.

—Buenos días —la saludó Emma—. ¿Puedo hacer algo

por usted? —Dejó el mortero y la mano en la mesa, con los libros al lado.

La anciana palideció.

—¡Madre mía!

—¿Está usted bien? Siento haberla asustado.

La mujer se rehízo.

—No la he oído llegar. —Sostenía el bolso de charol sobre la barriga, como para protegerse—. Soy Inmaculada. Todos me llaman Macu. Fidel me ha dicho que quería usted verme.

—¡Oh! Encantada de conocerla. Y gracias por venir. —Emma se desempolvó las manos—. Iba a prepararme un café, pero se ha terminado el gas.

—¿Vive usted aquí sola, en estas condiciones? —Macu sacudió la cabeza sentándose en la silla que Emma había apartado para ella.

—No está tan mal. Voy a reformarla... —A la mujer se le notaba en la cara que estaba preocupada—. Es agradable tener visitas. A todos les asusta esta casa.

—¿La casa? —Chasqueó la lengua—. Nunca se teme una casa, se teme a la gente. A los fantasmas, tal vez. —Se encogió de hombros y miró hacia el vientre de Emma—. ¿Está...?

—Sí. Nacerá en enero.

—Va a necesitar ayuda, sobre todo en su estado. ¿Tiene familia aquí?

—No. Mi madre compró esta casa, pero ha muerto.

—No tiene familia. —Siguió la mirada de Emma hasta una foto enmarcada que había en el alféizar—. ¿Es su madre?

Emma notó su sorpresa.

—¿Cómo se llamaba?

—Liberty.

—¿Quién era su abuela? —Emma detectó tensión en su voz.

—¿Mi abuela? Se llama Freya Temple.

—¿Freya? —Macu la estaba mirando—. ¿Todavía vive? Nunca hubiese dicho...

—¿Conoce a Freya?

Macu se apoyó en el respaldo de la silla.

—Estuvo aquí hace mucho tiempo.

—¿Durante la guerra?

Macu dudó un instante.

—Sí, durante la guerra.

—¿Puedo preguntarle algo? —Emma sacó de la cartera las dos fotos y se las dio a Macu—. ¿Conoce a estas personas?

Macu inspiró profundamente, como si le hubieran dado una bofetada.

—Eran amigos míos. Esta es Rosa... —La voz se le quebró.

Emma se puso en cuclillas a su lado para mirar las fotografías.

—¿Y el joven?

—Es Jordi. Jordi del Valle.

—Así que esta era su casa. Me encantaría saber cosas sobre ella. Me interesa mucho enterarme de la historia de este lugar. —Notó que Macu era reacia—. Es increíble que conociera a Freya. ¿Trabajó con ella en los hospitales?

Macu le devolvió las fotos y le cerró los dedos sobre ellas.

—Yo... Me ha encantado conocerla, saber de Freya y de su madre. —La miró a los ojos—. Algún día hablaremos. Primero tiene que hablarme de su abuela. —Parpadeó y miró a su alrededor—. ¡Oh, las cosas que han visto estas paredes! Mírela ahora. Se está cayendo a pedazos.

—Como yo —dijo Emma, riendo. Se levantó torpemente y se apoyó en la mesa de la cocina—. Fidel me ha dicho que puede hablarme de los ingredientes de la zona, también. Fabrico perfumes.

—¿Sí? —Macu sonrió—. Mi amiga, la que vivía aquí, Rosa, era buena con las hierbas. Preparaba medicinas, era curandera.

—¿De verdad? Tiene que contarme algunas cosas sobre ella.

—Mi hija me espera en el coche, así que tengo que irme. Venga a casa un día de estos. —Macu se levantó pesadamente—. Entonces podremos hablar como es debido. —Miró el pasillo polvoriento—. Entretanto le mandaré a una de las hijas de nuestra asistenta para que le eche una mano. Sole también tiene buena mano con los niños.

—No es necesario.

—Quiero hacerlo —le cogió la mano—. Está sola aquí. Eso no está bien.

—Gracias. Una cosa menos de la que preocuparme. Ahora solo tengo que encontrar albañiles —dijo Emma, abriéndole la puerta.

—Escuche. Vaya a buscar a mi nieto Luca. Después vaya al bar. Lo sabe todo de la granja y conoce albañiles. —Besó a Emma en ambas mejillas—. La ayudará a rehacerse, ya lo verá.

—¿Luca de Santangel es nieto suyo? —Emma sonrió.

—Ya lo conoce, entonces.

Emma vio a Luca al otro lado de la plaza del pueblo, bajo el toldo de rayas del bar, en una mesa de la terraza, con un grupo de hombres. Parecía llevar allí un rato. En la mesa había botellas de vino tinto y de coñac. Lo saludó con la mano y él alzó la barbilla en respuesta, pero siguió conversando. Un viento frío hinchó el toldo y el agua de lluvia mojó la acera del bar. Emma se subió el cuello del abrigo y echó a andar hacia el mercado. «Si es tan grosero como para no levantarse a saludar, no seré yo quien me acerque», pensó. Se detuvo delante de la perfumería y, mientras miraba con ojo experto el escaparate, vio que el reflejo de Luca se unía al suyo.

—Buenos días, Emma Temple. —Tenía la cara muy cerca. Olía a alcohol, tabaco y jabón de vetiver. El corazón le dio un brinco.

—Y yo que creía que en Londres se pasaban... —Se volvió hacia él, sonriente—. ¡Ni siquiera es mediodía!

La miró interrogativamente.

—¿Para qué? ¿Para el vino?

—Es un poco pronto.

—¡Ah! —Negó con el índice—. Espere. Nunca verá a un español borracho. No como en Inglaterra. Cuando estuve en Londres vi a una mujer... ¡una mujer!, borracha en la calle, vomitando en una alcantarilla.

—Así que nosotras no podemos beber.

—No es propio de una señora emborracharse —la corrigió él.

—¡Qué misógino!

—Es la verdad. —Se encogió de hombros—. Las mujeres que se emborrachan no se respetan a sí mismas.

—¿Qué me dice de los hombres?

—Es distinto.

—¡No lo es! —Se apartó para dejar pasar a una anciana con un carrito de la compra que la miró con curiosidad.

—Señora —dijo él, saludando con un gesto a la mujer.

—Se comporta de un modo...

—Anticuado, caballeroso...

—A la vieja usanza, tradicional...

—Alto ahí, ¡me está adulando! —Soltó una carcajada y apoyó un brazo en la pared—. Dígame —le pidió—. Qué tiene de malo un hombre que la mantiene, que la adora, que le hace el amor como si fuera la única mujer que existe en el mundo...

—Yo no necesito que me hagan el amor. Lo que necesito es un albañil. Su abuela me ha dicho que puede ayudarme.

Luca se encogió de hombros, indicando con un gesto de cabeza el café.

—Ahí hay un par de polacos que buscan trabajo. Son buenos. Puede confiar en ellos. Han trabajado para mi hermana Paloma.

—Gracias.

Luca cruzó los brazos.

—Pueden hacerle lo básico. ¿Un baño, por ejemplo?

Emma se tocó el pelo. Lo tenía tieso de polvo.

—¡Qué gracioso! Quería hablarle de un negocio.

—¿Un negocio? Me decepciona. Primero albañiles y ahora negocios. Creía que me había echado el ojo porque quería hablar de placer.

—¡Yo no le he echado el ojo! —Esperaba no haberse ruborizado.

—Sí que lo ha hecho —dijo Luca, volviéndose para irse. Le sonrió por encima del hombro—. Mírese. No puede apartar los ojos de mí. ¿A que no?

Emma se rio, cruzándose de brazos.

—¿Son todos los españoles tan arrogantes?

—Ya lo verá. —Se volvió y retrocedió de espaldas unos cuantos pasos—. Macu me ha llamado. Quiere que vaya a la finca el sábado. Ya hablaremos de negocios entonces.

En el bar, Emma llamó por señas a la camarera.

—¿Hay aquí algún albañil? —le preguntó a la chica.

—Ahí.

Emma se volvió. Apoyado en la máquina de discos había un hombre esbelto de unos veinte años tomándose una Coca-Cola, con una mochila junto a la silla. A Emma le pareció un ángel de neón, con los rizos rubios iluminados de azul.

—¿Eres albañil? —le preguntó.

—No, pero mi amigo Boris sí. Yo soy carpintero.

—Bueno, os necesito a los dos —dijo ella, alisándose instintivamente el pelo—. ¿Cómo te llamas?

—Marek.

—De acuerdo, Marek. —Emma apuntó su nombre y dirección en el cuaderno, arrancó la hoja y se la dio—. Vivo en la vieja casa blanca de la cima de la colina. Si tú y tu amigo podéis pasaros hoy por allí sería estupendo. ¿A mediodía, digamos?

—Allí estaremos —repuso él, mientras le abría la puerta del café. Se apoyó en el quicio, lo bastante cerca para que ella oliera el jabón, el chicle—. Nos vemos luego, Emma.

A mediodía, llegó Fidel justo cuando Marek y Boris llamaban a su puerta. A ella la alivió que se conocieran. Le había pedido a Fidel que la ayudara a organizar la reforma: quería que alguien cercano le echara un vistazo al trabajo mientras estuviera en el hospital con el bebé.

—Son buenos trabajadores —le dijo mientras estaban sentados a la mesa de la cocina—. Para mi hermano estuvieron trabajando del amanecer al anochecer todos los días.

—Bueno —dijo Boris—. Me alegro de que el señor Pons García esté contento. Ahora, con este trabajo, el jardín será lo último. —Comprobó la lista y anotó un par de cosas—. Terminaremos con la piscina y la terraza. De momento, nos instalaremos en las tiendas, ¿vale?

—Vale. —Emma se rio.

Fidel miraba cómo la lluvia caía del techo de la cocina.

—Me parece que estaría mejor en una tienda, ahí fuera, como ellos.

Mientras hablaban de los planes que tenía para la casa, Emma se enteró de que Boris era albañil, fontanero y electricista. Marek se ocupaba de la carpintería, del yeso y de decorar, así como de levantar las cosas pesadas.

—Ahora tengo la espalda un poco mal —dijo Boris. Emma vio que llevaba un cinturón de piel debajo del chaleco y seguramente pareció dudosa, porque añadió rápidamente—: No se preocupe, trabajo como un superhombre.

—Estoy segura de que sí.

—Los dos juntos hacemos un hombretón. —Boris le alborotó los rizos rubios a Marek—. Conozco a este desde que era un crío. Es el hijo de mi mejor amigo. Le prometí que me ocuparía de él.

—¡Eh, que yo sé cuidarme solo! —protestó Marek. Tenía unas pestañas tan negras que parecían azules.

—Bueno, me alegro de contar con los dos. —Emma se puso a lavar las tazas, pero Boris se lo impidió.

—Tiene que descansar. No haremos nada de ruido.

—Tranquilos que nada me despierta.

Mientras enjuagaba las tazas, Boris le dijo:

—¿Sabe que tiene una habitación oculta ahí arriba?

—Lo sospeché cuando conté las ventanas desde fuera —dijo Fidel—. ¿Te parece que sí?

—Entre el dormitorio principal y el campanario.

—A lo mejor hay un cadáver dentro. —Marek estiró los brazos como un zombi—. Los del pueblo dicen que esta casa está encantada.

—Pues yo no he visto nada —dijo Emma, riéndose—. ¡Qué emocionante! ¿Puedes abrirla?

—Claro. —Boris se secó las manos—. Hará falta romper la pared del pasillo de arriba, pero tendremos que hacerlo igualmente para la electricidad.

—Estupendo... ¿por qué no os ponéis con eso enseguida?

—Pronto, pero antes nos ocuparemos de las tuberías y la electricidad. Le hará falta calor y luz para el bebé, ¿verdad?

—¡Pero la habitación secreta resulta muchísimo más interesante!

—Eso puede esperar unas cuantas semanas más —dijo Boris—. Me parece a mí que lleva años tapiada.

23

Valencia, mayo de 1937

Rosa caminaba por la calle Mayor, pegada a las casas, buscando la sombra. El bebé le daba patadas, empujándole la cadera, e hizo una mueca de dolor. No faltaba mucho, lo sabía, como máximo una semana. El sol de primera hora de la tarde refulgía a su alrededor y las persianas que daban a la calle estaban cerradas para la siesta. Más arriba un perrito negro cruzó trotando la silenciosa calzada, yendo a su casa desde el café. Le cantó bajito a su hijo una antigua canción que su madre le había enseñado. El silencio le pesaba, oía el zumbido de la sangre. «Mamá», pensó, intentando apartar la visión del cadáver ensangrentado de su madre en la cuneta. Intentó recordarla en casa, meciéndose al calor del fuego, cantándole canciones mientras cosía. Intentó recordar cuando paseaba con ella por las colinas a la luz de la luna, recogiendo hierbas aromáticas. Sin embargo, el rostro de su madre, su rostro contraído y agonizante, se abrió paso hasta su conciencia. Se protegió el vientre con un brazo y se apresuró, cargada con su cesta de la compra. No se le iban de la cabeza los retazos de conversación que había oído en el mercado.

—Los anarquistas y el POUM se han sublevado en Barcelona —había oído decir a una mujer junto a la pescadería.

—¿Qué va a pasar ahora?

—He oído que están evacuando a los niños vascos. Espera y verás. Bilbao será la siguiente en caer —le había dicho el pescadero a un hombre, metiendo calamares envueltos en papel de periódico en la cesta de Rosa.

Todo el mundo hablaba de lo mismo: rumores, temores, especulaciones acerca de lo que les sucedería a ellos en Valencia.

«Poniendo a salvo a los niños», pensó Rosa mientras estaba apoyándose junto a la puerta de Villa del Valle. Parecía que la guerra se acercaba cada vez más. El muro encalado irradiaba calor, el aroma de jazmín la envolvía. Cerró los ojos e inhaló el perfume embriagador. Intentó estirarse para coger unas cuantas flores pero ni siquiera de puntillas las alcanzó. Se situó en la fresca sombra azulada y sonrió con tristeza. ¡Todo habría sido tan distinto de haber vuelto a casa con Jordi! El jardín era más hermoso de lo que se adivinaba desde la calle. El calor de la acera se disipó en cuanto puso los pies en el camino de grava. Alrededor de la casa había un prado moteado de flores blancas y naranjos. Rosa se sintió abrazada por un manto sedoso y perfumado. Las buganvillas trepaban por los muros hacia un infinito cielo azul. Recorrió el sendero en trance, acariciando los tallos de lavanda con la mano. Los lechos de hierbas aromáticas estaban bien cuidados y recién regados, con gotitas en las hojas. Tan atrapada estaba por la belleza de aquel lugar, tan embriagada por los aromas, que olvidó por completo que estaba junto a la parte trasera de la tienda de Vicente, un sitio que solía evitar. El olor de la sangre en el aire la pilló por sorpresa y se detuvo de golpe. Oyó voces apagadas, la risa de una mujer al otro lado de la puerta. El corazón se le aceleró, estiró el brazo y la abrió, conteniendo el aliento.

Vicente estaba detrás del mostrador y una mujer pelirroja teñida que conocía de vista del pueblo se abrochaba el vestido. Se quedó quieta cuando vio a Rosa y recogió las bolsas rápidamente.

Vicente se volvió despacio hacia Rosa.

—¿Sí?

—He oído risas. He sentido... he sentido curiosidad.

—Ya sabes lo que se dice acerca de los gatos y la curiosidad.

Rosa le dio la espalda, con la cara roja de humillación.

—Y bien, ¿en qué puedo servirla? —le preguntó Vicente a la mujer.

—Me parece que ya ha hecho bastante por un día... —oyó Rosa que la otra decía. Caminó rápidamente por el sendero hacia el jardín.

«Jordi —pensó Rosa—, Jordi, ¿qué ha pasado? ¿Adónde te has ido?»

24

Valencia, noviembre de 2001

El taxi la dejó junto a un alto muro blanco y Emma caminó por el sendero de tierra roja hasta la finca de los De Santangel.

Un fuego de naranjo ardía al borde del camino donde los peones se calentaban y bebían coñac, con cajones de fruta apilados a su lado.

Una ligera brisa le levantó el abrigo y se apartó un mechón suelto de cabello negro que le caía sobre la cara. A lo lejos, apareció una silueta oscura en el camino, un perrito blanco le saltó a los tobillos. Mientras Emma se acercaba, oyó a la mujer reprendiendo al perro. Cuando alzó la vista, se quedó sin habla. La miró fijamente, achicando los ojos.

—Buenas, señora —la saludó Emma insegura—. ¿Luca de Santangel, por favor?

Con un movimiento brusco de la cabeza, la mujer señaló hacia el cielo.

—¿Qué pasa, chica? —Sonrió, pero su mirada era acerada—. ¿Qué quieres de mi hijo?

—¿El señor Santangel es su hijo? —Le tendió la mano—. Me llamo Emma Temple. Fidel me sugirió que hablara con su familia...

—¿Eso hizo?

—Acabo de instalarme en Villa del Valle. —Vio que la otra se estremecía.

—Venga. —Le hizo una seña a Emma para que la siguiera. Mientras caminaban, la madre de Luca señaló hacia arriba. Emma miró al cielo. Un pequeño avión se ladeó por encima de sus cabezas y oyó el motor perdiendo potencia mientras iniciaba el descenso.

La señora continuó andando, siguiendo la estela del avión hacia un claro entre los naranjales. Cuando llegaron allí, el aparato había aterrizado en una pista y se encaminaba hacia un hangar. Un viejo salió de la oscuridad arrastrando los pies y se acercó al avión acompañado por un perro esquimal tan grande como un lobo corriendo delante de él.

Se abrió la puerta del avión y Emma vio una lustrosa bota de montar marrón bajar a tierra. Cuando se volvió para hablarle a la mujer, esta había desaparecido. Entornó los párpados para protegerse los ojos del intenso sol del otoño y vio que el perro se había acostado obedientemente a una orden de su dueño.

Luca le entregó las llaves del avión al viejo y cruzó el claro seguido de cerca por el animal. Mientras se le acercaba ladeó la cabeza.

—Emma Temple —le tendió la mano. Cuando se la cogió notó la calidez de su piel.

—Buenas, señor De Santangel —dijo ella, sin demasiado aplomo.

—Luca, por favor —la guio hacia la finca.

—Gracias por invitarme. —Emma sonreía. Se arrebujó en el abrigo mientras se encaminaban en dirección a casa.

—¿Tiene frío? —Luca se quitó la chaqueta y le abrigó

con ella los hombros. El ante conservaba aún la calidez de su cuerpo.

—Gracias. —Emma inhaló el aroma familiar y limpio de Acqua di Parma, se fijó en el algodón blanco impecable de su camisa, metida en unos pantalones claros de montar—. No estoy acostumbrada a tanta caballerosidad.

—Como le dije, los españoles siguen creyendo en ella.

—¿Es eso bueno?

—No lo sé. ¿Por qué no se lo pregunta a mi hermana? —Llamó a una mujer esbelta y morena que se estaba apeando de un Seat delante de la puerta principal de la finca, con una niñita pegada a la cadera. Emma admiró su elegancia, el par de pantalones anchos de lana fina de buen corte y la chaqueta de punto de cachemir. Por su porte y su pelo moreno recogido en un moño en la nuca le recordó a la profesora de ballet que tenía de niña.

—¡Eh, Paloma! ¿Te parece que los españoles somos anticuados?

—¿Por qué crees que me casé con un francés? —repuso ella.

—Paloma, esta es Emma. Fidel le ha dicho que viniera a vernos. —La besó en las dos mejillas, y ella besó a Emma a su vez.

—Hola —dijo esta, cogiendo la manita regordeta del bebé. La criatura tenía las gafas de sol Chanel de su madre en la otra mano y mordía alegremente la montura.

—¿Es inglesa? —le preguntó Paloma.

—Sí. Bueno, me crie en el Reino Unido, pero nací en Estados Unidos. Mi madre era un poco hippy por aquel entonces: Haight-Ashbury, Woodstock. —Emma notaba que Luca la observaba—. He vivido en Londres hasta hace poco. De hecho no sé demasiado bien de dónde soy. —Le daba la impresión de que estaba hablando demasiado—. Venga, deje que la ayude —le dijo, y cogió un par de bolsas de Carrefour del maletero.

—Gracias. Entre, está refrescando. —Paloma la condujo hasta la cocina mientras Luca se iba a los establos—. ¿Está aquí de visita? —El aroma cálido de la leña las recibió.

—No, acabo de mudarme. Estoy reformando la vieja Villa del Valle. —Emma dudó momentáneamente cuando vio a la madre de Luca sentada a la mesa de la cocina, cortando lonchas de una pata de jamón serrano con un cuchillo brillante.

—¿De veras? Hace años que nadie vive allí. —Paloma puso los productos en la encimera y dejó a la pequeña en la trona—. Mamá, ¿conoces a Emma?

—Sí, nos hemos encontrado en el camino —dijo Emma, y la mujer alzó la barbilla.

—Mi madre, Dolores —dijo Paloma, con un dejo de disculpa.

—Me muero de curiosidad por enterarme de la historia de mi casa. —Emma sonrió esperanzada—. ¿Conoció a los Del Valle?

—¿Yo? No. Soy demasiado joven. Hable con mi madre. —Se marchó, frotándose las manos limpias en un trapo de algodón a cuadros rojos.

Luca miró a su madre cuando entró en la cocina.

—Perdón. Quería ocuparme de *Sasha*, mi perro.

—Es bonito —dijo Emma—. Cuando lo he visto me ha parecido un lobo.

—Venga. —Luca se acercó al fuego—. ¡Ánimo! ¡Qué frío! ¿Cómo es posible? ¿Nadie le ha ofrecido algo de beber o de comer? —A Emma le rugían las tripas de hambre con el olor de un pollo que se estaba asando, con limón y tomillo.

—Estoy bien, de veras... gracias...

—¡Bobadas! Paloma, ¿quién viene a comer?

Emma oía adultos charlando en la habitación contigua, niños corriendo y riéndose.

—Los de siempre. Olivier vendrá cuando termine la clase.

—Mi cuñado, el profesor. —Se inclinó hacia Emma mientras añadía un leño al fuego, hablando en voz baja—. Adoro a ese tipo. En cuanto empieza es capaz de hablar de una corteza de árbol. —El fuego silbó y chasqueó—. Deje que coja su abrigo —le dijo—. Así pues, ¿está aquí con su marido, con su novio? —Emma se dio la vuelta, se quitó el abrigo y se desabrochó la chaqueta.

—¡Luca! —Paloma se reía—. Perdone a mi hermano. La sutileza no es su punto fuerte.

—No. —Emma lo miró por encima del hombro. El fuego se reflejaba en sus ojos negros—. Vivo sola.

Él abrió la boca para hablar, pero, cuando Emma se volvió, los ojos se le fueron a su vientre. La seda fina del vestido se le pegaba a las curvas.

—¡Ay, Dios mío...! —exclamó Dolores desde la puerta, mirándola. Llevaba del brazo a Macu—. Esta es mi madre, Inmaculada.

—Déjate de presentaciones —dijo Macu, soltándose de su hija—. Ya nos conocemos. —Se acercó a Emma, mostrando cierta rigidez, aunque se le dulcificó la mirada al coger el guardapolvo de oro que esta llevaba al cuello—. ¡Qué bonito! —murmuró—. Y bien, ¿cómo va la casa?

Dolores frunció los labios.

—Está maldita —dijo—. Esa casa es...

—¡Cállate! —le espetó Macu—. No sabes nada. —Abrazó a Emma y la besó en ambas mejillas—. No le haga caso a mi hija —susurró—. No ha estado con un hombre desde 1971 y eso se nota. —Con andar pesado, fue a servirse un buen trago de jerez de una licorera que había en la mesa de la cocina.

—Dígame qué negocios tiene con mi hijo —dijo dolores.

Luca se encogió de hombros como si dijera: «No es cosa mía.»

Emma se acercó orgullosa.

—Solo eso: negocios. Mi familia es dueña de una empresa llamada Liberty Temple...

—¡Claro! —exclamó Paloma—. Usted es Emma Temple. Ya me parecía que la conocía de algo. Adquiero productos de belleza para El Corte Inglés. No tenemos la suerte de vender su gama, pero siempre hago acopio cuando estoy en Nueva York o en Londres.

—Gracias. Estoy empezando con una nueva empresa. Quiero intentar algo diferente, basado en la aromaterapia. Necesito ingredientes naturales: los mejores.

—Es usted un genio o está loca —dijo riendo Paloma.

—Algunos de nuestros productos son para fabricantes de perfumes, naturalmente, pero ¿por qué hacer el suyo? A lo mejor querrá comprar esencias a una de las firmas españolas más importantes como es Destilaciones Bordas Chinchurreta.

Emma negó con la cabeza.

—Quiero hacerlo yo misma, en pequeñas cantidades al principio. Si despega, entonces trabajaré con las grandes firmas.

—Buf —terció Dolores—. ¿Por qué los jóvenes lo hacéis todo tan difícil? ¿Eh?

Emma le sostuvo la mirada.

—Simplemente tengo ideas nuevas.

El bebé se movía en su vientre. Empujaba con un pie o una mano. En el patio aulló un perro.

—¿Se queda a comer? —le preguntó la mujer.

—Gracias, me gustaría.

—Bueno, siéntese. Una mujer en su estado tiene que descansar. —Dolores echó un vistazo al reloj de cocina—.

Comeremos cuando tu francés decida volver —le dijo a Paloma abriendo la puerta del horno.

—¡Ay, mamá! —murmuró Paloma—. Llevamos casados veinte años y todavía no puede pronunciar su nombre sin persignarse —le susurró a Emma.

Mientras se dirigían hacia el comedor, una de las frases preferidas de Freya le vino a la cabeza a Emma: «Se podría comer en el suelo.» La casa estaba inmaculadamente limpia, con las oscuras puertas pesadas de madera enceradas y brillantes, los candelabros de latón que colgaban del techo con vigas relucientes. La larga mesa estaba puesta para diez: los niños se sentarían con los mayores.

Pasaron las horas inadvertidamente mientras la familia charlaba y disfrutaba de los sucesivos platos. Olivier dominaba la conversación y los demás se reían mientras le contaba a Emma anécdotas acerca de los líos en los que se habían metido él y Luca siendo estudiantes.

—Me pillaron encaramado al canalón, saliendo de su habitación —dijo, terminando su narración—. Luca tuvo que rescatarme. Me soltó el cinturón. ¿Cómo se llamaba esa chica, Luca? —preguntó mirando hacia el otro extremo de la mesa.

—No me acuerdo. ¡Tuviste tantas novias!

—¡Luca! —Paloma abrazó protectora a su marido, haciéndole una mueca a su hermano.

—¡Ah! Ahora para mí solo existe una chica —Olivier la besó en la frente. Pero entonces, bueno...

Emma percibió la silenciosa desaprobación de Dolores recorriendo la mesa como un alambre de espino.

—¿No tiene apetito? —le preguntó.

—Gracias, estaba delicioso. No recuerdo cuál fue la última vez que comí tanto. —La tarta de almendra había podido con ella y apartó el plato, sonriendo mientras los niños salían corriendo. Inmaculada, con la cabeza caída sobre el pecho, dormitaba en su silla de la cabecera de la mesa, moviendo los labios en sueños.

El sol estaba bajo en los naranjales y una luz cálida se colaba por las puertas de la terraza, dorando los candelabros de plata de la mesa mientras Dolores encendía las mechas con una vela larga.

Emma seguía estando incómoda cerca de ella, pero cuando se inclinó delante, a la luz de la vela, se sintió obligada a decirle algo.

—Ha sido una comida maravillosa. El pollo estaba en su punto y nunca había probado una paella tan deliciosa.

—No es paella —la corrigió—. Es arroz negro; arroz con tinta de calamar.

—¡Ah... por eso es negro! —Emma sonreía—. Me ha encantado el plato. Tomó un sorbo de agua mientras una de las chicas retiraba los platos de postre—. Así pues, señora... ¿podrá ayudarme su familia?

Dolores negó con la cabeza, ocupando de nuevo su silla.

—Imposible.

—No hay nada imposible —dijo razonable Olivier, volviendo a llenar las copas de vino. A Emma le había gustado desde el primer momento. Era afable, encantador, con una nariz protuberante. Resultaba evidente que adoraba a su hermosa esposa.

—La cuestión es que estoy empezando de cero una vez más —dijo Emma tranquilamente—. Quiero librarme de todas las... complicaciones. Únicamente deseo trabajar con los mejores proveedores. —Le sostuvo la mirada a Dolores y luego miró a Luca—. He oído que ustedes son los mejores. ¿Pueden hablarme de los naranjos? —Emma apoyó la barbilla en la palma de la mano, inclinándose hacia él.

—¿Qué quiere saber?

—Todo. Los adoro. Las naranjas parecen algo tan inverosímil cuando miras los campos, algo que un niño sería capaz de dibujar, y el aroma...

—Bueno, las flores más delicadas son de nuestros campos del sur de España. Los capullos son mejores a los diez años y alcanzan su punto culminante cuando el árbol tiene aproximadamente treinta.

Emma resistió la tentación de decir: «Como yo.».

—De cada árbol se obtienen entre cinco y veinticinco kilos de flores al año. Cada trabajador puede recolectar entre ocho y veinte kilos por día.

—¡Qué trabajo tan hermoso!

Luca negó con la cabeza.

—No. Es un trabajo duro, lento y caro.

—Seguramente sabe que el aceite de flor de naranjo es relajante. Dice la gente que pasear por los naranjales es como... —Olivier agitó los dedos de una mano cerca de la sien—. Meditación zen. A lo mejor por eso estamos tan relajados por aquí.

—Tenemos árboles de diferentes clases por toda España —dijo Luca—. Los del sur, de nuestras tierras cercanas a Sevilla, son los mejores para las fragancias. Las flores poseen un perfume muy dulce y el aceite se extrae de ellas. De las hojas y las ramitas se obtiene *petitgrain* y, de los frutos, aceite de naranja amarga.

—Perfecto. ¿Puedo hacer un pequeño pedido? —dijo Emma.

—Está siendo un buen año. —Luca le cogió la botella de vino a Olivier y volvió a llenar la copa de su madre antes de hacer otro tanto con la suya—. Tenemos producción más que suficiente para nuestros clientes habituales. ¿Dónde tiene el laboratorio?

—¿Laboratorio? —Emma se acordó de los laboratorios esterilizados en los que trabajaban en París y se rio—. Trabajo en la cocina de casa. No tengo espacio para todo el equipo: destiladoras, prensas, marcos para los pétalos... así que tendré que subcontratar.

—Sé de alguien que puede serle de utilidad —dijo Paloma—. ¿Qué me dices de Guillermo? —le preguntó a Luca—. He oído que su madre se retira.

Luca sonrió.

—Hablaré con él. —Miró a su madre—. ¿Qué le vamos a hacer si Emma quiere divertirse?

—¡Luca! —lo reprendió Paloma—. No puede decirse precisamente que esté jugando... Emma es una de las mejores perfumistas jóvenes que existen.

—Así pues, Emma —dijo Olivier, notando la tensión—. ¿Ha venido usted con su marido?

—No. He perdido a mi compañero.

—¡Qué despistada!

—Nos habíamos separado y entonces... —Daba vueltas al guardapelo—. Estaba en Nueva York, en el World Trade Center, durante los ataques.

El silencio se apoderó de los presentes.

—¡Cuánto lo siento! —dijo Paloma—. ¿Murió?

—Simplemente desapareció de la faz de la tierra. Es... —Emma se esforzó por explicarlo—. Durante un tiempo supongo que esperábamos que apareciera. Todavía me cuesta creerlo.

El rostro de Dolores se dulcificó.

—Lo del niño, ¿lo sabía?

Emma sacudió la cabeza.

—Joe estaba casado con otra por entonces.

—¡Pobrecita, usted sola...! —empezó a decir Olivier, y su comprensión hizo que a Emma se le llenaran los ojos de lágrimas. De repente tenía demasiado calor.

—Olivier... —Paloma le dio una patada por debajo de la mesa—. No es asunto nuestro.

—Estoy bien. Sé cuidarme sola... y cuidar al bebé.

—Notó que Luca la estaba mirando desde el extremo de la mesa. Se había reclinado en la silla, con un codo apoyado en el otro brazo, sosteniendo la copa. A la luz de las velas su rostro tenía una suavidad que hasta aquel momento no había percibido.

—Vamos —dijo Olivier—. Todos necesitamos a alguien. —Le pasó un brazo por los hombros a Paloma—. Tal vez con el tiempo...

Emma negó con la cabeza.

—No. Yo era feliz. Pasé más de diez años buenos con Joe. Ahora tengo el bebé, un nuevo hogar. Estoy demasiado ocupada.

—¿Demasiado ocupada para enamorarse? —Olivier soltó una carcajada que rompió la tensión. Se tapó las orejas—. ¡No diga eso! Me está matando.

Paloma le besó la mejilla.

—¡El romántico de mi marido!

—¿Dónde vive? —le preguntó Olivier a Emma.

—En Villa del Valle.

—¿En serio? ¿Está loca?

—Eso parece que creen todos. —Se rio, aliviada por el cambio de tema.

—Esa casa se cae a pedazos. No estará viviendo en esas condiciones, ¿verdad?

—No está tan mal. Los albañiles que Luca me recomendó son muy amables. De hecho, me gusta su compañía. —Dolores comentó algo entre dientes y Emma miró la hora—. Será mejor que me vaya. He prometido que volvería para tomar algunas decisiones sobre la carpintería —mintió.

—Luca —dijo Paloma—. Acompañas en coche a Emma a casa, ¿no?

—No hace falta —dijo Emma—. Llamaré un taxi. Tengo el coche en el taller.

—Tendrá suerte si consigue un taxi ahora —dijo Luca—.

No es ninguna molestia. Puedo dejarla de camino a casa.

Estuvieron un rato en silencio mientras el coche avanzaba en la oscuridad nocturna. Los faros iban iluminando los naranjos y las chumberas del borde de la carretera y, de vez en cuando, los ojos de algún animal. La calidez y la comodidad del Range Rover relajaron a Emma.

—Creía que vivía en la granja —le dijo a Luca.

—No todos los españoles viven con su madre. —La miró de reojo y sonrió—. No. Tengo una habitación en la casa, pero mi piso está en El Carmen.

—Me encanta esa zona de la ciudad. El museo es maravilloso.

—Los bares son buenos, realmente tranquilos. —Puso el equipo estéreo. Una guitarra flamenca tocaba suavemente y las notas redondas caían como piedras en aguas tranquilas, hipnóticas y sensuales.

Emma apoyó la cabeza en el respaldo. Se notaba agradablemente adormilada después de la copiosa comida. Era como si los costados oscuros del coche se contrajeran. Solía tener esa sensación cuando estaba cansada, como si su sentido del espacio se alterara, volviéndose fluido. Miró el perfil de Luca y se fijó en sus labios, carnosos y arqueados. Sentía su proximidad. Se acordó de Liberty, recitando el Cantar de los Cantares en el jardín: «Que me bese con los besos de su boca [...] miel y leche hay debajo de su lengua...» Se preguntó ociosamente cómo sería besarlo. Él se volvió y sus ojos se encontraron.

—Me gusta esta música —se apresuró a decir ella.

—Es bueno. Tiene duende.

—¿Cómo sabe que quien toca es un hombre?

—Todos los grandes guitarristas flamencos son hombres.

—¡Eso es intolerable!

—Es la verdad. Hay grandes bailaoras... pero los músicos son hombres.

—Tonterías.

Luca se volvió ligeramente hacia ella e hizo un gesto con la mano.

—El duende consiste en... los sonidos oscuros, en una cierta magia.

—¿Pasión?

—Sí, pero es más que eso: como un fantasma.

—Las mujeres también pueden ser apasionadas.

—Por supuesto, pero eso es diferente. Lorca decía que el duende es como las raíces... —Esculpió el aire con los dedos separados—. Raíces que se hunden en la tierra. Decía que lo sentimos aquí. —Se tocó el corazón—. Sentimos el duende. En la música sentimos el contacto con la tierra y los espíritus de quienes vivieron antes que nosotros.

Volvieron a quedarse en silencio. Ninguno de los dos sentía la necesidad de hablar. Luca detuvo el coche en un cruce. Se acordó de la primera vez que había visto a Emma, en la catedral. Había notado una conexión entre ambos. De todos los momentos de su vida, sabía que se acordaría de aquel. El tiempo había dado un leve salto. La miró. Irradiaba una calidez irresistible, pero ahora sabía que esperaba un bebé y eso complicaba las cosas. Recordó lo que ella había dicho: «Quiero librarme de todas las... complicaciones.» Notaba la atracción entre ambos, pero ahora sabía por qué se contenía ella.

—Siento lo de mi madre —le dijo, haciendo un gesto de cabeza hacia el vientre de Emma—. Supongo que pensaba que volvería a ser abuela.

—¿Por qué? ¿Hay muchos hijos tuyos rondando por ahí?

Luca la miró y sonrió perezosamente.

—No que yo sepa. Me refiero a los hijos de Paloma. Mi madre va de cabeza ayudándola. —Se detuvo delante de Villa del Valle—. Ya hemos llegado. —Se apeó de un salto y fue a abrirle la puerta.

—Gracias.

La ayudó a bajarse y Emma se apartó el cabello de los ojos.

—Esto será hermoso algún día. Siempre me ha gustado esta casa —comentó Luca.

—Sí, sí que lo será. —Lo miró—. Bueno, gracias. Espero hacer negocios con usted, Luca.

—Será un placer. —Achicó los ojos, divertido—. Hablaré con algunos amigos. Creo que podremos ayudarla con todo lo que necesite.

Emma se apoyó en la puerta para ver cómo los faros del coche desaparecían calle arriba. La gente paseaba a la luz de las farolas y ágiles adolescentes bronceados pasaban en ciclomotor, con un torrente de cabello brillante a la espalda como estandarte. Cuando perdió de vista el coche de Luca, se sintió repentinamente muy sola. El bebé se estiró y ella hizo un gesto de dolor, frotándose el vientre.

«Solitaria —pensó—. No sola.» Se volvió hacia la casa.

—Venga, pequeño —le dijo en voz alta al niño—. Vamos a la cama.

25

Valencia, mayo de 1937

Al anochecer, Rosa encendió la lámpara de la mesa. Una tormenta de primavera repiqueteaba en las ventanas de la cocina y un gato negro corrió hacia la oscuridad del recibidor. Se sentó a la cabecera de la mesa y mezcló las cartas, con su guardapelo de oro reluciente a la luz de la lámpara sobre su escote.

—No sé si puedo hacer esto. Desde que estoy embarazada no veo con tanta claridad.

—¿Todavía no has presentido nada acerca de Jordi? —le preguntó Freya.

—No. No veo nada. Es culpa mía. Se fue a la guerra para ser un héroe, para probar que es mejor hombre que su hermano, cuando lo es cien veces. —Miró el mazo de cartas—. Si lo hubiera retenido aquí conmigo...

—Jordi hizo lo que debía —Macu descargó la mano sobre la mesa—. Hablando de lo cual, quiero saber si debo aceptar la proposición de Ignacio de Santangel.

—Es un buen hombre, a pesar de ser rico. —Rosa cortó el mazo una última vez.

—La madre de Ignacio dice que no soy lo bastante buena para él. —Le explicó Macu a Freya—. Él la está desafiando.

—Pensaba que los republicanos habían echado de sus tierras a los terratenientes al principio de la guerra —dijo Freya.

—O algo peor —dijo Rosa entre dientes—. La familia de Ignacio sobrevivió porque es justa con sus trabajadores. Deberías casarte con él, Macu. Eso puedo asegurártelo sin consultar las cartas.

—Pero... ¿y si no hay pasión? —Macu indicó por gestos una explosión de fuegos artificiales.

—Mira las parejas del pueblo —le dijo Rosa, poniendo boca abajo las cartas—. ¿Te parece que todavía viven la pasión? ¿Cuánto crees que dura eso?

Freya pensó en Tom. «Toda la vida.»

—La pasión se acaba, créeme. Lo que queda es el cariño. —Rosa empezó a repartir.

Freya miraba fascinada las cartas manoseadas, decoradas con extrañas imágenes, mientras Rosa las disponía en un cuadro.

«Los amantes», pensó.

—¿Me las leerás alguna vez? —le preguntó a Rosa—. Tengo que tomar una decisión importante. —Oyó el tañido de las campanas y miró el reloj—. ¡Uf, el autobús! Voy a llegar tarde a mi turno. —Abrazó los finos hombros de Rosa y le besó la coronilla—. No me esperes levantada.

—Cuídate —le dijo Rosa, levantando los ojos hacia ella—. Esta noche los aviones volverán. ¡Ah, por cierto! Alguien te buscaba antes en el hospital: una joven fotógrafa. Ha dicho que era amiga de tu hermano. Gerda no sé qué.

—No la conozco. —Freya se puso la gabardina.

—Estaba aquí tomando fotos del Ejército Popular. —Frunció el ceño cuando vio las cartas boca arriba a la luz de la lámpara—. Me ha enseñado algunas de sus fotografías. Me han hecho pensar en Madrid, en las fotos de los niños en las barricadas.

—Seguramente es mejor que los niños hayan sido evacuados.

Rosa se encogió de hombros.

—He oído que también están evacuando a los niños vascos. —Se pasó el pulgar por el labio inferior, preocupada por las cartas—. En cualquier caso, esa tal Gerda ha dicho que estará aquí unos cuantos días antes de encontrarse con su compañero, Robert no sé qué.

—¿Capa? —dijo Freya—. Es el que tomó esa foto tan maravillosa del soldado cayendo. Si Charles lo ha conocido es que le está yendo bien.

Freya trabajó toda la noche mientras iban llegando heridos de los bombardeos. Se sentía como si estuviera ahogándose en un torrente interminable de cuerpos rotos, deteriorados. Sin embargo, hacía lo que podía para aliviar el sufrimiento de todos y cada uno de aquellos hombres.

A la mañana siguiente, temprano, fue a los pabellones a comprobar el estado de los soldados convalecientes tras las operaciones. Las letras de la tablilla que sostenía le bailaban y tuvo que esforzarse para enfocar la vista.

—Jim Brown —leyó en voz alta, y repasó sus anotaciones. «Herida en el pecho, parálisis del brazo izquierdo, posible daño neurológico», había escrito uno de los médicos en su tablilla. Freya lo miró a la cara. El chico tenía un poco más de color que la última vez que lo había visto. Una transfusión lo había devuelto a la vida—. Vamos a ver, Jim —le dijo—. Te echaremos un vistazo. Voy a tomarte el pulso.

Jim levantó el brazo de golpe y Freya retrocedió, sorprendida.

—¡Qué cara ha puesto! —dijo él, riéndose.

—¿Desde cuándo puedes mover el brazo?

—Los pinchazos y el cosquilleo empezaron hace unos cuantos días. He practicado. Quería darle una sorpresa.

—Bueno, pues lo has conseguido. —Se rio. Con el agotamiento y la mirada de reproche de la hermana enfermera le entró la risa tonta.

—Esa es la risa que tanto he echado de menos —dijo alguien.

Freya se volvió en tromba y vio a Tom de pie en la puerta, con la gorra en la mano.

—¡Tom! —corrió hacia él, miró hacia atrás, a la hermana, y lo empujó hacia el cuarto de las enfermeras—. ¡Qué sorpresa tan estupenda!

La levantó y la besó.

—¡Dios mío, cómo te he echado de menos! —dijo él, enterrando la cara en su pelo y oliéndoselo—. ¿Cómo estás?

—Ya sabes cómo es esto. Creía que aquí habría más tranquilidad, pero bombardean la ciudad todas las noches.

—He ido a buscarte a la casa donde te alojas. —Hizo una pausa y luego añadió—: Frey, espero haber hecho lo correcto. La chica que vive allí...

—¿Rosa?

—Tenía una foto en la cocina, de su marido y su hermano. Estaba empezando a conversar con ella mientras preparaba café. Me ha contado que al hermano lo habían matado. Jordi del Valle... —Tom frunció el ceño—. Le he dicho que traté a alguien llamado así y que seguro que no era el hombre de la foto.

—¡Por eso me sonaba el nombre! —Freya se dio una palmada en la frente—. La transfusión. ¿Cómo se lo ha tomado Rosa?

—No lo sé. Primero se ha reído, luego ha llorado. Espero haber hecho lo correcto.

—Es complicado. —Le acarició la cara, preocupada por lo agotado que parecía—. ¿Estás bien? —Se quitó el gorro de enfermera y sacudió la melena.

—La tensión va en aumento en Madrid. Beth se ha ido. La otra noche le tiró un cenicero de vidrio a Culebras, uno de los médicos españoles. Incluso yo estoy en la lista negra de Beth.

Freya se puso la gabardina y lo cogió del brazo. Le pidieron a la joven enfermera que se ocupara del turno de Freya mientras bajaban la escalera.

—¿También has pasado a ser uno de los inadaptados que no valen nada? —le preguntó Freya en voz baja.

—Me temo que sí.

Fuera del hospital caminaron de la mano. Tom se detuvo al lado de la fuente y se volvió hacia ella.

—La cuestión es, Freya, como te dije, que lo mandan de vuelta a Canadá. Los hombres como Beth son heroicos, dan esperanza cuando están en la situación adecuada, pero él aquí era un incordio... todo el gran trabajo que hemos hecho está comprometido. Al menos en casa podremos recaudar fondos para el comité de ayuda.

—¿Podréis? —Freya se quedó quieta—. ¿Tú también te marchas, definitivamente?

—Quería decírtelo cara a cara. Tengo que ir y ayudarlo a aclarar las cosas. El otro día hubo una escena terrible. Él estaba escondido detrás de las cortinas de la habitación en la que se mantenía la reunión disciplinaria. Escuchó palabra por palabra lo que cada cual pensaba de él. Cuando Ted Allan lo llamó «hijo de puta», salió de su escondite y presentó la dimisión. Ni siquiera quieren que se quede como cirujano con las Brigadas.

—Pero tú puedes quedarte... —le rogó Freya, con la palma de la mano apoyada en su pecho—. Ahora necesitarán a alguien que dirija el servicio de transfusiones.

Tom sacudió la cabeza.

—Culebras ha ganado. Ahora está en manos de los españoles. Mañana me marcho a Canadá.

—¿Mañana? Tiene que haber un modo de que te quedes.

—Beth necesita ayuda, Freya. Es brillante, pero demasiado humano. Si se cae, se levanta y se sacude el polvo... pero le resulta cada vez más difícil. Está agotado, desmoralizado y furioso. Me necesita.

—Yo te necesito, Tom. —Apoyó la cabeza en su pecho—. ¿Cuánto tiempo tenemos?

—Puede que una hora, hasta que llegue el tren. —Le levantó la barbilla y la obligó a mirarlo a los ojos—. He venido para convencerte de que vengas conmigo.

—No puedo. Mi trabajo también cuenta. —Pensó en todos los hombres y mujeres a los que había tratado y en todos los que trataría. Pensó en Rosa, en el bebé, en Charles—. Aquí me necesitan, Tom. —Vio el rótulo de neón de un hotel, muy luminoso a la luz del amanecer y lo cogió de la mano—. Vamos.

—¿Estás segura?

—Te quiero, Tom. No se si volveremos a vernos jamás.

—No digas eso. Por favor, no lo digas.

—Estoy cansada, Tom. Solo quiero estar contigo, aunque sea una hora. Solos tú y yo.

En el ajado lujo de la pequeña habitación de hotel se desvistieron el uno al otro con lentitud, memorizando cada línea, cada curva, la sensación y el aroma del cuerpo de cada uno. Hicieron el amor con una intensidad que Freya nunca antes había experimentado. Algo los ató para siempre. Para ella no habría nadie más que Tom. Se quedaron tendidos, acurrucados, con la pálida espalda de ella apoyada en el vientre de él, que la tenía abrazada.

Freya luchó contra el sueño, contra el agotamiento desesperado que le cerraba los párpados. No quería perderse ni un segundo.

—Tengo que irme —dijo por fin Tom, acariciándole la nuca con los labios.

—No —dijo ella, enterrándose más en las sábanas, reteniendo su abrazo.

—Te quiero, Freya. Cuando todo esto acabe...

Ella sacudió la cabeza y los ojos se le llenaron de lágrimas cuando notó que él abandonaba la cama. Lo oyó vestirse.

—No puedo soportarlo, Tom.

—No voy a perderte, Freya —le dijo él, poniéndose la chaqueta—. Ojalá tuviera algo que darte, un anillo...

Ya tendremos tiempo para eso.

Tom consultó el reloj.

—Dios, voy a llegar tarde. —Se inclinó sobre ella y la abrazó por última vez.

—Cuídate. Ten cuidado —le susurró Freya, con la cara enterrada en su cuello.

—Vendré a buscarte. En cuanto pueda, te encontraré. Te lo advierto: lo de escribir cartas no se me da muy bien.

—Mejor. He visto tu letra y sería incapaz de leer una sola palabra. Tienes letra de médico —dijo Freya riendo, conteniendo las lágrimas mientras lo abrazaba. No soportaba que la viera llorar.

—Espérame. No permitas que ningún otro te enamore. ¿Me lo prometes?

Freya notó que la soltaba y lo miró alejarse hacia la puerta. Le sonrió con los labios temblorosos.

—Te lo prometo.

—No volveré a pedirte que vengas conmigo, aunque sabes lo desesperadamente que lo deseo. —Se puso la gorra y se caló la visera—. No voy a decirte adiós...

—¡Espera, Tom! —Freya se sentó en la cama—. Yo... —Tenía un nudo en la garganta. Aquel era su momento.

Podía irse con él, correr hacia la estación, partir en barco hacia Canadá. Podía correr y no mirar atrás. «Aquí me necesitan. No puedo hacerlo», pensó—. Te quiero. Te esperaré, no importa cuánto tiempo.

Él la miró por última vez.

—¡Dios, qué guapa eres! —le dijo, cabeceando sonriente.

La puerta se cerró y Freya se quedó sola. Miró su reflejo en el espejo del tocador, tendida en la cama con una sábana blanca sobre la curva de su cadera, el pelo rubio despeinado y enredado sobre la almohada. Se tocó los labios, hinchados y enrojecidos por sus besos. «Hermosa», pensó. Así la había hecho sentirse. Hermosa.

26

Valencia, diciembre de 2001

Emma se sentó en la cama nueva con mullidas almohadas de plumón de ganso. El suelo estaba lleno de cajas vacías y bolsas de El Corte Inglés. Cerró los ojos, dio un brinco para probar y suspiró de placer, abriendo los brazos. Incluso con la puerta cerrada oía el ruido de los albañiles trabajando, el quejido de la sierra y el temblor de las paredes mientras Boris instalaba el nuevo cableado. Sobre su cabeza, un cable colgaba del techo a la espera de una lámpara. Un fuego chisporroteaba en la chimenea de su habitación recién pintada de blanco.

Marcó el número de Freya y, mientras esperaba a que descolgara, observó a la gata, sentada al sol en la repisa de la ventana. Se miró los arañazos recientes de la muñeca.

—No eres muy dulce, ¿verdad? —le dijo al animal—. Ya cambiarás de opinión.

Fuera, la luz era clara, invernal. Emma había estado tachonando naranjas con clavos esa mañana y atándolas con cintas de algodón a cuadros rojos para decorar el pino de pequeño tamaño que Marek había traído del mercado. No tenía planeada ninguna decoración: la idea de sus primeras

Navidades sin Liberty ni Joe le rompía el corazón. Sin embargo, al ver el orgullo con el que Marek y Boris le enseñaban el árbol en el rincón de la cocina, había transigido. Así que los dedos con los que sostenía el teléfono le olían a especias.

Emma frunció los labios. Freya no respondía. Quería hablar con ella acerca de las sospechas de Liberty y también hacerle preguntas sobre Macu y Rosa. Lo había intentado ya varias veces, pero Freya siempre se las arreglaba para cambiar de tema.

Se dio cuenta de que también tenía ganas de hablarle de Luca. «No es que Freya sea la más adecuada para hablar con ella de asuntos del corazón. ¿Alguna vez se habrá enamorado de alguien?», pensó.

Se olvidó de aquello en cuanto respondió el contestador.

—Hola, abuela. Soy Em. Te llamaba por nada en particular, solo para hablar un rato. Te quiero y a Charles también. Hablaremos pronto.

Emma se desplomó en la cama. Se dio cuenta por primera vez de que ya no se veía los dedos de los pies, que meneaba dentro de unos gruesos calcetines de lana, ocultos tras la curva de su vientre.

Ya no contaba lo que faltaba para el parto en meses sino en semanas. Ojalá su madre hubiera estado allí. Habría tenido el consejo perfecto para ella. Siempre lo había tenido. Se imaginó a Liberty sentada al pie de su cama, charlando, llena de ideas y de planes.

«No era así al final, sin embargo», pensó Emma. Se retrotrajo a la última vez que había visto a su madre con vida. Joe había llevado en brazos a Liberty a su habitación, como un pajarito herido. Estaba casi irreconocible, con las mejillas chupadas y sin pelo, pero seguía siendo Liberty y había insistido en unirse a la fiesta. «Siempre le encantaron las fiestas.» Freya había ayudado a Liberty a hacerse un turbante con un pañuelo tuareg y le había aplicado carmín a los pálidos labios. Mientras todos comían y bebían con forzada alegría, Emma había observado a su madre, sentada en la otra punta de la mesa, entre almohadones, entre Charles y Freya, sonriéndoles con benevolencia, incapaz de probar bocado. Parecía estar menguando ante los ojos de todos. Emma vio que Freya asentía con la cabeza a Joe porque a Liberty se le cerraban los párpados, y este la había cogido en brazos.

La acostó en la cama y le besó la frente por última vez. Luego se marchó de la habitación, incapaz de mirarlos, con lágrimas en los ojos. Emma le lavó a su madre la cara y las manos mientras la enfermera le administraba morfina bajo la atenta mirada de Freya. Sabían que no faltaba mucho. Charles entró en la habitación arrastrando los pies y se sentó con ella un rato, sosteniéndole la mano, hablándole bajito, contándole las mismas historias que le contaba de niña, cantándole viejas canciones.

Freya y Emma se tendieron a su lado esa noche, velándola, haciéndole compañía hasta su último estertor. Emma acurrucada contra ella y Freya tumbada, sosteniéndole la cabeza entre los brazos, acariciándole la mejilla, acunándola como había hecho un millar de noches cuando las tormentas y los monstruos no la dejaban dormir.

A veces Emma se sorprendía todavía pensando: «Tengo que preguntarle a mamá dónde encontró este tejido», o deseando compartir algún pequeño detalle sin importancia sobre la casa o el pueblo. Seguía costándole aceptar que su madre había muerto. Miró la caja de laca de su mesilla de noche. Cuando abrió la tapa, el interior naranja reflejó el fuego. Fue pasando los sobres hasta que encontró el que buscaba: «Sobre el amor.» Lo abrió.

Em, ¿qué puedo decirte sobre el amor? No soy quién para darte lecciones sobre él, puesto que tú y Joe habéis tenido más éxito en vuestra relación del que yo tuve en la mía. —Emma suspiró y siguió leyendo—. Siempre has sabido amar, Em. Eres la persona más cariñosa que conozco. Lo que voy a pedirte es que permitas que te amen a ti. Deja que el amor te llegue. A lo mejor Freya y yo tenemos la culpa: te criamos para que fueras fuerte e independiente. A veces creo que Joe hace esfuerzos por estar a tu altura. Deja que se sienta necesitado también. Espero que tú y Joe capeéis lo que sea que os está pasando y no me contáis. —Emma alzó las cejas—. Sí, claro que lo sé. Soy tu madre. Lo sé todo. Cuando eras pequeña conseguí convencerte de que tenía literalmente ojos en la nuca. Una vez te pillé, cuando estaba echando una cabezada, apartándome el pelo con cuidado para buscarlos.

La cuestión es, Em, que lo que he aprendido es que el amor viene y se va. A veces la gente en la que confías de todo corazón es la que menos digna es de ello. Las personas son imperfectas, la fastidian. A veces la vida, y el amor, consisten tanto en decidir a quién renunciar como a quién unirse en este viaje. Espero que Joe lo merezca. Nunca dejes que tu capacidad para amar disminuya debido a los actos de los demás. Mantente fiel a tu corazón. Últimamente has estado tan triste, tan encerrada en ti misma... ¿Era tal vez porque te dolía demasiado? Em, por favor, no te rindas. Puedes tener una vida maravillosa aunque este amor se esté acabando. Si Joe no es el adecuado, habrá un hombre por ahí que sabrá estar a tu altura, aunque tengas que pasar una temporada sola.

Sin embargo, el amor de madre... bueno, es intenso, ilimitado y todo lo perdona. Como sabes, yo nunca tuve intención de tener hijos. Freya y yo nunca hemos tenido la mejor de las relaciones; a lo mejor por ella había renunciado yo a la idea de tenerlos. Nunca olvidaré lo que me dijo acerca de haber tenido un bebé. Dijo que se despertaba por la mañana con mis lloros y se preguntaba cómo pasar otro día. A lo mejor Freya no tenía instinto maternal. Algunas mujeres no lo tienen, supongo, y no tuvo que ser fácil para ella. Cuando me enteré de que te esperaba, sin embargo... ¡Oh, qué contenta me puse! Estaba aterrorizada también, claro, porque íbamos a estar solas, como Freya. Me preguntaba si no sería una madre lo bastante buena para ti. Pero nos las arreglamos, creo.

Tú eras, y sigues siendo, la cosa más maravillosa que me ha pasado en la vida. ¡Lamento tanto no estar ahí para llevarte de la mano en este viaje! Daría cualquier cosa para ser abuela, para tener en brazos a un niño y amar de nuevo. ¡Oh, cuando me acuerdo de ti de pequeña, con aquellas piernas y aquellos bracitos regordetes, con esos ojos de criatura! Ya lo verás. No supe lo que era el amor, en toda su espantosa vulnerabilidad y su tremenda gloria, hasta que te tuve. ¡Mírame, dando por supuesto que tendrás hijos! No me cabe en la cabeza que no los tengas. Serás una madre maravillosa, Em, mucho más consecuente que yo. Pero prométeme que los consentirás de vez en cuando, ¿vale? Déjales comer una tableta de chocolate entera de una sentada, por mí.

Con amor, siempre

MAMÁ

27

Valencia, mayo de 1937

—¿Dónde estabas? —Vicente cerró de un portazo.

—He ido a la ciudad con Freya y Macu a escuchar un discurso de La Pasionaria.

Rosa se soltó el pelo y se peinó con los dedos. Cuando Freya no estaba, seguía usando la habitación de Jordi para vestirse, negándose a estar desnuda delante de Vicente. Él se le acercó y se quedó de pie a su lado.

—Pasas demasiado tiempo con la inglesa.

—Me gusta. El trabajo que hacemos importa... —Olía el coñac en su aliento caliente contra el cuello.

—Importo yo. —Vicente le dio la vuelta y le abrió el vestido de manera violenta. Le rozó la oreja con los labios, le sostuvo los pechos hinchados.

Rosa se estremeció al notar sus dientes de metal.

—Soy tu marido. Hiciste lo adecuado, Rosa. Ahora tu hijo no te trae vergüenza. Me ocuparé de ti...

—Puedo ocuparme de mí misma.

—No. —Le dio la vuelta y apretó las caderas contra sus riñones. El canto de la mesa se le clavaba en el vientre y el bebé se retorció—. Ya verás. La guerra se está terminando. Franco ganará y entonces todo volverá a la normalidad. —La tenía agarrada por un hombro—. Valencia es una ciudad segura. Una ciudad decente.

—Por favor, Vicente —le rogó cuando le separó las piernas—. Ahora no...

—Si estás lo bastante bien para ir a oír hablar a esa mujer, entonces estás lo bastante bien para satisfacer a tu marido.

Rosa intentó pensar en otra cosa; pensó en la hermosa voz de La Pasionaria, en la calidez de sus ojos mientras hablaba de una España libre y democrática. Le había parecido más una reina que la hija de un minero.

—Quiero volver a Madrid para combatir.

—No. Ahora este es tu hogar y las mujeres pronto estarán en casa con los niños...

—¿Igual que en los buenos viejos tiempos?

—Ten cuidado, Rosa. Tu hijo rojo está protegido ahora que te has casado conmigo. Hice lo que era decente, me casé con la mujer de mi hermano muerto. Ningún Del Valle será un bastardo.

—¿Lo decente? —gritó Rosa—. ¿Consideras esto decente?

Vicente apretó la garra en su nuca, obligándola a bajar la cabeza.

—Soy un buen hombre. Estaré en el bando acertado, en el bando ganador. —Le levantó el vestido y la penetró con un gruñido—. Jordi tendría que haberlo sabido —dijo, mirándose en el espejo—. ¡Estaba tan orgulloso de ti! Se paseaba contigo delante de mí, como si fueras un trofeo. Tendría que haber sabido que en cuanto te vi te deseé. —Sus palabras se apagaron porque se puso rígido, gimió y dejó caer la cabeza.

Rosa lo apartó de un empujón.

—Eres un cerdo. —Fue a darle una bofetada y él la agarró por la muñeca y se la estrujó hasta hacerla gritar—. Al menos contigo es visto y no visto.

—Te parece que mi hermano muerto era mejor amante, ¿eh? Te tomo como la perra que eres; como a un animal —le espetó Vicente, acercando mucho la cara a la de ella.

—No está muerto —dijo Rosa. Se arregló la falda y se cubrió el vientre con un brazo.

—Vi los documentos, empapados de sangre.

—¿La sangre de quién? —Rosa alzó la barbilla—. Me engañaste. Te creí, pero está vivo. —Se golpeó el pecho—. Sé que lo está.

28

Valencia, diciembre de 2001

Luca, perdido en sus pensamientos, contemplaba cómo el agua de la fuente jugaba sobre el voluptuoso trasero de la estatua reclinada. Imaginaba a Emma, alejándose de él por la plaza la mañana en que se habían conocido, con el sol otoñal atravesando ligeramente el dobladillo de su vestido de algodón. La silueta apenas visible de sus muslos, el balanceo de sus caderas...

—Luca, ¿qué pasa?

—Joder, mamá... —se volvió de golpe.

—¿Joder? ¿Le dices joder a tu madre? Te lavaré la boca con jabón. —Dolores le tapó una oreja a la niña que daba los primeros pasos a su lado, apoyándole la otra contra sus faldas—. Ya te daré yo a ti...

—Me has dado un susto... —Hizo un gesto de dolor porque ella le pellizcó el brazo con la mano libre. Se puso en cuclillas y le hizo cosquillas en la barriga a su sobrina, poniendo caras para hacerla reír. —Solo estaba pensando en esa mujer —dijo levantándose.

Dolores frunció los labios, abrochándose el botón superior del grueso abrigo negro.

—Te conozco.

—Emma es una amiga simplemente.

—Y tú eres simplemente un hombre. —Lo cogió del brazo mientras caminaban entre la gente que salía de la basílica—. Así es exactamente como empiezan estas cosas.

—Mamá, no busco enamorarme. —Se metió la mano libre en el bolsillo—. Entre el trabajo de la finca, la responsabilidad de ocuparme de nuestras tierras, de ti y de las familias a las que mantenemos, no me queda tiempo para el amor. —Pensó en las carcajadas de Olivier durante la cena y aquello le sonó a falso. Miró los tirabuzones morenos de su sobrina, la raya blanca de su pelo. Amaba a su sobrina y a sus sobrinos como si fueran sus propios hijos: no llenaban ningún doloroso hueco de su corazón. Había habido un tiempo en que había querido tener hijos desesperadamente, pero ese tiempo había pasado. Había decidido no volver a pensar en ello.

—Veo como la miras —refunfuñó Dolores—. Tengo ojos en la cara. Recuerda, Luca, que está embarazada, que espera un hijo de otro. Además, vive en esa casa. No traerá más que problemas.

Luca caminaba despacio para acompasar sus pasos a los de su madre. Emma lo había alterado. Los días le habían parecido siempre llenos, pero ahora le parecían agitados y vacíos. Por las noches había habido siempre cenas familiares o amigos con los que quedar en el bar del pueblo. Si le hacía falta compañía, podía recurrir a un par de mujeres que sabía que no esperaban de él más de lo que podía darles. Disfrutaba de la paz de vivir solo. Tenía un piso cómodo, lo bastante grande para sus libros, un escritorio, un sofá, un televisor enorme y una cama grande en la que cabía su metro noventa de estatura. Se había construido la vida que le convenía. No se había dado cuenta de que le hiciera falta algo más hasta conocer a Emma.

Dolores se detuvo en la calle a saludar a un viejo amigo

y Luca contempló con objetividad su reflejo en el escaparate de una panadería. Era un poco más corpulento que de joven, pero no estaba mal; no iba camino de la gordura como algunos de sus coetáneos a quienes la barriga les chocaba contra el borde del escritorio o de la mesa del café.

Tenía el pelo gris en las sienes, pero todavía vigoroso, y todas las mañanas podía hacer doscientas sentadillas antes de pasear con *Sasha* por los naranjales. Por las tardes nadaba en la finca, hiciera el tiempo que hiciese, mientras su madre lo vigilaba por la ventana de la cocina durante las tormentas haciendo largos sin prestar atención a los relámpagos que iluminaban el cielo. Estaba en buena forma, se dijo. Se preguntó qué vería Emma cuando lo miraba.

No tenía intención de pasarse por El jardín perfumado esa mañana, pero le había comprado el pájaro cantor en el mercado, dejándose llevar por un impulso. Sabía que a Emma le gustaría. Últimamente aquello le sucedía con frecuencia. Varias veces al día pensaba que a Emma le gustaría algo o conservaba noticias o anécdotas jugosas que compartir con ella cuando volvieran a verse.

Fue tranquilamente por la acera, ligero de espíritu, subiendo la colina hacia la villa.

—Buenos días, señor —lo saludó Aziz en cuanto abrió la puerta y la antigua campanilla tintineó.

—Buenos días. —Luca miró la tienda, decepcionado de que Emma no estuviera allí—. ¿Tienen gardenias?

—No lo sé. Se lo preguntaré a Emma.

—No, no la moleste... —Luca abandonó sus protestas y siguió a Aziz por la trastienda hasta el jardín, con el pájaro gorjeando en su jaula.

La casa retumbaba con el ruido de los taladros, en una cacofonía de vibraciones y chirridos.

—Emma —dijo Aziz, riéndose—. ¡Emma! —gritó por encima del estruendo.

Emma estaba bailando delante de la estufa, al son de la

música que emitía la radio, con los pantalones de un pijama de hombre a cuadros metidos dentro de unos calcetines gruesos y unas botas de agua. La bata larga de color azul barría el suelo.

Se dio la vuelta con la espátula en la mano.

—¿Luca? ¿Cuánto llevas ahí de pie? Intentaba calentarme. ¡Entra! —Emma se rio, sin aliento.

Aziz se despidió de Luca y se marchó a la tienda, sonriendo.

Cuando Emma lo besó en las mejillas, notó que ella las tenía frías, recién lavadas. Llevaba el pelo suelto y húmedo. Estaba colorada y llevaba un poco de rímel corrido en un párpado inferior.

—Tienes un poco de... —Dudó, inseguro de si tocarle la mejilla.

—¡Oh, maldita sea! —dijo ella, frotándose el párpado. Intentaba ponerme presentable. Por fin tenemos una caldera nueva. No sabes lo fantástico que es tener una ducha decente.

—No quiero molestarte. —Luca le ofreció la jaula—. He visto este pájaro cantor y he pensado que podía ser un buen regalo de Navidad.

—Gracias. —A Emma se le iluminaron los ojos—. ¡Qué idea tan bonita! Hice esto en Tailandia... —Se acercó a la puerta, abrió la jaula y el pájaro salió volando al jardín, gorjeando alegremente.

La gata atigrada lo siguió entre la hierba crecida, con los ojos brillantes.

—Me ha parecido que sería una buena mascota...

Luca salió tras ella, que se dio cuenta de lo que acababa de hacer.

—¡Oh, Dios mío, lo siento!

Él se encogió de hombros, sonriendo, mientras el pájaro se posaba en un naranjo.

—Si se queda, entonces es que tenía que ser para ti.

Emma dejó la jaula encima de la pared, con la puerta abierta.

—¿Has desayunado? —le preguntó por encima del hombro mientras volvían a la cocina. En un rincón de la habitación, el arbolito relucía lleno de luces blancas.

—¿Esto es el desayuno? —Luca abrió mucho los ojos cuando vio la sartén en llamas sobre el fogón. Manteniéndose apartado, apagó el fuego con un trapo húmedo. Emma levantó el repasador y golpeó los pimientos.

—¿Te apetece?

—Claro —mintió Luca. Se sentía lleno de chocolate a la taza con churros del café, pero quería quedarse con ella.

—¿Te importaría añadir unos cuantos leños al fuego? Espero que caliente a lo largo del día, pero de momento todavía hace frío.

Emma iba de un lado para otro por la cocina, cogiendo platos y cubiertos. La maza y el mortero recién lavados estaban junto a una tabla de cortar. Luca atizó el fuego y chispas doradas chasquearon y silbaron subiendo por el tiro de la chimenea. Acercó las palmas a las llamas, notando su calor. Cogió un libro antiguo que había encima de la mesa y lo abrió.

—Encontré esto en la tienda —dijo Emma.

—¿Lorca? —Hojeó el volumen—. Tengo que preguntarle a Macu acerca de esto. Se lo dedicó a Rosa. Me parece increíble que lo conociera. Había también un libro de cocina o algo parecido. No entiendo mucho de lo que pone, pero me parece que era suyo. —De algún modo, cuando se sentaba un momento a la mesa de la cocina y leía por encima los poemas, Emma conjuraba su alquimia.

El quemado ofrecimiento se había transformado en unos pimientos asados con suculento aceite de oliva para acompañar el jamón y el pan recién horneado.

—Eres una maga —le dijo él, cuando le puso el plato delante.

—Me parece que los hemos salvado. Mi madre decía siempre que el amor, el fuego lento y unos buenos ingredientes eran el noventa por ciento de la cocina. —Apartó la mirada—. En cuanto al diez por ciento restante, bueno... ya ves lo desesperada que estoy.

—Esa caja es bonita. —Le indicó la caja negra de laca que había sobre la mesa.

—Era para perfume. —Emma le quitó la tapa—. Cuando mamá murió, me dejó en ella cartas para leer. Solo he leído un par. Intento que me duren.

—A lo mejor lo que intentas es que te dure ella.

—Puede ser.

—Ya veo. Sé lo duro que es perder a alguien.

Luca notaba que su madre le apretaba el brazo mientras paseaban por la calle. Percibió el perfume de las gardenias del ramillete que Emma había confeccionado para él y que Dolores llevaba prendido de la solapa del abrigo. La fragancia le recordó las manos de Emma trabajando, delgadas y elegantes. Gracias a ella todo era distinto. Su monástica habitación le parecía una celda. Tenía el armario lleno de ropa que llevaba desde hacía años y ya no encontraba nada que ponerse que le sentara bien. Seguía sentándose a la misma mesa del bar El Carmen todos los martes para jugar al ajedrez y tomar una copa con Olivier, pero no era lo mismo.

Él parecía el mismo paseando por la ciudad, como cualquier otro hombre, vigilando a su sobrina que corría entre las palomas. La criatura volvía a su lado una y otra vez, con los brazos abiertos; su risa era como agua fresca brotando de un cántaro. El mundo era nuevo y milagroso para ella también. Nadie lo hubiera adivinado. Nadie habría dicho que, mentalmente, estaba corriendo por la plaza, riendo como un niño con el corazón lleno de amor.

29

Valencia, mayo de 1937

—Nunca pensé que me daría miedo la luna —dijo Freya. Se apoyó en la ventana del almacén, fumando.

Apagó el cigarrillo y se guardó la colilla, para aprovecharla más tarde, en una cajita metálica que llevaba en el bolsillo. Pasó el haz de un reflector. El despejado cielo nocturno pareció oscurecerse por levante, coagularse con un latido, una vibración, una única nota que lo permeaba todo.

—¡Dios, ya vuelven otra vez! —gritó una voz en la oscuridad.

Freya se envaró. Esperó tranquilamente, segura de la carnicería que se avecinaba. La primera incursión aérea la había aterrorizado, pero ahora sabía que no había nada que pudieran hacer. Siguió la trayectoria de los aviones mentalmente, sobrevolando la plaza de la Reina. Se dirigían hacia el hospital, se estaban acercando.

Ahí estaba el zumbido, aumentando de intensidad; el silbido de las bombas cayendo. ¿Dónde impactarían esta vez?

Se pegó al muro más grueso del almacén. A Freya le

parecía tener el cuerpo tres veces mayor de lo normal, grande y vulnerable, y que las bombas iban dirigidas directamente contra ella.

—¡Apaga esa linterna! —oyó gritar a alguien en la calle—. La milicia creerá que les estamos haciendo señales a los aviones.

Llegó el crujido, las explosiones que sacudían la tierra: una, dos, tres. Muy cerca. El muro en el que tenía apoyada la espalda tembló pero resistió. El techo se agrietó y cayó el revoque de yeso como a cámara lenta. Ella miró al hombre que estaba en la camilla, a su lado, con un paño blanco sobre la cara para protegérsela de los cristales y los escombros. Una cuarta explosión, más fuerte que la última, sacudió el edificio.

—¡Madre mía! —chilló la enfermera española que trabajaba con Freya.

Un destello de luz iluminó la habitación y, mientras la onda expansiva la derribaba al suelo, Freya vio la cara de terror de la enfermera, atrapada como en una fotografía por el resplandor.

«Las incursiones nocturnas suelen ser menos duras», pensó, levantándose con dificultad. Un bombardeo nocturno tenía algo de irreal: las siluetas recortadas, la danza de luces. Lo que no soportaba era la cruda realidad de los bombardeos diurnos: la cara de resignación de los adultos, el agudo terror de los niños.

Se tapó los oídos para amortiguar el histérico tableteo de las baterías. Otro impacto. Las ventanas se abrieron de golpe y cayó al suelo una lluvia de cristales. Por los agujeros abiertos vio el resplandor de los reflectores, como de plata contra el cielo negro.

El continuo zumbido de la flotilla fascista prosiguió. Todavía no tenían bastante. Fuera escuchó las sirenas de las ambulancias. Unos débiles faros surcaron la calle. El silencio cayó sobre la ciudad mientras esperaban que los bombarderos volvieran. Oyó los pasos apresurados de la gente corriendo hacia los refugios.

Freya estaba desesperada: pensó que era inútil esconderse en los sótanos. Había visto edificios grandes quebrarse como madera de balsa al recibir un impacto directo. Así pues, ¿para qué? ¿Para sufrir una muerte lenta privada de luz, privada de oxígeno? Freya hizo una mueca solo de pensarlo. Las paredes de piedra del almacén eran un lugar tan bueno como cualquiera. Era todo una apuesta, una lotería atroz. Miró hacia arriba porque oyó que alguien la llamaba.

—¡Aquí! —gritó.

Una silueta delgada caminaba con dificultad por encima de los escombros de la entrada, con una cámara balanceándose al cuello.

—¿Freya Temple? Soy Gerda, una amiga de su hermano.

—Encantada de conocerte.

—Será mejor que te des prisa. Esa joven española, Rosa...

—¿Dónde está? —El temor le recorrió las venas, dejándola helada. Rosa no se había presentado aquella noche para cumplir su turno.

—No, está bien. —Gerda sonrió—. Está a un par de manzanas de aquí. El bebé viene en camino.

Los aviones volaban bajo y a mucha velocidad. Cayó otra bomba y la tierra tembló y saltó. Freya y Gerda se pusieron a cubierto en un portal, esperando una pausa en el bombardeo. Freya miró calle abajo y vio una finca en pie, intacta, derrumbarse hasta los cimientos en una nube de polvo y escombros, con un ruido como el del mar golpeando un acantilado. Tosió, con el tufo del humo y la ceniza en los pulmones.

—¿Falta mucho?

—Está en el restaurante de la esquina. Según dice el propietario, se detuvo para tomar un vaso de agua de camino al trabajo. —Gerda levantó la voz mientras los aviones sobrevolaban en círculo la zona nuevamente—. Han bombardeado la estación —gritó—. Un tren cargado de brigadistas acababa de entrar en ella.

—¿Lo han alcanzado?

Gerda negó con la cabeza.

—Pero hay muchos heridos. He visto a mujeres en la calle sin ponerse a cubierto, con sus hijos muertos en brazos. Había un médico en el andén blasfemando...

Freya soltó una maldición, irritada.

—¿Qué de bueno tiene esto?

Gerda levantó la cámara y tomó una foto de un avión ladeándose, recortado contra el cielo en llamas.

—Vamos.

Las dos corrieron por la calle.

—He pasado en el depósito de cadáveres casi todo el día —dijo Gerda—, fotografiando a la gente que hacía cola para enterarse de si sus familiares desaparecidos estaban entre los muertos. Dios mío... esa gente tiene arrestos. Los oyes hablar de los bombarderos no con miedo sino con dignidad y desdén.

—Han aguantado mucho. Sobrevivirán también a esto. —A Freya le resbaló un zapato sobre los ladrillos rotos esparcidos por la entrada del restaurante mientras Gerda abría las puertas. Las recibió el inconfundible grito agudo de una mujer de parto.

—¡Rosa! —gritó Freya.

—¿Dónde estabas? —Chilló Rosa. Se encontraba a gatas debajo de un sólido arco de piedra, junto a la zona del comedor, con una mano apoyada en una columna de mármol—. ¡Todos se han ido! Los muy cobardes se han escondido en el sótano. Yo he dicho que probaría suerte aquí...

—Ya estoy aquí —le dijo Freya, lavándose apresuradamente las manos detrás de la barra—. Gerda, ¿puedes ir a ver si hay agua caliente en la cocina y buscar toallas?

Rosa juró entre dientes.

—Te juro que nunca volveré a dejar que ningún hombre se me acerque —agarró la mano de Freya, sacudida por una contracción. Esta le acarició la frente perlada de sudor.

—Escúchame, Rosa. Voy a ver cómo estás, a comprobar cuánto te falta para dar a luz. —Se situó entre sus piernas y le alzó la falda.

—Aquí tienes el agua —dijo Gerda, poniéndose en cuclillas a su lado.

—¡Por amor de Dios! —Hizo una mueca cuando vio que la cabeza del bebé coronaba—. Sostenle la mano —le dijo a Gerda—, háblale. —Esta se puso al lado de Rosa—. ¿Cuándo han empezado las contracciones? Tendrías que habérmelo dicho.

—Hace un rato. No quiero tener al bebé en esa casa, estando él allí. Creía que llegaría al hospital. —Rosa frunció los labios y jadeó varias veces.

—Lo estás haciendo muy bien. No falta mucho. Quiero que te prepares para empujar. Has dilatado del todo y este bebé está listo para venir al mundo. —Freya dobló las toallas y las tendió en el suelo. Le frotó los muslos a su amiga, tranquilizándola como habría hecho con un animal asustado—. Respira tranquilamente si puedes...

—¿Respirar tranquilamente? Me gustaría verte a ti...

—Vale, empuja —dijo Freya cuando las palabras de Rosa se convirtieron en un alarido—. ¡Venga, Rosa!

Las tres chicas estaban juntas a cubierto, a la luz temblorosa de una lámpara, rodeadas por lo demás de oscuridad. La electricidad fluctuó y finalmente se quedaron completamente a oscuras. Los estallidos de las bombas eran un contrapunto a los gritos de Rosa mientras Gerda encendía las velas de las mesas del restaurante y se las acercaba. Con cada explosión, los vasos que había detrás de la barra tintineaban, chocando entre sí.

Casi al amanecer, cuando los últimos aviones se alejaban de la ciudad, el último alarido desgarrador de Rosa rasgó el aire, acompañado por el llanto agudo de su hija.

—¡Es una niña! —dijo Freya, poniéndole en los brazos a la criatura—. Una niña perfecta.

—¡Claro que es perfecta! —dijo Rosa. Las lágrimas le abrían surcos en el polvo de las mejillas cuando se apoyó en la columna. Miró los ojos negros de su hija—. Es igual que su padre.

—Sois increíbles —dijo Gerda, cubriéndolas a ambas con un abrigo.

Rosa miró a las otras dos.

—Gracias —susurró—. Gracias. Nunca olvidaré esto.

Gerda se dispuso a tomar una foto de Rosa con el bebé en brazos.

—Maldita sea —dijo, comprobando su Rolleiflex—. Me he quedado sin película.

—¿Puedo pedirte una cosa? ¿Quieres ser la madrina de mi niña? —le preguntó Rosa a Freya.

—Será un honor.

Gerda se besó los dedos y los puso en la mejilla de la criatura.

—Que tengas una buena vida. Haz que valga la pena —le dijo. Miró hacia el cielo por la ventana del restaurante. Amanecía—. Eso es todo lo que nos cabe esperar. —Se levantó, se metió la cámara bajo la chaqueta y se abrochó la cremallera. —Tengo que irme.

—Gracias —le dijo Freya—. Cuando veas a Charles, dile que le quiero, ¿vale?

—Claro. —Gerda sonreía—. Podría darle un beso de tu parte.

30

Valencia, enero de 2002

—Estoy bien. Ha sido una falsa alarma, solo contracciones de Braxton Hicks —dijo Emma, poniéndose el auricular. Cambió de marcha y apretó el acelerador entre los naranjales—. Me parece que la próxima camada de gatitos nacerá cualquier día, ahora que lo pienso.

—¿Gatitos? —Freya estaba extrañada.

—La gata desapareció un par de semanas cuando tuvo la última, y no pude pillarla a tiempo para esterilizarla. Es una cosita graciosa. Me deja que la alimente y ronda por la casa a veces, pero sigue sin dejar que la coja.

—No le pongas nombre, Em. Te conozco.

—Bueno, la pobrecita vuelve a estar embarazada y no hay señales del padre.

—¡Me importan un bledo los gatitos, eres tú la que me preocupa! Haces demasiadas cosas. No corras ningún riesgo, Em. —Se notaba que Freya estaba preocupada—. Cuando me acuerdo de la noche que nació tu madre... lo hizo tremendamente rápido y tú tampoco tardaste mucho.

Emma redujo en el cruce y puso el intermitente a la derecha para tomar hacia la carretera principal.

—Abuela, quiero preguntarte cosas acerca de mamá y de la casa. He conocido...

—Mejor hablemos de ti, cariño.

—Por favor, deja de preocuparte. Lo tengo todo controlado. La casa está bien, tengo agua caliente y electricidad...

—Todos los lujos, pues.

—No seas así. —Emma la oyó suspirar—. ¿Qué pasa?

—Delilah se ha enterado de lo del bebé.

Emma se apoyó en el respaldo del asiento. El intermitente parpadeaba y ella tenía un nudo en el estómago de ansiedad.

—¿Cómo?

—¡Me siento tan culpable! Temía contártelo.

Emma miró por el retrovisor cuando el coche que llevaba detrás tocó el claxon.

—Seguro que no ha sido culpa tuya. —Arrancó.

—Dice que solo estaba buscando un expediente en mi despacho. Bueno, todos sabemos cómo es...

Emma oyó que cubría el teléfono un momento mientras cerraba la puerta del despacho.

—Encontró una copia de tu ecografía en mi mesa.

—No puedo creerlo. ¿Ahora anda por ahí fisgando en los documentos ajenos?

—Em, no quiero preocuparte, pero se puso como una loca. Sumó dos y dos y dedujo que tenías que haberte acostado con Joe después de que los dos hubierais roto.

—Bueno, deja que se vuelva loca. Después de todo lo que me ha hecho... —Conducía hacia la ciudad—. ¿Dónde está ahora?

—En Tokio, intentando salvar el trato. Se diría que levantó Liberty Temple ella sola por el modo en que anda por ahí como una especie de mártir por la causa.

—Ya me da igual. Delilah puede quedarse con todo. —Pensando en su cita con Luca, sonrió—. Aquí tengo todo cuanto necesito. —No lo había visto desde justo después de Año Nuevo, cuando había ido a llevar a la finca una poinsettia, un regalo para Dolores. «Una ofrenda de paz», pensó.

Emma la había encontrado en la cocina, desplumando un pavo para la cena de Reyes. El ave estaba boca abajo, con el pico balanceándose a ras de suelo, como el estamen de una extraña flor, entre los pliegues negros de la falda de Dolores, mientras sus nietos y los primos de estos corrían de habitación en habitación, gritando excitados.

Paco pasó corriendo junto a Emma con la corona dorada de papel del roscón de Reyes. Al vislumbrar la calidez de aquella numerosa familia, Emma sintió vivamente la soledad de sus Navidades y el Año Nuevo. Aquel año había querido que las fiestas pasaran cuanto antes y se había distraído pintando los muebles para la habitación del bebé y cosiendo cortinas. Paloma la había invitado a su fiesta de Año Nuevo, pero Emma había declinado la invitación.

—¡Emma! —Había dicho Luca sorprendido en cuanto había entrado en la cocina y visto lo que había sobre el aparador—. ¡Qué planta tan bonita!

—Tu amiga me la ha traído —dijo Dolores, que volvió a concentrarse en la oca, apretándole más el cuello entre los muslos, arrancándole las plumas y tirándolas al suelo.

Los niños entraron corriendo y llenaron el incómodo silencio de la cocina. Luca pilló al más pequeño, lo puso cabeza abajo y lo balanceó por los tobillos.

—¿No te quedas a tomar una copa? —le preguntó a Emma, balanceando al pequeño, que se reía sin parar adelante y atrás—. Paloma está por ahí, en alguna parte. Sé que se alegrará de verte.

Emma echó un vistazo a Dolores, insegura, yendo hacia la puerta.

—Gracias, pero veo que tenéis la casa llena de gente.

—Lo tradicional es que la familia se reúna —le explicó

él, cogiendo al crío en brazos—. Eres afortunado —le dijo al pequeño—. Tienes a Papá Noel y, además, a los tres Reyes Magos.

Emma sonrió y se levantó el cuello del abrigo para protegerse del viento frío cuando salió al camino.

—Disfruta de la cena. Tengo que irme.

—Te llamaré después de la fiesta. —Le dijo Luca cuando ya se iba—. Me parece que tengo buenas noticias para ti.

«Eso espero», pensó Emma, conduciendo el Land Rover por las callejuelas de El Carmen. Encontró un hueco para aparcar en la calle del Museo, cerca del antiguo convento, y dio la vuelta a la manzana del edificio de Luca. Comprobó la dirección, que llevaba apuntada en una libreta, y apretó el botón del interfono.

Luca pulsó el botón de apertura de las grandes puertas de madera que daban a la calle. Emma cruzó el patio sombreado y subió piso tras piso por escalones claros de piedra hasta el de arriba, pegada a la pared, intentando no mirar hacia abajo por los arcos abiertos que daban al patio. Sentía vértigo.

Luca le abrió la puerta de su apartamento envuelto en una toalla blanca.

—Buenos días, Emma. —La besó en ambas mejillas, la dejó pasar y se sacudió el agua del pelo—. Lo siento, esperaba a Guillermo.

—¿Llego pronto? —Contuvo la respiración. El corazón palpitante se le fue calmando mientras lo seguía por el pasillo oscuro hasta el salón.

Luca iba caminando por el parqué con los pies desnudos. Sus hombros anchos y sus caderas estrechas se recortaban contra la luz procedente de la terraza. Sus brazos formaron un arco parecido al de las astas de un toro cuando se alisó el pelo hacia atrás. Olía maravillosamente; la fragancia untuosa del jabón de almendras y la piel limpia le erizaron el vello de la nuca.

—No, no. Yo me he retrasado. —Buscó una camisa en la bolsa de ropa recién planchada de la lavandería.

—¿Te acostaste tarde anoche? —le preguntó.

Echó una ojeada a su amplio apartamento de techos altos. Le pareció monástico: con muebles modernos oscuros y una paleta monocromática. Daba una impresión de lujo sobrio. Encima del escritorio, junto a un abridor de cartas de plata, vio una fotografía de una mujer morena.

—Por negocios —dijo él, riéndose—. ¿Te apetece un café?

Se oían los ruidos de la calle. Había un puro a medio fumar en un cenicero de cristal de Baccarat junto a una cafetera, en la mesa del balcón. Emma salió por las cristaleras y miró los tejados y las cúpulas azules de la ciudad. Se acercó con precaución a la mesa.

—¡Menuda vista!

—Gracias. —Luca se apoyó en la puerta.

—Me refiero a la ciudad.

—Pues claro.

Emma se puso colorada y fue a coger la cafetera. Sonó entonces el timbre de la puerta.

—Eres incorregible.

—Sírvete tú misma. Voy a abrir.

Emma se sentó en el sofá de mimbre, contenta de apartar la vista del mareante panorama. Oyó unos saludos y voces masculinas en el recibidor.

En el balcón hacía frío, pero el fresco aire matutino era estimulante. Emma cogió la taza con ambas manos e inhaló el aroma del café.

—Vamos a tomarnos un café. —Luca salió con un hombre bajo y atlético.

—Emma, este es Guillermo. Voy un momento a ponerme algo.

Guillermo le estrechó la mano y se sentó en una silla mientras Emma le servía un café.

—No te molestes en vestirte por nosotros, Luca —le dijo, alzando las cejas hacia Emma—. No está mal para ser un viejo, ¿eh?

—¿A quién llamas viejo? —Luca se reía.

—¿Tú qué opinas, Emma? —Guillermo se inclinó hacia ella y Luca la miró por encima del hombro, alejándose.

—¿Me estáis mirado el culo? —Sonrió adentrándose en la fría oscuridad del apartamento.

—¡Ni lo sueñes! —le dijo Emma, riéndose.

—Así pues, Emma, eres perfumista —le dijo Guillermo cuando se quedaron solos.

—Lo soy. Por lo que dice Luca, vuestra madre también lo es.

—Lo es. —Tomó un sorbo de café—. O debería decir que lo era. Mi madre, y antes la madre de esta; llevan siglos siendo perfumistas, pero ahora, para su disgusto, ninguno de sus hijos quiere continuar. —Miró a Emma—. Por eso podemos ayudarnos. Concepción, mi madre, no le transmitirá sus conocimientos a nadie, pero según Luca eres una de las narices más finas del negocio. Y pronto serás mamá. —Se inclinó hacia delante y le puso una mano sobre el vientre—. ¿Cuándo nacerá el bebé?

—Dentro de dos semanas.

—Es maravilloso.

—¿Tienes hijos?

—Sí. Hemos sido bendecidos con tres.

Luca se unió a ellos, vestido con mocasines, unos pantalones color caqui recién planchados y una camisa rosa fuerte con los puños vueltos.

—Perdón por haceros esperar —dijo.

—Llegas tarde —dijo Guillermo, guiñándole un ojo a Emma—. Ella y yo hemos decidido tener una aventura. ¿Por qué pierdes el tiempo con Luca?

Emma se rio incómoda y levantó los ojos. Luca la estaba observando.

—Solo estamos haciendo negocios. He venido a enterarme de cuál es la oferta —dijo.

—Se ha quedado impresionada, naturalmente... —dijo Luca, sonriendo. Cogió el puro y se sentó al lado de Emma, con un brazo apoyado en el respaldo del sofá.

Emma se volvió hacia él.

—¿A qué te refieres?

Luca se inclinó hacia ella.

—Desde que viniste a cenar, Paloma me ha estado insistiendo. Siempre ha estado obsesionada por los cosméticos y el perfume, así que al principio no me la tomé en serio.

—¿Cosas de mujeres? —Una sonrisa aleteó en los labios de Emma.

—Nunca lo he entendido —dijo Guillermo—. ¿Qué les pasa a las mujeres con el perfume?

—No solo a las mujeres —dijo Emma—. En ciertas culturas, los hombres se perfuman tanto como las mujeres.

Guillermo se encogió de hombros.

—Basta con un poco de colonia para sentirse fresco.

Emma sacudió la cabeza.

—No. Un perfume es más que eso. El perfume es... —Se acordó de la carta de su madre—. Es amor, es la llave que nos abre la puerta al pasado... —Frunció el ceño cuando Guillermo soltó una carcajada—. El perfume consigue que la gente se sienta viva. —Luchó por encontrar las palabras adecuadas y gesticuló con las manos—. ¿Sabes? Cuando aprendes a memorizar fragancias, llevas un diario de asociaciones. Cada perfume está asociado a un recuerdo. —Pensó en las últimas anotaciones del cuaderno de Liberty: «¿Jazmín? Azahar... ¡sí!»—. Cuando estás creando una obra maestra, con el corazón y las notas básicas de una fragancia, sientes como si estuvieras conjurando un momento, como si transcribieras recuerdos en forma de perfume.

—¡Ah! —dijo Guillermo—. Te gustará mi madre. ¿Dónde aprendiste el oficio?

Emma tenía la sensación que, a pesar de su encanto y su relajación, estaba poniéndola a prueba.

—Mi madre me enseñó todo lo que sé y, además, estudié en Grasse.

—¿Aprendiste de tu madre? Eso es siempre lo mejor, de generación en generación.

—He investigado tu trabajo —dijo Luca—. No me habías dicho que eras un genio, Emma.

Emma notó que se le encendían las mejillas.

—¿Eso dice Paloma? No sé yo...

—Me parece que los de tu industria no estarían de acuerdo. —Miró a Guillermo.

—Me he pasado media noche en vela leyendo cosas acerca de los negocios de Emma en internet.

Ella lo miró sorprendida.

—No lo he hecho todo yo sola. Trabajé con mi madre. No... todavía no sé cómo voy a continuar sin ella.

—Bueno, según Paloma tienes un futuro brillante. Dice que tu carrera acaba de empezar, pase lo que pase con la empresa de tu madre, y que seríamos unos necios si no te ayudáramos. En su opinión un día serás una clienta importante. —Miró a Guillermo—. Dicho sea entre nosotros, tenemos contactos en Europa, y con el tiempo podemos presentarte proveedores, laboratorios, lo que necesites. —Luca miró a Emma—. Conseguirás que sea un éxito, lo sé. Tu madre estaría orgullosa.

—Gracias. —Se le había hecho un nudo en la garganta con tanta amabilidad—. Me resulta raro empezar otra vez de cero. No dejo de pensar en lo mucho que se habría divertido con todo esto.

Luca notó su incomodidad.

—Dime algo Emma —le dijo para distraerla—. Con tu experta «nariz», ¿cómo te parece que huelo?

Emma levantó los ojos, sorprendida, sonriendo.

—¿Tú? ¡Ja! —Guillermo soltó una carcajada—. Hueles a noches en vela y corazones rotos. —Hizo una mueca cuando Luca le dio un codazo en broma.

—Hueles a Acqua di Parma. Fue una de las primeras cosas en que me fijé —repuso Emma—. Mi tío abuelo Charles usa la misma colonia.

—¡Ay! —Luca se pasó la mano por el pelo y le guiñó un ojo—. Así que, según tú, huelo como un viejo.

—No pretendía decir eso...

—No... Demasiado tarde —dijo Luca, poniéndose una mano sobre el corazón—. Estoy destrozado. —La miró, sonriendo.

Emma le dio un empujón cariñoso.

—Te propongo algo. Tú me ayudas a levantar esto partiendo de cero y yo crearé una fragancia para ti. —Lo miró directamente a los ojos—. Algo único, como tú.

Guillermo enarcó las cejas.

—Un hombre afortunado.

—Bueno, necesito a un conejito de Indias para mis experimentos. —Emma ladeó la cabeza, esperando su respuesta—. Me temo que me llevarán algún tiempo.

—El verdadero arte es lento. Siempre he querido ser una Musa. —Luca sonrió, sosteniéndole la mirada—. Así que te ayudaremos, y Concepción... —Miró a su hermano, que asintió.

—Todo se arreglará —dijo—. Mi madre va a adorarte Emma. Te esperará en Cuenca en cuanto puedas ir. Hemos vendido la casa y mamá necesita vender todas las existencias. Te transmitirá todos sus conocimientos, sus proveedores y sus recetas o sus fórmulas o comoquiera que las llaméis. —Sacudió la cabeza—. Lo siento, soy un empresario. Sé muy poco sobre su trabajo.

Emma tenía la cabeza llena de posibilidades. Pensó en antiguos arcones de farmacia llenos de hierbas y especias, se imaginó hileras de frascos de vidrio reluciente con etiquetas escritas a mano. Se acordó del libro de recetas que había encontrado en la casa.

—Maravilloso —dijo, muy excitada—. De hecho, tengo un libro antiguo que me interesa enseñarle a Concepción. Creo que la dueña de mi casa fabricaba perfumes, o pócimas, con las hierbas que cultivaba en el jardín. Me gustaría intentar recrear algunos, pero no entiendo los ingredientes.

—Estoy seguro de que ella podrá ayudarte.

—Por favor, dale las gracias a tu madre. Iré en cuanto pueda.

—Gracias, Guillermo —Luca le dio un apretón de manos.

—Te gustará Concepción —le dijo Guillermo a Emma—. Es la mejor perfumista de España. —Tras una pausa, añadió—: Ahora quizá la segunda mejor.

31

Brunete, julio de 1937

Al amanecer, Charles se despertó. El sol entraba por la ventana abierta. Fuera, en la calle, oyó a los madrileños que iban a trabajar. Como siempre, le bastó un instante para estar completamente despejado. A Freya siempre la había maravillado cuando eran pequeños que abriera los ojos, como activado por un interruptor, y estuviera levantado en un periquete. Solía jorobarlo diciéndole que era medio máquina. Ese día esperaba ser más humano, estar más vivo de lo que jamás había estado. Aquel día iba a decirle a Gerda lo que sentía por ella. Pasó entre los hombres que dormían tendidos en el suelo, en la cama, en el sofá: un paisaje suave de cajas torácicas que subían y bajaban bajo una cálida capa de vaho de los cigarrillos y del whisky de la noche anterior. En el baño, se lavó deprisa y luego se quedó delante del espejo. No se había afeitado a propósito. Había tardado días en tener una sombra de barba. Esperaba parecer mayor, más duro, más como los hombres que dormían en la habitación contigua. Revolvió en la bolsa hasta dar con la brillantina y se la aplicó al pelo rubio. Intentó que le quedara por lo menos la mitad de abundante e indómito que el de Capa. Se ajustó al cuello una corbata de seda.

«¿Me he pasado?», se preguntó. Gerda tenía tan buena presencia, incluso en el frente, que esperó que apreciara un toque de elegancia, una nota de color. Los hombres se metían con ella porque iba con pintalabios y tacones al campo de batalla y a él le había decepcionado bastante ver que últimamente se ponía alpargatas. Parecía cansada desde que había vuelto de ver a Capa en París. Cuando pensó en su amigo, Charles se sintió culpable. Sabía que Capa amaba a Gerda. «Pero yo también. Si no se lo digo, lo lamentaré el resto de mi vida.» Capa no estaba y aquella era su ocasión de hablar con ella. No había pensado que la tuviera hasta que ella lo había besado.

Estudió su imagen en el espejo y se acordó de aquella maravillosa noche de principios de junio. Se habían pasado todo el día en el puerto de Navacerrada, tomando las últimas fotografías, y habían cenado con el general Walter, delante del búnker de este.

Gerda había hecho gala de su valentía aquel día. A Charles le había parecido el vivo espíritu de la libertad, con el puño en alto, gritando: «¡Adelante!», su silueta esbelta rematada por una boina oscura, corriendo a campo abierto, el calor temblando en el horizonte.

Cautivaba a todos cuantos la conocían. Walter bromeaba diciendo que nunca había visto a tantos hombres de su unidad bien afeitados. Mientras estaban sentados, bebiendo, en un bar de la Gran Vía de Madrid, más tarde, aquella misma noche, Charles había observado a Capa y a Gerda con desesperación.

—¿Qué tiene él que yo no tenga? —le había dicho en voz baja a Hugo.

Su amigo había levantado los ojos de la libreta.

—¿Capa? Aparte de su irresistible encanto y más talento en el meñique del que tú tendrás jamás…

—Vale, vale, ya me hago a la idea. —Charles se había

frotado el entrecejo mientras tomaba un sorbo de whisky.

Hugo había mordido el extremo del lápiz con gesto pensativo.

—Capa es un aventurero de la vida. Los hombres quieren ser él, las mujeres no pueden evitar amarlo.

—Yo solo deseo...

—Ya veo que estás prendado por la raposita pelirroja, ¿eh?

—¡Eh, Charles! —lo había llamado Capa desde el otro extremo—. Hazme un favor. Esta noche voy a jugar a las cartas. ¿Puedes asegurarte de que Gerda vuelve a la Alianza sana y salva?

A Charles el corazón le había dado un brinco.

—Por supuesto.

Gerda se había puesto la cámara en bandolera y se le había acercado.

—Sinceramente, André se preocupa por mí de un modo... Si puedo arreglármelas en el campo de batalla, seguro que puedo volver a mis habitaciones.

—¿Adónde iréis mañana? —había preguntado Charles.

—Nos quedaremos en Madrid una temporada y luego quizá nos volvemos al sur. Puedes venir con nosotros.

—Gracias. Lo pensaré. —Charles se había preguntado si sería capaz de soportar la exquisita tortura de estar cerca de ella y de Capa todo el tiempo.

—Voy a hacer un reportaje para el Congreso Internacional de Escritores que se celebra el Valencia el mes que viene. Están recorriendo Valencia, Barcelona y Madrid. Todos acudirán: Neruda, Hemingway. Malraux guía a un grupo de escritores que no han obtenido el visado cruzando los Pirineos.

—Eso será interesante. —Charles se aturullaba por el simple hecho de hablar con ella—. ¿Para quién trabajas ahora?

—Para *Ce Soir* y la revista *Life*. Espero que las fotografías que tomé en Valencia me permitan no seguir estando a la sombra de Capa.

—Mi hermana Freya está en Valencia, con el Cuerpo Médico.

—¿No te lo había dicho? Recuerdo que mencionaste que podía encontrarla en el hospital. La vi la otra noche. Estuvo maravillosa. Aquella chica española se puso de parto. Freya trajo al mundo al bebé.

—¿Eso hizo? —Charles sonrió imaginándosela—. La buena de Frey.

—Me quedé sin película. Me habría estrangulado. Eran exactamente la clase de fotos que más deseo sacar, de las mujeres y los niños lejos del frente.

—El otro día conseguí algunas fotos preciosas. Había una conmemoración en un pueblo situado a unas cuantos kilómetros del frente. Todas las mujeres iban vestidas de blanco y llevaban flores al cementerio. Era terriblemente triste, pero cuando abrieron las puertas, todo el recinto estaba lleno de iris versicolores. Fue como si el cielo hubiera bajado a la tierra. En el centro había un recuadro erizado de cruces blancas en recuerdo de los soldados caídos. Las mujeres esparcieron flores blancas sobre cada tumba y en los senderos. Fue bastante bonito.

—Ojalá hubiera estado allí.

«Ojalá estuvieras siempre conmigo», pensó él, cogiendo la filmadora Eyemo que había junto a la puerta del bar.

—¿Puedo ayudarte?

—Gracias. —Gerda le había sonreído—. Es un trasto inútil. Bueno, no completamente inútil. Ted dice que va bien para protegerse de las balas.

Habían caminado por la calle desierta. El adoquinado estaba resbaladizo por la lluvia.

—¿Dónde aprendiste a tomar tan buenas fotos?

Gerda había mirado las nubes. El cielo se despejaba.

—André me enseñó todo lo que sé.

—¿André?

—Bob, como lo llamáis todos —se había reído—. Capa. ¡Dios mío! Eres virgen, ¿verdad?

Charles se había ruborizado. Ella, mirándolo, se había apartado el pelo de la cara.

—¡Eh! Lo siento —se había disculpado.

Charles había dejado de caminar y se había vuelto hacia ella. Se habían quedado allí de pie, solos, con el único sonido de la lluvia de verano repiqueteando en los tejados.

—Eres muy guapo —le había dicho Gerda en voz baja—. Por eso te ha pedido que me cuidaras, ¿sabes?

—No lo entiendo.

—Cree que eres demasiado decente para hacer otra cosa aparte de ser mi protector. Vio el modo en que te miraba la otra noche...

—Pero ¿por qué? Es evidente que sois pareja, yo no...

—André y yo estamos juntos, eso es todo... somos *copains*, compañeros. Claro que me ha pedido un centenar de veces que me case con él, pero no sé si quiero sentar cabeza todavía.

Había pasado rugiendo un camión, levantando un abanico de agua, y se habían subido de un salto a la acera. Gerda se había refugiado en el portal de una tienda, riendo. Charles había pensado que poseía una ligereza que nunca había visto en nadie: le daba en cierto modo la impresión de que, si estiraba el brazo y la tocaba, su mano la atravesaría, como si fuera la imagen de un proyector.

—¿Podemos esperar un momento? La lluvia no tardará en parar. —Gerda se había estremecido al ponerse Charles a su lado.

—¿Estás diciendo que crees en el amor libre?

Gerda se había reído.

—Eres divertido. ¡Eres tan formal, inglés! —Había alzado la cara para mirarlo, tan cerca que él notaba su aliento en la mejilla—. Creo en el amor, la vida y la búsqueda de la felicidad. —Con el índice le había tocado el párpado derecho, acariciándole las pestañas, y luego el izquierdo. Le había repasado los labios.

El deseo lo había invadido: era como si su tacto lo hubiera marcado para toda la vida.

—Gerda, no podemos... —«¡Oh, Señor! ¡No pares, por favor! No pares...»—. Estás con Capa.

Gerda se había reído.

—¿No lo entiendes? Yo soy Capa, o al menos la mitad de él. Sin mí, André no podría ser Capa.

—Estoy hecho un lío.

—Capa es más que André y más que yo. Capa será una leyenda.

—Estás diciéndome que es... ¿una invención?

—Exactamente. Inventamos al mejor fotógrafo de guerra del mundo y subimos nuestra tarifa. Funcionó. —Soltó una carcajada—. En cuanto a André, te diré que me niego a ser la mujer de un solo hombre, al igual que él no es hombre de una sola mujer. No soporta estar solo. No me hago ilusiones acerca del tiempo que pasamos separados.

Charles vio que una sombra le cruzaba la cara, como una nube pasando por delante del sol.

—Pero ¿lo amas?

—¿Amarlo? —Se rio—. Claro que lo amo. Pero después del Congreso de Escritores, André se irá a París y yo volveré aquí para quedarme en la Alianza. —Pareció dudosa—. No creo ni por un momento que vaya a estar solo en París. ¿Por qué tengo que estar yo sola aquí? —Se le acercó más y Charles apartó la cadera de ella. No quería que notara lo excitado que estaba.

—Gerda...

—¿Te he escandalizado, Charles?

—No, yo...

Lo había besado y para Charles había sido la perdición. «Gerda, Gerda, Gerda...», sus pensamientos eran un suspiro de vehemente deseo; se excitaba solo de pensar en ella y en aquel beso, en aquel único, breve y glorioso beso.

—Vamos, hombre, se está formando cola aquí fuera —gritó alguien, aporreando la puerta.

Charles se lavó los dientes con un dedo y abrió el pestillo.

—¡Madre mía! ¡Esto huele como el tocador de una fulana, Temple! ¿Qué esperas conseguir? ¿Dejar sin sentido a las líneas rebeldes con tu loción de afeitado?

—Cállate —dijo Charles dándole un empujón para pasar. Cogió la Contax de camino a la puerta y bajó corriendo al vestíbulo.

Agarró un ejemplar del periódico del día y repasó los titulares: lucha feroz cerca de Brunete. Sabía que el pueblo había sido ganado y perdido dos veces; los fascistas avanzaban de nuevo.

—¡Gerda! —la llamó, cuando los vio a ella y a Ted cargando un coche justo enfrente.

Gerda llevaba un mono caqui. Estaba más guapa que nunca. «Tiene cara de ángel», pensó. Se dio cuenta de que la observaba fijamente y se les acercó con paso despreocupado.

—¿Adónde os vais? Buenos días, Ted.

—Charles. —Ted frunció el ceño y puso un brazo protector alrededor de los hombros de Gerda para ayudarla a subir al coche—. Nos marchamos a Brunete.

—¿Quién hay allí ahora?

—Las divisiones de Líster y Walter y varias más.

—Necesitan a todos los hombres. Las tropas de Franco vuelven a atacar —dijo Gerda—. No lo soporto. No podemos dejar que pasen.

—¿Hay sitio para otro en el coche? —preguntó esperanzado Charles.

—Claro... —empezó a decir Gerda, pero Ted la interrumpió.

—Perdona, chaval. Aquí no cabrá un alfiler cuando hayamos cargado la Eyemo. ¿Por qué no vas en el coche de detrás?

Charles le lanzó una mirada asesina.

—Sí, lo entiendo. —«¡Y tanto que lo entiendo! Capa se ha ido y has decidido estar a solas con Gerda», pensó.

Caminó decidido hacia el siguiente coche y subió a él con otros periodistas que conocía apenas del bar. Mientras recorrían dando tumbos las carreteras hacia Brunete, amaneció un glorioso día de julio. El sol que salía tiñó el paisaje de oro, como una pieza de seda desplegándose. Durante todo el viaje Charles mantuvo los ojos clavados en la nuca de Gerda.

Retazos de lo que cantaban le llegaban en el aire ondulado por el calor: *Los cuatro generales*. Siempre se estaba riendo, llena de alegría. Charles nunca había envidiado a nadie como envidiaba a Capa y, en aquellos momentos, a Ted. Se preguntó si eran amantes. Desde aquel maravilloso beso, no había conseguido estar a solas con Gerda. Se imaginaba cogiendo su delicada mano en la suya y mirándola a los ojos, verdes como el mar. «Te amo, Gerda», le diría. La deseaba tantísimo que el simple hecho de mirarla le producía un exquisito dolor, no digamos imaginarse abrazándola, haciéndole el amor...

—¡Dios! —juró el periodista que iba sentado a su lado cuando una tremenda explosión sacó a Charles de su ensimismamiento. Una nube de humo y polvo se elevaba, hinchándose en el horizonte—. Sí que empiezan pronto.

El coche que abría la marcha se detuvo. Evidentemente se estaba produciendo una discusión. El conductor se apeó del coche y fue a hablar con su colega.

—Hasta aquí hemos llegado —dijo, indicándoles que se bajaran.

—¿Qué? ¡Esto es absurdo! Le hemos pagado para que nos lleve a Brunete —dijo Charles.

—No. —El hombre negaba con la cabeza, obstinado, y les abrió la puerta del coche.

—Olvídalo, caminaremos —dijo Ted.

Charles salió disparado del coche y se situó al lado de Gerda, avanzando a grandes zancadas por el campo de trigo dorado.

—¿Puedo ayudar?

—Gracias, Charles —dijo Ted enseguida, tendiéndole la pesada Eyemo. Caminaba delante, junto a Gerda. Ella echó un vistazo por encima del hombro a Charles, como disculpándose.

—Habrá buenas oportunidades para sacar fotos del combate hoy —le gritó.

—¿Estás asustada? —le preguntó Charles.

—¡Siempre! —Se rio ella.

Cuando llegaron a las oficinas del general Walter a Charles le picaban los ojos por el sudor que le corría también por la espalda. Walter los miró.

—¿Qué demonios están haciendo aquí. Acabo de ordenar a un grupo de sus compatriotas que recojan sus cosas. Esto no es seguro. Las tropas de Franco pueden llegar en cualquier momento.

—Entonces hemos llegado justo a tiempo —dijo Gerda, sonriendo.

Charles se acurrucó en la trinchera cuando el biplano descendió en picado. El tableteo de las baterías hendió el aire y las balas le pasaron silbando sobre la cabeza. El ruido era ensordecedor. Los Stuka y los Heinkel de la Legión Cóndor rugían por un cielo negro de humo y fuego, bombardeando a las tropas republicanas en retirada con bombas y fuego de ametralladora.

—¡Gerda, es por el objetivo de la cámara! —gritó Charles—. La lente refleja la luz... ¡Vienen directos hacia nosotros! —Se puso a cubierto al lado de Gerda y Ted, terriblemente consciente de que el trasero le sobresalía de la trinchera. No soportaba la idea de que le dispararan ahí, quería contraer las nalgas, desaparecer bajo tierra.

—No podemos perder Brunete. —Gerda apretaba los puños, furiosa. Habían estado disparando fotos toda la mañana y cargó el último rollo—. ¡Maldita sea, es el mejor trabajo que he hecho nunca, pero no podemos perder esta batalla! —Se levantó para fotografiar a doce bombarderos en formación.

—¡Por el amor de Dios, Gerda, al suelo! —le gritó Ted, intentando tirar de ella para que se tendiera a su lado. Otra explosión la derribó y el suelo subió y bajó como el mar delante de ellos; se elevaron chorros de tierra como penachos.

—*Scheisse* —juró Gerda, escupiendo tierra. Se agazapó—. Esta ha estado cerca. —Se puso boca arriba tranquilamente y fotografió un biplano que bajaba en picado hacia ellos, vomitando fuego entre las aspas del motor, mientras caía una lluvia de balas—. ¡No os rindáis! —les gritó a los republicanos que se batían en retirada.

Charles miró la hora. Eran las cinco y media. Había un torrente de hombres a su alrededor que huían del frente. Vio a uno volar por la fuerza de la honda expansiva.

—Deberíamos irnos...

—¡Luchad, camaradas! ¡No pasarán! —El atronador asalto aéreo ahogó la voz de Gerda—. ¡Oh , Dios! —dijo, cayendo de rodillas, desmoralizada—. Cuando pienso en toda la gente decente que ha muerto únicamente en esta batalla, me parece injusto seguir con vida.

—Gerda, él tiene razón. Hemos hecho lo que hemos podido. Larguémonos de aquí. —Ted tiró de ella para levantarla, protegiéndola con su cuerpo y poniéndose la cámara en bandolera. Se volvió hacia Charles—. ¿Y bien? ¿Vienes o qué?

Charles corrió detrás de ellos, jadeando sin respiración. Corrió ciegamente desde el frente, por campos llenos de muertos y moribundos, tropezando con los cuerpos retorcidos. Le parecía que estaban corriendo por unos altos hornos, por un panorama infernal peor que cualquiera que hubiera pintado Goya.

Le dolían los oídos debido a los disparos, los gritos y el estampido atronador de los cañones de los tanques a su espalda. Sabía que en cualquier momento su frágil cuerpo podía caer, destrozado y sangrante, notando cómo se le escapaba la vida. Corrió más y más rápido, y alcanzó a Ted y Gerda cuando llegaban a la carretera de Villanueva.

Tanques y jeeps daban bandazos por los surcos del firme a gran velocidad, batiéndose en retirada. Uno de los tanques frenó para permitir que los tres se subieran y ellos se agarraron. Charles intentaba recuperar el aliento, jadeando, con el vil sabor metálico de la batalla, de humo y aceite, de sudor y miedo y muerte en la boca.

El tanque rugía por la carretera y Charles fue recobrándose. Había allí una extraña quietud en comparación con el campo de batalla. Los ojos le seguían picando por el humo, pero allí el trigo se cimbreaba pacíficamente con la brisa que bajaba fresca y agradable de las montañas.

—Cuando salgamos de aquí nos iremos a Madrid —gritó Ted.

Charles cerró los ojos. Temblaba por la adrenalina y el miedo que había pasado. Se preguntó qué demonios lo había impulsado a irse a España para empezar. Aquel no era el mundo que él recordaba. Ansió estar de nuevo en las colinas de Yegen, en la hierba iluminada por el sol, cazando mariposas con su red; luz nítida y lino limpio, aire silencioso...

El tanque dio un bandazo cuando se incorporó a la carretera principal, sacándolo de su ensoñación.

—¡Ahí! —gritó Gerda—. Es el coche de Walter.

Se apearon de un salto y pasaron a la carrera por una granja de muros encalados hacia el automóvil que se alejaba del frente. Charles oyó a Ted preguntar si podía llevarlos hasta El Escorial. Las nubes se desplazaban perezosamente por un cielo azul cobalto.

Charles se dio cuenta de que el vehículo ya iba cargado de soldados heridos. Gerda y Ted iban delante de él y vio que ella bajaba la cabeza concentrada, acelerando hacia el coche y saltaba al estribo. Ted saltó al del otro lado. Ambos se volvieron hacia Charles, con cara triunfal.

«Dios mío, aquí están en su elemento», pensó él, y en aquel momento se dio cuenta de que nunca formaría parte de su mundo.

—¡Mala suerte, Charles! —le gritó Ted a todo pulmón—. Nos veremos en el hotel.

—¡Tengo que mandar esas fotos por cable a París —le gritó Gerda—. Esta noche celebraremos una fiesta de despedida en Madrid. ¡He comprado champán! —Le dijo, sonriendo de oreja a oreja.

—¡Gerda! —le gritó Charles, gesticulando frenéticamente.

Ella se rio y agitó también el brazo, despidiéndose.

—¡Gerda! —volvió a gritar a todo pulmón. No podía hacer nada. Un tanque descontrolado se empotró a toda velocidad contra el coche y golpeó a Gerda. Vio impotente cómo la aplastaba y caía como una muñeca de trapo. Ted salió volando, con las piernas bamboleándose. El coche quedó destrozado como si fuera de juguete, empujado fuera de la calzada. Una atronadora falange de aviones se cernía sobre ellos. Alguien agarró a Charles del brazo y lo arrastró a la cuneta.

Se echó cuerpo a tierra mientras la munición ametrallaba la tierra a su alrededor y lo recorrían oleadas de temblores. Por encima del ruido oía gritar a Gerda y no podía llegar a ella. Oyó a Ted llamándola, diciendo que no podía moverse. Charles parpadeó. Veía lucecitas. Se encogió en una pelota, intentando desesperadamente no desmayarse, respirando profundamente. Tenía ganas de vomitar. A su alrededor la gente empezó a salir de las cunetas cuando los aviones se dispersaron. Se puso de pie, tambaleándose. Vio un grupo de hombres rodeando a Ted y poniéndolo en una camilla. Le colgaban las piernas inertes.

—¡Mis piernas! —gritaba—. ¡No puedo mover las malditas piernas, Gerda!

Charles corrió hacia él.

—¿Dónde está? Charles, encuéntrala. —Tenía la cara contorsionada de dolor.

Charles asintió. Más adelante vio una ambulancia y, sobre una camilla, unos piececitos conocidos debajo de una sábana.

Se acercó corriendo, mareado, temeroso de lo que podría ver. Era Gerda. Tenía la cara pálida y se agarraba el vientre con las manos. La sangre oscura empapaba la sábana. Charles notó que le subía la bilis a la garganta cuando la cubrieron con una manta.

—Charles —susurró, sonriéndole—. ¿Dónde están mis cámaras? ¿Lo sabes? ¿Se han roto?

—No lo sé. —Luchando contra las lágrimas, se inclinó para besarle la frente—. No te preocupes por eso. Yo las cuidaré, te lo prometo.

—Era mi mejor trabajo, ¿sabes? —dijo ella, y perdió el conocimiento.

Charles miró impotente cómo la cargaban en la ambulancia y se marchaban a toda velocidad por la carretera. Se quedó allí de pie completamente solo mientras un torrente de hombres y vehículos pasaba a su lado, retirándose hacia Madrid.

—Gerda —susurraba—. Gerda...

32

Valencia, enero de 2002

Luca repasaba los estantes de cedés de FNAC. En la tienda, llena de clientes de fin de semana y adolescentes flirteando, escuchando música por los auriculares al final de los pasillos, había mucho movimiento. Imponiéndose al ritmo de una melodía dance que sonaba por los altavoces, oyó la voz de Emma.

—Ya no vive con su madre... —La oyó reír. Se asomó al pasillo contiguo y vio a Emma repasando la sección de jazz, con el teléfono entre el hombro y la barbilla—. En cualquier caso, aquí parece que las cintas del delantal tienen mucho alcance, son más bien cables de unión... Me parece estupendo tener a la familia cerca.

Luca sonrió. Oyó su voz alejándose, así que la siguió a distancia, procurando que no se diera cuenta.

—Freya... no es un niño de mamá. Sé que decías que todo español se considera un pequeño dios desde el instante que nace.

Luca se apoyó en una columna, con los brazos cruzados y una sonrisa divertida en los labios. Emma cogió un cedé y leyó lo que ponía en la cara posterior. Llevaba un abrigo negro, botas planas y el bolso marrón de piel al hombro. Se había recogido el pelo en la nuca con un palito rojo de madera lacada, formando un nudo. Luca se imaginó quitándoselo, pasándole las manos por las ondas de pelo negro reluciente.

—Lo sé, lo sé. Ahora mismo es lo último que necesito.

Luca la vio dejar el cedé en su lugar.

—No quiero una relación. En cualquier caso, él no siente el mínimo interés por mí. A ver... mírame. ¿Quién querría complicarse la vida con esto? Yo solo...

Luca la oyó suspirar.

—Me gusta. Con él me siento...

La vio acariciarse un lado de la cabeza.

—No sé. Se me está haciendo largo. —Emma se quitó el bolso—. ¿Sigue sin haber noticias de Joe? —Hizo una pausa—. Todavía no puedo creer que no haya rastro de él.

A Luca se le ensombreció la cara al oírla mencionar el 11 de septiembre. Notó lo vivo que era su dolor.

—Mándame un correo si llegas a enterarte de algo, lo que sea.

De niño, Luca creía a pies juntillas que el mundo no era más que una ilusión, un truco de magia, y que podía desaparecer. Aquella filosofía semidigerida había arraigado en él. Incluso ahora, en momentos de estrés, parte de él quería creer que, si cerraba los ojos muy fuerte durante el tiempo suficiente, el mundo y todos sus problemas se desvanecerían.

Solo de noche, en la cama, cuando los horrores de las últimas noticias, la imagen del rostro sonriente de Emma o su propia soledad amenazaban con aplastarlo, apretaba los párpados. Sabía cómo se sentía Emma. Se le acercó a paso decidido. Ella se encontraba en aquel momento en la sección de libros en inglés, buscando en la estantería inferior. Luca se inclinó y le tocó la espalda cariñosamente. Emma se dio la vuelta y su expresión de furia se diluyó.

—Perdón, no he podido resistirme —le dijo él.

—¡Bueno! —Emma sonrió a su pesar mientras le besaba la mejilla—. Menuda sorpresa.

—Ya te dije que esto es un pañuelo. Te topas con todo el mundo. —Cogió el libro que ella sostenía.

—*La escafandra y la mariposa.** Es muy bueno.

—¿Lo has leído?

—Olivier está empeñado en que mi cerebro no se consuma —le dijo, sonriendo—. Me mantiene al día acerca de lo que debo leer. Él ha olvidado más de literatura, filosofía y política de lo que yo sabré nunca.

—Me parece que estás siendo modesto. Paloma me contó que conociste a Olivier cuando estabais los dos en la Sorbona.

—¿Te lo contó? De eso hace mucho. —Se metió una mano en el bolsillo—. Mi padre era francés. Les pareció buena idea que yo estudiara en París.

—¿Era francés? Me preguntaba por qué usas el apellido De Santangel.

—¿El apellido? —Luca se encogió de hombros—. En España llevamos el apellido del padre y el de la madre, pero aquí el apellido De Santangel tiene mucho peso. Cuando mi padre se marchó, mi madre suprimió su apellido de nuestro nombre.

—¿Se marchó? Lo siento. —Emma se calló un momento—. Sé lo que es no tener padre.

—No estuvo mal. Siempre he tenido un montón de familia. Yo quería mucho a mi abuelo Ignacio. Era un buen hombre y fue un padre para mí mejor que el mío.

—Tuviste suerte, entonces.

* *Le Scaphandre et le Papillon* (1997). Novela autobiográfica de Jean-Dominique Bauby. En ella describe sus experiencias después de una embolia cerebral. Tras permanecer tres semanas en coma sufría el síndrome de enclaustramiento: el cerebro es consciente pero el cuerpo no responde a los estímulos que este le envía. (*N. de la T.*)

Emma siguió caminando y miró un cartel que anunciaba Jazz en París, con una imagen en blanco y negro de unos enamorados abrazándose al pie de la torre Eiffel.

—Guau... París. Me habría encantado estudiar allí. Mi madre quería que me incorporara al negocio familiar, sin embargo. Después de prepararme en Grasse, me mandó a Estados Unidos. Creo que quería que me endureciera un poco.

—¿Funcionó?

—Dímelo tú. —Emma dejó de reír. Le había encantado Grasse, con sus colinas empinadas perfumadas de mimosa. A veces se preguntaba qué habría sido de ella de haberse ido a Francia—. Sin embargo, conocí a Joe y ahora... —Se acarició el vientre—. En realidad no puedo lamentar nada.

—Olivier y yo vivimos una buena época. —Luca se apartó para dejar pasar a un grupo de adolescentes—. Teníamos un pequeño apartamento desde el que se veía el Sacré Coeur. Lo compartíamos todo...

—¿El pan, el vino y las mujeres?

Luca sonrió.

—Entonces Paloma consiguió burlar la protección de su virginidad que mamá ejercía como un halcón el tiempo suficiente para subirse a un tren con destino a París. Quiso la suerte que yo hubiera salido esa noche con una chica y, cuando regresé, Olivier ya le había pedido matrimonio. Fue amor a primera vista.

—Según Paloma, ella cree que Olivier quería tanto que tú fueras su hermano como que ella fuera su mujer.

—Me comentó que comisteis juntas el otro día. —Le indicó por gestos que avanzara entre la gente—. Soy afortunado. Quiero a mi familia. A lo mejor soy un mimado. —Pensaba en lo que le había oído decir por teléfono.

Emma miraba los cedés que él llevaba.

—¿Qué has comprado?

—No lo sé. ¿Te parece que a un adolescente le gustarán?

Ella los cogió y los fue pasando uno a uno.

—¿Tú qué música oías cuando tenías...?

—Diecisiete. Son para Benito, el hijo mayor de Paloma.

—¿Es su cumpleaños?

—Sí. El sábado. Puedes venirte.

—No quiero molestar si es una celebración puramente familiar.

—Sé que Paloma estará encantada. La comida no durará mucho. Olivier y yo prepararemos una paella.

—A mí también me encantaría —dijo Emma—. Vale, entonces. ¿A ti qué música te gustaba a esa edad?

—El punk, si podía salirme con la mía. —Luca soltó una carcajada.

—Vamos allá.

Emma lo llevó hasta los Sex Pistols y le dio *Never Mind the Bollocks*.

—A cualquier chico de diecisiete años le encantaría esto. Y dale un vale de regalo para que pueda comprarse lo que realmente le gusta. —Mientras pagaban, se volvió hacia Luca—. Ahora tienes que ayudarme a comprarle un regalo a Benito. ¿Qué crees que le gustaría que le regalara yo?

—No lo sé. ¿Por qué no nos tomamos algo mientras lo decidimos?

—¿Cómo va la floristería? —le preguntó Luca mientras recorrían los puestos del Mercado Central. Era un hervidero. Los fríos pasillos abovedados estaban llenos de voces y pasos que resonaban y se percibía una mezcolanza de olores de mariscos y frutas—. Ha habido tantas bodas y funerales últimamente en el pueblo que tiene que ser un éxito.

Emma se rio.

—El jardín perfumado va muy bien, gracias —dijo, deteniéndose delante de un puesto de fruta. Cogió un melón e inhaló su aroma de verano. Se le hizo la boca agua y presionó con los dedos la firme pulpa, probándolo—. ¡Dios! Me siento como si me hubiera tragado uno de estos. —Se acarició el vientre duro y redondeado.

—Ya no falta demasiado —dijo él, entregándole el importe al encargado del puesto—. En cualquier caso estás guapa.

—Gracias. —No quería que notara lo complacida que estaba y se apresuró a meter el melón en la bolsa.

Caminaron hasta el siguiente puesto.

—¿Te he dicho que he estado experimentando con la elaboración de velas perfumadas para la tienda? He encontrado una antigua firma maravillosa con la que trabajar y, cuando haya perfeccionado los aromas, empezaremos la producción.

—Eres demasiado para mí. —Luca se apartó para dejar pasar a un mozo que llevaba cajas de pescado en hielo y notó que a Emma le había cambiado la cara. Parecía preocupada—. Quiero decir... Me parece estupendo lo creativa que eres, que veas tantas oportunidades a tu alrededor.

—¿De veras? —La expresión de Emma se relajó—. Gracias. Mamá... bueno, ella decía en una de sus cartas que me dejó que a lo mejor soy demasiado... No sé. Que hago demasiadas cosas.

—Nunca sale nada bueno si alguien intenta ser menos de lo que es. —La miró—. Sé todo lo que puedas ser.

—Haces que parezca fácil.

—Lo es. Mi abuelo decía siempre que uno tiene que hacer lo que le apasiona y hacerlo tan bien como pueda. Para mí no hay más camino que ese.

—Tiene gracia. Siempre me pareció que sería estupendo tener una floristería y ahora tengo una en el portal de casa. —Se quedó pensando un momento—. Después de todos estos años dirigiendo una empresa grande, me satisface hacer realidad un pequeño proyecto.

—Pero volverás a tu trabajo como perfumista...

—Sí, claro. Cuando todo esté solucionado en Londres. —Tras una pausa, añadió—: Sin embargo, resulta agradable ver cómo las flores proporcionan un placer inmediato a la gente. Con los perfumes estaba siempre metida en el estudio o en el laboratorio. Luego, cuando mamá decidió que debía asumir el mando, estaba constantemente de viaje para ver a los grandes compradores. Perdí el contacto con los clientes, creo. —Se encogió de hombros—. Ahora me encanta ver a la gente yendo y viniendo con las flores que Aziz les ha vendido, pensando en lo felices que harán a sus amigos con un ramillete de margaritas africanas o lo que sentirán sus amantes al recibir un gran ramo de rosas.

—Me parece que te gusta hacer feliz a la gente. —Le dio un golpecito cariñoso con el codo—. Pero el nombre... tienes un sentido del humor perverso. Si las buenas mujeres del pueblo supieran que le compran los claveles para la Virgen a una sensualista...

—¿A una sensualista? —Emma se lo quedó mirando. Luca se acercó y se inclinó hacia una cesta de fresas. Bajó la cabeza hacia ellas e inhaló. Se las ofreció y ella las olió, cubriendo la mano de él con la suya.

—Como dijiste en la catedral: el Cantar de los Cantares, los textos eróticos de Burton...

—Bueno, por lo que recuerdo del libro, sabían de lo que hablaban en lo que se refiere a afrodisíacos. Te sorprendería lo que se puede hacer con un poco de jengibre y cardamomo. —Le sonrió muy brevemente.

—Lo tendré en cuenta.

—Me parece que has estado pensando bastante en esto —dijo ella, riéndose.

«No he pensado en otra cosa.» Se dirigió al encargado del puesto y le entregó la fruta.

—Déjame. —Emma fue a coger la cartera—. ¿Quieres algo más?

«Un montón de cosas —pensó él mientras proseguían su camino—. Pero sigues enamorada de otro.»

33

Madrid, agosto de 1937

—¿Capa? —Charles se apoyó el auricular en el hombro y se pellizcó el caballete de la nariz. Tenía los ojos enrojecidos. En la barra había varios periódicos franceses abiertos por las páginas en las que salía el funeral de Gerda—. ¿Puedes hablar? No quisiera molestarte.

—No, no... me alegro de oír tu voz, Charlie.

El sol se colaba por las persianas, moteando las siluetas de los hombres exhaustos, los vasos vacíos en las mesas. Charles llevaba un viejo jersey de cuello alto negro, a pesar del calor.

—¡Lamento tanto lo de Gerda, Bob! Lamento no haber podido ir a París para su funeral...

—¿Qué demonios pasó? —Capa tenía la voz espesa, ronca por el dolor—. No tendría que haber estado allí. Si yo hubiera estado, habría cuidado de ella.

Charles bajó la cabeza.

—Lo siento. Sucedió todo muy deprisa. Lo intenté.

—No te estoy culpando, Charles. ¡Dios! —gritó—. Nadie más que yo podría haberla hecho entrar en razón. Yo podría haberla salvado.

Charles cogió una cajetilla de cigarrillos.

—¡Maldita sea! —dijo, y la tiró al suelo porque estaba vacía. Levantó el vaso, haciéndole una seña al camarero—. Me siento tan... He sido un poco estúpido desde...

Charles pensaba en las noticias del funeral de Gerda en París, en cómo habían tenido que apartar a rastras a Capa de la tumba.

—Teddie me contó lo que pasó en el hospital. ¿Sabes? Que le hicieron una transfusión de sangre y que dijo: «Vaya, ahora me encuentro mejor.» Sobrevivió a la operación... ¿Qué demonios pasó, Charles? Tendría que haber estado con ella. Esto no habría pasado si hubiera estado con ella... —Mientras Capa continuaba, Charles se dio cuenta de que tenía miedo de que pudiera acusarlo de intentar seducir a la mujer a la que amaba. La culpa le atenazó el corazón cuando Capa se echó a llorar.

—Te amaba —le dijo en voz baja. «Yo la amaba y nunca lo supo. Nadie lo sabrá nunca.»

—¡Claro que me amaba! No necesito que nadie me lo diga —gritó Capa—. Era mía y yo era suyo. Nos pertenecíamos. —Charles esperó en silencio mientras Capa intentaba reponerse—. Lo siento, Charlie. No debería descargarme contigo.

—No. Adelante. —«Me lo merezco», pensó. Deseó que Freya estuviera allí. Ella siempre sabía lo que había que decir, pero él se había quedado sin palabras.

—Todos querían a Gerda —dijo Capa—, pero me eligió a mí. Íbamos a casarnos.

—Lo sé, amigo. Lo siento.

—El funeral fue muy bonito. ¡Había tantas flores!

Capa siguió contándole cómo había ido todo en París, pero Charles se lo sabía de memoria. Miró las fotografías de los periódicos que tenía delante. Desde su muerte se había torturado leyendo todos los detalles, cada palabra acerca de su vida y su funeral. No tenía ni idea de lo valorado que estaba su trabajo. El Partido Comunista la consideraba una mártir antifascista, una Juana de Arco moderna. Decenas de miles de personas ocupaban las calles de París cuando su cuerpo fue trasladado al cementerio Père Lachaise el 1 de agosto. Sonaba la marcha fúnebre de Chopin.

Habría sido su vigésimo séptimo cumpleaños. En uno de los periódicos, junto a las fotos del funeral, el gentío, las pancartas y las flores, había algunas fotografías de Gerda, entre ellas una que Charles sabía perfectamente bien que era de Capa. «¿Qué importa eso? —se dijo—. De todos modos iban a acabar juntos: André y Gerda, Gerda y Capa, dos caras de una misma moneda.» La recordó diciéndole mientras se resguardaban de la lluvia: «Hemos inventado el mejor fotógrafo de guerra del mundo. Capa será leyenda.» Ahora él sabía que los dos estarían unidos para siempre por esa leyenda de la que él, Charles, no formaba parte. «Nunca he formado parte de ella. —Se frotó los apretados párpados—. Idiota, estúpido. ¿Cómo he podido pensar alguna vez que podría formar parte de ella?»

Si Gerda le parecía una diosa estando viva, muerta empezó a adquirir una condición de mito. Perfecta, incorrupta. Un solo beso lo había arruinado de por vida. Charles miraba fijamente el periódico mientras Capa seguía hablando. En las fotos de Gerda de la guerra vio las caras luminosas y esperanzadas de las jóvenes milicianas caminando por las playas de Barcelona en 1936, campesinos aragoneses en la siega, huérfanos del conflicto en Madrid.

«Esta era la gente por la que Gerda se preocupaba —pensó—. Siempre fue brillante captando lo humano de las situaciones.» Cuando se le hubo pasado la inicial emoción de ver sus propios artículos impresos, Charles se había dado cuenta de que su trabajo nunca tendría la magia de las imágenes de Gerda y Capa ni el poder de las palabras de Hemingway. En comparación, se consideraba un aficionado. Miró a los otros periodistas que había en la barra. ¿Cuántos de ellos serían recordados? ¿Cuántos de ellos serían llevados por las calles como mártires bajo una lluvia de flores?

Apoyó la cabeza en una mano. Las fotos de Gerda te encogían el corazón, te dejaban sin aliento. Apartó una página con fotografías del Ejército del Pueblo marchando en la plaza de toros de Valencia y dejó al descubierto la imagen de una víctima de una incursión aérea del periódico de debajo, con la sangre manando desde una manta al suelo de damero. Inmediatamente, su mente saltó a Gerda, herida y sangrando en la camilla. Sintió náuseas al recordar cómo se había quedado a su lado, impotente.

—¡Era tan hermosa! —dijo en un susurro cuando Capa calló. Se apoyó en el borde del taburete—. Muy hermosa. Sus fotos... tal vez dio demasiado de sí misma, corrió demasiados riesgos...

—¿Por qué nadie me llamó? ¡Por Dios santo! Habría venido de inmediato de haber sabido que se proponía volver a Brunete... —La voz de Capa era ahogada, como si se hubiera cubierto la cara con las manos.

Charles se dio cuenta de que Capa no lo escuchaba, inmerso en su propio infierno, viendo una y otra vez la muerte de Gerda, igual que él. «Y si...», pensó. ¿Y si Capa hubiera insistido en que Gerda se quedara en París con él? ¿Y si ella no se hubiera subido de un salto al coche? ¿Y si el tanque no hubiera perdido el control o se hubiera desviado de su trayectoria una fracción de segundo antes?

—Tuve que leer la noticia, ¿puedes creerlo? Estaba en la sala de espera del dentista, Charlie. Me enteré por el maldito periódico. Nunca debí dejarla allí, nunca. Íbamos a casarnos, ¿lo sabías? —volvió a preguntarle.

—Lo sabía. Charles se sentía culpable por aquel beso, por lo unidos que estaban ella y Ted, y se preguntó si ella podría haberse ido con Capa y dominar su espíritu libre. Se bebió de un trago el whisky que le había servido el camarero y le indicó por señas que le dejara la botella.

—¿Sabes? En 1935 pasamos dos meses en Santa Margarita. Fue la perfección, Charles, la época más feliz de mi vida. —Capa suspiró—. ¿Sabes? La felicidad es una partida de póquer, una botella de whisky escocés y una chica bonita. Sin embargo, ella era mi mundo. Nunca había experimentado una paz y una felicidad semejantes. Nunca volveré a hacerlo.

—Espero que con el tiempo puedas, Bob. —Charles se levantó y recogió los periódicos—. Oye, ¿cuándo vendrás?

—Tardaré una temporada. Quiero pasar un tiempo a solas. Me voy a Estados Unidos, a Nueva York, para ver a mi familia.

—Lo entiendo. Entonces ¿cuándo?

—Quién sabe. En China la cosa se está poniendo fea. Tal vez me vaya allí una temporada. —Capa rio con tristeza, forzadamente—. Hay que estar cerca para tomar una buena foto, Charlie.

—Claro. —«Pero Gerda se acercó demasiado», pensó—. Sabes dónde encontrarnos si necesitas algo.

—He perdido lo único que he necesitado jamás —dijo Capa—. Gracias por llamar, Charlie.

—Ya nos veremos, Capa. Cuídate.

—Lo mismo digo, chico. Suerte.

Charles oyó que Capa colgaba el auricular.

«Tienes suerte, Bob. Ella te quería —pensó. Echó un último vistazo a la foto de Gerda publicada en *Ce Soir*—. Algunos solo podemos soñar con un amor así.»

34

Valencia, enero de 2002

—No hay prisa. Podemos ir a Cuenca cuando haya nacido el bebé —dijo Luca.

Para íntima satisfacción de Emma, él se pasaba por El jardín perfumado cada pocos días, a veces para comprar flores y otras simplemente para charlar.

—Concepción está bastante contenta de esperar para hablar de vender su negocio. A pesar de lo que la anima Guillermo, tengo la sensación de que no tiene prisa por dejar de trabajar.

—Bueno, me alegro de que la reunión pueda esperar. —Emma se levantó del taburete y se estiró, con una mano en los riñones—. Ahora los viajes largos en coche me resultan muy incómodos.

—Eso es nuevo, ¿no? —Luca señaló el expositor de flores.

—Fidel me lo dio. Acabo de restaurarlo. —Pasó los dedos por el hierro forjado recién pintado.

—Su mujer vendía flores.

—Me lo contó.

—¿Ah, sí? Empiezas a conocer a los del pueblo, veo.

—Tenemos que llevar un negocio. —Emma recogió los tallos cortados de las flores que estaba poniendo en cubos de hierro y las tiró a la basura.

—Hablando de lo cual... ¿dónde está el chico? No deberías trabajar.

—Estoy bien. Aziz tenía que llevar a su madre al médico. Solo le estoy echando una mano.

—No permitas que se aproveche de ti.

—Puedo cuidarme sola.

—Ya sé que puedes. —Luca le pasó un cubo de hierro lleno de fragantes fresias.

—Gracias. —Lo puso en una anilla del expositor y retrocedió para ver el efecto—. ¿Cuándo murió la mujer de Fidel?

—Hace años. Fue una verdadera tragedia.

—¿Qué pasó?

—Estábamos en Fallas. Ya sabes, las fiestas de marzo, cuando todo el mundo se vuelve loco en la ciudad y en los pueblos.

—He visto fotos. ¿De verdad que quemáis esas figuras enormes?

—Todos los años.

—Parece bastante peligroso.

Luca se encogió de hombros.

—La gente suele tener cuidado. Se humedecen con agua todos los edificios. Ese año hubo un accidente en el pueblo...

—¿Con un castillo de fuegos artificiales?

—No. Fue con una hoguera.

—¿Se quemó? ¡Qué horror! —Emma imaginó las escenas de bacanal que había leído, los fuegos altísimos y las explosiones y luego, entre los juerguistas, una silueta en una ventana en llamas.

—Había visitado a su madre en el casco antiguo del pueblo. Oí que habían plantado una de las fallas demasiado cerca de la casa y que se prendió fuego a todo.

—¿También murió la madre? —Emma se estremeció—. Parece un hombre encantador.

—Lo es. Eran una pareja muy unida.

—Seguramente está perdido sin ella.

—Supongo.

—No pareces muy convencido.

—Siempre me ha parecido que la gente que ha tenido la mejor de las relaciones consigue superarlo de un modo u otro. Son los que tienen remordimientos los que se quedan atascados en un lodazal de dolor.

Emma tardó un poco en responder.

—Nunca me lo había planteado así.

Marek llegó corriendo.

—Emma —dijo—. Ven a ver. Hemos derribado la pared de arriba.

Ella anadeó por el jardín hasta la casa y subió la escalera, seguida de cerca por los dos hombres. Boris se encontraba de pie, jadeando, apoyado en lo que quedaba de la pared, cubierto de polvo de pies a cabeza. Marek levantó el mazo.

—Mira.

Detrás del enlucido, la puerta había sido burdamente tapiada. Blandió el mazo y lo descargó. Emma no pudo evitar darse cuenta de la poderosa curva de su espalda bajo la camiseta blanca cuando flexionó la musculatura. Luca tosió.

—Vamos, Emma. Espera a que terminen. Esta polvareda no te conviene.

—No. Estoy bien. —Avanzó. Ya se veía el picaporte. Entrecerrando los párpados, estiró el brazo y notó el latón frío del pomo en la mano. En la semipenumbra, distinguió unos azulejos azules y blancos, con un motivo floral en el friso—. ¡Qué bonito! —Sujetándose el vientre, corrió por el pasillo y volvió con una linterna.

Cuando la luz iluminó la habitación, vio una cama hecha, un tocador, un armario. Luego, al mover el haz, distinguió una cara y gritó.

—¿Qué es eso?

Luca se puso a su lado inmediatamente y apartó a Marek. El chico puso mala cara. A Emma se le salía el corazón por la boca.

—No sé... —Intentaba ver en la oscuridad y luego se echó a reír—. ¡Oh, es un cartel! Uno viejo. —Se volvió hacia Boris—. Bien hecho los dos. ¿Podéis derribar todo esto? No veo el momento de entrar.

Una o dos horas después, Marek fue a buscarla. Emma estaba sola, sentada en la floristería, pensando en su conversación con Luca. Tenía la mirada perdida y daba vueltas a un tallo de peonía. «¿Y si se trata de eso? —pensaba—. Luca se quedó atascado de algún modo. Tal vez no ha sido capaz de seguir adelante tras su pérdida, sea esta cual sea.»

—Ya está —dijo Marek.

Emma dio un respingo.

—¿La habitación? Lo siento, estaba en una nube.

Lo siguió escaleras arriba, cruzó la puerta y pasó el montón de escombros en el instante en que Boris abría las persianas y la luz entraba en la habitación. Miró entonces a su alrededor con una sonrisa en los labios. Por lo que parecía, el cuarto azul y blanco llevaba intacto desde hacía años. El cartel de la pared era de tamaño real: de un torero, le pareció, a juzgar por la arena del fondo y las rosas a sus pies.

Quitó el polvo de la imagen. «Jordi del Valle», leyó.

—¡Es el chico de la fotografía que había debajo de los tablones del suelo! Esta debía ser su casa, su habitación.

Marek señaló el tocador.

—Si era un hombre, ¿por qué hay frascos de perfume ahí?

—A lo mejor eran de su mujer. —Emma cogió un frasco de vidrio y quitó el tapón. Cuando inhaló, captó un perfume oscuro. «¿Lirios?»—. ¿Te importa? —le preguntó a Boris—. Querría estar un momento a solas aquí.

Cuando se fueron los obreros, Emma caminó en círculo, apreciando la habitación.

—¿Por qué sellaría alguien esta habitación? —preguntó en voz alta.

Se quedó delante del armario, un poco asustada de lo que podía haber dentro. Tenía la mano en la llave con borla que había en la cerradura. La puerta se abrió con un quejido y su imagen en el espejo cuarteado osciló. La ropa que contenía era sencilla: toda ella oscura, sin pretensiones, salvo un vestido de seda roja.

—¿Quién eras? —susurró Emma.

En el tocador encontró cuentas de coral, un abanico negro de papel, un mantón de seda bordado.

En el cajón central había un pintalabios gastado. Mientras intentaba cerrarlo de nuevo, se trabó. Algo impedía su cierre. Metió la mano y tanteó debajo. Pasó los dedos por la cubierta de piel de una libreta encajada contra las guías. Dio vueltas a la libreta y se sentó en la cama, levantando una nube de polvo que el sol matutino iluminó. «Rosa Montez», ponía, con una letra infantil en la guarda. Mientras Emma pasaba las páginas, se dio cuenta de que era un diario de 1938. Algunas fechas estaban señaladas: una cruz cada cuatro semanas, de vez en cuando cumpleaños y aniversarios. El 17 de mayo ponía: «Primer cumpleaños de Lulú.»

«¿Lulú?» Jadeó. El cumpleaños de su madre.

Emma miró la habitación en la que estaba. Se sentía como si acabara de abrirse una puerta en su mente.

35

Valencia, agosto de 1937

Rosa tarareó una nana, meciéndose a la luz de la lámpara, resiguiendo la carita dormida de su bebé con el índice.

—Pequeña Lulú —dijo—. Puede bautizarte y ponerte Lurdes si quiere, como su madre, pero eres mi Lulú.

Freya se inclinó sobre ellas, sonriendo.

—¿Cómo te sientes?

—¿Yo? —preguntó Rosa, mirándola—. Estoy bien. Quizás un poco cansada. Por lo visto le gusta pasar despierta toda la noche y dormir de día. ¿Y tú? ¿Estás mejor del estómago?

—Mucho mejor, gracias. La infusión que me preparaste ha hecho magia.

—Estás segura de que no estás... —Rosa le indicó por gestos un embarazo.

—¿Yo? ¿Embarazada? —Freya se rio con ganas—. No seas tonta.

Mirando la cara del bebe, sintió nostalgia. «Mañana será 1 de septiembre —pensó. Llevaba varios meses sin tener la regla, pero en aquellos tiempos eso les pasaba a muchas—. Es una locura esperar estarlo. ¿Podría estar embarazada del hijo de Tom? Si así fuera, al menos tendría para siempre una parte de él.»

Rosa se levantó y le entregó el bebé.

—¿Puedes tenérmela un rato?

—Me encantaría.

Macu estaba sentada a la mesa de la cocina bordando sábanas para el bebé, mientras Rosa machacaba hierbas con la mano del mortero. Freya se apoyó en el respaldo de la silla, con las gafas de leer en la cabeza. Estaba agotada. En cuanto cerraba los ojos, veía mentalmente los horrores que había presenciado en el hospital durante el día. Se alegraba de estar en casa, en paz con las chicas, y con la perspectiva de su fresca y angosta cama blanca esperándola.

—¡Qué agradable cuando no está Vicente! —murmuró, cerrando los ojos. Le acariciaba la espada a la criatura recostada sobre su pecho, disfrutando de su calidez, de su peso.

Macu se rio.

—¿Tú lo encuentras agradable? Imagina la pobre Rosa lo agradable que lo encuentra. Sin golpes, sin que la moleste en la cama.

—Macu... —la reprendió Rosa.

—¡Es verdad! Hace muy poco que has parido. No está bien...

—¡Basta! —Rosa se había puesto colorada—. Es mi marido y tiene derecho. Sabía lo que me esperaba cuando me casé con él.

Freya la miró.

—¿Rosa?

—Sí... —Dejó de trabajar con el mortero.

—Sé por qué te casaste con Vicente: tiene lógica que buscaras la seguridad para tu hija. Pero ¿por qué quiso él casarse contigo?

Rosa miraba fijamente el mortero y revolvía despacio la mezcla.

—Jordi tenía algo que él no podía tener. Jordi tiene algo que él nunca podrá tener —se corrigió—. Algún día...
—Unos golpes en la puerta principal la interrumpieron.

Las chicas estaban sorprendidas.

—¿Esperas a alguien? —le preguntó Freya.

—No, a nadie.

Freya dejó a la criatura en el moisés y salió al pasillo con el pesado candelabro de latón.

—Quedaos aquí —les dijo.

—Espera. —Macu cogió el atizador de la chimenea—. Te acompaño. —Mientras Freya descorría los cerrojos, se quedó a su lado, preparada para descargar un golpe con el atizador—. No quites la cadena.

Freya abrió apenas la puerta y echó un vistazo. Era un hombre, acurrucado, su silueta recortada contra el cielo iluminado por la luna y estrellado. No distinguió sus facciones. Por el mono azul, dedujo que era republicano. Las cigarras cantaban en la noche cálida.

—¿Qué pasa? —preguntó.

—¿Freya? —La silueta avanzó torpemente—. ¡Gracias a Dios! Me han dicho que estabas aquí. —Mientras el hombre se desplomaba en el umbral, Freya quitó frenética la cadena.

—Ayúdame —le dijo a Macu, que tiró al suelo el atizador. La barra tintineó sobre el enlosado.

Abrieron la puerta.

El hombre cayó boca arriba en el suelo, con su hermoso rostro iluminado por la luna. Freya se lo quedó mirando con la boca abierta.

—¿Quién es? —Rosa había aparecido en la puerta.

—Es mi hermano —explicó Freya, arrodillándose a su lado y apartándole el pelo de la frente—. Es mi hermano Charles.

Entre las tres lo llevaron a la cama y le quitaron el uniforme mugriento y piojoso y las botas agujereadas. A pesar de haber visto a centenares de hombres sin ropa y heridos en los últimos meses, a Freya le pareció que estaría mal ver a Charles completamente desnudo, así que dejó que Macu lo lavara mientras ella y Rosa quemaban el uniforme en el patio. Freya se tapó la nariz con asco, removiendo la ropa que se quemaba con una rama de naranjo.

—¡Uf! ¡Qué olor tan espantoso! A veces me parece que nunca me libraré de él.

—Sangre, sudor y cosas peores. Gracias a Dios que existen los perfumes, ¿eh? —convino Rosa, comprensiva—. Esta noche date un baño. Te daré un poco de mi aceite de rosas.

—¡Oh, no! —Freya se volvió hacia ella—. No pretendía...

—Por favor. —Rosa le dio unas palmaditas en la mano—. Has sufrido una gran impresión. Te ayudará a dormir. Tienes que estar fuerte para tu hermano. Ahora te necesita.

—Dios sabe dónde habrá estado. Lo último que supe de él fue que estaba atrapado en Madrid y que no pudo asistir al funeral de Gerda. —Se le ensombreció la cara—. Parece que hubiera estado en la carretera un mes entero. Tiene que haber pasado un infierno.

Charles estaba tendido en la cama a la luz de una vela. Tenía las piernas y los brazos tan pesados e inertes como un niño dormido. Macu se acercó con un cuenco esmaltado de agua caliente.

—¿Señor? —preguntó. Charles no se movió y ella dejó el cuenco y le sacudió un brazo con cuidado—. ¿Señor? —Pensó por un momento que había muerto y le entró el pánico. Le apoyó la cabeza en el pecho y escuchó el latido regular de su corazón. No. No estaba muerto aún, pero casi. Añadió las esencias que Rosa le había dado al agua caliente y se puso a lavarlo. Varias veces volvió a la cocina a buscar más agua para quitarle la mugre de la piel. Había ayudado a Rosa y a Freya en el hospital a cuidar de los soldados heridos, pero aquella era la primera vez que estaba sola con uno. Cuando empezó a lavarle la cara, humedeció una toalla limpia y le quitó la suciedad de las mejillas y de los labios levemente rosados. Entonces hizo una pausa. Era muy joven, casi un niño. Le lavó el pelo, como oro hilado debajo del barro y la grasa, sosteniéndole la cabeza con una mano. Al final se apartó y lo cubrió hasta los hombros con una sábana blanca limpia. Pensó que parecía un ángel. Macu se santiguó, avergonzada de las ideas que le pasaban por la cabeza.

—¿Cómo está? —Rosa apareció en el umbral.

—Está bien. —Macu cogió el último cuenco de agua, cohibida.

Rosa apagó la vela.

—Bien hecho. Es responsabilidad tuya. Si Vicente vuelve a casa... —calló, pensando frenéticamente—. Bueno... dile que el hermano de Freya ha venido a verla desde Inglaterra. Dile que estaba con los escritores de la conferencia; será lo mejor. Se ha puesto enfermo y se queda con nosotros. —Sacó una botella de vidrio color ámbar del bolsillo del delantal—. Todas las mañanas y todas las noches tienes que frotarle el cuerpo con esto. Mezcla una cuantas gotas con aceite de almendra y hazle un masaje, así... —Imitó un movimiento circular—. Lo haría yo pero tengo al bebé y a Vicente no le gustaría.

Macu se puso colorada de pensarlo.

—Sí, Rosa. Lo haré. Haré que se mejore.

—Buena chica. —Rosa cerró la puerta con una sonrisa en los labios.

36

Valencia, enero de 2002

Sentada en la plaza de la Reina, en el centro de Valencia, Emma pensaba que todas y cada una de las personas que se hallaban en la plaza estaban ahí debido a una noche o a un momento robado en que sus padres se habían hecho el amor. El sexo, pura y simplemente, era lo que hacía girar el mundo, tanto en el Este como en el Oeste. Cada uno de los desconocidos que pasaban junto a su mesa habían nacido mientras su madre experimentaba el peor dolor de su vida; los habían alzado, diciendo: «¡Es un niño! ¡Es una niña!» Les habían limpiado el culito y habían llorado de hambre hasta saciarse. Les habían lavado la ropa y hecho la cama durante años para que pudieran estar donde encontraban ese día, ocupados, camino del trabajo, hablando por el móvil o buscando una papelera para tirar un pedazo restante de pan.

Se acercaba el día en que saldría de cuentas y llevaba una semana de frenética actividad. Paloma se había pasado por su casa la tarde anterior para invitarla a comer.

—¿Se puede saber qué demonios estás haciendo? —la había reñido.

Emma se había tambaleado sobre la silla, con la gasa hinchada bajo el brazo.

—¡Me has sobresaltado!

—¡Baja de ahí ahora mismo! —Paloma le había tendido la mano para ayudarla a bajar al suelo—. ¿No tienes una escalera?

—Solo quería colgar unas cortinas. Se me dan mal las alturas —había dicho, riéndose—. Creía que llegaría...

—Más razón aún para que no te subas ahí. ¡Marek! —llamó—. ¡Boris!

Paloma cargó contra los obreros, diciéndoles en términos categóricos que Emma tenía prohibido levantar un solo dedo hasta que naciera el bebé.

Así que Emma había enfocado en otra cosa su instinto de anidamiento. En los pasillos resonantes del Mercado Central hizo acopio de comida para la nevera. El mercado cerraba al mediodía, y los comerciantes preparaban paella a las puertas con las sobras del día en grandes paelleras, sobre hogueras de madera de naranjo cuyo humo se elevaba hacia el cielo.

Se detuvo a ver cómo cocinaban. Llevaba bolsas con peinetas de carey para las mantillas, de Nela, y abanicos que quería mandar a Freya para darle las gracias por guardar el fuerte en Londres. En Prénatal no había podido resistir la tentación de comprar un pelele diminuto con cintas, la primera prenda del armario de su bebé. Lo sostenía en alto, inspeccionándolo y apenas podía creer que pronto vestiría con él a su hijo.

—¡Oh! —gritó Paloma cuando la vio—. ¡Qué bonito! ¡Es una monada! Es increíble que al principio sean tan pequeños. Tengo un montón de ropa de bebé que puede servirte. Tengo que desenterrarla para ti.

—Sería estupendo. Después de todo lo que ha pasado en los últimos meses no quería tentar la suerte comprando demasiadas cosas. —Emma parecía incómoda.

—Eso es una tontería. Yo no soy supersticiosa. —Paloma le dio palmaditas en la mano—. No, si lo entiendo. Te prepararé una bolsa de ropita.

—¿Y si tienes otro hijo?

—Nooo. —Negó con la cabeza—. Ya he tenido bastante. Olivier quisiera tener un equipo de fútbol, pero yo tengo que pensar en mi carrera. Tuvimos a Benito muy pronto, pero tuvimos que esperar para que llegara Paco y la pequeña. Olivier ya tiene a su nena. —Paloma pidió un vaso de vino—. Siento llegar tarde. ¿Llevas mucho rato esperándome? —Rebuscó en el bolso para encontrar el móvil—. Mamá... bien. La conocerás ahora. Se suponía que cuidaría de los niños esta noche para que Olivier y yo pudiéramos ir al teatro, pero hemos tenido una discusión. —Indicó por gestos una bomba explotando—. Así que se lo he pedido a Luca pero no volverá de Madrid a tiempo. Tengo que llamar a Olivier y cancelarlo...

—Yo me quedaré con ellos.

—No. No puedo pedirte eso...

—En serio, me encantará. ¿Por qué no me los traes a la hora de té? Los dejaré listos para acostarse y que Luca los recoja más tarde.

—¿Estás segura? —A Paloma se le había iluminado la cara—. ¡Hace tanto que no salimos una noche! Se me ha olvidado lo que es salir con mi marido.

—Así practicaré. —Emma se arrellanó en la silla—. Entonces ¿has conseguido sacarle a Macu algo sobre la casa? Me encantaría saber por qué tapiaron esa habitación.

Paloma negó con la cabeza.

—Quiere contarlo, estoy segura, pero algo la detiene. Mamá también lo sabe, no tengo la menor duda, pero no quiere contármelo. —Se inclinó hacia Emma—. Me parece que hay algo vergonzoso para nuestra familia.

—No quiero crearte ningún problema. Se lo he preguntado a Freya, pero tampoco suelta prenda. —Emma movió el agua del vaso y las burbujas destellaron al sol—. Ojalá desembuchara. Tengo la sensación de que ha llevado una carga durante mucho tiempo.

—Yo creo que mucha gente que pasó la guerra... —Paloma titubeó—. Opinan que los recuerdos están mejor enterrados.

—¿A qué bando pertenecía tu familia?

Paloma parpadeó por la franqueza de la pregunta.

—No es tan simple. Muchas familias solo querían pasar, vivir en paz. Ignacio, mi abuelo, era un buen hombre, pero lo pasó mal porque... —Se apoyó en el respaldo y suspiró—. Me parece que era sabido que Macu era roja, como Rosa. Creo que se metieron en algún lío. Esto es pequeño y la gente habla. A mamá... le gusta hacer lo correcto. Se preocupa mucho por el honor del apellido Santangel. El pasado es el pasado.

—¿Por eso no le gusto a tu madre? ¿Que yo viva en la casa está despertando viejos recuerdos? —Emma le sostuvo la mirada—. Así que por eso no quiere que trabaje con Luca.

—Intenta protegerlo, pero mi hermano es un hombre hecho y derecho —repuso sonriendo Paloma—. Gracias a él los Santangel son prósperos. Ha duplicado las tierras que poseemos y nuestra fortuna.

—¿En serio?

—Mi hermano el triunfador. —Tomó un sorbo de vino—. Quizá los últimos años ha trabajado demasiado.

«Sé cómo se siente», pensó Emma.

—Cuéntame cosas de Luca.

—¿Qué quieres saber?

Emma se ruborizó, jugueteando nerviosamente con el vaso.

—¿Sale con alguien? Quiero decir que... sé que no le intereso, pero ¿por qué no se ha casado con una mujer adorable y ha tenido un montón de hijos?

—¿Sabes? Tiene mucho con lo que lidiar, un montón

de responsabilidades. —Miró a los ojos a Emma—. Algunos hombres son así, los tiene atrapados el trabajo...

—Pero es tan... Tiene que haber habido mujeres en su vida.

—¿Sexo? Claro que ha tenido... que tiene novias. Pero no es un hombre de familia.

—No. —Emma sacudió la cabeza—. Veo algo en su mirada cuando juega con tus hijos: es amor pero con algo de pena... Le han herido. Sé lo que se siente: lo reconozco.

—Muchas mujeres han querido robarle el corazón y han fracasado. Me gustas, Emma. No te busques más disgustos. Ya has sufrido demasiado. Si quieres una relación, un padre para tu hijo, conozco a montones de hombres que te adorarían. No pongas tus esperanzas en Luca.

—Claro que no. No, no necesito a nadie. He tardado casi un año en volver a sentirme fuerte. No correré el riesgo de...

Paloma se llevó una mano a la frente.

—Te has enamorado de él, ¿verdad?

—¡No! —Emma notó que se estaba poniendo como un tomate—. Quiero decir que... a lo mejor si todo fuera diferente...

—La gente se hace vieja esperando que todo sea perfecto —dijo Paloma—. Mi hermano es un hombre maravilloso, pero ha sufrido mucho. —Dudó un instante y prosiguió—: Lo acosan muchos fantasmas.

—¿No nos acosan a todos? —Emma miró fijamente las palomas que alzaban el vuelo desde la plaza hacia las cúpulas azules y el cielo cerúleo—. ¿Habría alguna diferencia si no estuviera embarazada?

—No. No se trata de esto. Si confía en ti, a lo mejor te lo contará todo cuando esté listo para hacerlo. No me corresponde a mí hablar a su espalda. Te adoro, Emma, espero que seamos grandes amigas.

Emma estiró el brazo y le cogió la mano.

—Lo mismo digo. Lo entiendo.

—Si él no te ha explicado por qué está solo, entonces yo no puedo hacerlo, simplemente no puedo.

Esa noche Emma disfrutó en casa del sonido de risas, dibujos animados en la televisión y pasos de piececitos yendo de un extremo al otro del pasillo de arriba.

«Una casa como esta necesita la risa de los niños», pensó. Después del té, bañó a los niños, les puso los pijamas de algodón y los peinó como había visto hacer a Paloma. La habitación más caliente de la casa era la cocina, así que los instaló en el sofá, delante del fuego, tapados con mantas, y les contó un cuento de criaturas mágicas que vivían en los naranjales antes de la llegada de los humanos, de unicornios y leones y de tigres que hablaban y caballos voladores blancos como la nieve. Acabado el cuento, se sentó a disfrutar del silencio, los críos dormidos, y la calidez.

La despertó un gemido lastimero y se levantó con dificultad.

—¿Gata? —llamó.

Siguió el sonido de los gemidos hasta el fregadero y abrió la cortina que había debajo. Allí, en un rincón, sobre un nido de trapos, encontró a la gata lamiendo al primer gatito.

—¡Bien hecho! —la felicitó, poniéndose a cuatro patas. La gata la miró impasible—. Buena chica. Si necesitas ayuda me lo dices, ¿vale? —Cerró la cortina y la dejó tranquila.

Volvió a sentarse en el sofá. El viento hacía temblar las cristaleras de la terraza y ella se quedó mirando el fuego. Seguramente se quedó dormida porque cuando despertó Luca estaba apoyado en el quicio de la puerta, mirándolos sonriente.

—No —le susurró cuando hizo amago de levantarse—. No te muevas. ¡Tenéis un aspecto tan pacífico! —cogió en brazos a Paco y se sentó a su lado en el sofá.

Apoyó un brazo en el respaldo y Emma notó el roce de la mano en su hombro. Sonrió adormilada.

—¿Qué tal el día?

—Bien. Pero no me he divertido tanto como tú. —Miró los montones de dibujos de la mesa y los juguetes esparcidos por el suelo.

—Está muy desordenado. Iba a recogerlo todo antes de que llegaras.

La pequeña suspiró en sueños y se hizo un ovillo pegada a Emma, con un brazo sobre su regazo. Luca le acarició el dorso de la manita con afecto.

—Adivina qué: ¡tenemos gatitos! —le susurró Emma—. ¿Te parece que a Paloma le gustaría tener un par para los niños cuando los destete?

—Pues claro. De hecho podemos con un par de gatos en la finca. Nuestro viejo macho desapareció.

—Lo hacen a veces cuando están viejos.

—Tal vez, o puede que fueran los perros salvajes.

—Esperemos que esté tranquilamente al sol bajo un naranjo. —Emma ahogó un bostezo.

—Estás cansado. Debería llevarme a estos monstruitos a casa. —Cogió a los niños en brazos y se levantó.

—Es una pena molestaros. Esto es lo que un hombre sueña tener al llegar a casa.

—¿Qué?

—A una mujer con un bizcocho en el horno, una tropa de críos, la cena en la mesa...

Emma se rio, levantándose con dificultad.

—No. —Parecía dolido—. Tú eres una mujer de negocios, lo sé. A lo mejor queremos cosas distintas.

—Luca... —Lo cogió de la manga.

—Gracias, Emma. —Había vuelto a levantar las defensas—. Hasta luego.

37

Valencia, noviembre de 1937

Al anochecer, Freya subió la colina de Villa del Valle. Se arrebujó en el abrigo mientras el frío viento soplaba, arrastrando el aroma terroso de las cebollas desde los sembrados. Le dolían todos los huesos. Lo único que deseaba era dormir.

—¡Buenas! —saludó, abriendo la puerta de la cocina. Se inclinó a besarle la coronilla a la pequeña, que estaba sentada a la mesa en su trona.

—¿Mucho trabajo hoy? —le preguntó Rosa. Estaba etiquetando botellas de esencias, filas de botellas de vidrio ambarino que relucían a la luz de la lámpara.

—El hospital es una locura. Ojalá los médicos españoles no nos hicieran sudar tinta.

—Tienen su modo de hacer las cosas y tú tienes la tuya. Volveré pronto. Macu pude ayudarme más con Lulú ahora que es mayor.

—¿Dónde está Macu?

Rosa levantó los ojos de lo que hacía. En cuanto dejaron de hablar, Freya oyó el inconfundible quejido de los muelles de la cama de arriba.

—Se están despidiendo, supongo.

Freya se ruborizó. Durante las últimas semanas había visto a Charles transformarse. Había dejado de ser un alma en pena y volvía a ser el de siempre.

—Claro. Esta noche se marcha a Barcelona.

—Todo el mundo se está yendo a Barcelona —dijo Rosa con amargura—. Primero el Gobierno viene aquí corriendo y ahora se largan a Barcelona. —Miró a su pequeña, pensando en los niños que estaban siendo evacuados de España—. Freya, quería pedirte...

—¿Sí?

—Si ocurre algo aquí, alguna desgracia, ¿me prometes cuidar de Lulú?

—Por supuesto que sí; pero no te preocupes, que no va a pasar nada.

—¿Quién sabe? La guerra no va bien. Todos los días espero que Jordi entre por esa puerta. Todos los días, pero nada.

—¿Tampoco sabes nada de Vicente?

Rosa negó con la cabeza.

—¿Quién sabe en qué asuntos anda metido? No me fío de él. Me parece que es buena cosa que tu hermano se vaya.

—Me alegro de que Charles y Macu sean...

—¿Amantes? —Rosa dejó el lapicero e hizo un gesto abarcando las botellas que tenía delante—. El amor es la mejor medicina. Macu ha experimentado su plenitud y tu hermano se ha recuperado. Cuando se vaya, me parece que se alegrará de casarse con Ignacio.

Freya cruzó los brazos y se echó a reír.

—Tú lo planeaste todo, ¿verdad?

—No sé a qué te refieres... —Una sonrisa aleteó en sus labios—. Tal vez. Veía lo triste que estaba por la muerte de Gerda. ¿No estaría un poco enamorado de ella?

—Quién sabe. Estar con Macu lo ha hecho feliz, y me

parece que escribir el libro le ayuda. —Miró el trabajo de Rosa—. Tienes una letra mucho mejor, ¿sabías? —Estudió su escritura infantil pero clara.

—Todo gracias a ti y a tu hermano. —Rosa sacó una libreta nueva—. Mira, estoy escribiendo mis recetas. A lo mejor un día Lulú también preparará medicamentos. —Los golpes de la cama contra la pared de arriba se hicieron más rápidos.

Freya se aclaró la garganta.

—¿Preparo un poco de té?

Charles se dejó caer sobre las almohadas y Macu se acurrucó en sus brazos.

—Te echaré de menos —murmuró él contra su pelo.

—Llévame contigo, Carlos.

—No puedo. Ya lo sabes. Aquí estás más segura.

—No te crearé ningún problema, te lo prometo. Puedo cuidarte, puedo luchar contigo como hizo Rosa con Jordi.

Charles cerró los ojos mientras la besaba.

—Ya me has cuidado, Macu. Sin ti... —Pensó en las semanas que había pasado recuperándose con las chicas, en los últimos días cálidos de otoño—. Gracias a ti me he rehecho.

—¿Solo para que te vayas y combatan y quizá te maten? —Se abrazó más a él—. Eso hacen las mujeres, lo que hacen Freya y Rosa en el hospital. Curan a los hombres únicamente para que los manden de nuevo al frente.

—Así son las cosas —dijo Charles. Echó un vistazo al reloj—. Tengo que arreglarme. El coche llegará enseguida. —Dejó la cama y recogió sus escasas pertenencias. Dudó cuando cogió la cámara, que llevaba semanas sin usar—. Macu, ¿puedo hacerte una foto para tener un recuerdo tuyo?

—Nunca nadie me ha hecho una foto... —Se tendió en la cama, con el pelo negro reluciente contra los azulejos azules y blancos, envuelta en la sábana blanca que le marcaba las curvas.

—Quiero recordarte así.

—Espera... —comentó ella, riendo. Estiró el brazo hacia la mesilla de noche y extrajo un abanico negro, que abrió con un chasquido, y se lo llevó a la cara, mirando fijamente la cámara y a Charles, que estaba de pie, desnudo, sosteniéndola.

Bajaron la escalera del brazo.

—Te echaré de menos —le dijo Macu.

—Y yo a ti —Charles le besó la frente—. Gracias.

—No seas tonto.

—No. —La miró a los ojos—. Me has salvado la vida. Cuídate, Macu. —Fuera alguien tocó un claxon—. Será mejor que me despida... —Se calló cuando oyeron abrirse de golpe la puerta de la terraza.

—¡Mírala con sus pociones! —aulló Vicente—. ¡Sois todas unas brujas!

Charles dejó en el suelo su petate.

—Perdóname, Macu.

Vicente, borracho, cruzó tambaleándose la cocina hacia Rosa y derribó las botellas cuidadosamente etiquetadas de la mesa. El bebé se puso a berrear, asustado.

—¿Dónde has estado? —le gritó Rosa.

—No es asunto tuyo. —La apartó de un empujón.

—¡No la toques! —le gritó Freya.

Vicente se enfrentó a ella.

—¡Tú...! Zorra inglesa creída, puta...

Charles le dio unos golpecitos en el hombro y, cuando se dio la vuelta, le dio un puñetazo en la nariz. Vicente retrocedió a trompicones y se cayó al suelo.

—Esta, señor, es mi hermana, y un caballero no le habla así. —Flexionó la mano—. ¡Caray, esto duele!

Rosa pasó tranquilamente por encima de Vicente, que seguía de bruces, y abrazó a Charles.

—No es un caballero; es mi marido. —Lo besó en la mejilla—. Ahora, vete. Será mejor que no estés aquí cuando recupere el sentido.

38

Valencia, enero de 2002

Era una noche muy tranquila. No ladraba ningún perro. La claridad de la luna atravesaba las cortinas de muselina y bañaba la cama de luz azul plateada. Emma estaba acostada, despierta, mientras el bebé daba volteretas en su vientre. Se acarició la tripa, tranquilizando a la criatura con susurros.

—Todo va bien. —Le flaqueó la voz cuando se acordó de lo herido que había parecido Luca esa noche—. Todo va bien.

Se acarició la barriga siguiendo la curva de la espalda del bebé, que se calmó. Era inútil. Estaba completamente despierta y necesitaba orinar... otra vez. Bajó las piernas al suelo con dificultad, se puso las zapatillas marroquíes de piel y se abrigó con una gruesa bata de lana. La casa estaba fría y en silencio. Ni siquiera se molestó en encender la luz del baño: recorría aquel trayecto de noche tantas veces que podía hacerlo a oscuras. Esa noche, a la luz de la luna, había en la casa un resplandor hermoso y extraño. «Té y tostadas», se dijo, lavándose las manos y viendo su reflejo luminoso en el espejo. En la cocina, removió las brasas y añadió a la estufa unas cuantas ramas de naranjo. La pava silbó mientras ella miraba por la ventana las montañas iluminadas por la luna. Caían copos de manera hipnótica detrás de los cristales.

—¡Eh, mira eso! —le dijo al bebé—. En España nieva, ¿quién lo hubiera dicho? —Se estremeció y cogió una taza de té para sentarse cerca del fuego. Con la cabeza apoyada en una mano, observó cómo bailaban las llamas. Los párpados le pesaban sobremanera, se le cerraban aun sin querer—. *Moon River...* —le cantó bajito al bebé.

—*Wider than a mile...* —Una voz masculina se unió a la suya. Emma levantó la mirada. Había alguien sentado en la oscuridad, junto al fuego.

—¿Joe? ¿Cómo has...?

—¿Con quién estabas hablando?

—Con nuestro bebé —murmuró ella—. Joe, ¿cómo me has encontrado? Creía que habías... Llevas meses desaparecido.

—He estado muy ocupado, cariño. —Se arrodilló delante de ella y le puso las manos sobre el vientre—. ¡Chico, qué grande! —Apoyó la frente en su hombro—. Noto sus pataditas.

—¿Cómo sabes que es un niño?

—¡Claro que lo es!

—Podría ser una niña.

—¡No! Aquí dentro está el pequeño Joe, ¿verdad? El bebé respondió con dos patadas.

—Te he echado mucho de menos. He añorado nuestra vida...

—¡Eh...! —le dijo él cariñosamente—. ¿Dónde está mi amiga? ¿Qué ha sido de mi compañera? A ti nada te inmuta, Em. Eres más fuerte que nadie.

—No, no lo soy. —Se mordió el labio—. No sé cómo hacer esto sin ti.

Joe se sentó sobre los talones. A la luz del fuego su cara

parecía más suave de lo que ella recordaba: dorada, radiante.

—La chica que yo conozco no habla así. Recuerdo la primera vez que te vi, con tanto aplomo, cruzando el patio. Llevabas uno de esos abrigos largos negros que solíamos ponernos.

Emma se apartó de él.

—Esa no era yo, Joe, era Lila. Ella tenía un abrigo largo, no yo.

—¡Ah! —le dedicó su mejor sonrisa de niño desvalido—. Ya sabes la memoria que tengo... tiene gracia, no es como lo... ¡Eh, no llores! —Le cogió una mano.

—¿Por qué lo hiciste, Joe? ¿Por qué con ella?

Joe se encogió de hombros.

—Supongo que me harté de decirle que no. Me necesitaba y tú... tú ya no parecías necesitarme.

—Eso no es cierto.

—Para serte sincero, ¿quieres saber por qué acabé con Lila? Por el sexo...

—¿Lo arriesgaste todo por eso...? —Emma estaba furiosa.

—Me lo pidió un montón de veces antes de que aceptara.

—¿Qué hubo de diferente esa vez?

—Tú.

Emma negó con la cabeza.

—No vas a culparme a mí de esto.

—Bueno..., ¿cuándo fue la última vez que hicimos el amor?

Ella se miró el vientre.

—Hace casi nueve meses.

—Tienes que seguir adelante, cariño. Tuvimos nuestra buena época.

—Fue magnífica. Yo te amaba, Joe. —Notó toda la rabia brotar en ella, todo lo que había querido decirle—. Perdiste la fe en mí, en nosotros. Cogiste algo que la gente busca toda la vida y lo tiraste por la borda. Aunque hubiéramos vuelto a estar juntos por el bebé, nunca habría sido lo mismo.

—Podría haber sido mejor.

—No. Nada podría haber sido mejor que lo que teníamos. Yo te amaba, Joe. Confiaba en ti. Tú no me amabas lo suficiente.

—Em, las personas se equivocan. Pueden ser egoístas, impulsivas.

—No me refiero solo a tu aventura. Me mentiste, incluso cuando tenía todas las pruebas y te di una oportunidad tras otra para que me lo confesaras. Me mentiste y me dijiste que había sido solo una noche. Me trataste como si fuera imbécil. No tuviste la decencia de ser honesto conmigo.

—Esperaba que no te enteraras.

—Me humillaste.

—No todos somos perfectos.

—¿Pretendes decir que yo lo soy?

—No, cariño...

—Esto me dijo Lila cuando me enfrenté a ella: que yo era la Señorita Coco, demasiado perfecta, demasiado cerrada. El negocio antes que nada. Mírame ahora, sin negocio, sin pareja... sola con el bebé.

—Lo siento, Em. —Le cogió la mano—. Pero ¿sabes? De haber sabido cuando te conocí lo que sucedería posteriormente, no habría querido cambiar nada. —Tenía los ojos llenos de lágrimas—. Tuvimos momentos estupendos, los mejores. Te amaba, Em, pero nuestro tiempo pasó. Tienes que encontrar una nueva vida, para ti y el pequeño Joe.

—Josephine.

—¡No! —Joe se rio bajito—. Ya verás. Puedes hacerlo. Te estaré observando, ¿sabes? Asegúrate de que crece para convertirse en un hombre mejor que su padre. —Le enjugó una lágrima de la mejilla—. Siento no haber sido el hombre que te merecías, Emma.

—Fue cosa de los dos. Dimos nuestro amor por garantizado.

—No cometas ese error la próxima vez.

—¿La próxima vez?

—¡Oh, sí! —Joe sonreía—. Espera y verás. —Levantó la manta del sofá y se acurrucó a su lado—. Está todo por venir aún, y será el tipo con más suerte del mundo.

—Gracias, Joe. —Emma suspiró, adormilada.

—¿Por qué?

—Por venir desde tan lejos.

Joe le besó la coronilla. Se había quedado dormida.

—No tienes ni idea, cariño.

El sonido de una sirena en la carretera quebró el silencio nocturno y Emma se despertó sobresaltada. Parpadeó, confusa de estar sola.

—¿Joe? —llamó.

La gata maulló, respondiéndole desde debajo del fregadero.

—Caray —dijo, levantándose del sofá—. Eso ha sido... —Contempló la nieve que caía tras los cristales—. Eso ha sido muy raro. —Se abrazó, mirando por la ventana—. Te echo de menos, Joe —susurró. Por primera vez tenía realmente la sensación de que él se había ido. Se lo decía el corazón.

Anadeó por la habitación y cogió la caja de cartas de su madre. Volvió a sentarse en el sofá y levantó la tapa, llena de polvo de la obra. Limpió la laca negra con la manga del pijama. Cuando la abrió, la luz del fuego incidió en el interior de color naranja y le tiñó la cara. Emma fue pasando uno a uno los sobres que quedaban.

—«Sobre la soledad» —leyó, y miró a la gata—. Esta parece apropiada para esta noche.

Deja que comparta contigo algo que he tardado sesenta y cuatro años en aprender. Em. Espero que valga y que no pierdas el tiempo como hice yo.

Eso de que todos estamos solos es una ilusión. Estamos más unidos de lo que creemos. He pasado tanto tiempo en los hospitales últimamente que eso me ha hecho ver claramente cuánto nos necesitamos. Todos estamos conectados a un nivel básico, pero la gente lo olvida. Se olvida de conectar. Se queda atrapada en la ilusión de un «tú» y un «yo», cuando lo que importa en la vida es el «nosotros».

Me alegré tanto de hacer ese último viaje contigo, con todos vosotros...

He visto a muchísimas personas solas, Em. He visto el aislamiento, el miedo en sus ojos. Si el Servicio Nacional de Salud prescribiera amistad, salvaría a millones de las drogas. He visto algunos viejos a quienes nadie visitaba nunca y me preguntaba a medida que pasaban los días: ¿cuándo fue la última vez que te abrazó alguien o que te cogió de la mano? Así que eso hacía cuando estaba en el hospital: hablaba con ellos, los abrazaba. Y ¿sabes qué? Eso me hacía sentir menos asustada y menos sola a mí también.

La soledad es una desgracia: no tenemos que pasar por la vida solos. Eso fue lo que aprendí. La gente se pasa la vida buscando esto o lo otro: un lugar, una casa, una persona que los complete. Sin embargo, tu hogar lo tienes en tu interior, llevas contigo tu lugar en el mundo.

Siempre he sido un espíritu libre y estuve sola en el sentido tradicional del término durante años: sin seguridad, sin hogar, sin marido, buscando siempre algo que no sabía bien lo que era. Luego llegaste tú, una maravillosa sorpresa. Me enseñaste una cosa que en ningún *ashram* de la India ni en ningún retiro de California podría haber aprendido: me enseñaste que dar, que amar desinteresadamente y sin temor es la clave. Me enseñaste que el único camino es abrirse completamente a la vida. La soledad hace que la gente se cierre: están heridos o asustados y se encierran en sí mismos. A todos nos pasa en algún momento de la vida. Cuando tu padre nos dejó, creí que no me recuperaría. Pensaba que no sobreviviría. Pero lo hice por ti. Esas situaciones nos son enviadas como prueba, creo.

Ha llegado tu momento de la verdad. ¿Te cerrarás o vas a hacerte más fuerte que nunca?

Como madre, una quisiera ahorrarles esto a sus hijos. Detesto pensar que estás sola, Em. Te recuerdo alejándote de mí el primer día de colegio; parecías tan vulnerable, tan insegura... Quería cogerte en brazos y protegerte, pero tenía que dejarte ir.

En cada etapa de la vida que has pasado me he sentido así: cuando tu primer novio te rompió el corazón, cuando te fuiste a vivir a Francia. Me has enseñado que el amor es dejar volar. Yo he tenido que distanciarme. Tengo la sensación de estar distanciándome por última vez. Adelante, Em. Te conozco: me echarás de menos tanto como yo ya te echo de menos solo de pensar que no estaré ahí para ti. Pero coge todo el dolor y la pérdida y la soledad y devuélvelos al mundo en forma de amor. Dale alas: permite que el amor te ilumine mientras trabajas, con tu familia, en el hogar que construyas. Transforma tu dolor, Em, manda lejos la soledad. Conéctate con la vida, con la gente a la que conozcas, con la belleza que haya a tu alrededor. Camina por la vida abrazando toda la magia de la experiencia.

Sabe Dios por qué estamos aquí y qué sentido tiene

todo, pero al final de mi vida entiendo que no tenemos que comprenderlo, solo debemos tener fe, sentir y abrazar todos los días el milagro de estar vivos. Ojalá lo hubiera sabido antes. Me siento muy afortunada de haber vivido y amado y de que tú me hayas amado.

Te quiero, Em. Te quiero muchísimo.

MAMÁ

39

Teruel, enero de 1938

Charles se refugió en el tanque abandonado y escribió a la luz de una vela. Levantó los ojos cuando otra explosión sacudió la tierra.

Parece que se ha terminado la pausa en el bombardeo. Como sabes, no pasa nada entre las dos y las cuatro de la tarde, durante la siesta. Una cosa he aprendido: si hace calor, encuentras a los nacionalistas en la sombra; si llueve, búscalos a cubierto. Al menos en esto son predecibles.

Aquí, en Teruel, el combate es encarnizado, Freya. Todos los veteranos han estado aquí: Capa, Hemingway y Hugo. Todas las noches nos marchamos al hotel, que está a setenta kilómetros de aquí, en Valencia, para escribir nuestros artículos. Siento no haber tenido ocasión de ir a veros, chicas. Di a Rosa y Macu que las quiero.

Hemingway se marchó a Estados Unidos por Navidad. Tiene intención de recaudar fondos para los republicanos con una película que ha rodado. Temo que sea demasiado tarde. Estamos perdiendo esta guerra por culpa de los extremistas ciegos por el dogma que no ven más allá de sus narices. ¡Si las facciones que apoyan a la izquierda republicana —los anarquistas, los comunistas y las uniones— dejaran aparte sus diferencias! Si perdemos contra el fascismo a causa de las nimias luchas internas de los partidos políticos, no lo soportaré.

Gracias por el paquete de chocolates Cadbury y Player que me mandaste por Navidad. Me sentí tan agradecido que casi me eché a llorar. Me acordé de ti el día de Año Nuevo. Me desperté temprano y salí al patio a fumarme un cigarrillo. Nevaba y había palomas revoloteando. Era como un cuento de hadas, había un silencio absoluto. Me recordó la bola de cristal con un paisaje nevado que tanto te gustaba de pequeña. ¿Recuerdas la que rompí? Cuando volvamos a casa tengo que comprarte otra. Esta ciudad es toda ella como el paisaje nevado de una bola de cristal. Teruel es una ciudad de hielo erizada de torretas, con la aguja de la catedral. Cuando caen las bombas, la nieve se levanta como los fantasmas de la muerte.

Tenemos que usar grúas para subir los vehículos por la empinada carretera de montaña. Hay muertos amontonados como pilas de leña en las cunetas, congelados, rígidos, abandonados entre muebles rotos y camiones calcinados. ¡Dios, qué espantoso! Al menos la línea del frente se mantiene y la ciudad está en nuestras manos.

La lucha es enconada. Acabo de ver a unos milicianos guiando a cincuenta personas que habían escondido en un sótano dos semanas por seguridad. Nunca has visto algo tan penoso. Dicen que los primeros diez días en el frente son los peores. Después, si has sobrevivido, eres un autómata. Has visto morir a demasiados hombres.

Hemingway dice que no hay dignidad en la guerra moderna: los hombres mueren como perros sin ningún motivo. Cuando veo a los que me rodean, sin embargo —los rostros decididos y duros de los comunistas y los intelectuales enclenques como yo—, oleada tras oleada de batallones avanzando para enfrentarse a la muerte con la frente bien alta, tengo siempre la sensación de que están como en éxtasis. Los hombres que luchan juntos, que tienen las mismas esperanzas, poseen una nobleza y una fuerza que no podrían tener de uno en uno. La guerra es sangrienta, pero saca a la luz la verdadera naturaleza de los hombres.

Parecía un cuento de hadas, una simple lucha entre el bien y el mal, pero el honor se está perdiendo.

Un rato después Charles se puso a escribir de nuevo pero con otra estilográfica.

El fuego de artillería va en aumento. Es casi el final. Hemos llegado al combate cuerpo a cuerpo. Freya, he matado a un hombre. Nunca olvidaré sus ojos de furia. Era mayor que yo, de unos cuarenta años quizá, pero ¡Dios, cómo luchaba! Nunca más estaré solo. Lo llevaré conmigo. La horrenda presión y los gritos... el brillo espantoso de la bayoneta. ¡Oh! Había disparado contra otros hombres, desde la seguridad de las trincheras, porque creo que hay mucho en juego en esta guerra. Pero esto... ¡Dios mío! Lo llevaré sobre la conciencia toda la eternidad. Intento conservar la verdad en mí, las cualidades que sabes que tengo. He cambiado, pero no permitiré que esto me cambie, si esto tiene algún sentido. Quiero seguir viendo la belleza del mundo, Freya. Lo necesito. No soy Capa, que escribe la poesía de la guerra con sus fotos, una poesía trágica. Me considero un aficionado en comparación. Él está obsesionado, es apasionado, impulsivo: todo lo que yo no soy. Ojalá me pareciera más a él, Frey. Ojalá no supiera lo que es matar a un hombre. Nunca volveré a mencionarlo.

Feliz Año Nuevo. Tu hermano que te quiere,

CHARLES

Charles dobló la carta y se sentó un rato con la cabeza en las manos. Abandonó gateando el tanque, con el metal frío bajo los dedos ensangrentados. Saltó a la nieve y abrió el encendedor. Con la llama encendió el último cigarrillo y luego una esquina de la carta. La levantó al viento y observó cómo la llama dorada lamía los bordes del papel, que se rizó, se carbonizó y se deshizo, con la ciudad congelada como telón de fondo.

40

Valencia, enero de 2002

Caía la nieve tras la ventana. Emma, sentada a su mesa de trabajo, tenía frente a sí el cuaderno de Liberty. Se había pasado horas desembalando los viales de fragancias que su madre había reunido y ordenado por familias aromáticas: cítricos, especiados, herbales, florales, de madera, de piel.

Las otras cajas de mudanza de Londres seguían sin abrir por toda la casa. Lo único que le había apetecido era montar el «órgano», conjurar el espíritu de su madre para tenerla consigo allí.

Con cuidado, desenvolvió el último frasco; era de esencia absoluta de boronia. Lo puso con los otros centenares de viales. En un estante, colocó las botellas vacías y las etiquetas y, en otro, sus ingredientes. Por último centró la escala en el corazón de las gradas de estantes y puso allí una jarra de cristal vacía, lista para empezar a trabajar, aunque no sabía por dónde empezar, a pesar de que tenía clara la fragancia que deseaba obtener: como una melodía apenas recordada que no podía entonar pero que reconocería instintivamente en cuanto la oyera.

Estaba inquieta. Abrió de un manotazo la libreta y se paseó por delante de la ventana, pisando con los calcetines calientes el suelo de madera recién pulido.

Leyó el escrito que acababa de redactar:

España. Algo maravilloso.
La seducción de las flores blancas.
Humo de leña y azafrán.
Montañas de lavanda, atardeceres teñidos de color
                                            [arándano.
Cúpulas azules.
Limoneros.
Puentes colgantes.
Inmensos cielos nocturnos punteados de estrellas...

«Las muñecas de Luca —pensó—. La hendidura en la base de su cuello. Su cabello al viento.»

Con el ceño fruncido, escogió unos cuantos viales de los estantes. Quería transformar lo que sentía en un perfume. Cerró los ojos, pensó en flores, en cedro... Cuando pensó en él, la fragancia se intensificó, se mezcló con la tierra. Con una pipeta, midió unas cuantas gotas de cada vial y devolvió estos a los estantes, anotando en qué proporciones usaba su contenido. Los recuerdos y las asociaciones bailaron en su mente cuando inhaló la mezcla: colores, olores, texturas.

Puesto que se había formado en Grasse, Emma era capaz de imaginar en tres dimensiones el modo en que las moléculas de la fragancia se combinaban a nivel microscópico, conectándose y transformándose. Se imaginaba siempre el aroma en movimiento, como un móvil de un laboratorio de química.

Le hacía falta algo más.

Escogió otros tres frascos: azahar, naranja amarga y *petit-grain*. Los olió consecutivamente, aclarándose la nariz oliendo granos de café entre uno y otro. Tomó nota. El aroma la relajó. Recordó que Olivier decía que el olor de la flor de azahar tenía que ver con la meditación, con el estado zen.

«Le sigue faltando algo.»

Emma se acordó del paseo por los naranjales con Luca aquella tarde, de cómo había pasado él la mano por la tierra.

Se puso las botas y salió a la nieve. El aire nocturno parecía vivo, renovado, chispeante. Pateó el suelo. «Esta es mi tierra —recordó que había dicho Luca—, me ha hecho tal como soy.»

Se puso en cuclillas y arañó el suelo con los dedos, aspiró su aroma. ¿Qué le faltaba? Tocó el guardapelo que llevaba al cuello. ¿Qué necesitaba? Las montañas le habían parecido muy cercanas aquella tarde, cubiertas de nieve fresca bajo un cielo azul cobalto. Era como si pudiera estirar el brazo y tocarlas. Luca le había ofrecido la mano. Una ráfaga de viento frío la asaltó cuando se metió en el sembrado desde el camino.

—Menudo día.

Notaba el código Morse de su corazón, latiendo fuerte. Luca había silbado llamando a *Sasha*. Olivier y Paloma paseaban del brazo más adelante y los niños se tiraban bolas de nieve.

—Este perro tiene ideas propias —había dicho Luca—. Es español hasta la médula. No soporta levantarse por las mañanas y no come casi nada antes del almuerzo, pero cuando sale a dar su paseo por las tardes es otro animal.

—Nunca había visto un perro que pudiera parecer tan agotado. —Emma había enterrado la nariz helada en la bufanda rosa.

—Es como si tuviera resaca todas las mañanas. —Luca se había reído—. Cuando se despierta tiene bolsas bajo los ojos.

—Me lo imagino frotándose el hocico delante del espejo, dispuesto a afeitarse.

—O pidiendo un café solo cargado todos los días en el mismo café para despejarse por la mañana.

Ajeno a lo que decían, el perro iba corriendo en zigzag entre los árboles, con el hocico pegado al suelo y la cola levantada, siguiendo la pista de algo.

—¿Estás bien? ¿No estás demasiado cansada?

—No. Estoy bien. —Le dolían espantosamente las caderas, pero no iba a permitir que nada le estropeara aquella tarde tan maravillosa—. En casa sentada me aburro esperando a que llegue el bebé. Estar fuera explorando es fantástico. —Había mirado a Luca—. ¿Nunca has querido marcharte de aquí y viajar?

—He viajado por todo el mundo. Al menos lo bastante para saber que siempre quiero volver. —Sonriendo, se había acuclillado para hacer un hoyo en la nieve hasta llegar al suelo color ocre—. Esta es mi tierra. Me ha hecho tal como soy. Cuando muera, quiero que sea aquí. —*Sasha* se había acercado corriendo y le había olido la cara a Luca que, riéndose, había lanzado una bola de nieve al sembrado para que el perro la recogiera—. Nosotros pertenecemos a este lugar.

—Eres afortunado. —Emma había apartado una rama que le impedía continuar el camino—. Ojalá yo sintiera lo mismo. A veces no sé quién soy, sobre todo desde que murió mamá.

—¿Tu padre vive?

—¿Papá? Sí, pero tiene otra familia. Pasé una temporada con él hace poco, aunque no estamos demasiado unidos. Él... dejó de mandarme tarjetas de cumpleaños cuando tenía unos nueve años.

—Es posible que haya llegado la hora de que escojas tu propia vida.

Emma lo había mirado.

—¿Borrón y cuenta nueva? Puede que tengas razón.

—¿Has conseguido enterarte de algo más acerca de la casa? —le había preguntado Luca mientras caminaban.

Emma había negado con la cabeza.

—Freya no quiere decírmelo y no quiero presionar demasiado a Macu. —Había hundido las manos en los bolsillos—. ¡Cómo me gustaría saber lo que pasó realmente!

—¿La verdad? —Luca había sonreído, cabeceando—. A veces la verdad no es solo una y depende de cómo se mire un hecho. —Había rascado la nieve con una bota—. ¿Eres feliz aquí? —le había preguntado al cabo de un momento.

—¿En Valencia? Sí, soy feliz.

—Me alegro. Quiero decir que... a lo mejor no quieres quedarte mucho tiempo.

—Te refieres a si estaré aquí temporalmente —había dicho Emma sin alterarse. Tenía la impresión de que él intentaba decirle algo importante.

—Lo sentiría si te marcharas. Emma, sé... —había dicho tras dudar brevemente. *Sasha* se había puesto a ladrar de pronto, con un gruñido profundo más parecido al aullido de un lobo, y el ladrido de otro perro había rasgado el aire helado.

—¡*Sasha*! —lo había llamado Luca, adentrándose corriendo en el sembrado.

Emma lo había seguido a distancia con cierta dificultad a causa de la nieve y porque las ramas verdes de los árboles la golpeaban.

Los ladridos de los perros habían ido en incremento. En un claro, Emma los había alcanzado. Un fornido alsaciano negro acosaba a *Sasha*, enseñando los dientes y con las orejas tiesas. *Sasha*, con el pelaje plateado del cuello erizado, había bajado los cuartos traseros y derribado con las patas delanteras al otro perro. Se habían enzarzado en una pelea, gruñendo.

Luca había saltado sobre ellos para apartar a *Sasha*. El alsaciano lo había atacado y le había mordido la mano. Luca, dando un grito, le había asestado una patada al animal, que se había alejado corriendo entre los árboles.

—Déjame ver —le había dicho Emma, cogiéndole la mano y sentándose en un saliente.

Luca se había sacado un pañuelo blanco del bolsillo mientras ella valoraba la mordedura.

—No es nada —le había dicho, restañándose la sangre con el pañuelo.

—Deberías ir a que te echen un vistazo —le había recomendado ella.

Luca había resoplado, cabeceando.

—Puede que ese perro tenga la rabia. —Cuando Emma le había atado el pañuelo alrededor de la mano, Luca había hecho un gesto de dolor.

—No. Ese lleva placa de identificación. Siempre están peleándose los dos. —Había mirado a *Sasha*, que estaba tumbado con la cabeza en el suelo, esperando a ver qué pasaría—. Eres un... —le había espetado, y el perro se había puesto panza arriba.

—¡Hombres! —había suspirado Emma—. No sabéis cuándo parar, ¿eh? —Había hecho un gesto de dolor y contenido la respiración porque el vientre le ardía con una contracción.

—¿Emma? —Le había tocado el brazo y ella había dejado escapar el aire, sonriendo.

—No te preocupes. No es más que una contracción de Braxton Hicks. El bebé no nacerá hasta dentro de dos semanas. Falsa alarma.

Emma se levantó con gesto de dolor por una nueva contracción. Exhaló despacio y su aliento formó una nubecilla blanca. Miró el jardín dormido. Se imaginó el verano que vendría y todos los veranos después de que el jardín volviera a la vida. Conjuró mentalmente el perfume de las flores, la sombra moteada de los árboles en la hierba, el sonido del agua de la fuente. «Puede que haya llegado el momento de que escojas tu propia vida», recordó que le había dicho Luca. Miró la luna y dio gracias en silencio a su madre.

«Elijo esto —pensó—. Elijo este lugar y esta vida.»

41

Valencia, julio de 1938

Rosa se columpiaba en una hamaca, en el jardín. El sol de julio caía entre las hojas mientras yacía con su hija dormida en brazos. El pueblo estaba silencioso porque era la hora de la siesta y no se oía más que el agua que manaba de la fuente.

Parecía casi imposible que la guerra estuviera tan cerca, ya a orillas del río Ebro. Cerró los ojos y notó cómo la caja torácica de la criatura subía y bajaba acompasadamente bajo su mano. Le apartó los rizos húmedos de la frente caliente. Estaba asustada, no por sí misma sino por la niña.

Se sobresaltó cuando el pestillo de la puerta chasqueó. Se protegió los ojos del sol con una mano.

—¿Quién está ahí? —preguntó. Oyó la grava bajo unas botas y se levantó a duras penas, dejando a la pequeña en la hamaca, durmiendo. Cuando se volvió, un hombre la cogió y la atrajo hacia sí. Rosa luchó, apartándolo. Mientras forcejeaba, vio su barba mugrienta, percibió el hedor de su ropa andrajosa.

—Rosa —le dijo él—. ¿No me reconoces?

Cuando oyó su voz se quedó inmóvil, con el corazón martilleándole en el pecho.

—¿Jordi? —gritó—. ¿Jordi? —Se puso a temblar, a llorar. Le cogió la cara y lo miró a los ojos—. ¡Oh, Dios mío! Estás vivo. ¡Sabía que lo estabas!

Se abrazaron fuertemente a la luz moteada mientras su hija dormía a su lado. Macu salió de detrás de la casa con una cesta de melocotones. Cuando los vio, se le cayó la cesta y la fruta rodó por el suelo.

—Parece que hayas visto un fantasma, Macu. —Jordi se volvió hacia el bebé dormido.

Rosa miró la cara que ponía.

—Es tu hija —le dijo. Una lágrima le resbalaba por la mejilla.

Jordi se aproximó y acercó la mano morena a la pálida mejilla y el vestidito blanco de Lulú. Dudó, con los dedos temblorosos.

—No puedo... —susurró, con la voz ahogada por las lágrimas—. Es demasiado perfecta.

Rosa le puso en los brazos a la pequeña.

—Es tuya, nuestra.

Jordi aproximó su rostro y lo hundió en el pelo de la niña.

—¡Qué guapa! —dijo, y le besó la coronilla a Rosa—. No has cambiado.

—Tú sí. —Le mesó la barba y le dio un golpe en el pecho—. ¿Dónde has estado? Me dijeron que habías muerto. Me enseñaron tus documentos.

Jordi recordaba los meses de combate; recuerdos confusos que se solapaban.

—Perdí la documentación. Le di la chaqueta a un camarada gravemente herido.

—Estás vivo. Eso es lo único que importa. —Pensó en Vicente—. Jordi, hay algo que tienes que saber... —Se abrieron de golpe las persianas del primer piso y Vicente salió al balcón con su albornoz rosa, desperezándose y bostezando tras la siesta.

—¡Rosa! —bramó—. ¡Rosa!

Jordi llevó la mirada desde la cara angustiada de Rosa a su hermano y lo comprendió.

—Me dijeron que habías muerto —dijo ella, agarrándolo por la camisa.

Jordi le entregó a la niña y la apartó.

—¿Tú y... él? ¿Cómo has podido?

—Por favor... Me dijo que sería lo mejor para nuestra hija, para Lulú.

Vicente, apoyado en la barandilla del balcón, miraba hacia el jardín.

—¿Quién anda ahí?

Jordi levantó hacia él los ojos, cargados de rabia y dolor.

Vicente se echó a reír.

—¡Qué pinta! ¡El hijo pródigo!

—¿Lo amas? —le preguntó Jordi a Rosa. La miraba de un modo que le dio miedo. Era el hombre al que amaba, aquella era su voz, pero sus ojos estaban muertos. Tenía el aspecto de un animal apaleado, el espíritu quebrado.

—¿Estás loco? Te quiero a ti, Jordi. Siempre te he querido. Me dijo que tenía que casarme con él para proteger a nuestra hija.

—¿Te has casado con él? —retrocedió un paso.

—Sí —dijo Vicente, cruzando los brazos sobre el pecho.

Jordi se caló la gorra.

—Entonces no hay nada que hacer.

—¡Me divorciaré de él! —le susurró Rosa, apretándole la mano—. Jordi, no he sabido nada de ti desde hace más de un año. Si me hubieras escrito...

—No sé escribir, ya lo sabes.

—Podrías haberme mandado un mensaje.

—He estado combatiendo por toda España, Rosa —dijo él, con la voz temblorosa de rabia—. Y ahora, no lejos de aquí, los cadáveres de mis amigos yacen a las orillas del Ebro. —Se estremeció pensando en los cuerpos hinchados que el río escupía, cubiertos de moscas.

Rosa vio el destello de la locura en sus ojos, el daño que la guerra le había causado.

—Nos quedamos atrapados en el fondo de un valle durante días. —Se secó la boca con el dorso de la mano, con la garganta atenazada de nuevo por el recuerdo del calor y el polvo—. Mataron al hermano de Marco cuando intentaba cruzar el río. Lo traemos a casa.

—¿Vais a volver? —preguntó ella, incrédula.

—Pues claro. Aquí los combates acaban de empezar. Resistir es vencer. —Cerró el puño—. Pude que perdamos a cinco mil, pero ellos perderán cuatro veces más.

—Es demasiado. Son demasiadas pérdidas —dijo Rosa, llorando—. No puedo asumir más.

Se sentaron en silencio a la mesa de la cocina al anochecer. Jordi se había bañado por primera vez desde hacía meses y se había puesto ropa limpia. El pelo negro y rebelde le caía por encima del cuello de la camisa blanca y tenía la piel más blanca en la zona donde se había afeitado la barba, en contraste con las mejillas bronceadas. La niña dormía en sus brazos a la cabecera de la mesa. En el extremo opuesto, Vicente se limpiaba las uñas con la punta de un cuchillo.

—¿Quieres un poco de vino, Jordi? —le preguntó Freya, ofreciéndole la jarra.

—No bebo —repuso él. La miró como si la viera por primera vez—. Tus enfermeras son maravillosas —le dijo—. Muy valientes. Trabajan en un tren, dentro de un túnel, cerca del frente. Trabajan en cuevas cerca del río, donde uno no puede caminar erguido. Estaba oscuro allí donde intentaron salvar al hermano de Marco. Ahí murió mi amigo, en una cueva. Una inglesa le sostuvo la mano hasta el final.

—Nunca dejamos que un chico muera solo —dijo Freya en un susurro.

—Pues tus enfermeras van a tener que sostener un montón de manos de hombres muertos durante los próximos meses.

Vicente se cruzó de brazos, mirando fijamente a su hermano. Jordi apartó la silla de la mesa, arrastrándola, la rodeó para acercarse a Rosa y le entregó a la niña.

—Ya tengo que irme.

—¿Tan pronto? —Levantó los ojos hacia él, rogándole con la mirada que se quedara.

—Cuídate, hermanito —dijo Vicente, sin levantarse de la mesa.

Jordi recogió la chaqueta y se acercó a la puerta. Rosa puso a la niña en los brazos de Macu y corrió tras él.

—¡Espera! —le gritó, persiguiéndolo por el camino—. No puedes irte así sin más.

—Ahora ya no hay nada para mí aquí.

Lo agarró del brazo y lo obligó a mirarla.

—Jordi, yo estoy aquí. Tu hija está aquí.

A la luz de la luna parecía más joven, las cicatrices de la guerra se le notaban menos en el rostro.

—Creía que me esperarías.

—De haber sido por mí... —Le cogió la cara entre las manos—. Te lo he dicho: me casé con él solo para que nuestra hija estuviera segura.

—La idea de que estés con él...

—No me posee. —Lo abrazó fuerte—. Solo tú, Jordi. Solo tú.

Notó que él respiraba con dificultad, los latidos de su corazón contra su mejilla.

—Ven mañana a Sagunto. Tenemos un campamento en las ruinas. Te esperaré antes de volver al frente.

—¿Mañana?

—¿Estás asustada?

—Contigo jamás. —Lo besó y se sintió viva de nuevo.

La puerta delantera se abrió y Jordi vio a Vicente de pie en el umbral.

—¡Rosa! —gritó—. ¡Entra!

Rosa dudó. Todas las fibras de su ser le decían que corriera con Jordi, que corriera y no mirara atrás. Luego vio que Vicente tenía a la niña en brazos. En la calle oyó a la madre de Marco gritando, rogándole que se quedara. Bajó la voz.

—Iré mañana.

Jordi la abrazó y le susurró al oído:

—Mejor ser la amante de un héroe que la esposa de un cobarde.

—Ven conmigo —le dijo. Jordi la abrazó contra sí bajo la burda manta. Ella tenía la mejilla apoyada en su pecho y notó los latidos regulares de su corazón, con las piernas entrelazadas con las de él, saciada. A la luz de la luna, detrás de ellos, dormían las ruinas de Sagunto.

—No puedo, sabes que no. —Enterró la cara en su cuello—. Si me voy contigo nunca se detendrá. Me seguirá y no puedo dejar a nuestra hija.

—No quiero que hagas esto. —Le sostuvo la cara entre las manos—. Cuando te imagino con él...

—Es el único camino, de momento. —Lo miró con los ojos llenos de lágrimas—. Te quiero, Jordi. Siempre te querré.

—Prefiero morir que estar sin ti. —Jordi cerró fuertemente los párpados—. Prométeme que, si no regreso, nunca lo amarás. —Se le quebró la voz y, cuando ella lo miró, lo vio de repente como el niño que seguía siendo. No era un soldado, no era el gran bailarín del que se había enamorado. Eran únicamente un niño y una niña enamorados.

—Nunca.

—No lo soporto. Mi propio hermano, ¿cómo ha podido...?

—Dijo que estaba haciendo lo decente.

—¿Lo decente? —dijo Jordi en voz baja cargada de furia—. Lo mataría. Yo confiaba en él. Siempre hacía lo mismo cuando éramos pequeños. Si yo hacía algo, él lo rompía.

—No puede tocarnos —dijo ella. Se puso una mano sobre el corazón—. Cuando sea seguro, mándame aviso y me reuniré contigo.

—¿Qué hay de la niña?

—Si puedo, la traeré. Si no... —Rosa calló—. Continuamente evacuan a los niños a lugares seguros. Freya dice que la mandarán a casa pronto. Se irá a un hospital de la frontera. Si tengo que hacerlo, llevaré allí a Lulú. —Se le encogió el corazón solo de pensar en separarse de la niña, pero se tragó las lágrimas—. Aquí no le espera nada bueno. Si perdemos la guerra, ninguno de nuestros niños estará seguro.

—¿Puedes confiar en esa inglesa?

Rosa lo miró.

—Sí. Sí que puedo. Freya la cuidará hasta que seamos libres. Podemos escapar juntos. Todavía hay tiempo. —Buscó algo entre sus pechos: el guardapelo de oro que osciló colgado de una fina cadena a la luz del fuego—. ¿Ves? —le dijo—. Me lo he puesto esta noche. Tú y yo. Siempre estaré contigo.

Jordi le besó los párpados porque se había echado a llorar. Tenía las pestañas mojadas y oscuras.

—Siempre.

—Nos iremos dentro de unos cuantos días, hacia el norte. Lucharemos hasta el final.

—Si solo nos quedan unos días, tenemos que hacer que duren una vida entera.

Él se inclinó y le besó la clavícula, junto al guardapelo, mientras ella volvía a tenderse en el suelo.

—Te quiero, Rosa —le susurró, durmiéndose de agotamiento.

Rosa estuvo despierta toda la noche, hasta el frío y gris amanecer. No quería perderse ni un instante de su compañía. Se acordó del poema de Lorca que Freya le había leído y lo comprendió mientras miraba la piel morena de Jordi contra el suelo.

«Somos lo mismo —pensó—, somos todos de esta tierra.» Acarició el rostro dormido de Jordi, recordando las palabras de este: «Nos quedan horas juntos, no años, tal vez, pero son horas plenas, llenas de ti y de mí y de nuestro amor.»

Él se revolvió en su sueño, moviéndose nerviosamente por el esfuerzo. Rosa aspiró el aroma de las ramas de pino sobre las que se habían tendido y se le relajó la cara cuando recordó que más le había dicho: «Me enfrento a la muerte de frente. Ahora que vuelvo a tenerte en mis brazos ya no tengo miedo.»

42

Londres, enero de 2002

Freya agitó el pincel en aguarrás para limpiar las cerdas. Emitían por la radio *La hora de las mujeres* y ella escuchaba el debate sobre Afganistán mientras ordenaba los tubos de pintura al óleo. Estrujó uno de azul ultramarino en su paleta de vidrio y se volvió hacia la gran tela del caballete.

Charles llamó a la puerta.

—¿Quieres algo de Waitrose? Voy en un salto a comprar papel. —Se le acercó arrastrando los pies y echó un vistazo por encima de las gafas que llevaba en la punta de la nariz—. ¡Oh! Me gusta. Te está quedando muy bien. —Le puso una mano en el hombro.

—Gracias. —Freya ladeó la cabeza, contemplando el paisaje montañoso que iba tomando forma sobre la tela—. Llevaba años sin estar de humor para pintar España.

—Recuerdo ese paisaje —dijo él—. Se veía desde tu habitación de la villa, ¿verdad?

—Me sorprende que te acuerdes. —Freya enarcó una ceja—. Por lo que yo recuerdo, la vista era lo último en lo que te fijabas cuando te estabas recuperando en esa habitación. —Le palmeó la mano—. ¿Puedes traer un par de pimientos amarillos? Creo que haré gazpacho esta noche.

Charles se abotonó el abrigo de invierno y metió por dentro la manga vacía.

—¿Sabes algo de Emma?

—Está bien. Ha tenido unas cuantas contracciones —repuso Freya—. Ya no falta mucho.

—Bien. —Charles dudó en la puerta, mirando la fotografía de Rosa con Liberty de bebé que Freya había enmarcado recientemente y colgado—. Recuerdo cuándo la tomé.

—Parece que fue ayer.

—Sabes que querrá enterarse de toda la historia, ¿verdad?

Freya se quedó con el pincel levantado.

—Ya lo sé. Va siendo hora de que lo sepa todo. —Recordó las montañas, la luminosidad. Flexionó la mano e hizo una mueca de dolor.

—¿Otra vez el reuma?

Freya asintió.

—Me parece que fue de lavar tantas sábanas en ríos helados. Nunca he sido la misma desde lo de España.

—Quieres volver, ¿a que sí?

—¿Podemos? —Se volvió hacia él.

—No lo sé.

—Piensa en el bebé, Charles. Podemos ayudar a Emma.

—Más bien entrometernos en su vida. —Tosió y se atragantó.

—No tiene ni idea de lo que la espera, de lo agotada que está una al principio. ¿Te acuerdas de Libby con Em? —Se le dulcificó la mirada—. Tampoco ella creía necesitarnos, pero no tenía ni idea, bendita sea.

—Liberty nunca creyó necesitar a nadie. Siempre fue por la vida cargando con todo y controlando. Mira si no esa caja de cartas que le dejó a Em. No podía parar ni siquiera desde la tumba.

—A mí me parece que consuelan un poco a Emma.

Charles resopló, burlón.

—Sabe Dios qué sabias palabras está divulgando. Siempre fue obstinada.

—Lo era. —Freya se sentó a mirar el cuadro.

—Tal vez me sobrepasé intentando protegerla.

—Libby te quería. Vino corriendo cuando le dieron la patada y el Don Amor Libre no quiso saber nada. Tú conseguiste que se rehiciera, como siempre has hecho. —Charles alzó la barbilla—. Hicimos lo que pudimos por ella. Volvería a hacerlo sin dudarlo un instante.

—Lo mismo digo. —Freya cogió su bastón y se acercó renqueando a Charles para alisarle el cuello—. ¿No lamentas nada?

—Lamentarse es inútil.

Freya pensó en las noches que lo había encontrado con la cabeza sobre el escritorio, rodeado de fotos de Gerda, Hugo y sus amigos.

—Ya es hora, Charles. Piensa en España, al menos.

—¿En España? Casi no pienso en otra cosa.

Freya le besó la mejilla arrugada y seca.

—Ni yo tampoco.

43

Carretera de Barcelona, enero de 1939

—Bueno, lo hemos conseguido. La última de las zanjas que quedaban, ¿eh? —Charles volvió la cabeza hacia Hugo mientras los aviones bajaban en picado hacia ellos de nuevo—. ¿Quién lo habría dicho de un par de novatos como nosotros, que se alojan en el hotel Florida con Hemingway y Capa... —Ahogaron su voz el tableteo de las ametralladoras, los pasos frenéticos y los gritos provenientes de la carretera. Cuatrocientas mil personas caminando por aquella carretera hacia la frontera con Francia, poniéndose a cubierto como una hilera de piezas de dominó, cayendo—. Tenías razón. Ha llegado la hora de volver a casa, amigo. Estoy enfermo de comer piel de naranja y fumar tabaco de lechuga. Cuando pienso que durante todo este tiempo las ciudades de la zona de los nacionales no han cambiado ni pizca... Los ricos van bien vestidos, con la tripa, las iglesias y las plazas de toros a rebosar. La vida sigue como siempre. ¿Para qué ha servido todo esto? —Le cogió la mano a Hugo y entrelazó sus dedos con los de su amigo, conteniendo un sollozo—. Te recuerdo bromeando cuando nos alistamos: «A lo mejor ahora podremos pegarnos un tiro en un pie.» Tal vez tendríamos que haberlo hecho. Quizá sí. —Charles tembló. Las escenas que acababan de presenciar en Barcelona se le agolpaban en la cabeza: los heridos arrastrándose desde los hospitales, los jóvenes llorando y los viejos maldiciendo. Cerró fuertemente los párpados recordando a la mujer que había visto, loca de dolor, abrazada a una manta en la que llevaba lo que quedaba de su hijo—. ¿Que ponen «chocolate» en las calles, sabiendo que niños inocentes los recogerán, sin que se les pase por la cabeza que son bombas? —Bajó la cabeza, sollozando. Entre lágrimas, miró a los niños con vendas ensangrentadas en los brazos y los pies que avanzaban penosamente, llorando de dolor y hambre. Algunos iban aferrados a sus padres. La mayoría iban solos. Frente a él se acurrucaba una mujer con un recién nacido al pecho. Al lado de esta, una anciana, desesperanzada, se había tendido en la cuneta a esperar la muerte. La gente de la carretera se apartaba y tiraba de los asnos y las mulas hacia el arcén cuando pasaban rugiendo los camiones que se llevaban del Prado los cuadros de Goya, El Greco y Velázquez para protegerlos—. Mira eso, Hugo. Están salvando las malditas pinturas pero ¿qué pasa con esta pobre gente? ¿Eh?

Charles se acordó de cuando en octubre las Brigadas Internacionales habían marchado por Barcelona de camino a casa. Miles de catalanes esperaban en las aceras de la Diagonal a los hombres que iban a llegar. La ciudad crepitaba de miedo y sospecha, y la Guardia de Asalto, siguiendo las órdenes del Gobierno de Valencia, mantenía la paz con un despliegue de pura fuerza. Todo el mundo sabía que el final estaba cerca; habían perdido toda confianza, toda esperanza.

A las cuatro y media de la tarde los habían oído llegar: el sonido de las botas marchando entre las flores y las cintas de papel que llovían desde los balcones. Se había enfurecido, se le había puesto la carne de gallina. Primero había llegado una guardia de honor de soldados republicanos y luego centenares de marinos cantando a viva voz.

—No puede haberse terminado, Hugo —había dicho, mirando por el visor de la cámara.

—Para nosotros sí. Las Brigadas Internacionales se marchan. —Hugo había levantado el puño cuando pasaron los primeros hombres, de una brigada alemana, pisoteando con las botas la capa de pétalos que cubría la calle hasta la altura de los tobillos.

—No sé en qué demonios está pensando el Comité de No-Intervención —había dicho Charles, desesperado—. Ordenan a los españoles que nos manden a todos a casa, pero ¿qué hay de los nazis y de los fascistas italianos que luchan en el bando de Franco? ¿También se marcharán? ¡Y un cuerno! Esto es el fin. ¿Qué posibilidad tienen los republicanos de oponérsele ahora? —Charles se había tragado las lágrimas mientras pasaban doscientos hombres de la brigada Abraham Lincoln. Fotografiarlos había sido como volver a estar en el Jarama. ¿De verdad hacía solo un año y medio de aquello? Había parpadeado recordando la carnicería.

—Me cuesta recordar cómo era la vida antes de esto. —Le temblaba la voz—. ¡Hay tanto de mí en España!

Capa llevaba un abrigo de pelo de camello con las solapas anchas y botones de nácar.

—Serénate, hombre —le había tendido un pañuelo.

—Lo siento. Es que no puedo creer que se haya terminado. —Se había sonado la nariz.

—Para ellos todavía no ha terminado. —Capa le había señalado a un pequeño al que su padre llevaba sobre los hombros—. Ni para nosotros. Todavía nos queda un gran trabajo que realizar: tenemos que contárselo al mundo. —Le había alisado el cuello y quitado un poco de polvo del hombro—. Arréglate, Charlie. Gerda me enseñó lo que vale el aspecto, ¿sabes? Gracias a ella llevo el pelo corto, corbata y los zapatos lustrados. Gracias a ella... —Se entristeció viendo pasar a los hombres—. A Gerda le habría encantado esto.

La republicana Dolores Ibárruri subió al escenario.

—La Pasionaria —susurró Charles cuando la voz de la mujer llegó a la multitud. La pequeñez de los altavoces no conseguía ocultar la fuerza ni la calidez de su voz.

—Estos hombres llegaron a nuestra patria como cruzados de la libertad, a luchar y a morir por la independencia de España, amenazadas por el fascismo alemán e italiano. Lo dejaron todo; cariños, patria, hogar, fortuna... —Charles había mirado a Hugo. Lo había recordado haciendo payasadas por el río Cam con él aquel día. ¡Qué aventura les parecía irse a España!—. Vinieron a nosotros a decirnos: «¡Aquí estamos! Vuestra causa, la causa de España, es nuestra misma causa, es la causa de toda la humanidad avanzada y progresiva.» —Los miles de personas congregados en la calle la habían aclamado al unísono. Charles había mirado la cara seria y compungida del niño que iba a caballito de su padre.

—Podéis marcharos orgullosos. Sois la historia. Sois la leyenda —había gritado La Pasionaria.

—Yo no me voy —había dicho Charles—. Mira a esta gente. No podemos abandonar a los catalanes. Esto será una catástrofe. Las condiciones de Barcelona no harán sino empeorar.

—He oído que algunos brigadistas se quedan, extraoficialmente —había dicho Hugo—. Se están uniendo a las tropas republicanas.

—Pues tenemos que ir con ellos. —Charles había inclinado la cabeza hacia Hugo, como un niño compartiendo un secreto—. ¿Juntos hasta el final?

Hugo le había apretado el hombro.

—Hasta el final.

—Se acabó, Hugo —dijo Charles, encogido en la zanja, al borde de la carretera de Barcelona, mientras los aviones descendían nuevamente en picado.

Cerró con fuerza los ojos cuando oyó que los aparatos se aproximaban más y más. Los había pillado la última oleada. Estaba corriendo al lado de Hugo cuando había visto ladearse el avión y enfilar directamente hacia ellos. La fila de gente que iba por delante se había dividido como una marea oscura de cuerpos y carros dando bandazos hacia la cuneta. Los gritos se mezclaban con el tableteo de las ametralladoras y las balas dejaban un rastro de muerte a su paso.

—¡Por aquí! —había gritado Hugo, tirando de Charles hacia una zanja poco profunda.

—¡Espera! —Charles se había puesto un niño de dos o tres años al hombro.

El pequeño estaba de pie en medio de la carretera, llorando con la boca abierta de angustia, separado de su madre. Una mujer corría hacia él, gritando. Charles había vuelto corriendo a la carrera, seguido por Hugo. El avión estaba muy cerca ya, notaba la vibración del motor y las balas que acribillaban la tierra. Había agarrado al niño y Hugo había arrastrado a la mujer para ponerla a cubierto, lanzándose a la zanja cuando los aviones ya la sobrevolaban.

Madre e hijo estaban a su lado ahora, balanceándose en silencio, pálidos por la conmoción. La mujer no podía mirar a Charles.

Se recordó aterrizando en la zanja, el golpe su pecho contra la tierra, la humedad filtrándose en su abrigo desde la nieve fangosa. Recordó a Hugo cayendo encima de él.

—Se acabó —murmuró—. Los nacionales marchan por las Ramblas y empezarán las represalias. —Arrastró las palabras, entrando y saliendo de la inconsciencia. Empezó a notar un dolor pulsante y paralizador en el brazo izquierdo. Intentó moverlo y vio que no podía.

—Esta era nuestra guerra, ¿verdad, Hugo? Una guerra pintoresca: una salvaje y encarnizada revuelta, pero ¡Dios, el país! ¡Qué magnífico...! Y las mujeres... Echo de menos las mujeres, Hugo. Dios se equivocó con los hombres, pero las mujeres las hizo bien. ¿Hay algo más perfecto?

Perdió el sentido un momento. La imagen de Macu, desnuda, salió a la superficie mientras la oscuridad descendía sobre él. Se sentía como si estuviera debajo del agua; el ruido del asalto le llegaba apagado y lejano. Se recordó escondiéndose en un establo, cerca del Ebro, en noviembre. Era como si volviera a estar allí, con Hugo. Hacía mucho que no quedaba ningún animal y en el establo se cobijaban los hombres, apretujados sobre la paja buscando calor, supervivientes de la última gran batalla de aquella guerra. Hemingway llevaba una manta de lana gruesa por encima de la cabeza y solo se le veían las gafas y la barba.

—Así que encontramos a cuatro campesinos, unos hombres flacos y con aspecto de estar hambrientos... —decía.

«¿No lo están todos» —había pensado Charles, temblando al lado de Hugo.

—Cien mil bajas, calculan, así que cuando Líster nos habló de volver no iba a discutir. Nos metimos en esa barca de fondo plano, un hombre en cada esquina —prosiguió Hemingway—. Todos los puentes habían sido derribados, así que el único modo de salir de ahí era cruzando los rápidos...

«¿Podrías callarte, por el amor de Dios?», pensó Charles. La voz de Hemingway le alterbaba los nervios.

—Dos de los remeros desertaron, así que yo cogí un remo. —Hemingway hizo el gesto de remar—. No fue fácil. Tenía las manos rígidas por el frío. Descendíamos por el río hacia el puente de Mora. Había sido bombardeado, destruido...

Charles bajó la cabeza. Dio un respingo cuando una rata pasó en la oscuridad. Capa se rio bajito, poniéndose a su lado. El viento y la nieve azotaban la puerta del establo y la vieja madrea crujía.

Miró a Charles.

—¿Estás bien?

—¿Yo? Sí, bien. Lo único que quiero es salir de aquí.

—¿Sigues molesto por haber fallado ese disparo?

Estaban junto al río Segre, siguiendo un último batallón de desesperados republicanos. Eran un grupo heterogéneo, vestidos con uniforme de camuflaje y armados con viejos fusiles rusos. Mientras seguían adelante valientemente, se había producido una explosión ensordecedora. Un soldado se había tambaleado con cara de terror cuando cayó una cascada de tierra y rocas. Capa había levantado la cámara tranquilamente para inmortalizar el momento. «Se podía oler la pólvora de esa», había dicho entre dientes. En aquel momento Charles se había dado cuenta de que había olvidado cargar película en su cámara.

—Tienes ganas de morir, Capa —le dijo, acurrucándose en la paja mientras el viento silbaba en el granero.

Capa rio y cerró los ojos.

—Tal vez. Dime, nosotros vamos a Barcelona. ¿Vas a venir?

Charles entrelazó los dedos detrás de la nuca y se dispuso a dormir.

—No me lo perdería por nada del mundo.

Un soldado republicano se puso en cuclillas justo delante suyo.

—Disculpa, compañero, ¿sabes escribir?

Charles abrió un ojo y vio a un chico joven con una espesa cabellera negra.

—Sí.

—Nuestro amigo... —señaló a un hombre cubierto de vendas, tendido en una camilla, en un rincón. Otro chico le sostenía la mano—. Quiere dictar un mensaje para su mujer.

—Claro. —Charles se levantó y se acercó, pasando con cuidado entre los hombres tendidos en el suelo. Sacó una libreta y un lápiz del bolsillo trasero.

—Gracias —dijo el chico, estrechándole la mano—. Vamos, Marco —le dijo al muchacho arrodillado junto al herido. Se volvieron para marcharse.

—No vais a salir con este tiempo, ¿verdad? —les preguntó Charles—. Al menos esperad a que amanezca.

—Tiene razón, Jordi —dijo Marco—. Es una locura. Esperemos y luego vayamos a casa.

Jordi abrió la puerta. Tenía los ojos brillantes, de loco.

—Todavía no se ha terminado. Lucharemos hasta el final. Yo no me voy a casa.

—A casa —farfulló Charles recuperando la conciencia. El dolor palpitante del brazo dibujó una mueca en su cara cuando intentó moverse—. Quiero ir a casa... con mis mariposas. Son hermosas. Dios tuvo un buen día cuando inventó las mariposas... —Puso los ojos en blanco—. Creo que a lo mejor es posible saber que el mundo es espantoso y aun así ver lo maravilloso que es estar vivo. ¿Tú que opinas, Hugo?

—¡Este está vivo! —oyó que gritaba alguien y luego pasos precipitados.

—¿Cómo van a dar la noticia? ¿Eh, Hugo? ¿Qué harán cuando tú y yo hemos visto tanto y visto la verdad y ellos cuenten algo diferente? Espero por Dios que esto sea el final del doble discurso. Imagina un mundo construido sobre mentiras y disparates... ¿para eso hemos luchado?

—¡Espera! Lo conozco —gritó un hombre desde la carretera—. ¡Traed aquí una camilla!

Charles notó que alguien se le acercaba arrastrando algo a su lado. Un dolor repentino y mareante le recorrió el brazo.

—Ya está —le dijo Capa.

—Espera... —farfulló Charles, delirando de dolor—. Hugo...

—Nos ha dejado, Charlie. —Capa se inclinó sobre él—. Te he estado buscando por todas partes.

Charles miró a Hugo y contuvo un sollozo.

—Tengo la foto, Capa.

Capa lo miró a los ojos con compasión.

—Creo que esta vez, Charlie, te has acercado demasiado. —Ayudó al conductor de la ambulancia a ponerlo en la camilla—. Que te saquen de aquí. Nos veremos en Francia.

—Sí... Francia. —Charles veía lucecitas—. Espera...

Capa se volvió.

Charles intentó desenganchar la cámara y él le ayudó.

—¿Quieres que envíe la película a tu periódico?

—Sí. Luego, quédatela. Ahora no podré usarla.

—No puedo...

—De verdad. Me gustaría que la tuvieras tú. Es una Contax. Debería haberme comprado un coche, como decía Hugo.

—Gracias. —Capa le estrechó la mano derecha.

—Toma con ella fotos extraordinarias. Enseña el mundo.

El camillero abrigó a Charles, cubriéndole con cuidado el brazo izquierdo, destrozado por las balas.

—Vamos, señorita, te sacaremos de aquí.

—Espera. —Charles volvió de lado la cabeza cuando se lo llevaban y miró por última vez los ojos sin vida de Hugo.

44

Valencia, enero de 2002

Después de recorrer el pueblo de punta a punta, Emma
estaba sin aliento. Hundió la mano en el agua de la fuente
que había junto a la iglesia y se refrescó las muñecas. Las
palomas bajaban a la plaza, blancas contra los muros pin-
tados de ocre y el mareante cielo azul, ya teñido por la luz
dorada de la puesta de sol.

Se sentó en un muro bajo blanco y buscó en la cesta una
botella de agua. Tomó un sorbo y se secó los labios. Luego
cogió de la cesta la foto que acababa de recoger del enmarcador. El dorado relució con el sol cuando retiró el plástico
de burbujas. Las fotos de Rosa y Jordi estaban juntas y protegidas detrás del cristal.

—¿Quiénes erais? —preguntó en voz baja Emma. Observó el rostro de Jordi, fuerte y orgulloso, y a Rosa. Levantó la vista cuando una mujer elegantemente vestida
salió por la puerta de la iglesia, y se puso a hablar con un
camarero en la puerta del café contiguo. Emma la saludó
con la mano cuando la reconoció: era Macu. Llevaba una camisa blanca de seda debajo del abrigo de invierno, unos
pantalones holgados de lana oscura y mocasines. Cuando

Emma se puso el bolso al hombro y se le acercó, Macu abrió unos ojos como platos de la sorpresa.

—¿Qué haces aquí en la calle con este frío? Deberías descansar hasta que nazca el bebé.

—Me aburro muchísimo sentada en casa. —Emma la besó—. Solo he ido hasta la tienda del enmarcador a recoger esto.

—¿Son las fotos que encontraste?

Emma se dio cuenta de que Macu no la miraba, sino que miraba el guardapelo.

—Sí. Estaban debajo de las tablas del suelo, en casa.

Por fin Macu la miró a los ojos.

—Tenía la esperanza de encontrarme contigo. Vamos a tomar algo —le dijo, y caminaron del brazo hacia el café, con el bastón dando golpecitos en la acera.

Se sentaron en una mesa cercana a la barra y Macu tomó un sorbo de coñac antes de coger el bolso, del que sacó un sobre que deslizó sobre la mesa hacia Emma.

—Quiero que tengas esto. Tendrás que conseguir otro marco.

El silbido de la cafetera, las conversaciones de los parroquianos en el café se difuminaron cuando abrió el sobre. Dentro había una foto. Reconoció a Rosa de inmediato.

—¿Cuándo se la tomaron?

—En otoño de 1937, poco después de que naciera Lulú.

—¿El bebé? —Emma miraba fijamente la foto, bastante estropeada. En ella se veía a Rosa sentada en el jardín de Villa del Valle, con una criatura en brazos.

—¡Oh, Emma! —le dijo Macu, cogiéndole la mano—. Mira bien a Rosa, ¿no lo ves?

Emma entrecerró los ojos, escrutando la imagen granulada de la cara de Rosa. Entonces lo vio.

—El guardapelo —dijo. Se llevó la mano al cuello—.
Lleva mi guardapelo.

Macu le palmeó la mano, compasiva.

—Jordi se lo regaló a tu abuela.

—¿A Freya?

—No, cariño, se lo regaló a Rosa.

45

Valencia, febrero de 1939

«Adelfa, jacarandá, adelfa, jacarandá...», pensaba Freya, subiendo con decisión la colina hacia Villa del Valle, pasando la mano por las rejas. Las oscuras hojas brillantes esperaban que las flores, de un rosa vivo, se abrieran. Caía la noche y, cuando llegó al muro de la villa, suspiró cansadamente. Sería la última noche que pasaría en la casa y tenía las maletas listas para marcharse al hospital español de la frontera.

Pensar en todo lo que la esperaba, en la desesperada situación de los refugiados, en el gris y lluvioso Londres, la deprimía enormemente. Iba a echar de menos España, a pesar de todo lo que le había sucedido allí. Captó una rendija de luz que salía de la tienda de Vicente y oyó voces masculinas hablando en tono bajo y rápido. Tras comprobar que estaba sola en la calle, se acercó con sigilo a la puerta.

—Se acabó —dijo un hombre, y ella notó la arrogancia, la pomposidad de su voz—. Los rojos huyen como ratas. Pronto caerán Madrid y Valencia.

—Y nosotros estaremos listos para dar la bienvenida al

Generalísimo. —Freya reconoció la voz de Vicente—. Ha llegado nuestro momento, amigo.

—Estaré bien —le había dicho Rosa aquella misma tarde cuando Freya le había contado que estaba a punto de marcharse.

Freya había percibido su inseguridad detrás de aquella fachada de confianza. Rosa acariciaba la cabeza de la niña dormida en sus brazos, que le agarraba el lazo del cuello de la blusa con su manita.

—¿Te importaría darme un poco de agua?

Freya había quitado la gasa que cubría la jarra para servirle un vaso.

—Gracias. —Notando cómo la miraba Freya, había insistido—: De veras, estaré bien.

Freya la había mirado a los ojos.

—Eso... —había señalado el golpe que tenía Rosa en la mandíbula—. Irá de mal en peor, tú lo sabes.

Rosa se había vuelto hacia el fuego, contemplando las llamas.

—No me ha pegado desde entonces. Estaba enfadado porque desaparecí. Le dije que estaba con Macu, ayudándole con su ajuar de boda, pero no me creyó. Me habría matado de haber sabido que estuve con Jordi. Vicente ha prometido... —Había puesto mala cara al resoplar Freya, incrédula.

—Vicente es un matón.

«Y ahora resulta que es quintacolumnista. Tengo que advertir de ello a Rosa.»

—¿Qué tenemos aquí? —Una mano fuerte salió de la penumbra del callejón, agarró del brazo a Freya y la obligó a entrar en la tienda—. Mira, Vicente, ahora esas enfermeras rojas hacen de espías. —El hombre la empujó hacia el mostrador y bloqueó la salida.

Vicente le daba la espalda, ordenando sus cuchillos. Freya reconoció al hombre que tenía al lado porque era del pueblo. Había un plato de almendras y queso manchego sobre el mostrador y el tipo masticaba, mirándola sombrío. Debajo de la camisa blanca ajustada, los músculos de Vicente temblaron cuando se volvió hacia ella. Los cuchillos relucían a la luz del candil.

—Bien. He oído que nos dejas.

—Sí, así es. —Freya se irguió al máximo. El corazón le martilleaba en el pecho.

—Estaba ahí fuera, escuchando —dijo el de la puerta.

Vicente chasqueó la lengua.

—Estúpida. ¿Qué has oído?

—Nada. No he oído nada. Solo venía a despedirme.

Se le acercó despacio con las aletas de la nariz dilatadas, olisqueando.

—¿Sabes? Cuando toreas aprendes a oler el miedo.

—¿Miedo? —Lo miró fijamente—. ¿Por qué habría de tenerte miedo?

—Deberías tenérmelo. —La luz centelleó en la hoja del cuchillo que Vicente seguía teniendo en la mano.

—Como he dicho, venía a despedirme.

—¿Sabes que solo los mentirosos repiten la misma historia una y otra vez?

—No lo había oído...

Vicente la empujó de espaldas contra el mostrador y le metió los muslos entre las piernas. Freya notó su aliento caliente en el cuello y luego la hoja del cuchillo.

—Creo que antes de matarte me divertiré un poco.

El de la puerta soltó una carcajada. Freya lo oyó cerrar la puerta de la calle y pasar el pestillo.

—Por favor, no —le rogó, forcejeando para soltarse.

Vicente le metió la lengua en la boca, espesa y amarga

por las almendras. Entonces la echaron en el suelo y la sujetaron. Ella cerró fuertemente los párpados intentando no gritar.

—¡Vicente! —Rosa aporreó la puerta trasera de la tienda—. ¡Vicente!

Él gruñó y volvió la cabeza hacia la puerta. Freya notó aligerarse su peso, retrocedió y le mordió con fuerza una oreja. Vicente soltó un alarido y se apartó, cubriéndosela con una mano.

—Deja que me vaya —le dijo Freya, con la voz temblorosa pero con seguridad. Se bajó la falda—. Deja que me vaya y no se lo contaré a nadie. Me iré ahora mismo. —Se secó la sangre del labio partido con una manga.

Vicente se abrochó los pantalones y le hizo un gesto de asentimiento al hombre que estaba junto al mostrador, que abrió la puerta trasera. Rosa entró en la tienda con la niña en la cadera y lo miró con asco. Cogió del brazo a Freya y se la llevó a la casa.

—¡Lo siento tanto! —le susurró—. He tenido una visión de lo que te estaba haciendo.

—¡Rosa! —oyeron gritar a Vicente, no de muy lejos.

—Ven conmigo. —Freya temblaba violentamente—. No puedo dejarte con este... con este monstruo. El convoy de Cuerpo Médico sale esta noche.

—No. —Le dijo Rosa mientras subían corriendo la escalera.

—Pero ¿por qué?

—Freya... —Rosa negó con la cabeza y cerró con llave la puerta del dormitorio—. No tengo nada. —Le sujetó la cabecita a Lulú—. Este era el hogar de Jordi y es el de su hija.

—Así que vas a quedarte... ¿por la casa? —Freya no podía creer lo que oía.

—Es más que eso. Tú no lo entenderías. Su vida no será como la mía. Mi niña tiene ángel, tiene un don. —Rosa se puso los dedos en la sien—. No es solo una casa. Yo lo he visto. He visto que el futuro de nuestra familia está aquí. Una mujer de nuestra estirpe vivirá aquí mucho después de que el bastardo de Vicente haya muerto.

—¿Cómo puedes confiar en él? —Tenía la cara contraída de asco—. Puede volverse contra ti en cualquier momento, contar que luchaste con los republicanos...

—¡Ya lo sé! —gritó Rosa—. Ya lo sé —repitió, bajando la voz—. Pero tengo que esperar a que vuelva Jordi... —Dudó un instante y añadió—: Vuelvo a estar embarazada.

—¡Oh, Dios mío, Rosa! —Freya puso los ojos en blanco y hundió los hombros—. Me preguntaba por qué te vestías así. ¿Se ha dado cuenta?

—¿Vicente? No, tengo cuidado... Como con Lulú, no se me notó mucho hasta el final tampoco. Dice que me estoy poniendo gorda y yo le doy la razón.

—¿No podrías haber tomado precauciones?

—¿Precauciones? —Rosa se rio amargamente—. Es hijo de Jordi, no de Vicente. —Se recolocó a la niña sobre la cadera—. No es suyo. Lo sé. Le digo que tengo la regla cuando estoy en el período más fértil. Para ser carnicero es muy quisquilloso con la sangre, si sabes a lo que me refiero. Otras veces está demasiado borracho para darse cuenta. Tengo cuidado y le digo que la tiene tan grande que me hace sangrar un poco. —Volvió la cara pálida y cansada hacia Freya.

—¡Rosa! —gritó Vicente desde abajo.

—¡Ya voy! —repuso ella. Bajó la escalera corriendo y Freya la siguió.

En la puerta de la cocina se detuvo en seco. Vicente, subido a una silla, colgaba la foto de Franco en la campana de la chimenea. Cuando se bajó y la miró, entrecerró los párpados, retador. Tenía una costra de sangre en la oreja.

—Pronto será todo como debe ser. —Le pasó un brazo

por los hombros a Rosa y la atrajo hacia sí—. Por fin ha caído Barcelona y estamos listos para cuando lleguen. Me gustaría decir que te echaré de menos... —le dijo a Freya.

—¿Pero no puedes?

—Únicamente porque eres amiga de Rosa no te he matado.

—No puedes asustarme —le dijo tranquilamente Freya, acercándosele. Rosa le estaba diciendo con los ojos que tuviera cuidado—. Soy enfermera, no combatiente.

—Y cómo lo sabemos, ¿eh? Podrías ser una espía. Tenemos modos de averiguarlo, ¿sabes?

—Eso te gustaría, ¿verdad? ¿Te da placer hacer daño a las mujeres, Vicente? ¿Es más divertido que esquivar toros?

—¿Por qué no...? —Levantó la mano.

—¡Señor! —intervino Macu, entrando con una paellera humeante que traía del fogón de fuera. Detrás de ella, en el jardín, las llamas lamían la leña de naranjo, que chasqueaba, humeante.

—Vicente —dijo Rosa—. Vamos a comer.

—¡A la mierda! —Tiró la paella al suelo de una patada.

El arroz teñido de azafrán se desparramó y Macu cayó de rodillas. Vicente se volvió hacia Freya.

—¡Mírate! —le siseó a un palmo de sus narices—. ¿Qué hombre iba a quererte? Sucia puta...

—¡Vicente! —Rosa le tiró del brazo y él se dio la vuelta y de un manotazo la empujó contra la encimera—. Apártate de mí, mujer. Tú no eres mejor que ella.

Rosa se dobló hacia delante, jadeando.

—¡Animal! —gritó Freya—. ¿Cómo puedes pegarle estando embarazada...? —Las palabras murieron en sus labios cuando Rosa la miró, frenética.

—¿Es eso cierto? —Tiró de Rosa y le plantó un beso en la boca—. ¡Ja! —Empujó la pelvis hacia la de ella—. ¡Ja! —Sacó pecho, echando atrás la cabeza con la arrogancia de un matador—. Ahora sí que eres mía —murmuró.

Lulú rompió a llorar.

—Iré a ver qué le pasa —dijo Rosa.

—Deja a esa pequeña bastarda. —La agarró de la muñeca cuando iba a marcharse. Rosa se estremeció.

—¡Le haces daño! —gritó Freya.

—¿Con esto? Esto es solo el principio. Le apretaba tanto el brazo que tenía los nudillos blancos—. Todos los días tendrás que pagar... —le dijo a Rosa—, y cuando sea demasiado vieja —le espetó a Freya, con la boca retorcida en una mueca cruel—, entonces la otra tendrá que hacerlo.

Freya notó el sabor de la bilis en la boca.

—No —dijo—. No te lo consentiré.

—¿Tú? —Apartó a Rosa de un empujón—. ¿Qué puedes hacer tú? No eres nadie. Fuera de aquí. —Cogió la maleta de Freya y la tiró al camino—. Yo hago lo que me da la gana. Esta es mi casa.

—Es la casa de la familia Del Valle... tan tuya como de Jordi —dijo tranquilamente Rosa. Se acercó a abrazar a Freya—. ¡Lo siento tanto! ¡Siento tantísimo lo que te ha hecho! Olvida. Olvídanos a todos.

—No. —Freya tenía los párpados apretados, fuertemente abrazada a Rosa—. Nunca te olvidaré, ni a Lulú. Os estaré esperando. Hay un hospital en Cerbère. Estaré allí —le susurró—. Os estaré esperando.

46

Valencia, enero de 2002

Macu volvió a apoyarse en el respaldo de la silla, con el vaso vacío entre las manos. Tras las ventanas del café, las luces de la plaza del pueblo brillaban como joyas nocturnas.

—Esa fue la última vez que vi a Freya.

Emma estaba sentada con la cabeza apoyada en las manos.

—No tenía ni idea. —Macu le parecía cansada, como si estuviera sumida en sus pensamientos.

—Era una buena mujer, una mujer valiente. Comprendo por qué te ocultó todo esto.

—¡Pobre Freya! Todavía no comprendo cómo escaparon ella y mamá. ¿Qué le pasó a Rosa.

—Acabó en México.

Emma abrió unos ojos como platos.

—¿En México? No tengo ni idea de lo que hicieron Freya y tu madre, tendrás que preguntárselo a ella, pero en la cárcel le pregunté a Rosa...

—¿En la cárcel? —exclamó Emma.

—Sí. —Macu echó un vistazo al reloj cuando oyó la voz

de Dolores en la calle—. Te lo contaré otro día. Mi hija ha venido a recogerme.

—Espera. ¿Por qué estaba Rosa en México? —Emma tenía la cabeza llena de preguntas mientras Macu se levantaba pesadamente.

—Se ocupaba allí de un refugio de niños, a los que enseñaba a leer y escribir. —Macu hizo una pausa y luego añadió—. Murió en un convento. No era vieja.

Emma miró la foto de Rosa y Liberty.

—¿En un convento? Pensaba que los republicanos no creían la Iglesia.

—La Iglesia apoyaba a Franco y muchos republicanos eran ateos, pero, simplemente, la gente trabajadora como Rosa y como yo crecimos con el amor de Dios en el corazón. No pudimos renunciar a eso. —Macu miró a Emma—. Cuando Rosa perdió su fe en los hombres, quizá... —Calló un instante—. Quizás en Dios fue en lo único en lo que pudo refugiarse.

—¡Mamá! —Dolores entró en el café—. ¿Qué haces aquí? —Miró a Emma, cabeceando refunfuñona.

—Hablaba con Emma. Le estaba contando cosas de su familia.

—Lo siento —le dijo Emma. Dolores puso mala cara—. Se os está haciendo tarde.

—De acuerdo, hablaremos otro día. —Macu le palmeó la mano.

—Por favor. ¡Hay tantas cosas que todavía no entiendo! Cuéntame qué pasó cuando cayó Valencia.

—Fueron tiempos difíciles. Cuando cayeron Cataluña y Madrid y nuestra Valencia... —Macu inspiró profundamente—. Lo recuerdo como si fuera ayer. Hacía frío pero era un día soleado. Cuando los tanques entraron en la ciudad, recuerdo que el sol arrancaba destellos a las bayonetas de los nacionales. Centenares de personas corrían por delante de ellos, intentando huir. —Hizo una pausa—. Los que se quedaron dieron la bienvenida a Franco. No tenían elección.

—Macu, ¿tú te quedaste?

—¿Yo? Sí, me quedé. Me casé con Ignacio poco después de la llegada de los nacionales.

—Y Jordi, ¿qué fue de él?

—Jordi volvió del frente, tal como había prometido. —Dudó brevemente—. Sin embargo, Rosa se había ido al norte con la niña, con tu madre, para entregársela a Freya. Oí a Jordi y a su hermano discutiendo una noche en la cocina. Vicente dijo que se aseguraría de que él y sus camaradas se marcharan con seguridad si los dejaba a él y a Rosa en paz. Si no, los denunciaría a los nacionales.

—No lo comprendo. Creía que Vicente no era más que un carnicero...

—¿Un carnicero? ¡Ja! Lo era, claro, pero era también quintacolumnista, un partidario infiltrado de los nacionales. Siempre había estado de parte de Franco y de los fascistas. Desde el principio.

—¿Qué pasó?

Dolores tiró del brazo de su madre.

—Tenemos que irnos —le dijo—. No podemos entretenernos más.

Macu se alejó torpemente de la mesa y la silla arañó el suelo de terrazo.

—Ahora no puedo contártelo. Mi hija no deja de darme órdenes.

De repente, Emma cayó en la cuenta de algo.

—¡Espera! Me has dicho que hablaste con Rosa en la cárcel.

Macu le dijo algo rápidamente y con enfado a su hija.

—Sí —le respondió a Emma—. Sí, vi a Rosa. —Hizo una pausa—. Estuve con ella en la cárcel. Iré pronto a verte y te contaré todo lo que sé. —Le cogió la mano a Emma—. Comprendo por qué Freya no ha querido hablarte de esto.

Después de lo que ese hijo de puta le hizo antes de que se marchara hacia la frontera...

—¡Mamá! —exclamó Dolores.

Macu abrazó a Emma.

—Antes de que volvamos a hablar, llama a Freya. Es una buena mujer. No la culpes por haberte ocultado todo esto.

47

Cerbère, marzo de 1939

Seguían llegando. Durante semanas los refugiados habían cruzado los Pirineos hacia la frontera con Francia. Formaban un río interminable de siluetas grises y quebradas que se materializaban como espíritus saliendo de la niebla, acurrucadas bajo mantas, caminando contra el viento helado que soplaba desde el mar. Freya hacía cuanto podía por ellos cuando pasaban. Les daba pan a cambio de las armas que los soldados arrojaban. Cubría con mantas los hombros de las madres temblorosas que llevaban a silenciosos niños de ojos oscuros en brazos. Les lavaba los pies sangrantes y fríos con el agua de un arroyo. Mientras, esperaba, día tras día, aquel rostro tan querido entre la gente; esperaba a Rosa.

Caminaba por el pasillo del viejo castillo que usaban como hospital de campaña y resbaló. Llevaba cuarenta y ocho horas sin dormir y la mezcolanza de voces les parecía lejana. Apoyó la mano en el frío muro de piedra, tambaleándose ligeramente. Dudó en la entrada y buscó entre la multitud, por si se le había pasado por alto su cara y no la había visto. La gente se agrupaba alrededor de una gran chimenea de piedra, tomando cucharadas de sopa aguada de las tazas. Un padre acercó más a su hija pequeña al fuego chisporroteante, intentando calentarle los pies, con su mano oscura y encallecida contrastando con la pálida piel de la pequeña. Por todas partes notaba el olor, el espantoso olor que creía que nunca podría quitarse de la piel ni del recuerdo. El olor de la sangre, del humo... el olor de la derrota.

Parpadeó y le pareció que le mundo se hundía; el pasillo le daba vueltas.

—Espero que esté yendo a acostarse, enfermera.

Freya se volvió hacia la mujer que le había hablado.

—Sí, hermana... Yo...

—Está agotada. No me será de ninguna utilidad si no descansa un poco.

—Pero...

—Sé que está preocupada por su amiga, pero no puede pasarse todo el tiempo despierta buscándola.

Freya asintió y se marchó al dormitorio. Otra enfermera se estaba vistiendo y el quinqué iluminó los arcos catedralicios de su caja torácica cuando se pasó el vestido blanco por la cabeza. El viejo gramófono de Freya sonaba bajo y una suite de Casals para violoncelo manaba de la oscuridad.

—Espero que no te importe —le dijo la otra—. No soportaba el silencio.

Freya se derrumbó en la cama, completamente vestida.

—Tiene gracia lo que se acostumbra una al ruido, ¿verdad? —murmuró. Se le cerraban los ojos—. ¿Mimi?

—Sí... —La chica se volvió con las horquillas en la boca, sujetándose los rizos negros.

—¿Me despertarás si la ves? Va con una niña.

—Enséñame otra vez la foto. —Cogió la manoseada foto en blanco y negro de Rosa, en el jardín, con el bebé.

—¿Quién es? ¿Una amiga?

—Para mí son más bien mi familia —dijo Freya, y cuando cerró los ojos supo que decía la pura verdad.

Al amanecer, unos golpes en la puerta la sacaron de su sueño a todo color: corría por un naranjal con Tom, pasando la mano por las flores y, el aire, de un azul intenso, olía a azahar. Su expresión plácida se endureció al despertar.

—¿Sí? Entre. —Se esforzó por levantarse.

—Me envía Mimi —dijo el niño—. Su amiga...

Freya pasó a su lado corriendo. Las suelas de piel le patinaban en los escalones. Salió como una exhalación al exterior. La nieve que caía a la pálida luz más allá de la protección de los arcos de piedra ahogó sus pisadas. Adelantó a toda prisa a una joven madre que le daba el pecho a su hijo y a una anciana que se protegía del viento con una manta llena de remiendos.

En las laderas de la montaña, una sucesión de fogatas ardían con fuerza. Allí, en la frontera, vio una silueta acurrucada.

—¡Rosa! —gritó, y la mujer alzó la cabeza.

—Te he encontrado... —Rosa sacudió la cabeza cuando se abrazaron, cuidando de no chafar a la niña que llevaba pegada al pecho.

—Estás viva. Gracias a Dios estás viva. ¿Cómo está? —Freya acarició la cabeza de la niña dormida. El pelo oscuro de la pequeña era como seda al tacto.

—Tiene frío, pero está bien —dijo Rosa—. Logramos que nos trajera un camión casi todo el camino hasta aquí.

—Ven. —Freya le cogió al guardia los documentos de Rosa—. Te daremos mantas y algo de comer.

Rosa empezó a desatarse el hatillo.

—¿Rosa? —Viendo el repentino dolor en la cara de su amiga, Freya sintió náuseas. No...

—Me voy. —Rosa se tragó las lágrimas mirando a su amiga a la cara—. Solo he venido a traértela. Tengo que encontrar a Jordi. Si está vivo...

—No... —le suplicó Freya—. Si está vivo, sabrá cuidarse. Piensa en vuestra hija...

—Pienso en ella. ¿Cómo voy a dejar que crea que piense que su madre abandonó a su padre? Negrín le ha pedido a Franco que no tome represalias, pero no podemos confiar en ese hombre.

—Lo sé. Pero ¿y si te apresan?

—¿Qué más pueden hacerme? —Inhaló el olor de su pequeña y le besó la cabecita—. Cuídate, cariño —le susurró, y se la tendió a Freya.

—Por favor, no lo hagas. Yo no puedo... —Rosa sacudió la cabeza.

—Me dijiste que harías cualquier cosa por mí. Bien, no tengo nada. —Se golpeó la palma con el puño—. Me lo han quitado todo: mi hogar, mi vida, a mi amado. Solamente me queda mi hija.

—Por favor, quédate. Me mandan a la maternidad de Elne. Allí estarás a salvo y puedes ayudarme hasta que el bebé nazca.

—No. Prométeme que te la llevarás lejos de aquí. Vete pronto. No permitas que la atrapen. Llévatela a Inglaterra contigo.

—¡No puedo! No estoy casada. Yo... —Freya vio las lágrimas en los ojos retadores de Rosa.

—¡Tienes que hacerlo! Por eso he venido. Me lo dijiste. Dijiste que nos ayudarías...

—Me refería a las dos. Hay barcos que zarpan para Méjico. Puedes empezar allí una nueva vida. No puedes abandonarla así.

—¿Abandonarla? —le espetó Rosa—. Quiero a esta niña más que a mi vida, por eso te la entrego. —Se secó la mejilla—. Tú estabas cuando nació. No se la confiaría a nadie más.

—No te vayas. —Freya se estremeció pensando en Vicente—. No puedes volver a esa casa con él.

—No tengo elección. —Se le quebró la voz—. Por Jordi, no tengo elección.

Freya le sostuvo la mirada y luego cerró fuerte los párpados, asintiendo.

—Gracias. —Rosa se desabrochó la cadena con el guardapelo que llevaba al cuello y lo abrió. Se metió su foto y la de Jordi en el bolsillo y se lo puso en la mano a Freya—. Es todo lo que puedo darle.

Con ternura, cogió la cabecita de la niña y le susurró una bendición y un último adiós. Le besó la frente y sus lágrimas resbalaron por el pelo de la pequeña.

—Cuídate —le dijo. Miró a Freya—: Cuídala. Cámbiale el nombre, dale una nueva vida. —Rosa se apartó y a trompicones se abrió paso entre el río de refugiados.

—¿Otro nombre? —gritó Freya—. ¿Cuál? ¿Cómo puedo llamarla?

Rosa se detuvo.

—Llámala Libertad. —Alzó el puño y cruzó de nuevo a España.

Freya observó su solitaria figura desaparecer en la nieve y la niebla mientras miles y miles avanzaban en sentido contrario. La pequeña se movió. Freya miró hacia abajo y apartó las mantas. La niña la miró fijamente, levantó un bracito y le rodeó el dedo con una mano diminuta pero fuerte.

—Hola, Liberty —dijo Freya.

48

Valencia, enero de 2002

Luca se apoyó en la mesa de la cocina, con los brazos cruzados.

—¿Cómo estás?

—Estoy... bien. —Emma tenía los ojos rojos e hinchados—. Es que no he dormido muy bien esta noche, después de hablar con Freya.

—Macu me ha dicho que habló contigo. Está preocupada por ti. —Luca esperó a que lo mirara. Le cogió la mano—. Yo estoy preocupado por ti.

Emma parpadeó para quitarse las lágrimas.

—Me lo contó. Me contó que Rosa dejó a mamá en la frontera de Francia con ella. —Se protegió el vientre con un brazo—. ¿Cómo puede alguien hacer una cosa así? ¿Cómo puedes dejar a tu hijo?

Luca suspiró.

—Era una época terrible. Quizá Macu te ayude a entenderlo. Vendrá después de ir al mercado. Quiere explicártelo todo. —Le apretó la mano y se apartó—. ¿Estuviste trabajando? —Hizo un gesto con la cabeza hacia las libretas que había en la encimera, con fórmulas químicas y diagramas.

—Experimentando, intentando distraerme. —Emma indicó el viejo libro de recetas de la mesa—. Creo que era de Rosa. Al principio lo tomé por un libro de cocina, pero cuando me puse a leer me parecieron instrucciones.

—Parecen hechizos —dijo Luca, riendo, incómodo—. Puede que fuera curandera. Esto deben ser recetas de preparados. Puedes preguntárselo a mi abuela. —Se detuvo en una página con un dibujo de una planta en flor—. Espero que no prepares esto.

Emma echó un vistazo al cuaderno por encima de su hombro.

—¿Un veneno? ¿Qué planta es?

— Adelfa. —Revolvió el contenido del gran mortero—. Esto huele estupendamente. ¿Es menta?

—Para hacer masajes en los pies. Los míos me están matando.

A Luca se le suavizó la expresión.

—Estarás mejor cuando nazca el bebé. Me acuerdo de que Paloma también estaba muy cansada. —Se arremangó—. Venga, deja que te ayude.

Emma se puso colorada.

—No, no podría...

—Está bien. Macu tardará un rato. —La acompañó hasta la vieja butaca, junto al fuego, y cogió un taburete. Se puso una toalla sobre las rodillas y le apoyó el pie en el regazo.

Emma se sacó la bota de piel de oveja.

—¿Hoy no llevas katiuskas? —le preguntó Luca.

—No, hace demasiado frío. ¡Oh, qué bien! —Apoyó la cabeza en el respaldo mientras el aceite cálido le pasaba entre los dedos.

—Dentro de un momento te parecerá que vuelas —le comentó él—. ¿Mejor? —Le cogió el pie con ambas manos—. Todo irá bien.

—¿Tú crees?

—Habrá sido una conmoción para ti, supongo.

—Ya no sé quién soy. —Emma frunció el ceño recordando su conversación con Freya, lo desazonada que estaba—. Me siento fatal. Creo que me he descargado con mi abuela... con Freya. —Hizo una pausa—. No puedo creer que nos haya estado mintiendo todos estos años.

—Quizás estaba protegiéndote de la mejor manera que tenía.

—Puede... —Emma lo miró y agachó la cabeza, concentrada mientras él le masajeaba la planta del pie con los pulgares—. No me costaría acostumbrarme a esto.

Marek entró.

—Perdón, ¿interrumpo? —Dejó las tazas de té en el fregadero.

—¡Qué va, Marek! —Emma se volvió a mirarlo—. Luca me está ayudando a probar una nueva poción.

Luca lo miró y se secó las manos, cohibido.

—Debería ir a ver cómo va Macu.

—Si quieres que te haga masaje en el otro pie luego, solo tienes que pedírmelo. —Marek le guiñó un ojo a Emma cuando pasó a su lado.

—¡Un poco de respeto! —le espetó Luca.

—¡Eh, eh...! —retrocedió Marek, con las manos en alto.

Luca se lo quedó mirando hasta que oyeron el ruido de la excavadora.

—¿Cuándo se irán? —preguntó.

—Pronto. Ya solo queda el jardín.

—Anda como Pedro por su casa.

Emma se secó el pie y se enfundó la bota.

—Está bien, de veras —dijo, poniéndole una mano en el brazo a Luca, que la miró.

—No, no lo está. Nada de esto está bien —repuso, imitando el acento inglés.

—Voy a vestirme —lo miró insegura—. No quiero hacer esperar a Macu.

49

Valencia, marzo de 1939

Rosa corrió, sin aliento, con un dolor agudo en el costado. El camión la había dejado en la carretera y cruzaba corriendo los naranjales tan rápido como podía. Una tormenta eléctrica bajaba de las montañas y los relámpagos se bifurcaban en el aire cargado. La puerta trasera oxidada de Villa del Valle daba portazos empujada por el viento y ella la abrió de par en par, jadeando.

—¡Gracias a Dios que estás aquí! ¡Viene Vicente! —Macu corrió hacia ella y la sostuvo—. Los nacionales celebran una fiesta de la victoria en el pueblo. Espera que bailes.

—¿Que baile? ¿Está loco?

—Es mejor que por ahora le des el gusto. —Macu la miró a los ojos—. ¿Dónde estabas?

—He tardado más de lo que creía en volver. Las carreteras están bloqueadas por los refugiados que se dirigen hacia el norte. He tenido que ir a campo traviesa buena parte del camino y en coche cuando he podido.

—Jordi ha estado aquí. Te buscaba.

—¿Ha estado aquí? —preguntó Rosa, frenética—. ¿Dónde está? Tengo que reunirme con él.

Macu negó con la cabeza.

—Se ha ido hacia la costa. —Sentó a Rosa en el banco de piedra, al pie de la torre y llenó un vaso de agua con la bomba. Le lavó la sangre y el barro de los pies, rogándole todo el tiempo a san Vicente que los salvara. —Ven—. Se la llevó al piso de arriba, la desvistió y la peinó.

Rosa tenía los miembros flácidos y se dejó, como una muñeca de trapo, como una criatura.

—Le he oído discutir con Jordi. Le ha dicho que si te quedabas con él, permitiría que se fuera. Vicente ha dispuesto un barco en la playa, cerca de la Albufera. Se llevará a Jordi y a Marco a lugar seguro. —Le alisó un nudo del pelo a Rosa—. No puedo creer que Valencia haya caído.

—Hemos perdido, Macu. Hemos perdido en todo.

—Pero ¿y Lulú?

—Está a salvo, con Freya.

—Bien. Nunca nos rendiremos. —Macu inspiró profundamente y alzo la barbilla—. Los combatiremos desde dentro. Ahora estoy casada con un buen hombre. —Llevó a Rosa hasta el tocador y le puso las manos en los hombres—. Arréglate. Vicente no se alegrará de que lo hagas esperar. —Le besó la coronilla y cerró con fuerza los párpados—. Recuerda lo que se dice: los españoles morimos bailando. No permitas que te quiebre nunca, Rosa. Jamás.

La llama de la vela vaciló y su reflejo en el espejo se oscureció. Rosa se vio desaparecer. Destapó el pintalabios, sacó con la uña del pulgar lo poco que quedaba de carmín y se lo aplicó despacio a los labios. Una uña rota le arañó el labio y se lamió el arañazo mientras la luz se apagaba. Le temblaba la mano cuando dejó el pintalabios en el tocador. El metal tintineó sobre el cristal. Pensó en el día que lo había comprado, en Madrid, su primer y su último lujo, en cómo la había hecho sentirse mujer.

«La gran Rosa Montez, musa de Lorca, la mejor bailaora de Andalucía —pensó—. ¿Quién soy ahora? Nadie. Una sombra.»

Recortado contra la luz del pasillo, mientras se sujetaba con horquillas el pelo, vio la forma familiar de su perfil, sus brazos, sus pechos, el oscuro lustre de su vestido rojo; pero su corazón, su alma no estaban. Cerró los ojos deseando irse, desenado estar con Jordi.

—¡Rosa! —la llamó Macu desde la planta baja—. ¡Vamos! ¡Llegarás tarde! —Luego oyó sus pasos subiendo la escalera.

Cuando su amiga llegó a la puerta, parpadeó dos veces.

—¿Todavía no estás lista? —Tenía la voz tensa de miedo. Entró en la habitación—. Vámonos —le insistió—. Sospechará si llegas tarde. Déjame ayudarte. —Cogió la peineta de carey y se la puso en el pelo. Las púas se le clavaron en el cuero cabelludo, tensándole el pelo. De perfil parecía una reina—. ¿Estás bien?

Rosa asintió en silencio, temiendo que, si hablaba, la amabilidad de Macu soltaría las lágrimas que intentaba contener.

—Recuerda que esto es por Jordi. Bailas por todos nosotros —le dijo en voz baja, y dio un respingo cuando oyó la puerta de un coche cerrarse fuera.

Rosa escuchó, con el corazón acelerado, oyendo la grava que crujía bajo unas botas que se acercaban a la casa.

—¡Macu! —gritó Vicente desde abajo—. ¿Dónde estás?

Rosa se envaró. El momento había llegado. Todavía tenía tiempo de escapar. Buscó el guardapelo. No estaba.

—Dile que ahora voy. —Le apretó la mano—. Todo irá bien.

—¡Macu...! —bramó Vicente—. Ignacio te espera.

De nuevo sola, Rosa abrió las persianas de para en par y miró el jardín que había llegado a amar. Se sacó del bolsillo del viejo vestido negro la fotografía de Jordi y la suya. Había mirado a la cámara con una pasión de la que ya nada quedaba, retadora. Era la única foto que tenía de él. Jordi sonreía, con chispas en los ojos, enamorado.

Alisó la foto con el pulgar, recordando cómo se había sentido pasándole los dedos por los rizos oscuros y cálidos que le llegaban a los hombros la última vez que lo había visto, cómo sus pestañas le acariciaban la barbilla cuando Jordi le besaba el cuello.

«Te quiero —pensó—. Siempre te querré.» no sabía qué hacer con las fotografías ahora que no las llevaba protegidas en el guardapelo. Vicente las destruiría. Se agachó, buscando una rendija entre las tablas del suelo. Luego se acordó de la que estaba suelta en su habitación y corrió por la casa sin hacer ruido. Se detuvo al lado de la cama y las metió por la rendija, dejándolas caer en la oscuridad. Ya las recuperaría luego.

Cuando oyó el sonido de sus tacones en la escalera, Vicente se volvió. Su irritación desapareció cuando se le acercó, con el deseo latiéndole en las venas, líquido e imparable.

—Rosa, Rosa... —susurró, acariciándole el vientre hinchado bajo la falda larga del vestido rojo—. Así que mi palomita ha vuelto a casa. Llegas justo a tiempo. El general ha mandado su coche —dijo orgulloso—. ¿Dónde has estado esta vez? Llevas días fuera.

—No es asunto tuyo.

—Me parece que le has llevado la niña a la inglesa, ¿no es así, Rosa? A quién le importa. No tardaremos en tener a nuestro propio hijo. —Retrocedió—. Bueno, ¿qué te parece? Se pasó la mano por el uniforme nuevo.

—Tienes pinta de cerdo fascista.

Él titubeó. Ya no era el héroe, solo el hijo mayor de un campesino valenciano. Pero como todos los depredadores, olía el miedo, y cuando vio inseguridad en los ojos de ella, la miró con avidez. Estaba al mando. Su mano firme en los riñones la dirigió hacia la puerta donde esperaba Macu y abrió los dedos, tanteándole la cadera mientras ella caminaba. Las mujeres intercambiaron una última mirada, llena de todo lo que no se habían dicho, de todos los sueños que habían quedado en nada. Rosa alzó la barbilla y caminó en la oscuridad nocturna.

Mientras iban en coche hacia la ciudad, Rosa se preguntó: «¿Es así como se siente una en su último viaje?» Pensó en todos los hombres que habían llevado por ese camino a «dar un paseo». Pasaron junto a casas oscuras en las que estaba habituada a ver luz cálida y oír el sonido de música y voces. Todo había desaparecido. La gente había huido o había desaparecido. Cuanto más se acercaban a la ciudad, más fuerte era el olor de los incendios, de la carnicería.

—Cierra la ventanilla, Rosa, no es...

—No. Quiero recordar esto.

En el primer control, el coche se detuvo. Unos soldados comprobaron sus documentos y miraron a los pasajeros. Vicente se asomó.

—Rápido —ladró—. Sacad a esa gente de la carretera. El general nos está esperando.

Rosa vio que el soldado abría unos ojos como platos, sorprendido.

—Sí, señor.

Tocó el cristal frío cuando pasaron la riada de gente pálida de agotamiento y de miedo. El corazón le martilleaba en el pecho. ¿Y si lo veía entre aquellas personas? ¿Y si Jordi no había llegado a tiempo a la costa?

Las hermosas cúpulas azules de la ciudad brillaban a la luz tenue como siempre y el Turia seguía fluyendo, pero todo era distinto. Se unieron a un convoy de vehículos militares y Rosa vio a un hombre al que arrastraban a un edificio de apartamentos, con su mujer agarrada, gritando, a sus piernas. Los soldados la metieron a empujones en el patio e hicieron retroceder a los aterrorizados niños hacia la oscuridad del portal. Cuando pasaban, Rosa estiró el cuello, oyó los gritos de la mujer, «¡no, no, no!» y vio un soldado de uniforme levantar la culata del fusil y descargarla contra la cabeza del hombre, que cayó en la alcantarilla.

Rosa juró entre dientes.

—Esto es solo el principio —dijo Vicente—. Van a arrancar todo lo podrido.

—¿Me estás amenazando?

—¿A ti, querida? —Le cogió la cara—. No. Tú eres mía. ¿Y Macu? Bueno, si tu amiguita baja la cabeza, entonces estará segura con los Santangel también. —Se palmeó el bolsillo y sacó una funda de piel—. ¿No puede conducir más rápido? —le dijo irritado al conductor, encendiendo el puro.

—Lo siento. —El conductor le señaló los camiones y los tanques que los precedían.

Vicente consultó la hora.

—Iremos caminando desde aquí.

—¿Está seguro de que no hay peligro, señor?

—¿Está poniendo en duda mi criterio?

—No, señor.

El conductor miró hacia delante y se acercó despacio a la cuneta.

Vicente rodeó el coche hasta la puerta de Rosa. Mientras él comprobaba la calle, Rosa miró la pistolera que llevaba a la cintura.

«Podría dispararle.» Se imaginó a ambos caminando por las calles de detrás del palacio, besándolo y metiéndose en la oscuridad de un patio. Luego, un solo disparo. Se vio corriendo descalza por la calle, cogiendo una sencilla enagua de algodón de algún tendedero. Se imaginó caminando de noche, escondiéndose de las patrullas hasta llegar a la costa al amanecer, justo cuando llegaban las barcas, corriendo por la playa hacia Jordi, abrazándolo, riendo entre la espuma.

Vicente abrió la puerta y ella parpadeó y se apeó mecánicamente del coche. Miró a su alrededor: cuatro soldados se bajaron del coche que los seguía. Por supuesto, llevaban escolta. Vicente miró calle abajo y se sacó ostentosamente la pistola de la funda y la llevó del brazo, guiándola por las familiares calles y callejones de la parte trasera del palacio del marqués de Dos Aguas. A esa hora de la noche, pensó Rosa, los cafés estarían abiertos, los niños jugando en la calle con los perritos que corrían y saltaban mientras los padres estaban sentados bajo las estrellas, comiendo tapas y bebiendo. Pero las calles estaban horriblemente silenciosas. El olor de los incendios impregnaba el aire. Las tiendas y los cafés estaban cerrados a cal y canto. Lo único que oía Rosa era a los soldados caminando detrás de ella y su propia respiración. Tenía un nudo en la garganta.

—¿Está a salvo? —dijo en voz baja.

—Ahora no...

Ella apartó el brazo.

—¿Está a salvo Jordi?

La mirada de Vicente se endureció.

—Hice un trato, ¿no?

—Si alguna vez me entero de que lo has traicionado...

—¿Qué harás?

Rosa tropezó a propósito y se agachó a mirarse el zapato. Él se agachó despacio a su lado, con el cañón de la pistola rozando los adoquines. Sin mirarlo, le dijo en un susurro:

—Te lo haré pagar. —Levantó los ojos hacia él—. Me tienes ahora. Tienes mi palabra. Estoy comprando su libertad con mi cuerpo. Pero nunca jamás tendrás mi alma.

Vicente la agarró fuertemente por la muñeca.

—Mujer estúpida. —Se le acercó y ella notó su aliento en la oreja, olió el tabaco—. No es tu alma, ni tu corazón, ni tu amor... sea lo que sea que tanto valoras... lo que siempre he querido. —Ella quiso soltarse, pero la mantuvo firmemente sujeta—. Esta noche y todas las noches estarás en mi cama. Te haré olvidar la existencia de mi hermano.

A Rosa se le revolvió el estómago cuando su diente de oro le mordió el lóbulo de la oreja y con la lengua le recorrió el cuello.

—Te tengo y tú llevas a nuestro hijo. —La soltó y ella se apartó, temblando—. ¿Tienes frío? —le preguntó, lo bastante alto para que lo oyeran los soldados.

Rosa se volvió para mirarlos y negó con la cabeza. De camino, pasaron por un patio iluminado por las llamas. Las pesadas puertas estaban abiertas y Rosa vio a unos soldados nacionales riendo y fumando alrededor de un fuego y, detrás de ellos, un cuerpo en el suelo, con los pies desnudos y sucios saliendo de la sombra de un muro lleno de impactos de bala. Tragó con esfuerzo mientras Vicente le pasaba un brazo por la cintura y la guiaba hacia la calle.

—Eres una mujer sensible, Rosa. Puede que creas que estás haciendo esto por amor, pero mi hermano era un idiota. Tú eres más inteligente que él. Eres una superviviente.

—No. —Negó con la cabeza.

—Sí que lo eres. —Le clavó los dedos en la cadera, atrayéndola hacia sí—. Es una nueva época, Rosa, y merece la pena estar en el bando ganador. —Hizo un gesto con el brazo, abarcando la ciudad—. Todo esto será nuestro. Nuestra gran ciudad se levantará de nuevo y esta vez nosotros estaremos al mando. Tendremos posición y dinero.

Rosa contempló las tallas de la puerta del palacio, los cuerpos retorcidos y la yesería como la cobertura de un pastel de boda de locos... Se le encogió el estómago de miedo.

—¿Qué es esto, Del Valle? —Un oficial se rio—. ¿A pie?

—Hace una noche hermosa para pasear con mi mujer.

—¿Tu mujer? —La miró con una mezcla de curiosidad

y lujuria—. Felicidades. ¿Dónde tenías escondida esta belleza? —Se inclinó para besarle la mano.

—Un hombre sabio guarda su tesoro en casa —dijo Vicente.

Rosa parpadeó cuando las puertas se abrieron y dejaron a sus espaldas la oscuridad de la calle. La luz era mareante. Relucía en los candelabros, chispeaba en la fuente cuando cruzaron el patio enlosado. Se levantó los bajos de la falda mientras subían la escalera hacia las habitaciones principales, pasando en sucesión al lado de varios soldados.

—El general está en el *fumoir* —dijo el que los hizo pasar a una antesala—. Pasen a presentarle sus respetos.

Rosa oyó voces masculinas y una risa áspera en el aire cargado de humo de puro. Se llevó el dorso de la mano a los labios e inhaló el aroma fresco de azahar.

—No digas nada a menos que se dirijan a ti —le siseó Vicente mientras el ruido aumentaba.

La habitación le recordó a Rosa un tablero de ajedrez; todo era blanco y negro: el suelo de baldosas, el mobiliario de ébano con incrustaciones de marfil, los uniformes de los soldados. En el centro de la habitación estaba sentada la corte del general conquistador, que observó cómo Vicente guiaba a Rosa hacia él.

—General. —El oficial taconeó—. Permítame presentarle a Vicente del Valle y a su esposa. Contribuyeron mucho al esfuerzo de guerra detrás de las líneas enemigas.

Rosa se estremeció. Le resultaba insoportable que la incluyeran en el doble juego de Vicente.

El general la repasó con los ojos, echando la ceniza de su puro en el cenicero de mármol que tenía junto a así.

—Me estaba preguntando qué le había sucedido a nuestra bailaora.

Rosa lo fulminó con la mirada. Veía que la evaluaba fríamente. Sabía que lo había captado. Había captado que era de estirpe gitana, que era republicana. Se lo imaginó arrastrando a Jordi desde una habitación contigua y arrojándolo al suelo delante de ella, ensangrentado y malherido. Se vio a sí misma aferrándose a él, besándole la cara, sin temor a morir siempre y cuando estuvieran juntos.

Levantó la barbilla, retadora.

—Mi mujer es una bailaora famosa, general. —Vicente le hizo una reverencia—. Por supuesto, Rosa bailará encantada para usted.

—Debo felicitarle, Del Valle. Por lo visto ha domado a una criatura salvaje. Muy hermosa, pero a lo mejor debería cortarle las alas o arrancarle las garras... —Los hombres que había a su alrededor soltaron una carcajada indulgente. Rosa notó su ambición y su deseo fluir hacia ella como petróleo sobre agua.

—Gracias, general. —Vicente se ruborizó de placer.

El general exhaló lentamente una pluma de humo gris.

—Bailará para nosotros esta noche.

—Bailaré —dijo Rosa—, pero lo haré por España.

El general achicó los ojos al oír el desaire. A Vicente se le humedecieron las palmas de sudor. Se sabía derrotado antes de empezar. Podría haber ascendido de rango, obtenido incalculables riquezas; pero aquello... lo leyó en la expresión del rostro de aquellos hombres, aquello no lo olvidarían.

Tendrían suerte si no se los llevaban a «dar un paseo» dentro de nada.

Rosa salió con aire majestuoso al salón de baile, donde las mujeres ya ocupaban las sillas colocadas alrededor de la pista de baile. Mientras cruzaba decidida la habitación, se hizo el silencio. Sus tacones resonaban en el entarimado. Repasó los rostros y reconoció muchos. Esposas de terratenientes, esposas de banqueros, mujeres a las que conocía de la iglesia y del mercado. Mujeres corrientes del lugar que ahora enseñaban a qué bando pertenecían realmente, se dijo. ¿O estaban simplemente asustadas, como todos?

La siguieron con la mirada, algunas tristes y temerosas, otras celosas y malintencionadas. Estas últimas eran las capaces de traicionar a sus vecinos, incluso de incriminar a un inocente por una vieja deuda o una afrenta. Y al final del círculo vio a Macu. Don Ignacio de Santangel la ayudaba a ocupar su asiento. Ignacio no había colaborado con el general, como sabía Rosa, ni se había unido a los nacionales como Vicente, pero había mantenido la cabeza gacha y conservaría buena parte de su fortuna. Los hombres y los soldados entraron detrás de Rosa como un torrente negro fluyendo, para unirse a las mujeres, hasta que la habitación se llenó. Cuando el general se sentó, Rosa notó que Vicente había sido apartado y guiado hacia una silla distante.

«Bien —pensó—, ya ha empezado.» Echó un vistazo a la cara colérica de Vicente y supo que esa noche lo pagaría.

«Haz lo que quieras. Soy más fuerte que tú. Nunca quebrarás mi voluntad.» Rosa caminó despacio hacia el centro del escenario, con los ojos cerrados, apenas escuchando a quien la presentaba y contaba a los congregados que su actuación sería un complemento al programa de aquella noche.

Oyó los acordes de una guitarra debajo de ella. Las notas le llegaban a través de las rejillas de ventilación del suelo del salón de baile, procedentes de una habitación oculta. Hacía décadas, una orquesta se ocultaba allí abajo, tocando para los bailarines del piso de arriba.

«¿Quién toca? —se preguntó—. Uno de los nuestros, sin duda. ¿Habrá comprado su vida o la de su familia consintiendo en actuar como un animal de circo para el general también?»

Cada nota se elevaba en su interior como una frágil burbuja, subiéndole por las piernas, el torso, los brazos, el cuello, mientras hacía rodar la cabeza, aflojándola, liberando su espíritu. Se paseó como un animal enjaulado. La sangre se le aceleraba con la vibración de las notas y notaba los ojos que la observaban en la oscuridad.

El guitarrista dejó de tocar y ella se quedó quieta, esperando. Respirando. Puso los ojos en blanco, abrió la boca y con una patada en el suelo, empezó. Reconoció a la cantaora de inmediato. Su marido había sido apresado en cuanto las tropas entraron en la ciudad. El profundo dolor de la voz de aquella mujer aportó a los movimientos de Rosa precisión, definición. El duende brotó de las entrañas de la tierra, se ahorquilló como la electricidad entre las notas, la voz, sus miembros. Mientras fluía la música, se perdió a sí misma. Siempre sucedía igual. Llevaba el baile en la sangre, en la médula. Había actuado tantas veces, en las cuevas, con su familia... Había bailado a la sombra de la Alhambra para Lorca. Movía las manos por encima de la cabeza como zarcillos. Lo recordó recitando un conjuro, cómo incluso el viento parecía verde y las ramas cobraban vida. Su zapateado era atronador, la falda azotaba el aire. Bailó como había bailado para Picasso en el Albaicín, como lo había hecho para Jordi, a la luz de la fogata, la última noche que habían pasado juntos en las ruinas de Sagunto. Allí había notado la calidez de las antiguas piedras responder a la vida de sus miembros. Había sido su mejor baile, lo sabía; su pasión, su amor, habían despertado los espíritus de la tierra, los fantasmas de las ruinas. Nunca más volvería a bailar así para nadie: lo de aquella noche era solo un eco, un temblor secundario. Tal vez fuese su último baile.

La música inspiraba paz ahora. Rosa percibió el dolor y la pasión en la melodía. Se preguntó si podían oír sus pies bailando por encima de sus cabezas, el zapateado y las palmas con que respondía. Cuando se volvió se fijó primero en el general y luego en Vicente. Nunca dominarían su espíritu. Bailaba para los hombres y el país que amaba.

Sin parar, cada vez más rápido, la música y la danza

continuaron. Sus brazos y sus piernas eran un borrón en el aire. No estaba allí. Vio a Jordi corriendo hacia la costa. Los tenía detrás. Vicente había traicionado a su hermano, estaba segura. Los perros y los soldados se le estaban echando encima. Vio a Jordi y a Marco corriendo por los arrozales hacia una vieja barraca, ocultándose bajo el picudo tejado mientras la mujer del campesino decía: «No, no he visto a nadie por aquí.» Los vio tendidos sobre las polvorientas tablas del suelo, mirando cómo los soldados sacaban a rastras a la mujer.

—No podemos dejar que se la lleven —oyó que le susurraba Jordi a su amigo.

—De todos modos la matarán. —Vio que Marco sacudía la cabeza—. Todo el mundo sabe que son una familia de anarquistas.

Vio que Jordi comprobaba su pistola.

—¿Prefieres morir como un héroe o vivir como un cobarde?

—Si solo me mataran de un tiro, no me importaría —oyó que replicaba Marco—. Pero no quiero que me cojan con vida.

—Vamos, pues. —Jordi abrazó a su amigo—. ¿A qué estamos esperando?

Tenía la música dentro, corriendo turbulenta por sus venas. Era consciente a medias de los olés y de los aplausos de la habitación, pero no estaba en ella. Estaba sobrevolando la tierra, corriendo como el viento detrás de Jordi, alentándolo a llegar al mar. Las balas viajaban con ella y la adelantaban mientras intentaba protegerlo. Marco cayó. Jordi regresó corriendo a su lado.

—Vete —le gritó Marco, agarrándose el costado, con la sangre manando entre sus dedos y cayendo en la arena.

—¡No! No voy a dejarte. —Rosa observó cómo Jordi distinguía un barquito de pesca en el horizonte—. Te llevaré a hombros.

Marco gritó cuando Jordi intentó levantarlo.

—¡Déjame! —Hubo disparos cerca—. Pero déjame también la pistola. Vete ya —susurró, y Rosa vio que Jordi le ponía la pistola en la mano.

Los pies de Rosa golpeaban las tablas a un ritmo increíble, como una ráfaga, lloviendo como chispas mientras la música iba en crescendo. En el calor y el fuego, vio a Marco llevarse la pistola a la sien. Un chasquido; se le rompió el tacón de un zapato. Corría de nuevo, corría al lado de Jordi hacia la barca.

«Somos españoles —le había dicho la última vez que habían estado juntos—. Para nosotros la vida es una tragedia. —Habían intercambiado un último y desesperado beso—. ¡Salud, Rosa! —había exclamado—. Despreciamos la muerte, nuestro amor la desafía.»

Continuó bailando, más y más rápido, la danza de su vida. Uno, dos taconeos más y se quedó quieta repentinamente. Jordi alzó los brazos y ella subió a su vez los suyos mientras él giraba. Notó que lo perdía. Él cayó y ella también, y el espíritu la abandonó. Se quedó en el suelo, jadeando, mientras una ovación resonaba a su alrededor. Cerró los ojos con fuerza y lo buscó. ¿Se había lanzado al agua? ¿Estaba nadando hacia el barco que ella había visto en el horizonte? ¿Los había dejado atrás? Respiraba con dificultad y veía luces detrás de los párpados mientras se recobraba. ¿Lo habían matado a tiros? ¿Había levantado los brazos hacia el cielo al morir o escapado victorioso hacia la libertad? Estaba quieta, tendida en el foco de luz del candelabro, con el vestido rojo extendido a su alrededor. El aplauso continuaba y su cuerpo se hundía en el suelo; quería que se la tragara.

—Jordi —murmuró, con las costillas comprimidas y una rodilla contra el vientre. En respuesta, un piececito se la empujó, dando una patadita hacia la libertad.

50

Valencia, enero de 2002

Emma se enfundó un jersey gris ancho y pulverizó con Chérie Farouche el cepillo. Cuando empezaba a cepillarse sonó el móvil.

—¿Freya?

El rostro de Emma se endureció.

—Em, cariño...

Emma notó el pánico en su voz.

—Ya he visto tu mensaje. ¿Estás bien...? ¿El bebé está bien?

—No. No estoy bien. ¿Cómo iba a estarlo después de lo que hablamos? —le gritó—. De toda la gente en la que creía que podía confiar...

—Emma, por favor.

—No puedo creer que todo fuera mentira. ¡Me has mentido! ¿Quién soy, Freya? ¿Quién soy?

—Cariño, por favor, tranquilízate un poco. Déjame explicarte...

—No. Basta de mentiras. —Oyó voces en la planta baja—. Voy a hablar con Macu. Voy a enterarme de lo que le pasó a Rosa. ¿Sabías que estuvo en la cárcel?

—¿En la cárcel? ¡Oh, Dios mío, no! —A Freya le temblaba la voz—. Siempre temí que eso sucediera.

—¡Hay tantas preguntas que me rondan la cabeza! —Emma tenía un nudo en el pecho y respiraba con dificultad bajando la escalera—. ¿Cómo llegasteis tú y mamá a casa, a Inglaterra?

—Le dije a Rosa dónde estaría, en Cerbère, y conseguí que me destinaran a la maternidad que habían instalado en una vieja mansión, en Elne. Esperaba que se reuniera conmigo allí. —Hizo una pausa—. Pero cuando regresó a buscar a Jordi, me quedé en la frontera y conseguí localizar a Charles. Reinaba el caos. Estaban ametrallando a los refugiados, los muy bastardos. Así fue como mataron a Hugo y como Charles perdió el brazo. Cuando consiguieron llevarlo al centro médico, ya se le había declarado la gangrena. Pobre Charles. Al final, cuando estuvo lo bastante fuerte para viajar, nos marchamos juntos.

—¿Con mamá?

—Sí.

—¿Y nadie te detuvo? ¿Te llevaste a una niña de España a Inglaterra y la criaste como si fuera tu hija?

Freya dudó un instante en responder.

—No era tan sencillo como eso.

—¿Cómo pudo Rosa abandonar a mamá?

Freya suspiró.

—Nunca he entendido tampoco cómo alguien puede entregar a su hijo. Dijo que no tenía elección, pero la tenía. Eligió a Jordi.

—Sabía que mamá estaría a salvo contigo.

—Tal vez. Esas milicianas eran increíblemente fuertes. Recuerdo que una me dijo que habría matado a su propio hijo antes que no poder combatir al lado de su marido.

Emma miró hacia arriba porque oyó a Luca llamándola.

—Tengo que dejarte.

—Emma, por favor, entiende que tuve mis razones...

—Calló—. Muy buenas razones para ocultarte la verdad. Solo intentaba protegeros a Liberty y a ti.

—¿Lo sabía mamá?

—No lo supo hasta cerca del final. —Freya tenía la voz tomada por la emoción—. Me obligó a decírselo por fin.

—¿Por eso vino a España? ¿Por eso compró esta casa?

—Sí. Me hizo prometer que te lo contaría. Nunca me parecía el momento indicado, y ahora... —Suspiró—. Tiene gracia. Rosa me dijo una vez que sus descendientes vivirían en Villa del Valle, y tenía razón. Me parece que Liberty quería darte algo que sentía que ella nunca tuvo.

Emma recordó las palabras de su madre: «Raíces y alas.» Hizo una mueca porque se le endureció el vientre con una contracción.

—Tengo que dejarte. Hablaremos luego.

—Te quiero, Em. Cuídate...

Emma cortó la comunicación sin terminar de oír la última frase.

—¡Emma! —gritó Luca desde la cocina.

—¡Ya voy! —Hizo un gesto de dolor, con una mano en el costado—. ¿Qué demonios pasa?

—Tienes que venir a ver esto. —Luca la llevó por la cocina y señaló el hoyo que Marek estaba cavando para la piscina del jardín.

—O *mój Boże...** —exclamó el chico. Tiró de la palanca de la excavadora y paró el motor—. ¡Boris! —gritó.

—¿Qué pasa? —Boris salió de detrás de la casa cargado con cajas de azulejos azul marino para alicatar la piscina.

Marek se encaramó a la pala de la excavadora y hundió la mano en la tierra color ocre. Boris dejó las cajas en el suelo con un gruñido, levantando polvo. Se volvió hacia

---

* «¡Dios mío!» *(N. de la T.)*

Marek refunfuñando entre dientes en polaco. Se quedó con la boca abierta y se santiguó.

Recortado contra el sol, Marek sostenía una calavera: una calavera humana. Se volvió hacia la casa y vio a Emma de pie con Luca en la puerta, mirándolo. Levantó la calavera para que la vieran. El sol matutino destelló en sus dientes de oro.

51

Valencia, abril de 1939

—¿Dónde estabas? ¡Se ha puesto como una fiera! —Macu se retorcía las manos. El quinqué de la cocina se balanceó con el viento cuando se abrió la puerta y la luz bailó en la oscuridad.

Rosa dejó tranquilamente una cesta llena de hojas de un verde brillante en la mesa de la cocina; el viento que bajaba de las montañas le alborotó el pelo.

—¡Ha tapiado la habitación de Jordi! —gritó Macu—. Todas tus cosas: tus vestidos, tu perfume, siguen dentro.

Rosa pensó en las fotos ocultas debajo de las tablas del suelo del dormitorio. Al menos estaban a salvo. «Juntos para siempre», pensó. Apartó el pesado caldero del fuego y comprobó que el agua hirviera.

—No las necesito —dijo sin alterarse, poniendo las hojas en infusión.

—Es como si intentara borrar de la existencia a su hermano. Es como si Jordi nunca hubiera existido.

—Es culpable —dijo Rosa, limpiando el mortero.

—¿Culpable? ¿Quién es culpable? —dijo Vicente, entrando en tromba en la cocina. Iba desnudo de cintura para

arriba, con el torso musculoso y lleno de cicatrices brillante de sudor. Se acercó a Rosa—. ¿Dónde estabas?

—Cogiendo comida y caracoles para la cena, Vicente.
—Lo miró con unos ojos que eran dos pozos negros—. Te
estoy preparando lo que más te gusta. —Señaló el conejo
desollado que había en la cesta.

—Bien —gruñó él, y salió. Lo oyeron preparando yeso
en una cubeta. Cuando volvió a pasar, la lluvia le había mojado la cara y dejó huellas de barro por la casa.

—¿No vas a decir nada? —le susurró Macu.

Rosa negó con la cabeza, majando las hojas.

—Todo a su tiempo.

Macu comprobó cómo iba la paella, probando la capa
crujiente de *socarrat* del fondo. Se apartó del fuego.

—Ya está —dijo—. ¿Lo llamo?

—Sí.

Rosa tiró casi todo el contenido de una botella de coñac
por el fregadero y la puso sobre la mesa. Respiraba despacio, a pesar de que el corazón le latía aceleradamente. Escuchó sus pasos pesados en el rellano de arriba y los siguió
mientras bajaba la escalera de madera. Entonces se sirvió
un vasito de coñac y se sentó a esperarlo.

—¡Ya era hora! —Vicente entró en la cocina, se lavó las
manos en el agua del fregadero y se la echó en la cara sudorosa.

—Macu, ¿te importaría servir a mi marido? —dijo tranquilamente Rosa.

Macu raspó la paellera con una cuchara metálica grande
y llenó un plato hondo de arroz humeante. Vicente se puso
a comer sin darle las gracias.

Rosa tomó un sorbo de coñac.

—¿Vicente?

—¡Mmmm! —gruñó él, sin apartar los ojos de la comida.

—¿Por qué has tapiado la habitación de Jordi?

—¿Jordi? —Vicente se comió un caracol y tiró la concha—. No le hace falta una cama donde está ahora.

Rosa lo miró, pálida.

—¿Qué quieres decir?

—Jordi se ha ido. —Tenía arroz pegado a los labios brillantes y una sonrisa cruel—. ¿No te has enterado? Los republicanos se rindieron oficialmente a las once de esta mañana. Franco ha ganado. Ahora todo es mío.

—Dijiste que te asegurarías de que llegara a los barcos.

Vicente soltó una carcajada.

—Los muelles están abarrotados. Cincuenta mil personas intentando escapar. Puede que tuviera suerte, puede que no.

—Vicente. —Habló en voz baja, con los puños cerrados bajo la mesa—. ¿De qué te has enterado?

Él se encogió de hombros, presuntuoso.

—Me ha dicho un pajarito que corrían hacia las barcas que había en la playa, cerca de la Albufera. —Se hizo con la botella y se sirvió lo que quedaba de su contenido—. Son miles y miles —repitió, apurando el vaso—, atestan la costa como ratas. A Marco lo mataron a tiros.

—¡Oh, Señor, no! —dijo Macu, llevándose una mano a la cara.

—¿Jordi? —Hizo una mueca—. ¡Quién sabe...! ¿Tú qué crees? Esos dos contra las tropas del generalísimo. —Se volvió hacia su mujer con la cara roja de rabia—. En todo caso, ¿a quién le importa? Es el pasado. Esto es el futuro: tú y yo. —Apartó la silla de la mesa y se le acercó para ponerle una mano sobre el vientre—. Nuestro hijo.

Rosa miró de reojo a Macu. La vio luchando para rehacerse.

—Claro, Vicente —dijo sin alterarse.

—Jordi se ha llevado su merecido. Nunca olvides que podemos tener a las tropas aquí en menos que canta un gallo si yo quiero. —Chasqueó los dedos en la cara de Macu.

—¿Por qué no lo haces, pues? —repuso esta.

—A lo mejor unos cuantos de tus amigos se han ido, pero la mayoría están en las prisiones y acorralados en las plazas de toros. —Hizo el gesto de amartillar un arma y señaló a Macu con el índice—. ¿Tú? No mereces el esfuerzo de ir a la ciudad. —Agitó despectivo la mano—. Adiós, y hasta nunca. Este es un gran día. La bandera de la Vieja España ondea nuevamente en nuestro balcón. —Alzó el vaso hacia Rosa—. Y tú, mi amor, mi palomita, vuelves a ser mi esposa. Se acabó esa bobada de «mi compañero».

—Deja que te sirva un poco más de coñac.

Rosa arrastró a Macu a la despensa y cerró la puerta.

—¿Cómo puedes quedarte aquí? ¡Ese hombre es un animal! Lo que les ha hecho a Jordi y a Freya, lo que me ha hecho a mí... —Macu temblaba conmocionada e intentaba controlarse.

Sin alterarse, Rosa abrió el armario esquinero, buscó entre las botellas y sacó una azul.

—Rosa, ¿qué es eso?

—No es más que un sedante suave. No quiero que me toque esta noche.

—Ojalá hubiera podido yo disponer de algo así cuando vino por mí.

Rosa se volvió y se tranquilizó. Cuando alzó los ojos, había en ellos una oscura determinación.

—Macu —dijo, cogiéndole la mano a su amiga—. Lo siento. Si hubiera sabido...

Macu miró al suelo.

—No es nada. Comparado con lo que te hace a ti, no es nada. Pero no puedes perdonarle esta.

—No tengo intención de hacerlo. Amenazó a mi hija, traicionó al hombre al que amaba, su hermano y... —dijo, descorchando una botella de coñac— ha colgado una foto de ese hombre, ¡en mi cocina! ¡Cerdo fascista! —Soltó un torrente de palabrotas como una maldición mientras tiraba un poco de coñac—. Suficiente —dijo.

Macu observó en silencio cómo Rosa cogía la botella azul y la exponía a la luz. Se puso a su lado.

—Va a pagar por lo que me ha hecho y os ha hecho a Freya, a ti y a Jordi. ¿Será el mundo un lugar mejor o peor si hay un fascista menos? Echó todo el contenido de la botella en el coñac. Cogió el trapo del recipiente blanco que había dejado a un lado y lo estrujó, añadiéndolo a la mezcla con ayuda de un embudo.

—Rosa, ¿qué es?

—No, no lo toques. Son las hojas que he cocido antes. De adelfa —dijo simplemente—. Unas gotas matarían a cualquier hombre. Para Vicente usaré más.

—No puedo dejar que lo hagas —dijo Macu.

—No tiene nada que ver contigo —dijo Rosa—. Es mi decisión. Vicente nunca se detendrá, nunca permitirá que me vaya. —Apretó el puño—. Vete ahora, si quieres. Cuanto antes te vayas, más segura estarás. Las tropas no tardarán en venir a registrar el pueblo. Será más seguro para ti estar en casa con Ignacio. Nunca vuelvas por aquí, no vengas a verme nunca más.

—No. —Macu la abrazó fuertemente—. Me quedaré. Te ayudaré.

Vicente sacudió la cabeza cuando Rosa le puso delante la botella. El fuego se reflejaba en el líquido ambarino.

—¡Joder! Has tardado lo tuyo. —Descargó un puñetazo sobre la mesa y tiró el periódico al suelo.

Rosa miró el titular.

«La conquista de Valencia y Alicante ha puesto definitivo término a la peste roja.» «La peste roja —pensó—. Exterminada.»

—Bueno, ¿se puede saber qué esperas? —Le acercó el vaso vacío.

En los ojos inyectados de sangre, el rostro flácido, Rosa vislumbró en qué se convertiría, cómo su belleza lo abandonaría cuando su verdadero carácter se le grabara en la cara. Le llenó el vaso y dejó la botella en la encimera. Rosa sirvió más paella en el plato hondo de cerámica y se lo puso delante. Ebrio, tragó bocado tras bocado. Rosa hacía punto en silencio a la luz de la lámpara mientras él comía.

Vicente se puso en pie a duras penas y cruzó tambaleándose la cocina, como un toro al final de una larga corrida, con las banderillas clavadas en los flancos sangrantes. Volvió a llenarse el vaso, se sentó y se bebió de un trago el licor. Cuando se le cerraron los ojos, Rosa dejó de tejer y esperó. Fueron pasando los minutos. Solo se oía el fuego que chasqueaba y siseaba y los truenos que quebraban el silencio. Por fin Macu se acercó sigilosa.

—¿Rosa? —susurró—. ¿Está...?

—Tendría —dijo Rosa. Tenía la cara dura por la amargura.

Oyeron que empezaba a llover a cántaros. La lluvia caía desde el tejado de la casa.

—¿Respira? —Macu se le acercó de puntillas—. Voy a comprobarlo. —Fue a tocarle el cuello con la mano. Entonces Vicente resopló y se tambaleó hacia delante.

La mujer gritó cuando se levantó, tropezando.

—¿Qué me habéis hecho? —Se agarró el estómago, con una mueca. Se le trababa la lengua—. ¡Brujas! ¡Yo os maldigo!

Rosa se apartó, pero él agarró a Macu por el cuello. Fuera arreciaba la tormenta, el viento aullaba en el jardín y por la puerta abierta. Macu empezó a sacudirse, con los pies levantados del suelo. Le clavó frenética las uñas en la mano férrea.

—¡Socorro! —graznó—. No puedo...

Rosa intentó apartarlo de ella, pero las manos de Vicente eran como tenazas y tenía los músculos de la espalda contraídos y abultados. Se volvió, agarró el pesado mortero de piedra con ambas manos, lo levantó y lo descargó contra su cabeza. Vicente soltó a Macu con un grito ahogado y, cuando se estampó contra el suelo, de la sien le manaba sangre oscura.

—Hijo de puta —le escupió.

Las dos mujeres se quedaron de pie, en silencio, conteniendo la respiración. Ambas dieron un respingo cuando un relámpago chasqueó en el cielo.

—Tienes que irte —le dijo Rosa a Macu, volviéndose hacia ella.

La joven negó con la cabeza.

—No. Me quedo. Te ayudaré. —Miró a Vicente—. ¿Qué haremos con él? —dijo por fin.

Rosa miraba el jardín oscuro. Los relámpagos iluminaban el montón de revoque que había preparado Vicente y la pala clavada en la tierra.

—Primero cavaremos un agujero —dijo—. Iré al cobertizo a buscar otra pala.

Rosa cogió el libro de recetas, el de poemas de Lorca y el mortero y se lo llevó todo al jardín, con la lluvia resbalándole por la cara. Abrió de un empujón el almacén y dejó el mortero en el estante superior. Mientras cruzaba el jardín, se sacó el anillo de oro del dedo y lo tiró al pozo. Miró el agua oscura y la imagen fluctuante de una mujer a la que ya no reconocía le devolvió la mirada. El anillo cayó, a cámara lenta, dando vueltas y brillando, hacia las rocas y el silencio del fondo. «Es como si nunca hubiera estado aquí», pensó.

Macu se le acercó corriendo y las dos cavaron en la tierra ocre, mientras la tormenta arreciaba.

—¡Tardamos demasiado! —gritó Macu. Llevaban cavando media hora y el hoyo no tenía ni un metro de profundidad—. ¡Es demasiado corpulento!

Rosa miró hacia la cocina y vio el cuerpo retorcido de Vicente en el suelo. Echó un vistazo al montón de cal que había debajo del toldo del cobertizo, a la espera de que acabaran el muro.

—No. Servirá. Puedo hacerlo. —Dejó la pala—. Macu, ayúdame a arrastrarlo hasta la tienda. Luego me ocuparé yo.

—¿A la tienda? —Macu hizo una mueca—. Rosa, ¿qué vas a hacer?

Rosa fue por el camino hasta la cocina.

—Voy a hacer limpieza. Cuando termine, nadie sabrá que hemos estado aquí. —Volvió a pensar en las fotografías que había debajo de las tablas del primer piso—. Esta casa va a dormir mucho, mucho tiempo, como en un cuento de hadas.

Las jóvenes agarraron a Vicente cada una por una pierna y lo sacaron de la cocina. La cabeza golpeó el escalón de piedra. Llevaba los brazos arrastrando cuando lo deslizaron entre los naranjos y por la hierba resbaladiza por la lluvia. Rosa contuvo la respiración cuando abrió la puerta trasera de la tienda.

—Ahora yo me ocupo. Quiero que te vayas.

Otro relámpago iluminó el cielo y Macu vio en la habitación oscura destellar las hileras de cuchillos de un modo amenazador. Rosa la agarró por los hombros.

—Macu, olvídate de mí. Olvida todo esto.

—No puedo. Eres mi amiga.

Rosa la abrazó y notó su temblor.

—Ve y ten una buena vida con Ignacio. Puedes tenerlo todo, Macu: un hogar, una vida, una familia. —La estrechó con fuerza—. Cuídate. —La besó en ambas mejillas—. Olvídate de todo esto. Olvídame.

Rosa escuchó los pasos de Macu alejándose corriendo

por el jardín y esperó hasta que oyó cerrarse la puerta trasera. Miró hacia la casa. El viento soplaba entre los naranjos. Notó el sabor amargo de la bilis en la boca cuando pensó en lo que tenía que hacer. Le temblaban las manos cuando tanteó los azulejos fríos del mostrador.

—Ha llegado el momento, Vicente —dijo en voz baja—. Ha llegado el momento.

52

Valencia, enero de 2002

—Esos no, aquellos —dijo Macu, señalando los lirios blancos del fondo del expositor de Aziz.

—Sí, señora. —El chico sacó los tallos del cubo de acero. Las corolas se balancearon con la brisa. El aroma embriagador de incienso de sus pétalos blancos impregnó el aire.

—Buenos días, Macu —la saludó Emma, deteniéndose a besarle las mejillas—. Esos son bonitos, Aziz. ¿Son para algo en particular?

—Los llevo al cementerio para mi Ignacio —dijo Macu.

—Buenos días —saludó Fidel, entrando en la tienda con un cajón de madera lleno de verdura fresca.

—Aquí está lo que pediste. Mi hija me ha pedido que te lo traiga.

—Gracias. ¿Cuánto te debo? —Emma fue a coger la cartera y Fidel le palmeó la mano.

—Nada. Ha sido un placer. Tienes que tomar toda la fruta y la verdura que puedas. Al bebé le conviene.

—¿Estás bien? —le preguntó Macu—. Estás muy pálida.

—Estoy bien. —Se apoyó en el mostrador—. Es que

acabo... Me he llevado una impresión. Hemos desenterrado un esqueleto del jardín trasero.

—¿Un esqueleto? —Macu se tambaleó hacia atrás.

—Es una cosa rarísima: tiene dientes de oro.

—Te lo dije: esta casa tiene mala sombra. —Dijo Aziz tendiéndole a Macu el ramo de flores.

—Tonterías —repuso Emma. Brillaba el sol, pero sintió un repentino escalofrío—. Luca ha llamado a la policía. Creo que van a traer a uno de la funeraria para que se ocupe de los restos.

—Vamos —le dijo Macu—. Tardarán un rato en llegar. Tenemos que hablar. —Agarró a Emma del brazo—. Iremos juntas al cementerio. Tú también, Fidel.

Caminaron por la acera polvorienta en silencio. Solo se oía el bastón de Macu golpeando el suelo. Fidel abrió las puertas de la verja de hierro del cementerio y dejó pasar a las mujeres. Emma se puso las gafas de sol porque la deslumbraba el resplandor de las tapias blancas y la luz que se reflejaba en las lápidas pulidas y los floreros dorados. Había flores frescas en todas las tumbas, muy cuidadas.

«Ya entiendo por qué le va bien el negocio a Aziz», pensó, jadeando con una contracción.

Macu siguió por el sendero de grava hasta detenerse junto a una gran tumba de mármol.

—¿Me ayudas? —le pidió a Emma, señalando los claveles marchitos del jarrón de la base.

Emma se agachó a vaciar el jarrón. Leyó los nombres inscritos en el mármol. Debajo del de Ignacio había una inscripción: «Alejandra Ramírez Villanueva; 1971-1999.»

«Tenía mi edad, fuera quien fuese», pensó Emma.

Debajo de esta ponía simplemente: «Xavier de Santangel Ramírez, 1999.»

—Aquí —dijo Fidel, y cortó los tallos de los lirios.

—Es un sitio bonito —comentó Emma—. Muy tranquilo.

—Me gusta venir aquí todas las semanas a hablar con Ignacio. —Macu se apartó y se sentó en un banco de piedra adosado a la tapia con Fidel. Echó hacia atrás la cabeza, exponiendo la cara al sol—. Bueno, pregúntame lo que quieras.

Emma puso el último lirio en el jarrón y se sentó a su lado en el banco.

—¿Por qué nadie me dice la verdad? Por favor, cuéntame lo que pasó aquí. Me refiero a después de la guerra.

—Fue una época muy difícil —dijo Macu en voz baja—. Yo tuve suerte. Los Santangel eran una familia importante y me protegieron. Intenté ayudar a Rosa, pero cuando volvió aquí después de dejar a tu madre con Freya...

—¿Intentaba encontrar a Jordi? ¿Qué le pasó a él?

—Nadie lo sabe. Muchos desaparecieron.

—¿Y a Rosa?

—Quedó atrapada con la gente que había en el muelle. La metieron en prisión. —Hizo una pausa—. Había barcos de rescate en el puerto y a bordo de algunos subieron incluso mujeres y niños. Pero esos bastardos rompieron el convenio. Los nacionales dijeron que darían un salvoconducto a los refugiados, pero los hombres de Franco hicieron desembarcar hasta al último de los pasajeros. Era una trampa, una espantosa trampa. Los atraparon como mariposas en una red. —La respiración de Macu era temblorosa—. Hubo hombres, hombres valientes como Jordi y Marco, que se abrazaban en el muelle y se disparaban a la cabeza entre sí para no caer en manos de los fascistas. Rosa me contó que vio a hombres hacerlo, diciendo: «Uno, dos, tres...», y *bum*. ¿Te lo imaginas? ¡Qué manera de morir!

—Macu —le dijo Fidel—, a lo mejor deberíamos esperar. A Emma esto no le conviene, ni al bebé.

—No. Emma quiere enterarse. Si va a empezar una nueva vida aquí, tiene que saber la verdad acerca de nuestras familias. —Cerró los ojos—. Los que no tenían balas para pegarse un tiro fueron encerrados en las plazas de toros y las cárceles. No había comida, nada para los niños, iban solo con lo puesto.

—¿También cogieron a las mujeres y a los niños? —preguntó Emma.

Fidel asintió con la cabeza.

—Después de la guerra, bastaba con ser la esposa o la novia de un rojo. Cuando cayeron Barcelona y Valencia, encerraron a miles, a centenares de miles en prisión.

—Nadie habla de lo que pasaba en las cárceles ni en los campos de concentración —dijo Macu.

—¿Te refieres a campos como los de la Alemania nazi? Macu asintió.

—Era horroroso. Trataban a la gente como animales, en España, en su tierra, y en Francia. —Miró hacia el otro extremo del cementerio—. ¿Sabes? Desestimaron los abusos de Franco a la muerte de este, en 1975. Todo el mundo quería una transición cómoda a la democracia. No hubo juicios. Nadie quiere romper el tácito pacto de silencio. Piensan que es mejor no recordar. —Macu suspiró—. Pero incluso los muertos tienen derechos. Tenemos que hablar, tenemos que asegurarnos de que algo así no vuelva a suceder.

Fidel se estrujaba las manos sobre el regazo.

—Aquí no hay paz. ¡Tantas familias destruidas, tantos niños huérfanos! La gente ve España como una tierra de sol, de casas de veraneo, pero por debajo... Aquí no estamos tan mal, pero sigue habiendo gente que no me compra porque en mi familia eran rojos. —Hizo una pausa y prosiguió—: A veces me pregunto si el incendio que mató a mi mujer y a su madre... Me pregunto si fue un accidente.

—¿Es posible que no lo fuera? —le preguntó Emma.

Fidel se encogió de hombros.

—Mi madre también estuvo presa. Era una de las que atraparon en los muelles, como Rosa. —Agachó la cabeza—. ¿Sabes? Murieron muchos niños.

—¿Se llevaron a los niños con las mujeres? —Emma tenía el estómago revuelto.

—Sí. Quizás entregaban a las mujeres un arenque al día, unos pocos fideos en agua de mar. La leche se les secaba y los bebés morían. Era terrible, terrible —dijo Macu—. Un guardia le dijo a Rosa: «No queremos convencerte de que tenemos razón, queremos castigarte.» —Miró a Emma—. Trataban a las mujeres como animales.

—¿Sabes? Decían que éramos algo así como deficientes mentales —explicó Fidel—. Decían que ser rojo era como una anormalidad. Los científicos experimentaron con nuestros hombres: los de las Brigadas Internacionales fueron de los primeros.

Emma pensó en Charles y sintió náuseas.

—Lo comprendo —dijo en un susurro—. Entiendo por qué la gente quiere pasar página. Me siento como si hubiera abierto la caja de Pandora.

—No. Está bien que sepas la verdad. —Macu dudó un instante—. Quiero que sepas que tu abuela era muy valiente. —Le cogió la mano a Emma—. Conseguí ver a Rosa, ¿sabes? Para entonces la habían enviado a la cárcel de Ventas, en Madrid. Trasladaban a los presos a sus lugares de origen. Rosa era del sur, pero su última dirección era de Madrid, así que la trasladaron allí. Era una cárcel para quinientas mujeres pero había en ella más de cinco mil, madres con sus hijos. ¡Oh, qué crueles eran!

—Donde yo estaba, creían que había que separar a los niños de sus padres —dijo Fidel—. Me separaron de mi madre. —Cerró con fuerza los párpados—. Me acuerdo de caminar por un patio, un patio helado, con los otros niños, mirando hacia arriba, hacia los barrotes, y a todas las madres agolpadas en las ventanas, intentando desesperadamente ver a sus hijos. Tendría unos cuatro o cinco años. Echaba mucho de menos a mi madre.

—No olvides que la mayoría de esas mujeres no habían hecho nada —le dijo Macu—. Eran hijas o esposas de republicanos: ese era su único «crimen». Por ese crimen las arrastraban desnudas por la calle con la cabeza afeitada y eran humilladas, torturadas y encarceladas.

A Emma le daba vueltas la cabeza.

—Cuéntame qué le pasó a Rosa.

—Solo conseguí verla porque creían que moriría tras perder el bebé.

Emma se volvió hacia ella.

—¿El bebé?

—Sí. —Macu asintió—. Se había quedado embarazada de otro hijo de Jordi. Habían estado juntos antes de que él se fuera a combatir en la última batalla de la guerra. —Miró a Emma—. Recuerdo el sonido de las puertas cerrándose a mi espalda. Estaba aterrorizada de que no me permitieran volver a salir. Los retretes rebosaban de excrementos. ¡Dios, qué hedor! Solo se oían los sollozos de los niños. Rosa me dijo que morían a diario cinco o seis criaturas. Disentería, meningitis... el sarampión era una sentencia de muerte.

—¿Y el bebé?

Macu negó despacio con la cabeza.

—Dio a luz en prisión. ¿Puedes imaginarte traer una vida al mundo en un lugar así? Rosa me dijo que se llevaron al bebé para lavarlo y le dijeron que era un niño. Así que mi amiga, mi querida y valiente Rosa, esperó y esperó, allí tendida, con frío y sola y sangrando. Por fin volvieron y le dijeron que el niño había muerto. —A Macu le falló la voz. Una lágrima le resbalaba por la mejilla—. Había sido un mortinato. —Se sacó un pañuelo del bolsillo y se secó la cara—. Pidió ver el cuerpo pero le dijeron que ya le habían dado sepultura con los otros niños.

—¡Oh, Dios! —exclamó Emma, con una mano en el vientre—. Pobre Rosa.

—Puede que mintieran. Se llevaban a los niños —dijo Fidel—. Se los entregaban a «buenas» parejas de nacionales que se ponían en pie para saludar al generalísimo.

Macu estrujó el pañuelo.

—Sucedía con demasiada frecuencia. Rosa creyó que sería ejecutada una vez tenido el bebé, como le había sucedido a una conocida, a la que nueve policías habían violado y luego ejecutado. Habían esperado a que diera a luz y la habían matado a tiros dos días después. Según Rosa era lo peor que había visto en toda la guerra. Le arrancaron al niño de los brazos y se la llevaron a rastras, gritando por el bebé. Rosa estaba deshecha cuando la vi.

Emma tenía un nudo en la garganta.

—¡Oh, Dios mío! No puedo entenderlo. ¿Cómo salió? ¿Cómo llegó a México?

—Yo la ayudé —dijo Macu—. Cuando vi lo que le habían hecho... Me contó que los curas le dijeron: «Eres peor que las putas. Has destruido a tu hijo ya al nacer.» Rosa seguía siendo creyente, nunca dejó de tener fe. Cuando el cura le dijo eso, la destrozó. Pensó que su hijo había muerto por su culpa. Estaba completamente destrozada. —Macu retorcía el pañuelo—. Supe que se moriría si seguía allí, así que intercambiamos la ropa y la documentación. Rosa salió de la cárcel de Ventas con un abrigo de piel de zorro y fue hasta el coche que la estaba esperando. Mi chófer la llevó hasta la costa. Yo me quedé tendida el tiempo suficiente para que se marchara y luego fingí que me había dejado inconsciente. Me golpeé la cabeza contra la pared para hacerme cardenales y cortes. —Con los frágiles dedos se tocó una cicatriz muy fina—. Ignacio vino a salvarme. Creo que sabía lo que había hecho, pero nunca hablamos de ello.

—Era un buen hombre —dijo Fidel.

—Rosa tenía razón sobre él —le dijo Macu a Emma—. Desafió a sus padres y se casó conmigo. Me quería y yo llegué a amarle. Tuvimos sesenta años de matrimonio feliz. Ninguno de los dos era rojo o fascista, simplemente nos queríamos y amábamos nuestro país. Él tenía amigos poderosos y consiguió el perdón para Rosa.

Emma abrazó a Macu.

—Gracias. —Mantuvo abrazada a la anciana—. Gracias a ti mi abuela huyó.

Macu le palmeó la espalda.

—Era mi amiga. No hay una sola familia en España, creo yo, sin una pena que sanar. La generación de Fidel fue la de los niños perdidos. Soportaremos esa angustia hasta el día que muramos.

—Lo peor es que Franco no dejó en paz ni siquiera a los que escaparon, los niños que fueron adoptados en Rusia, México e Inglaterra —dijo Fidel—. Mató a sus padres y luego fue por ellos. El servicio exterior de la Falange los persiguió. Ni siquiera con otro nombre y una nueva familia estuvieron a salvo.

Emma pensó en Liberty, en el pánico de Freya cada vez que Emma se alejaba y por fin lo entendió.

—Contadme cosas de cuando mi madre vino —le dijo a Fidel.

—De eso hace ya bastante —le respondió—. ¿En febrero del año pasado?

Emma se quedó pensando.

—Yo tuve que ir a Nueva York. —Frunció el ceño—. Mamá dijo que se iba a Cornwall por última vez. Fue poco antes de morir.

El rostro de Fidel se dulcificó.

—Quería la casa para darte una sorpresa. Siento no haber podido contártelo la primera vez que nos vimos. —Cuando Emma lo miró, Fidel vio que tenía lágrimas en los ojos.

—No, da igual. A mamá siempre le gustaron las sorpresas. Cuéntame cosas de su visita.

—La llevé montaña arriba para que pudiera ver la tierra de sus padres. Le enseñé el pueblo y Villa del Valle. —Sonrió al recordarlo—. Me dijo: «¡Eso es! Toda mi vida he sentido nostalgia de un lugar en el que nunca había estado.» Me contó que en Inglaterra, donde se crio, los celtas llamaban a eso *hiraeth*, «morriña».

Emma sonrió.

—Me alegro mucho de que fuera feliz aquí.

—Eso es lo que ella te deseaba. Dijo que esperaba que este fuera un nuevo comienzo para ti.

—También es lo que Rosa hubiera querido —dijo Macu en voz baja—. ¿Sabes? Escapó a México en un barco, el SS *Sinaia*, desde Sète. Nancy Mitford y su marido habían abierto una oficina en Perpignan para ayudar a las madres refugiadas a escapar. Rosa trabajó con ella. —Sonrió—. ¿Te imaginas a tu abuela en medio de ese caos, de toda esa gente con maletas de cartón, de burros, cabras y perros por todas partes? Tuvo que ser una locura. —Sacudió la cabeza—. Recibí una carta suya desde México. Rosa se marchó en el barco como enfermera para ayudar a los niños. Nunca volvió. —Volvió a mirar hacia el lado opuesto del cementerio—. Cuando murió, una monja me mandó esa foto suya que te di el otro día. Nuestro amigo Carlos se la tomó en otoño de 1937 y ella la guardaba como un tesoro. —Echó un vistazo al collar de Emma—. No teníamos muchas fotos por entonces. —Sonrió pensando en su vieja amiga—. A Rosa le encantaba ese jardín. Sé que estaría muy contenta de que tú lo estés cuidando.

Emma le apretó la mano.

—Gracias. Sé lo duro que tiene que ser para ti hablar de esto.

—Es duro no ser capaz de hablar de ello —dijo Fidel—. La gente cree que las viejas heridas están cerradas. Bueno, pues en nuestra familia no. —Le ofreció la mano a Macu—. A mi padre se lo llevaron.

A Emma la conmovió ver que se enjugaba una lágrima mientras caminaban por el cementerio.

—Muchas familias republicanas no tienen dónde ir a llorar a sus muertos. El 1 de noviembre, ¿dónde van a llevar flores en recuerdo de sus fallecidos? —La temperatura cayó cuando se pusieron a la sombra. Fidel pasó la mano por el revoque lleno de agujeros de la tapia—. ¿Ves eso? Son balazos. Reunieron a los hombres del pueblo que habían apoyado a los republicanos y les hicieron cavar una gran fosa. Los mataron a tiros y arrojaron dentro los cadáveres. Mi padre está aquí, en alguna parte. —Abrió las manos y con un gesto abarcó la hierba verde—. Lo único que quiero es encontrarlo. Debería estar enterrado como es debido, por ahí, como los partidarios de Franco —dijo, señalando hacia las hileras de tumbas cuidadas que había al pie de un monumento de guerra—. Es lo único que quiero.

—Hay fosas como esta por todo el país —dijo Macu—. Arrojaban a la gente a pozos, por acantilados y a las cunetas. Quizás algún día España abrirá los ojos. Ahora tenemos democracia. Hay quienes opinan que no hay que remover el pasado, pero hasta que a las personas como el padre de Fidel no se les permita descansar en paz, las viejas heridas seguirán abiertas.

—Me pregunto a quién enterraron en casa —dijo Emma, frunciendo el ceño.

—¿Ese? —dijo Macu—. Era el marido de tu abuela.

—¿Jordi?

—No, Jordi no —dijo con rabia—. Ese hijo de puta de Vicente.

A Emma se le crispó la cara y apoyó una mano en la tapia, jadeando.

—Emma —dijo Fidel—. ¿Estás bien?

Macu la miró muy preocupada.

—Te hemos alterado. Yo no quería contarte todo esto por ahora.

Emma frunció los labios y exhaló despacio.

—No. Me alegro de saberlo, pero creo que... —Apretó los dientes porque tenía otra contracción—. Me parece que debería ir al hospital.

53

Londres, mayo de 1939

Un Triumph Dolomite pasó a toda velocidad por Pond Place, por delante de las casitas de los empleados, duchando a Freya y el cochecito con agua sucia.

—¡Imbécil! —juró entre dientes, apartándose de la cara el pelo mojado y buscando torpemente la llave con los dedos helados—. Sss... —Trabó el cochecito con el pie para abrir la puerta de la casa. Esperaba que Charles estuviera de mejor humor. Desde que había vuelto de la casa de reposo había sido incapaz de ver ni hablar con nadie. Freya se preparó. Recordó las palabras de la enfermera jefe de España: «Cuando creáis que no podéis más, sonreíd. Sonreíd siempre, chicas.»

La puerta estaba sucia de hollín, y de las chimeneas salía humo gris que subía hacia el cielo cada vez más oscuro. Freya tosió; le dolía el pecho. No había podido quitarse de encima el resfriado. Al abrirse, la puerta se trabó con la moqueta húmeda e hinchada. La música de Billie Holiday sonaba en el gramófono y había en el aire una nube de humo de cigarrillo.

—Por fin. ¿Dónde has estado? Lleva horas lloviendo a

cántaros —dijo Charles mientras se levantaba del sofá. La casa estaba helada y llevaba un par de jerséis y bufanda para intentar paliar el frío.

Freya empujó el pesado cochecito hasta llevarlo a la habitación.

—Pareces...

—Tengo un aspecto espantoso.

Freya echó un vistazo a la mesita de café llena de botellas vacías que relucían débilmente a la luz del fuego de carbón.

—¿Te pongo una copa, chica? —Inspeccionó dudoso un vaso y lo dejó otra vez en la mesa. Le temblaba la mano cuando cogió la botella de brandy y el vaso resbaló de la mesa y se rompió contra la chimenea—. ¡Oh, maldita sea! —farfulló, e intentó arrodillarse para recoger los trozos de cristal.

—Déjalo —le dijo bruscamente Freya. El estridente berrido del bebé subió de tono.

—No, no. Puedo hacerlo —dijo Charles, arrastrando las palabras—. Todavía no me he acostumbrado a hacer las cosas con una sola mano.

—¡Déjalo! —le gritó—. ¡Por el amor de Dios, Charles! —Se echó a llorar.

Él apagó el cigarrillo y se le acercó con precaución. Se sacó un pañuelo limpio del bolsillo de la chaqueta y lo agitó como una bandera blanca.

—Gracias —dijo ella mientras se secaba los ojos—. Lo siento. Normalmente yo no... No sé lo que me está pasando...

Charles le pasó un brazo por los hombros y ella lo miró con tristeza, sin poder contener las lágrimas que arrasaban sus mejillas.

—¿Puedo darte algo? ¿Una taza de té?

Freya negó con la cabeza, esforzándose por controlarse.

—No, gracias. ¡Es que estoy tan cansada, tanto! He caminado kilómetros intentando que se duerma. No deja de llorar. No sé lo que hago mal.

—¿Puedo? —Charles apartó las mantas del cochecito. Liberty estaba llorando, con los labios pálidos y las piernas dobladas hacia la tripa.

—Creo que tiene un cólico.

—Ya lo sé. Lo he probado todo. No sé si es por la comida o... —Freya empezó a sollozar de nuevo—. No sabía que sería tan duro. No paro, ni de día ni de noche.

—Venga, venga... —Le palmeó el hombro—. Las cosas mejorarán, estoy seguro.

—¡Dios, eso espero! No creo que lo aguante mucho más.

—Oye, tengo una idea —le propuso—. ¿Por qué no te tomas la noche libre? Estoy bastante seguro de que me las arreglaré.

—No, no estaría bien. —Freya miró de reojo la mesa llena de vasos.

—Bobadas. No estoy paralítico, Frey. Y ahora... —Se puso la niña en la cadera y la miró a los ojos—: Jovencita, tienes a uno de los mejores expertos en mariposas de Inglaterra para cuidarte. No sé nada de galletas, pero puedo aburrirte mortalmente con las mariposas. —Charles le guiñó un ojo a Freya, que reía entre lágrimas—. Vete a dormir.

Esa noche, mientras Freya disfrutaba de su primera noche de sueño ininterrumpido desde hacía semanas, Charles paseó por la sala de estar con una gasa encima del chaleco, balanceando a Liberty arriba y abajo contra el hombro.

—Tienes un aguante increíble —le dijo. Se paró y miró a la pequeña—. ¡Oh, madre mía! Me parece que has... —Hizo una mueca—. Espero que lleves pañal. —Charles fue con recelo a la cocina—. Veamos. Me parece que Freya tiene unos cuantos secándose por ahí. —Dejó a la niña encima de una toalla limpia, sobre la mesa de la cocina, y ella lo miró chupándose el pulgar—. ¿Te encuentras mejor ahora? —le dijo en voz baja—. Bueno. ¿Cómo...? —Se rascó la cabeza—. Se lo he visto hacer a Freya. No puede ser tan difícil. —Miró a su alrededor—. ¿Agua tibia? ¿Algodón o algo? —Rebuscó debajo del fregadero y echó en un cuenco agua de la pava a la que añadió agua fría. Se rascó otra vez la cabeza—. ¡Ya lo sé! Tengo algodón en el estudio. —Volvió con un frasco de vidrio—. Es un trabajo más sucio que cloroformizar mariposas, pero vamos allá. —Le desabrochó con cuidado la camiseta a Liberty—. ¡Oh, Dios! Esto es... —Hizo una mueca y le dio la risa histérica. Descolgó un pijama limpio del tendedero—. ¿Probamos? —Frunció los labios—. Uf. ¿Cómo puede alguien tan pequeño fabricar todo esto? —Apartó la cara mientras la limpiaba—. Podrías echarme una mano, ¿no? Acabas de pisarla. —Por fin consiguió ponerle el pañal y el pijama—. Vale, no está mal, y no te he pinchado con el imperdible. —Retrocedió para admirar su trabajo. El pañal limpio le llegaba a las rodillas—. No es una gran obra pero con suerte durará hasta mañana. —Se la llevó a la sala de estar y se tendió en el sofá con la niña encima de la barriga.

Despertó a Freya el ruido de las botellas de leche que estaba dejando el lechero en la puerta, al pie de la ventana de su cuarto. Como siempre, fue en Tom en lo primero que pensó. No sabía nada de él desde hacía meses y por fin la tarde anterior se había dicho que no había esperanza: la había olvidado.

Le pareció oír decir a su enfermera jefe: «Sonreíd, chicas. Nada de lágrimas, sed fuertes.» Suspiró y se desperezó. «Qué maravillosa noche de sueño.» Abrió los ojos de golpe.

—¡Liberty! —exclamó, y se sentó como levantada por

un resorte. Al pie de su cama, la cuna estaba vacía—.¡Charles! —chilló, poniéndose su viejo batín azul de franela. Se levantó disparada de la cama y bajó corriendo a la planta baja—. Charles, dónde...

Se paró de golpe y sonrió. Charles roncaba en el sofá con la niña al lado, intentando jugar con el montón de mariposas de papeles de colores que le había fabricado.

54

Londres, enero de 2002

—¡Freya! —Charles entró a trompicones en el inverna-dero—. ¡Freya!

—Estoy en la cocina —le gritó ella.

En la casa sonaba el tema principal de *The Archers*. Fre-ya levantó los ojos de las tartaletas en forma de corazón que estaba preparando.

—Está de parto, Frey. Acaba de llamar un tipo que se llama Luca no sé qué.

—Luca de Santangel. Es el nieto de Macu. —Freya se desempolvó las manos.

—¡Dios santo! ¿Macu tiene nietos? —Charles se dejó caer en una silla de la cocina.

—Charles, Macu tiene bisnietos. ¿Cuántos años te crees que tenemos? ¿Veinte? —Siguió metiendo cucharadas de mermelada de fresa en los moldes.

—Sí, supongo, a veces —dijo él—. No puedo creer que nuestra Em vaya a ser mamá.

—¿Ya te has decidido?

—¿Acerca de qué?

—De España, Charles. Si no vienes, iré yo sola. Em lo

ha arreglado para tener a una joven niñera que la ayudará durante las primeras semanas, así que no nos necesita de inmediato. He pensado que tal vez dentro de uno o dos meses, cuando el tiempo mejore.

—Ya veo. Te será beneficioso, creo, un descanso al sol después de todos los problemas que has tenido con Delilah.

—Puedo manejarla. —Freya miró las pulcras hileras de corazones—. Estoy preocupada por Emma. No lo soportaría si todo esto se interpusiera entre nosotras después de tanto tiempo.

—Los secretos tienen la asquerosa costumbre de revelarse. —Charles pasó el dedo por la harina de la mesa—. Te dije que tendríamos que haberles contado la verdad hace años.

—¡No lo hiciste! —exclamó Freya—. Fuiste tú quien empezó con esto. Por tu culpa toda nuestra vida se ha construido partiendo de una mentira.

—Frey, recuerdo claramente haberte dicho cuando Libby cumplió los dieciocho que debíamos...

—Paparruchas. —Se puso de pie, apoyándose pesadamente en el bastón—. Si se lo hubiéramos contado, lo primero que habría hecho habría sido marcharse corriendo a España para intentar encontrar a Jordi y Rosa, y todavía no era seguro. Las represalias continuaron durante años.

—Freya abrió la puerta del viejo horno—. Maldita sea —se quejó cuando se quedó con el tirador en la mano.

Charles murmuró entre dientes.

—Dámela. —Le quitó el tirador de la mano y lo volvió a colocar.

—Dijiste que lo habías arreglado.

—¿Otra mentira?

—No empieces, Charles. —Freya se volvió con la bandeja de tartaletas y dio un traspié. La bandeja chocó contra el suelo—. ¡Mira lo que me has hecho hacer! —gritó, mirando las tartaletas rotas y la mermelada en el antiguo suelo de madera.

—¡Carajo! Perdón, Frey. —*Ming* fue a fisgar y olisqueó una tartaleta antes de volver la cola—. Aunque incluso el gato opina que tus pastas parecían un poco secas.

Freya se rio a su pesar, cogiendo la escoba.

—Además, ¿por qué horneabas corazones? Faltan un par de semanas para san Valentín.

—Iba a mandárselos en un paquete a Em —repuso ella, limpiando el desastre—. ¿No te acuerdas? Solíamos hacerlos todos los años. —Parpadeó rápidamente y Charles notó que le temblaba la voz, así que se le acercó arrastrando los pies y le pasó un brazo por los hombros.

—Venga, muchacha...

—No te atrevas a decir que «mantenga el tipo». —Apagó el horno.

—Iba a preguntarte si estaría bueno un Bloody Mary en el club, a la salud del bebé.

Freya dejó la escoba y se agarró a su brazo.

—Buena idea. ¿Crees que Em nos perdonará algún día? —le preguntó mientras renqueaban por la casa—. Antes, cuando he hablado con ella, parecía tan enfadada...

—Todo esto ha sido una verdadera conmoción para ella. —Charles cogió la capa de lana gris del perchero de la entrada y se la tendió—. Pronto lo veremos.

—No lo soporto. Temía que llegara este día. —Le alisó la bufanda a Charles—. He temido perderlas toda la vida.

—¿Se lo dirás? —Charles no era capaz de mirarla—. ¿Le dirás lo que hice?

—Lo que hicimos —lo tranquilizó Freya—. No, a menos que me vea obligada. Emma ya está pasando por suficientes cosas.

55

Londres, mayo de 1941

Freya estaba tendida con las sábanas enrolladas y Liberty dormía pacíficamente a su lado. Soñaba en Valencia, en el día en que un escuadrón enemigo rodeó el puerto. Era un día de feria para los niños. La había conmovido que a pesar del recrudecimiento de la guerra mantuvieran aquella celebración para los pequeños, como todos los años. Le había dado a Rosa un descanso y se había llevado a Liberty a ver las casetas de figuritas de cartón piedra. Los rostros de Mickey Mouse, Félix el gato, el pato Donald, Sancho Panza y Don Quijote se le aparecían ahora bamboleantes y macabras. Había caído un chaparrón y los críos se habían refugiado en manada debajo de un enorme Mickey Mouse. Freya protestó en sueños. Corría, empujando el cochecito bajo la lluvia, por los oscuros naranjales. El cochecito era cada vez más grande mientras corrían entre los árboles y las raíces se enredaban en las ruedas. Más arriba, a la luz de la luna, veía a Tom esperándola.

—Freya —la llamaba, haciéndole gestos para que se acercara—. Freya...

—¿Mmmm? —Parpadeó. La luz gris del amanecer londinense entraba por la ventana. La lluvia primaveral caía tras la vieja ventana de guillotina, que temblaba por culpa del viento.

—Freya. —Charles la sacudió para despertarla y ella se apoyó en los codos, con cuidado, para no despertar a la niña dormida a su lado.

—¿Qué pasa?

—Gritabas en sueños.

—No era más que un sueño, creo... —Freya descartó el recuerdo de Tom. A medida que los meses se iban convirtiendo en años, había aceptado su pérdida como otra más de las muchas de la guerra—. Recordaba cuando te llevaron al hospital de la frontera —mintió.

—Fuiste muy valiente. —Charles se sentó en el borde de la cama—. Nunca te había visto llorar hasta entonces. —Meditó un instante—. Incluso yo lloré, un poco, cuando me amputaron el brazo. —Sonrió sin alegría—. Uno se aficiona bastante a sus extremidades. Sin embargo, al menos no terminé con los durmientes en la lavandería, ¿eh?, a pesar de tus cuidados.

Freya le dio un codazo. Miró a Liberty que se movía dormida.

—Menos mal. Ahora somos todo lo que tiene. Me gustaría que tuviera una verdadera familia, como tuvimos nosotros, en la que crecer. Aunque perdimos a mamá y papá, teníamos muchos recuerdos felices. —Le acarició la cabeza a la niña—. Siempre supimos quiénes éramos, de dónde procedíamos. —Miró a Charles—. Tenemos que asegurarnos de que esté a salvo. Si la adopto legalmente...

—Frey, no te preocupes...

—Es que estuve hablando con una de las chicas del comité de niños vascos. Los malditos fascistas vienen hasta aquí persiguiendo a los niños refugiados, Charles. ¿Qué vamos a hacer? ¿Y si vienen por Liberty?

—¿Qué podemos hacer? —Charles frunció el ceño.

—He estado pensando que la casa de Cornwall...

—Apenas es habitable, Frey. ¿No te acuerdas de lo caída que está? Era el único lugar que podíamos permitirnos con lo poco que nos quedaba de la herencia. La compré pensando en nuestro futuro, pero no hemos tenido dinero para arreglarla todavía.

—Charles, después de vivir en las condiciones en las que vivimos en España, nos parecerá un palacio.

—¿Quieres decir que te estás planteando irte?

Freya notó el dolor en su voz.

—No para siempre, Charles. Y tú también puedes venir.

—No. Uno de los dos tiene que trabajar y no serviré para pescar con este brazo. —Reflexionó un momento—. Debería volver a mis mariposas. Al menos solo hace falta un brazo para la red y estoy seguro de que en mi antigua facultad me aceptarán de nuevo para dar clase. Le escribiré a Imms. —Miró a Freya—. Eres tremendamente valiente, Frey. Te prometo que todo irá bien. Voy a ocuparme de las dos.

56

Valencia, enero de 2002

La camilla rodaba por el pasillo de la zona de quiráfanos y las ruedas chirriaban en el linóleo. Emma veía el parpadeo de las luces en el techo. La habitación estaba oscura cuando la empujaron al interior. Los fluorescentes zumbaron, se iluminó y oyó que encendían una radio. Sonó música pop de los ochenta.

—Ahora, Emma —le dijo amablemente el anestesista—, relájate. —Le cogió los brazos y se los puso abiertos en cruz sobre una tabla que cruzaba la mesa de operaciones.

Emma cerró los ojos. Las horas habían ido pasando mientras ella estaba acostada en la habitación del hospital.

—Por favor, ¿puedo caminar?

—No. —La enfermera la había explorado—. No va bien. Has roto aguas pero apenas has dilatado.

Emma había gemido. Las contracciones eran más intensas y seguidas y el dolor atroz.

—Tranquila —le había dicho la enfermera, y Emma había pensado: «¿Qué? ¿Tranquila? Hija de... no tienes ni idea...» Otra oleada de dolor la había recorrido de pies a cabeza.

—Necesito control dolor... —había jadeado, incapaz de decirlo correctamente en español.

—No, imposible. —La enfermera había negado con la cabeza.

—Epidural. —Emma había apretado los dientes, alzando la cabeza de la almohada, y fulminado con la mirada a la mujer—. ¡Ahora!

La enfermera había fruncido los labios.

—Se lo pediré a su marido.

«¿Marido?», había pensado Emma, siguiendo con los ojos a la mujer vestida de verde mientras esta salía al pasillo. Se le había nublado la vista con la vuelta del dolor. Había inspirado hondamente pero sentía como si cada átomo de su cuerpo se estuviera contrayendo y expandiendo a la velocidad de la luz. Había oído voces. Luca. Se había quedado.

—Si no es su marido no puede firmar el documento —había dicho la enfermera.

—Soy tan bueno como su marido —Luca le había cogido la mano a Emma, que se la había estrujado al notar la siguiente contracción.

—¡Oh, Dios! ¿Qué puedo hacer?

—La epidural, ya —había jadeado Emma.

—Pónganle la epidural —le había dicho Luca a la enfermera—. Que venga el médico. ¡Ahora mismo! Firmaré lo que quieran. Estoy con Emma, somos pareja, el bebé es mío. —La había mirado fijamente para que lo confirmara.

—Sí —había gritado ella.

Luca se había vuelto hacia la enfermera.

—¿Tengo que ir a buscar yo al médico?

Le había sostenido la mano mientras le administraban la inyección. Frescor y alivio entumecedor. Se había recuperado y le costaba menos respirar.

—Gracias —le había susurrado a Luca, que le acariciaba

el pelo—. Gracias por quedarte. No sé lo que habría hecho... —De pronto se había dado cuenta de que llevaba una bata quirúrgica azul abierta por detrás.

—Cuando los he visto llevarte parecías tan perdida... y tan valiente. —Tenía los ojos enrojecidos y con ojeras—. Me ha recordado... —Sacudió la cabeza—. Da igual. Espero que no te importe lo que he dicho, eso de que somos pareja y el bebé... —Le cogió la mano a Emma—. He hablado con el médico. —Bajó la mirada—. El motivo por el que tienes tanto dolor es que el bebé no puede salir.

—Oh... —A Emma se le llenaron los ojos de lágrimas. Miraba el monitor en el que se veían reflejados los latidos del corazón del bebé—. Está... Todo va a ir bien, ¿verdad?

La habitación se había llenado de médicos y enfermeras.

—Sí, claro que sí. Emma, yo...

—Emma —lo había interrumpido un hombre en bata de quirófano, inclinándose sobre ella para que lo viera—. Tu bebé está sufriendo. Tenemos que sacarlo lo antes posible.

—¡Oh, Dios! Por favor, salve a mi bebé. —Tenía las mejillas arrasadas de lágrimas cuando se había vuelto hacia Luca—. Si algo me sucede...

—No. —Luca le había besado la frente cuando se disponían a pasarla a la camilla—. Todo saldrá bien. Te estaré esperando.

Emma oyó el sonido de metal contra metal. Detrás de la pantalla de tela que le ocultaba el vientre, no notaba más que empujones y tirones. Y luego, ahí estaba. Un llanto. Alertada, abrió los ojos y el anestesista apartó un poco la tela.

—Mira, Emma —le dijo—. Tu hijo.

Entrevió una espalda curva, unas caderas estrechas cubiertas de vérnix caseoso apartándose de su cuerpo. Le temblaba el cuello del esfuerzo de mantener erguida la cabeza para mirarlo. Volvieron a subir la pantalla y ella se derrumbó, sonriendo. Se moría por tenerlo en brazos. Mientras se ocupaban de ella, oía al bebé, de repente un extraño, llorando en la habitación contigua. Intentó volver la cabeza hacia él, recuperando la conciencia y perdiéndola a ratos.

—¡Eh, mamá! —oyó que le decía una enfermera—. ¡Rubio! ¡Qué guapo! —La mujer le puso el bebé al lado.

Era como Joe en miniatura. Volvió los ojos oscuros e insondables hacia ella. Emma intentó levantar un brazo para tocarle la manita y el pelo rubio fino de la cabecita, pero seguía atada. Se moría por abrazarlo, pero solo pudo mover un poco la cabeza.

—¡Hola, pequeño! —le susurró, y el niño cerró los ojos.

Emma se sentía como si lo supiera todo, como si conociera todos los secretos del universo y el sentido de la vida. Se llevaron al pequeño y cerró los ojos, agotada.

Cuando se despertó estaba en una habitación de la maternidad. El ruido de los otros bebés que lloraban y gritaban la había sacado de su sopor. Estaba oscuro.

«¿Dónde estoy? ¿Cuánto tiempo he dormido?», pensó. Le dolía todo el cuerpo, como si tuviera agujas heladas clavadas. Estaba tapada hasta la barbilla con mantas. Se lamió los labios. Nunca en la vida había tenido tanta sed.

«¡Oh, Dios, el bebé! ¿Dónde está el bebé?»

Seguía sin poder moverse. Volvió la cabeza y vio a Luca que dormía en una silla y al bebé, envuelto en una manta, durmiendo tranquilamente, pegado a su pecho.

—Luca —susurró.

—¡Eh! ¡Estás despierta! —Sosteniendo firmemente al niño, se inclinó a besarle la frente—. Mira lo que has producido. —Le tendió al pequeño para que lo viera—. Es perfecto, una preciosidad.

Emma levantó los brazos y Luca se lo puso en ellos con cuidado. Entonces le besó los deditos, lo olió.

—Aquí estás, pues. —Sonrió débilmente a su hijo y el pequeño se movió al oír su voz y parpadeó. Llevaba la cabeza cubierta por un gorrito de punto.

Luca le acarició el pelo a Emma.

—Has estado increíble.

—Creía... —Se le llenaron los ojos de lágrimas.

—Los dos estáis bien y te recuperarás. Además tiene diez deditos en las manos y en los pies... y un par de buenos pulmones.

—¡Ah! Ya se ha despertado. —Una enfermera entró en la habitación—. Vamos a ver un par de cosas.

—Agua... —murmuró Emma—. Por favor, ¿puedo tomar un poco de agua?

—No. Nada de líquidos hasta dentro de unas horas.

—No lo dirá en serio...

—Nada de líquidos, y luego dieta blanda. —Comprobó el gotero y le arregló las sábanas—. Cuando se despierte puede darle de comer, ¿vale? ¿Su marido se queda?

—No sé... ¿Tienes que irte?

—No si tú no quieres. Paloma vendrá por la mañana.

—Quédate. Me gustaría.

La enfermera los miraba con curiosidad.

—Bueno. Descanse.

Luca cogió el bebé de nuevo y volvió a sentarse en el sillón, a su lado.

—¿Cómo vas a llamarlo?

Emma los miró a los dos juntos. El bebé era diminuto en las manos bronceadas y grandes de Luca.

—Joseph Luca Temple —dijo en voz baja.

—¿En serio? —Le iluminó la cara una sonrisa. Tenía la dentadura blanca y perfecta en contraste con la barba crecida—. Hola, Joseph Luca. —Le besó la cabecita—. ¿No va a llevar el apellido de tu marido?

—Nunca nos casamos y, ahora que ha muerto, quiero que el niño se sienta unido al menos a mi familia.

—¿Sigues echándolo de menos?

—No. —Y en aquel momento Emma se dio cuenta de que era cierto—. Ya no. Yo... Quiero decir que, no puedes estar con alguien durante años y dejar de querer a esa persona sin más, ¿verdad?

—No. —De repente Luca parecía muy cansado—. No, no puedes. Incluso si esa persona se va, una vez que el dolor remite, el amor sigue presente.

—¿Es eso lo que te pasó a ti?

—Sí. Amaba mucho a una persona y la perdí. A mi mujer, Alejandra. Hace un par de años perdió al bebé que esperaba y murió en el parto.

—¡Oh, Luca, cuánto lo siento...! —Emma le cogió la mano.

—No pude hacer nada para ayudarla.

—¿Y desde entonces no ha habido nadie en tu vida? ¿Has estado solo?

Luca se encogió de hombros.

—De vez en cuando estoy con alguien, pero tengo mucho trabajo y están los hijos de Paloma, que es como si fueran míos.

Emma lo miró llena de compasión.

—¿Serás el padrino de Joseph?

—Gracias —respondió sonriendo—. Será un honor. —Se inclinó hacia ella y le apartó un mechón de pelo de la mejilla—. Duerme un poco.

Al amanecer la despertó el llanto de Joseph. Durante la noche había recuperado su cuerpo. Rio incrédula cuando se miró los pechos. Al menos al principio parecía divertido. El bebé berreaba de hambre y todavía no podía darle de comer. Luca se marchó para darse una ducha y desayunar. Un torrente continuo de visitas a la joven de la cama de al lado la miraban impasibles. Dolorida y sangrante, demasiado orgullosa para pedir ayuda, acabó por echarse a llorar.

—¡Emma! —Paloma llegó con un gran ramo de flores del paraíso—. ¡Oh, pobrecita! ¡Por lo que has tenido que pasar! Luca me lo ha contado todo. —La besó en ambas mejillas y fulminó con la mirada a la familia de la cama contigua—. Buenas —los saludó—. ¿Por qué no pondrán unas malditas cortinas en este sitio? —Ordenó las sillas de manera que tuvieran un poco de intimidad—. Veamos, ¿quién está armando tanto lío? ¿Joseph Luca? —Lo levantó y se lo puso sobre el brazo, acariciándole la espalda— ¿Cólico, eh?

—¿Es eso? No lo sé. No se me da muy bien todo esto. —Se señaló los pechos—. No puedo darle de comer.

Paloma se sentó al borde de la cama.

—No te preocupes. Yo tampoco tenía ni idea —le dijo con dulzura—. ¿Puedo ayudarte?

—¡Oh, por favor! Te lo agradecería... Te lo agradeceríamos mucho.

Paloma echó un vistazo al tío de más edad que observaba el espectáculo.

—¡Eh! —le espetó, y él apartó los ojos y cogió una revista—. A veces pienso que tendrían que poner un cartel en la puerta de las maternidades advirtiendo: «Deje aquí su dignidad.» —Se echó a reír—. Ahora, enséñame cómo lo has estado haciendo. —Con cuidado, ayudó a Emma a colocarse el niño al pecho.

—¡Oh! —Emma abrió mucho los ojos, sorprendida, cuando el bebé empezó a succionar. El alivio fue instantáneo—. ¡Funciona! ¡Lo has conseguido!

—¡Hola! —Luca se quedó cortado en la puerta, con un ramo de rosas rosa—. Puedo volver luego...

—No, no pasa nada, me estoy acostumbrando a tener público —dijo Emma, riendo—. Tu hermana ha obrado un milagro.

Luca se sentó en la butaca. Se había duchado y captó el tranquilizador aroma de Acqua di Parma.

—Olivier está aparcando. Tienes mejor aspecto.

—La enfermera por fin me ha dejado beber agua —dijo Emma.

—¡Oh, Dios! Me acuerdo de eso —comentó Paloma—. Esto parece un invernadero. ¿Dieta blanda?

Emma cabeceó, asintiendo.

—Te tendrán con gachas unos días, luego te darán sopa de fideos, con suerte. Te garantizo que al final de la semana las natillas te parecerán lo mejor que has probado nunca.

—¿Durante cuánto tiempo estarás ingresada? —le preguntó Luca.

—Al menos una semana. —Emma hizo una mueca al moverse.

—Vendré tan a menudo como pueda. —Pilló a Paloma observándolo.

—No sé lo que habría hecho sin ti —le dijo Emma.

—Has tenido mucho valor —le comentó Paloma a su hermano, que parpadeó y miró al suelo.

Emma miró a ambos, consciente ya del secreto que guardaba Luca.

—Me ha ayudado, creo. —Le cogió la manita al bebé y se la acarició con el índice—. He temido durante estos años... Luego ver a este hombrecito, a mi ahijado...

—¡Oh! —exclamó Paloma—. ¡Eso es estupendo! Celebraremos el bautizo en la finca.

—No puedo obligaros... —quiso protestar Emma.

—Estaremos encantados —la cortó Luca—. Ahora Joseph Luca es de la familia. —Le sonrió a Emma—. ¿Quieres que te traiga algo?

—Una botella de agua fría sería estupendo.

Cuando Luca se marchó, Emma se levantó de la cama con ayuda de Paloma. Respiraba con dificultad, de manera superficial.

—Irá siendo cada vez más fácil —le dijo Paloma—. Con la anestesia cuesta respirar. ¿Puedes?

—Estoy bien —dijo Emma, caminando a pasitos—. Solo me hace falta ir al baño.

Entró sin hacer ruido en el baño y oyó a Luca y a Olivier hablando en el pasillo.

—Mírate. Pareces un padre orgulloso —decía Olivier.

—Padrino —lo corrigió Luca.

—Paloma me ha contado que te quedaste con ella en el hospital.

—No podía dejarla sola.

—Ten cuidado Luca. Estás jugando con fuego.

—No sé lo que quieres decir.

—Luca... Tardaste una eternidad en rehacerte después de la muerte de Alejandra. Acabas de recuperarte.

—Emma es mi amiga.

Emma frunció el ceño y se miró la mano que tenía en el pomo de la puerta. «¿Qué esperabas? —se dijo—. Me he estado autoengañando.»

—¿De verdad sabes lo que haces? Es demasiado complicado: no es de aquí, tiene un hijo de otro.

—Te lo he dicho —insistió Luca—. Emma no es más que una amiga. Eso es todo. Me daba pena dejarla aquí sola.

Emma notó que Luca estaba a la defensiva. «Pena por mí.»

—Vale, vale —dijo Olivier—. Me preocupas, eso es todo.

—Pues no te preocupes. No tienes por qué.

«Solo una amiga», pensó Emma, sin esperanza.

57

Londres, mayo de 1941

Freya abrió la puerta de la casa y dejó en el suelo su maletín de enfermera. Se desembarazó de los zapatos en la puerta y suspiró. Reinaba el silencio, pero oyó a Charles en la cocina, poniendo la mesa para la cena.

—¡Hola! —saludó, deteniéndose a comprobar cómo estaba Liberty, que dormía acurrucada en el sofá, junto al fuego, con su amiga.

—Llegas tarde —le dijo Charles cuando entró en la cocina.

—Ha sido un parto largo. —Freya bostezó—. La pobre es una cría. —Miró a Charles—. ¿Por aquí todo bien? ¿Han jugado Libby y Matie tranquilas?

—Han estado perfectamente. He recogido a Matie esta tarde. Me han dicho que vendrán a buscarla por la mañana.

—¿Les has dado de merendar?

—Sí, están listas para acostarse. —Dejó el trapo en el escurridor de madera, frunciendo el ceño—. Oye, hemos tenido visita esta mañana. Me parece que deberías sentarte, Freya.

—¿Qué pasa, Charles? —Se apoyó en el borde de la vieja mesa de pino.

—Sabes que hemos estado atentos a los movimientos de la Falange en Inglaterra.

—¿Y?

—Han recibido mucha ayuda de los fascistas ingleses. Ahora hay células falangistas por todo el país: en Londres, en Bristol, en Glasgow... La cuestión es que están redoblando los esfuerzos para repatriar a los niños. ¿Has oído hablar de la delegación especial para la repatriación de menores?

Freya asintió. Lo que había estado temiendo era un hecho.

—Bueno, pues la responsabilidad de reunir a los niños ha sido transferida al Ministerio de Exteriores falangista. Pío XII ha publicado un edicto papal en el que afirma que los niños tienen que regresar a España o enfrentarse al hecho de ser acusados de apostasía.

—¿Qué? ¿Van a expulsarlos de la Iglesia? ¡Oh, por el amor de Dios!

—Un enviado papal se ha reunido con el comité de los niños. —Charles se pasó los dedos por el pelo—. Los fascistas son listos: la mayoría de las repatriaciones se están llevando a cabo a través de canales diplomáticos. La prensa británica no ayuda, con todas esas estupideces que publican sobre niños ladrones.

—Pasó exactamente lo mismo en Francia con los refugiados. Los consideraban criminales. Está ese estrecho de mente bigotudo... —Freya se retorció las manos, frustrada—. Cuando ves a esos niños inocentes y hermosos en las colonias de refugiados de Hammersmith y Barnes... ¿Recuerdas lo bien que cantaron Matie y los niños vascos en aquel acto para recaudar fondos? ¿Cómo puede nadie llamarlos criminales? No podemos permitir que los fascistas los secuestren.

—No creo que la Falange vaya de puerta en puerta robando niños.

Freya bufó.

—¿Qué te apuestas? Después de lo que vi en la guerra, nada de lo que hagan me sorprenderá. En nuestro caso, ¿qué debemos esperar?

—He hablado con uno de los de Hammersmith esta tarde. Las organizaciones de ayuda están mandando a la mayoría de los niños a casa.

—¿A España? —Freya miró por la puerta de la cocina hacia el sofá donde dormía Liberty tranquilamente, con el fuego bailando en su cara. Se le heló la sangre—. No, no se la pueden llevar.

—La cuestión es que hoy ha llamado un tipo a nuestra puerta y me ha entregado esto. —Charles deslizó un sobre hacia ella por encima de la mesa.

—¿Y tú dices que no están persiguiendo a los niños? ¿Cómo nos han encontrado? No lo entiendo.

—Dicen que los republicanos cometieron una atrocidad al mandar a los pequeños a ultramar.

—¿Una atrocidad? ¿Llevarse a los niños de una zona de guerra una atrocidad?

—Ahora su país ya no está en guerra y lo está el nuestro. Frey, están evacuando a los niños de Londres ahora mismo. —Charles golpeó con el índice el titular del *Times*—. Los niños mueren a diario, todas las noches, en los bombardeos. —Encendió un cigarrillo—. El tipo que ha venido hoy... Bueno, me ha dicho que los niños merecen ser devueltos a los españoles.

—Como buenos fascistas, querrá decir. Yo... —Freya miraba fijamente el sobre. Se quedó sin palabras cuando reconoció la escritura infantil de Rosa.

—No todos los nacionales son fascistas. —Charles esperaba que dijera algo—. ¿Frey?

Freya cerró los ojos y se frotó el caballete de la nariz.

—¿Al igual que no todos los republicanos son comunistas? Díselo a la hija de puta de la enfermera jefe que me despidió del trabajo de noche cuando se enteró de que había estado en España: «No queremos enfermeras rojas en nuestro hospital, señorita Temple.» Es increíble. ¡Fui a prestar ayuda humanitaria! Fui porque quería ayudar a gente común y corriente, a gente trabajadora como nosotros. No solamente los veteranos de las Brigadas no reciben una pensión sino que todavía nos persiguen.

—Tal vez no haya sido mala cosa que perdieras ese trabajo. Te estás matando a trabajar, Frey. Como voluntaria en las colonias de niños refugiados, trabajando como comadrona, ocupándote de Libby.

—¿Qué remedio? Los niños necesitan ayuda y nosotros tenemos que comer.

—Te lo he dicho. Estaremos bien. Me están buscando un puesto en Cambridge. Saldremos adelante.

—¿Qué me dices de los hombres que no pueden, de los estibadores y los albañiles que han perdido los brazos o las piernas? —Freya hundió la cara en las manos—. Estamos destrozados, Charles. —Estaba a punto de echarse a llorar—. Esto nunca terminará, ¿verdad? No mientras Franco gobierne. Seguirán persiguiendo a los republicanos y a sus familiares.

—Tenemos que afrontarlo. Los niños están siendo repatriados desde la Unión Soviética, desde Francia...

—¿Desde Inglaterra?

—Sí, desde Inglaterra. He hablado con una mujer encantadora que trabaja con los cuáqueros. Llevaron a un grupo de niños hasta la frontera con España y los entregaron. Me ha dicho que es una de las peores cosas que ha tenido que hacer, pero los padres de los pequeños habían escrito pidiendo que fueran devueltos a España.

—¿Al igual que Rosa? —Freya daba golpecitos con el pulgar sobre el sobre—. No me lo puedo creer. Me da pavor pensar en lo que le habrán hecho para que escribiera esto. —Freya lo abrió y leyó la carta—. Mira esto. La escribió justo al final de la guerra. ¿Por qué ha tardado tanto en llegar, eh? —Siguió leyendo y se echó a reír—. La buena de Rosa... Escucha esto: «Manda a Lourdes a casa, al seno de su familia, para que sea criada como una buena española.» ¿Recuerdas cómo la adoraba Vicente? Debe haber muchas más así. —Acarició la firma de Rosa—. ¿Qué le habrán hecho para que les diera nuestra dirección? —comentó en un susurro—. La carta es una advertencia, Charles. Debemos impedir que se lleven a Liberty, pase lo que pase.

—La cuestión es, Frey, que ya la han encontrado. Saben que está aquí. —Le cogió la mano—. Vendrán a recoger a Matie por la mañana y también quieren llevarse a Libby.

Freya sintió una oleada de náuseas y negó con la cabeza.

—No, no, no. Le prometí a Rosa que estaría segura. Que se vayan al infierno si creen que no somos moralmente aptos para criar a una niña española. —Se levantó y se puso a pasear por la cocina, pensando—. Nada, ningún plan ideado por hombres asustados, gordos y ricos va a conseguir que cedamos. No dejaremos que ganen, Charles.

—Esto nunca terminará.

—Entonces tampoco nos rendiremos nosotros, nunca. Pueden ser tan crueles como quieran pero nunca podrán con la verdad ni con el valor.

—¿Qué me dices de los agentes? Van a volver.

—Entonces tendremos que huir, con Libby. —Freya miró la cara pálida y sin afeitar de su hermano—. La adoptaré y le cambiaré el apellido. —Fue a la sala de estar y Charles la siguió—. ¿Crees que Libby y Matie...? Podríamos llevárnosla también... —susurró.

—¡No, Frey! No son gatitos. No puedes salvar a todos los niños españoles, lo sabes. —Charles le cogió la mano—.

Matie estará bien, el comité se asegurará de ello. Yo te prometí que me ocuparía de ti y de Liberty. —Miró a las pequeñas dormidas en el sofá—. Cueste lo que cueste.

—Me iré a Cornwall por la mañana.

58

Valencia, marzo de 2002

Justo antes de las Fallas, Emma metió la última caja de cartón vacía en el contenedor. Disfrutaba de la paz e iba de habitación en habitación, descalza. Durante las últimas semanas había arreglado la casa. En su habitación, Joseph dormía y crepitaba un fuego en la chimenea, al lado de la cual había una pila de leña. Por el pasillo le llegaba una melodía de guitarra que salía de la habitación de Sole y el ruido del chorro de la ducha. Le estaba costando acostumbrarse a tenerla en la casa, pero Macu tenía razón, Emma había infravalorado lo agotadoras que eran las primeras semanas con un bebé y necesitaba toda la ayuda posible.

Sole era una chica amable, si bien un poco ingenua. A Boris y Marek les gustaba burlarse de ella, así que ya creía que los polos eran el principal producto de exportación de Polonia y que el vodka Chopin de Boris se embotellaba directamente en el manantial que brotaba en casa de este.

Emma sonrió, se tiró en la cama y abrió los brazos, disfrutando de su colcha blanca nueva. Parecía que al final todo había ido bien. Volvió hacia un lado la cabeza cuando sonó el móvil. Era un mensaje de texto de Freya: «Em, no quería molestarte mientras estabas en la fiesta. Cuidado: Delilah va para allá. —A Emma se le encogió el estómago cuando siguió leyendo—. Los japoneses no quieren firmar sin ti. Quiere persuadirte cara a cara. Tú tienes todas las cartas. Os quiero a ti y al hombrecito. Freya.»

Emma se mordió el labio y tecleó un mensaje: «Gracias Frey. Delilah puede irse al diablo. Te quiero. Em.»

Se vistió despacio, tomándose su tiempo para peinarse y maquillarse. Era la primera vez en un mes que había conseguido ponerse algo que no fueran unos pantalones holgados y su viejo jersey.

«Si Delilah viene, será mejor que me prepare», pensó.

Había estado temiendo el día en que tendría que verse con su antigua amiga y se lo había imaginado así: Delilah llevaría su camisa de seda gris preferida, falda tubo, zapatos de tacón de Louboutin y fumaría en la penumbra como una de las protagonistas a las que interpretaba Veronica Lake; Emma iría sin duda con una camiseta manchada de leche, el pelo sucio y unas mallas asquerosas.

Pensar en Delilah la había desasosegado. Llevaba sin hablar con Freya desde su discusión, pero en aquel momento se dio cuenta de que deseaba que estuviera allí para ayudarla a batallar con Delilah. «La llamaré por la mañana —pensó—. Las cosas no pueden seguir así.» Sacó un par de vestidos del armario. Ninguno le parecía lo bastante bien. Se fue a la habitación azul y encendió la luz. Sacó del armario el vestido rojo. Tenía el mismo peso y la misma constitución que Rosa, y con las curvas que el embarazo le había añadido, le quedaba como un guante. Con un par de finos zapatos de tacón y un poquito de su nuevo perfume de jazmín, estaba lista para la velada. Se llevó la muñeca a la nariz y aspiró. El equilibrio de azahar en las notas dominantes todavía no estaba lo bastante bien, pero la base del perfume, el cremoso y carnal aroma de jazmín, le erizó el vello de la nuca. Se estaba acercando mucho. «No hay prisa... —Pensó en la carta de su madre sobre el perfume—. Lleva tiempo crear una fragancia espléndida.»

Marek silbó cuando bajó la escalera.

—Mi amor... —dijo entre dientes.

—Emma, está preciosa —dijo Boris, estrujando la gorra—. Hemos venido a despedirnos. Nos alojaremos en la pensión de al lado de la estación de autobuses esta noche.

—¿Ya os vais? ¿No venís al baile?

—Soy demasiado viejo para bailar —dijo Boris.

—Puede que yo me pase más tarde. —Marek se adelantó y señaló la campana de la chimenea—. Lo hemos colgado para ti. ¿Quiénes son? La chica es muy guapa. Casi tan guapa como tú.

—Es Rosa, mi abuela —dijo Emma, poniéndose colorada—. Claro que aquí era mucho más joven que yo. —Fingió concentrarse en las fotos, notando que Marek no dejaba de mirarla—. Gracias. Ha sido una bonita sorpresa. Tenía pensado colgarlo. —Ladeó la cabeza y sonrió mirando la cara hermosa de expresión retadora de Rosa. La casa ya estaba completa—. No puedo creer que sea vuestra última noche —dijo, volviéndose hacia Boris y Marek—. Te voy a echar de menos. —Miró a los ojos a Marek—. Os echaré de menos a los dos. —Con cuidado, añadió—: ¿Adónde iréis ahora?

—A Sopot —dijo Marek—. Nos vamos a casa.

—Me alegro por vosotros. ¿Estáis contentos?

El muchacho se encogió de hombros.

—Es un lugar bonito, cercano a Gdansk. A lo mejor puedes ir algún día. —Le tendió la mano—. Tenemos una sorpresa más para ti. —La llevó al patio—. ¡Vale! —gritó, y Boris pulsó un interruptor en el campanario y la piscina se iluminó, con el mosaico azul nuevo reluciente.

—¡Oh, qué bonito! Creía que no habíais tenido tiempo para esto. Pensaré en vosotros siempre que nade con Joseph. ¡Le va a encantar! —Abrazó a Boris y luego a Marek, que no la soltaba. Emma percibió lo reacio que era a apartarse—. ¡Muchísimas gracias! De verdad. Gracias por todo. —Se apartó y Marek la siguió con la mirada—. Deberíamos celebrarlo. ¿Os gusta el cava?

—¿El cava? Sí, claro.

—Bueno, abriré una botella. Joseph está con Sole y Macu esta noche, así que por una vez puedo relajarme —dijo Emma por encima del hombro yendo hacia la cocina.

Volvió con tres copas y le tendió la botella a Boris. El corchó saltó hacia el otro lado de la piscina.

—Por nuestra última noche —brindó Emma—. Por el regreso a casa.

Resonaba la salsa por las calles de La Pobla y su ritmo era como un latido en la noche. Emma se sentía joven y viva. Caminando con Paloma hacia la plaza del mercado cosecharon piropos. El cielo nocturno era azul terciopelo y las estrellas centelleaban por encima de las luces blancas que colgaban de los árboles.

—¿Es siempre así? —preguntó Emma riéndose mientras Paloma se abría paso a empujones entre un grupo de hombres.

Las calles oscuras estaban llenas de gente y el aire fresco traía aromas de humo de leña, carne asada y las explosiones de una traca. Niños con los pantalones negros del traje tradicional y pañuelo azul y blanco al cuello se colaban entre las piernas de los adultos que bailaban abrazados. La música salía de las puertas abiertas de los bares. Era una noche plagada de posibilidades.

—Esta noche todo vale. —Paloma saludó con la mano a Luca, que estaba cerca de la barra—. Estamos en Fallas, la festividad de San José. —Se abrieron paso entre la gente—. Por cierto, está todo listo para el bautizo de mañana.

—Gracias. Sois todos muy amables.

—Nos parecía un momento adecuado para celebrar la llegada del pequeño Joseph y ahora somos de la familia. Joseph es el ahijado de Luca.

Paloma miró a Marek, que estaba apoyado en una mesa, rodeado por un grupo de adolescentes.

—¿En serio que se marcha a casa?

—¿Quién? —Emma se alisó la seda roja del vestido. Era consciente de las miradas de los hombres del pueblo.

—¿Quién? ¡Tu guapo albañil, por supuesto! —dijo Paloma, riendo—. La mitad de las chicas del pueblo están locas por él.

—¿De veras? No lo sabía —mintió.

Paloma lo vio mirándola.

—Pero esta noche solo tiene ojos para ti.

—¡Oh, bobadas! —Emma lo miró.

—¡No, en serio! Conozco esa mirada.

—Es demasiado joven.

—Tonterías. ¿Cuántos años tiene? ¿Veintidós o veintitrés?

—Sí, y yo soy una vieja de treinta.

—Oye, deberías divertirte un poco. —Le dijo Paloma. Veía la expresión de Luca mientras se les acercaba—. No necesitas complicarte la vida. No todavía. —Se volvió hacia ella—. ¡Por el amor de Dios! ¡No vas a desperdiciar el resto de tu vida con él! Te hace falta diversión, una maravillosa noche loca.

Luca se abría paso entre la gente.

—Emma, ¿quieres bailar?

—Ve, anda... —Paloma los empujó hacia la pista de baile, cogiéndole la copa de vino a Luca—. Voy a buscar a mi marido.

Luca la cogió entre sus brazos y la música la invadió. Emma se dejó llevar por el ritmo, soltando las caderas y siguiendo con facilidad las de él. Se abandonó, arrastrada por la melodía, por la proximidad de él y el bullicio de la gente. «Solo amigos», se dijo. Cerró los ojos, recordando la primera vez que lo había visto, el modo en que el tiempo había parecido detenerse. Luca la sostenía contra sí. Olió el familiar aroma de cuero, colonia y piel calida. Recordó cómo se había sentido aquella primera vez, sentada a su lado en la catedral. Ojalá pudiera quedarse así para siempre. El ritmo se aceleró y, cuando giró, soltó la mano. Una chica con un vestido ajustado negro se interpuso entre ella y Luca, bailando con brío. Él miró a Emma, pero cuando la chica lo besó, respondió al beso y Emma se alejó. Los miraba por encima del hombro mientras iba hacia la barra, decaída.

—¿Dónde está Luca? —le preguntó Olivier.

Emma hizo un gesto con la cabeza hacia la pista. Intentaba que no se notara lo desanimada que estaba.

—Otra vez ella, no —dijo Paloma.

—¿Otra vez? ¿Quién es? —Emma intentaba parecer desenfadada.

—Nadie. Una de sus novias.

—Una de muchas, ¿eh? —Emma cogió el bolso—. Oye, me lo he pasado bien pero estoy cansada.

—No, espera... —Paloma le cogió la mano.

—De veras. —Echó un rápido vistazo a la pista de baile. La chica se apretujaba contra Luca, que reía porque ella le había puesto una pierna en la cadera.

Se terminó la pieza y Luca fue hacia la barra seguido por la joven.

—Me voy contigo, Luca. ¿Por los viejos tiempos?

—Haz lo que te dé la gana.

Se encogió de hombros encendiendo un cigarrillo y buscó a Emma. Cuando bajó la vista, la chica se lo quitó de los labios. Molesto, Luca cogió otro. Ella tomó una profunda calada y soltó el humo con los labios fruncidos. Se apoyó en la barra, metiéndose los pechos en el vertiginoso escote.

—Esta noche no trabajo —murmuró—. Podríamos...

—No. —Luca apuró la copa de coñac y se sirvió otra.

—¡Eh! Siempre nos lo hemos pasado bien, ¿no? —Le pasó una uña roja por el dorso de la mano.

—He dicho que no.

—Sin ataduras... como siempre.

Luca se puso el cigarrillo en la comisura de los labios y metió la mano en el bolsillo. Sacó unos billetes que dejó sobre la barra y cogió la botella de coñac.

—¿Te vas? ¿Qué ha cambiado? —Se había puesto ceñuda—. Ah... ¿La perfumista? Sabes a qué hueles, Luca —le susurró al oído—. A sexo. Siempre, desde que éramos niños. Es un desperdicio. Te aguantabas por Alejandra, el amor de tu infancia, y ahora te aguantas por ella...

—Vete al infierno.

—Acuérdate de quiénes son tus amigos, Luca —siseó ella, hundiendo un dedo en el coñac y pasándoselo por los labios—. Te alegraste de tener una amiga cuando Alejandra...

—No hables de mi mujer.

—¿Sabe tu novia de su existencia? —le gritó—. ¿Sabe que su rival es un fantasma?

Marek siguió corriendo detrás de Emma cuando ella dejaba la plaza.

—¡Emma! —la llamó—. ¿Te vas? —Se puso a su lado—. Esperaba que bailaras conmigo.

—Estoy cansada —repuso ella. Se quitó la pinza del pelo y se lo dejó suelto sobre los hombros.

—Dios... ¡qué guapa estás! —le dijo Marek.

Las luces de la plaza le iluminaban los rizos rubios, suaves y dorados contra la piel sedosa. Emma se volvió hacia la plaza y observó a las parejas girando y girando bajo las ristras de bombillas. La música se apoderó de ella, subiéndole desde las plantas de los pies y latiéndole en la sangre.

—¿Quieres bailar? —le preguntó sin mirarlo—. Pues bailemos.

La agarró de la mano y volvieron juntos a la pista de baile. Cuando la tuvo entre sus brazos, quedaron frente a frente, mirándose a los ojos. A Emma le gusto notar su cuerpo fuerte moviéndose con el suyo y guiándola. Se apoyaron, con las frentes tocándose y los labios cerca. Él la atraía con el brazo hacia sí cada vez más.

—Déjame pasar contigo esta noche —le susurró—. Déjame pasar una noche contigo antes de irme.

—No, yo...

—Estoy loco por ti. Todas estas semanas, he soñado noche tras noche en estar contigo. —Le rozó la sien con los labios—. Sé que tú también lo has pensado. —La condujo hacia la oscuridad del borde de la plaza y la apoyó contra la corteza cálida de un árbol. La besó con suavidad. Fue un beso muy dulce.

«¿Qué estoy haciendo», pensó Emma.

Él ya tenía las manos en su pelo y le sostenía la cabeza mientras sus besos se sucedían. Se pegó a ella, dejándola sin aliento. Se moría por sentir el cuerpo de otra persona contra el suyo de nuevo. No quería volver a estar sola. Cuando la sacó de la pista de baile, ya se había hecho a la idea.

Todavía no había terminado la canción cuando Luca volvió a la pista. Repasó a la gente buscando a Emma.

—¡Eh, tú! —La chica del vestido negro lo siguió.

—Vete. No me interesa.

—¿Buscas a la perfumista? —Se estudió las uñas—. Acabo de verla irse con ese bombón de albañil suyo. Se estaban comiendo a besos. Si no estuviera tan loca por ti hubiera ido yo por él.

—No. Te equivocas.

—Apuesto a que se la está tirando.

Luca se apartó de ella y se abrió paso entre la gente hacia Villa del Valle. Paloma corrió tras él.

—¿Luca? ¡Luca! ¿Qué demonios te pasa?

—Ella... Emma... —Tenía la cara contraída de rabia—. ¿Se ha ido con ese chico?

Paloma puso los brazos en jarras.

—Sí. Le he dicho yo que lo hiciera.

—¿Has hecho qué? ¡Joder! ¿Cómo has podido? —Notó que se atragantaba, con las palabras encalladas en la garganta.

—¿Qué esperabas? —le dijo ella tranquilamente—. ¿Creías que te esperaría eternamente?

Luca condujo durante horas por la montaña, encendiendo y apagando los faros, desafiando al destino a llevárselo. Los veía mentalmente. Veía a Marek quitándole la seda roja del hombro y besándole el cuello. Veía a Emma desabrochándole la camisa y pasándole las manos por el pelo. Se lo imaginaba una y otra vez, torturándose. Golpeaba el volante, rugiendo de celos, mientras conducía en la oscuridad nocturna. Al amanecer estaba de nuevo en el pueblo. Estacionó y caminó hacia la casa de Emma.

Emma y Marek no habían llegado ni a la cama. Se despertaron en el sofá, junto al fuego de la cocina, al oír la llave en la puerta principal.

—¡Sole ha vuelto! ¡Rápido! —rio bajito.

—Levántate. —Marek le lanzó el vestido y se puso los vaqueros—. Me ocuparé del bebé hasta que bajes.

Habló con Sole un minuto, repasando mentalmente los pasos de Emma hasta el dormitorio y hasta oír la ducha.

Sole le dio el bebé y fue a sacar las bolsas del coche. Él se volvió y se puso a Joseph al hombro porque se echó a llorar.

—¡Eh, no llores! —Preparó café, tranquilizando al bebé—. No llores. —Cuando oyó abrirse la puerta, gritó por encima del hombro—: ¿Quieres café? —Como Sole no contestaba, se volvió y se encontró con Luca, que estaba furibundo en el umbral—. ¿Qué haces aquí?

Marek mecía al niño. Joseph abrió los ojos un momento y luego los cerró fuerte y berreó más.

—Así no. —Luca le cogió al pequeño y Marek cruzó los brazos y se apoyó en la chimenea—. Detesta que lo mezan. ¿Eh, cariño? —le susurró con dulzura, con los labios pegados a su coronilla.

Joseph se agarró a su camisa y fue tranquilizándose hasta dejar de llorar mientras Luca lo sostenía con firmeza pero cariñosamente. El bebé erró los ojos y apoyó la cabeza en el corazón de Luca.

—¿Por qué sigues aquí? —Luca fulminó con la mirada al chico.

—¿Tú por qué crees?

—Pequeño hijo de... No eres nadie...

Oyeron que Emma bajaba la escalera.

—Puede que no sea nadie, pero soy quien ha pasado la noche con ella —dijo tranquilamente Marek mientras Emma se les acercaba—. No lo olvides.

—¿Luca? —Emma se apartó el pelo de la cara, todavía húmedo de la ducha. Iba descalza, con un vestido blanco de verano. Tenía la piel radiante y los labios hinchados de besos. Luca nunca la había deseado tanto.

»Tienes muy mala cara —le dijo con dulzura—. ¿Quieres un poco de café? —Lo cogió del brazo y se lo llevó al pasillo.

—¿Te has acostado con él?

—¿Perdón? —Emma cerró la puerta de la cocina—. Eso no es de tu...

—¿Te acostaste con él? —Se recolocó al niño.

—¿Y qué si lo he hecho? ¿Y qué, Luca? ¿A ti qué te importa? No somos más que amigos. —Le sostuvo la mirada—. ¿No es así? Eso fue lo que le dijiste a Olivier.

—¡Es un niño! ¡Un crío! —Intentaba controlar la rabia y miró al niño que dormía—. ¿Cómo has podido escogerle a él cuando...?

—Cuando qué. —Se le acercó y bajó la voz—. Cuando qué, Luca. ¿Qué se supone que debo hacer? ¿Vivir como una monja? No seas tan hipócrita. Lo sé todo sobre ti y esa... mujer de anoche.

Luca se puso a la defensiva.

—¿Qué pasa con ella? Nunca se ha tratado más que de sexo.

—¿Y por eso es mejor? Tú tendrás sexo con alguien como ella, pero cada vez que nos acercamos tú...

—¿Por qué? ¿Por qué él?

—Porque me siento sola. Porque no me he sentido deseada desde hace mucho. Desde que perdí a Joe, desde que tú...

—Desde que yo ¿qué?

—¡Eso es! —Estaba exasperada—. Tú no lo entiendes. Tendrías que haber notado... lo que tenemos. —Lo obligó a mirarla—. No sé en qué situación estoy contigo. Con Marek... ha sido sencillo. Me ha hecho sentir bien conmigo misma. Me he sentido joven y viva y lo necesitaba. Lo necesito. —Le tocó el brazo y él se estremeció—. ¿Por qué? ¿Es por tu mujer?

—Alejandra murió hace mucho.

—Pero yo estoy aquí, Luca. Soy real. Y no quiero volver a estar sola. —Retrocedió hacia la puerta principal y la abrió.

—Hola —dijo Sole. Miró a Luca y luego a Emma y le cogió el niño.

Emma la oyó charlar con Marek en la cocina. Miró a Luca cuando oyó los pasos de Marek acercándose.

—No quiero estar sola.

Luca miró a Marek.

—Ahora tienes que irte —le dijo, con la voz temblorosa de rabia. Se volvió hacia ella—: Nos veremos en el bautizo.

—Por favor, no...

—Gracias, Emma. Por todo. —Marek le cogió la mano y se la besó, levantando los ojos hacia Luca.

Luca cruzó el pueblo camino del café. Por desgracia, el autobús de Marek llevaba retraso.

—¡Eh, viejo! —se burló de él—. ¿No has podido darle lo que quería y te ha dado la patada? —Se rio y buscó un cigarrillo en el bolsillo.

Estuvo mirando hacia abajo mientras Luca se abría paso entre los coches hacia él. Cuando encendió el cigarrillo y alzó la cabeza, lo tenía delante. Luca lo agarró del cuello de la camisa y le retorció el brazo.

—No hables así de Emma —le espetó, con el puño apretado.

—¿Qué vas a hacer? ¿Pegarme? —resopló Marek y retrocedió trastabillando porque Luca lo soltó de un empujón.

—No mereces el esfuerzo. —Luca miró a Marek caído en la alcantarilla y vio lo que en realidad era: un niño que había tenido buena suerte. Suspiró y le tendió la mano para ayudarlo—. Venga.

Marek se puso de pie con dificultad.

—No lo entiendo. ¿Por qué no me has pegado?

—Porque eres un crío y estás muy lejos de casa. Y porque yo era igual que tú en otra época. —Le quitó el polvo del brazo a Marek.

—Lo siento.

—No lo olvides. —Luca le clavó el índice en el pecho—. Recuerda lo afortunado que eres. Emma es una mujer extraordinaria.

—La quieres, ¿verdad?

—Es complicado.

—Creo que ella también te quiere.

—¿Por qué?

Marek se encogió de hombros.

—Por la noche te llamaba en sueños.

—¿En serio? —Luca sonrió.

—A lo mejor el afortunado eres tú.

El autobús subía por la calle Mayor. Cuando Marek tiró dentro la bolsa y subió los escalones, se volvió.

—No vayas por ahí haciendo el tonto, ¿sabes? Ella vale demasiado. Si tú no mueves ficha, algún otro lo hará.

59

Londres, mayo de 1941

—Uno, dos, tres... —Charles empezó a contar mientras Matie y Liberty corrían riendo por la casa hacia el jardín, buscando un escondite.

Cuando ya no podían oírlo, se dejó caer en el sillón, junto a la ventana, y se frotó el caballete de la nariz en actitud pensativa. Acababa de recibir una llamada telefónica de un amigo de la colonia Barnes. Había llegado la hora de que los niños volvieran a España y pronto irían a recoger a las niñas.

Miró por la ventana la calle vacía. Habían tenido suerte hasta el momento. Las bombas caían todas las noches en Londres. A diferencia de los que se metían en refugios y en los sótanos durante los ataques, él y Freya se portaban como si nada sucediera durante las incursiones aéreas. Freya había bromeado aquella mañana diciendo que eran «a prueba de bombas», pero Charles se preguntaba si la vida volvería a parecerle sencilla y segura de nuevo. Pensó en la conversación de las chicas durante el desayuno.

—Vuelvo a casa —había dicho Matie, entre cucharada y cucharada de *porridge*.

—¿A casa? ¿Dónde está eso? —Liberty balanceaba las piernas en la silla.

—Mi hogar está en España. Me voy a España.

—Tío Charles, ¿dónde está mi hogar? ¿Está en España?

Charles había levantado los ojos del periódico.

—No. Tu hogar está aquí, Libby, con Freya, tu mamá, y yo.

«España», pensó ahora, con el estómago encogido de emoción. Se mordió una piel del pulgar, con la cabeza llena de imágenes. No estaba bien solo consigo mismo en aquellos días, era incapaz de descansar, de descartar los recuerdos y los fantasmas que lo acosaban. Se cubrió la cara con la mano y se la pasó por el pelo luego, como si intentara ahuyentarlos.

—Noventa y cien —gritó, y fue caminando por la casa, directamente hacia el invernadero. Sin embargo, a excepción de un par de viejas sillas Lloyd Loom polvorientas, estaba vacío. Esperaba que algún día estuviera lleno de plantas y mariposas. Sus pisadas resonaron en las baldosas rotas.

—¡Voy, estéis o no listas!

Sabía que Liberty se escondía siempre en la pequeña alcoba de la esquina, así que arañó la puerta.

—¡No es justo! —protestó la niña.

—Vale, Libby —dijo Charles, con el corazón desbocado—. Vamos a jugar a otra cosa. No quiero decirle a Matie dónde te has escondido. Quiero que te quedes ahí, ¿entendido?

La pequeña asintió.

—Quiero que te quedes muy, muy quieta.

—¡Como un ratón!

—Sí, como un ratón. —Charles echó un vistazo al reloj. Llegarían en cualquier momento—. Quédate ahí hasta que venga a buscarte. —Cerró la puerta del armario y la cerró.

—¡Matie! —gritó, saliendo al jardín—. ¡Matie! —Oyó

que la niña contenía la risa detrás del cobertizo de las macetas—. ¡Te pillé! —La levantó y la abrazó, con un nudo en la garganta. Se llevó a la niña a la casa, abrazada a su cuello—. Ahora, Matie, está a punto de llegar una gente muy simpática del comité con otras personas de España.

—¿De casa?

—Sí, Matie, de casa. Libby está escondida. Está muy, muy bien escondida. Así que esa gente no podrá encontrarla, Matie. Si te preguntan dónde está, diles que se ha ido. Diles que estuvisteis jugando anoche y que Liberty se fue.

—Sí, tío Charles.

—Es un juego —le dijo él en voz baja—. No es más que un juego.

Llamaron a la puerta cuando iban hacia ella.

—Ha llegado la hora de que te vayas a casa —dijo, abriendo la puerta. Puso cara seria cuando vio los hombres que había en la puerta. Una mujer del comité de rescate se adelantó y cogió de la mano a Matie.

—Adiós, Matie —le dijo Charles, cerrando con fuerza los párpados y besándole la coronilla—. Que Dios te bendiga.

—¿Tiene los documentos de la niña?

—Sí. Un momento. —Se metió la mano en el bolsillo y se los entregó al hombre.

—¿Dónde está la otra niña?

—¿No se lo han dicho? —le sostuvo la mirada.— Hubo una desgracia. Lourdes del Valle murió en un bombardeo.

—Lo siento. Por supuesto, lo investigaremos.

El hombre le estrechó la mano y achicó los ojos cuando vio el brazo amputado de Charles.

—Debe ser muy difícil para usted. Puedo asegurarle el futuro de la niña en España.

Charles miró la cara iluminada de esperanza de Matie en la parte trasera del coche. Lo saludó con la manita.

—Cuídenla —dijo con un hilo de voz, y cerró la puerta.

Charles se apoyó en la pared, escuchando cómo se alejaba el coche. El corazón le martilleaba en el pecho y tropezó cuando iba hacia la cocina, donde se sirvió un buen whisky de la botella de la alacena. Descolgó el teléfono.

—Hola —dijo sosteniendo el aparato con la mano temblorosa—. ¿Hablo con el comité para la infancia? Soy Charles Temple. Temo que tengo malas noticias. La niña que vivía con nosotros, Lourdes del Valle... Sí... —Escuchó cómo la mujer buscaba en los papeles—. Nos vimos atrapados anoche durante el bombardeo. —Escuchó hablar a la mujer al otro extremo de la línea—. Lamento decirles que ha muerto. Sí. Los demás estamos bien, con apenas unas contusiones. No, todavía no han podido recuperar el cuerpo. Sí, por supuesto. Vendré a firmar toda la documentación necesaria. Gracias. Sí. Estamos todos destrozados.

—¿Charles? —dijo Freya, y él se volvió y la vio de pie en la cocina, detrás de él, con la cara cenicienta. Llevaba una cesta de comida para el viaje hasta Cornwall.

—Adiós —se despidió, y colgó el teléfono.

—Charles, ¿qué has hecho?

—Freya, no he tenido elección. Han venido a buscar a Liberty.

—¿Qué has hecho? —le gritó.

—Matie se va a casa, pero Libby está a salvo.

—¿De qué hablas? ¿Te has vuelto loco? ¿Cómo puedes pretender que ha muerto? Yo quería adoptarla legalmente. —Freya fue a coger el teléfono—. Voy a llamar al comité y decirles que has estado bebiendo y no estás en tus cabales.

Charles le impidió descolgar y desconectó la línea.

—Se la llevarán. La apartarán de ti, como han hecho con Matie. ¿Lo entiendes? —La agarró del hombro—. Te prometí que os protegería, a ti y a Liberty.

—¿Y ahora qué vamos a hacer? ¿Huir y escondernos

toda la vida? —Freya sacudió la cabeza, incrédula—. ¡Estás loco! —Se pasó el dorso de la mano por los labios.

—De ahora en adelante, España nunca habrá existido —dijo Charles—. Rosa, Jordi, no están. Lourdes del Valle ha muerto. —La abrazó y le susurró contra el pelo—. Liberty Temple es tu hija, Freya. Nadie tiene que saber nunca la verdad.

—No puedo hacer eso, Charles. No puedo construir mi vida entera sobre una mentira.

—Bueno, pues no tienes elección. Se la llevarán si se enteran, Frey. Tienen la carta de Rosa y eso es cuanto necesitan para avalar sus acciones. Podemos conseguirlo, Frey. Tenemos que hacerlo por Libby. No sé si van a tragárselo. Mueren niños a diario en los bombardeos, pero sospecharán. Nos estarán observando. —Se volvió hacia Freya—. Creo que será mejor que tú y Liberty os vayáis a Cornwall inmediatamente. Aquí no estáis seguras porque la Falange tiene espías por todas partes.

—Las maletas casi están listas.

—Bien. Iré a buscar el coche y os llevaré directamente a la estación. —Se quedó pensativo un instante—. Por si están vigilando la casa, podemos esconder a Libby en una maleta y decirle que forma parte de un juego.

—Que forma parte... ¡de un juego! —gritó Freya. Cubriéndose la cara con las manos, se frotó los ojos—. No puedo...

—Sí que puedes, Frey. Podemos hacerlo, por ella. —Le temblaba la voz—. Si salvamos a una criatura, solo a una, de... eso —dijo, cerrando con fuerza los párpados para ahuyentar las imágenes de la guerra grabadas en su mente. Sacudió la cabeza y miró a su hermana—. Una niña, una niña preciosa, crea una diferencia.

—No podremos seguir adelante con esto.

—Lo haremos. Estamos en guerra y constantemente desaparece gente. Las autoridades están sobrepasadas y la gente se cuela por los resquicios. —Charles pensó un momento y luego dijo—: Cuando llegues a Cornwall, simplemente di que lo hemos perdido todo durante el *Blitz*, todos nuestros documentos e incluso el certificado de nacimiento. Diles que es tu hija ilegítima, que la tuviste en España. —Le cogió la mano—. Liberty es ahora hija tuya, Freya.

—¿Dónde está?

—En el invernadero, escondida.

Freya corrió hacia allí y Charles se bebió de un trago la copa y la escuchó hablando tranquila con la niña. Luego pasó a su lado, con Liberty en brazos y las piernas de la pequeña alrededor de la cintura.

—¿Dónde está Matie, tío Charles? —le preguntó por encima del hombro de Freya.

—Se ha ido a casa.

Charles le sostuvo la mirada a Freya. La miraba con dureza y determinación.

—Ahora, cariño, vamos a jugar a un juego. Vamos a fingir...

60

Valencia, marzo de 2002

Emma tenía resaca. Buscó en los armarios nuevos del baño, pero no encontró paracetamol. Se metió dos sobrecitos de Calpol en la boca con una mueca.

—Sole —llamó hacia la planta baja, dando saltitos para subirse la cremallera de la bota—. Tenemos que irnos.

Oyó voces en la cocina y frunció el ceño. Cogió su chaqueta preferida de Nicole Farhi y bajó corriendo la escalera.

—La misa empieza dentro de un cuarto de hora —dijo, con la cabeza gacha, abrochándose el guardapelo de Rosa.

—Bueno, mírate, extranjera —dijo Delilah arrastrando las palabras.

Emma levantó la cabeza de golpe. Delilah estaba en el centro de la cocina, de pie, con Joseph en brazos.

—La niñera me ha dicho que vais al bautizo de Joe. —Miró al bebé—. Me siento como el hada mala que se presenta sin invitación.

—¿Cómo has entrado aquí? —Emma vio que Sole se ponía como un tomate.

—Le he dicho que soy una vieja amiga. —Delilah se le

acercó—. Es guapo, Em. Igualito que su papá. —Hizo un gesto con la mano, abarcando la habitación—. Y todo esto. Es perfecto. Tú siempre lo haces todo a la perfección.

—No soy perfecta. Nunca he intentado serlo.

Delilah puso los ojos en blanco.

—No tienes que intentar ser nada... simplemente eres perfecta. El rostro de una empresa de éxito, creadora de casas, hermosa, una amiga leal... lo tienes todo, y ahora eres la madre de su hijo. —Se inclinó hacia Emma—. Felicidades.

—Esto no va a devolvértelo, si es lo que crees.

—Te acostaste con él cuando ya estaba conmigo —le dijo entre dientes—. Tienes a su hijo. No es justo que todavía tengas una parte de Joe.

—Las dos estamos de duelo —susurró Emma, mirando a Sole.

—Sí, solo que yo no tengo derecho a estarlo. Yo fui la zorra que os separó.

—Hazte la víctima si quieres, Lila, siempre se te ha dado muy bien.

—Me quería. Se casó conmigo.

—Nos quería a las dos, y nadie va a cambiar eso. —Echó un vistazo al reloj—. Sole, ¿te importa llevar a Joseph a la iglesia? Nos veremos allí dentro de unos minutos. Luca te está esperando.

—¿Luca? ¿Quién es Luca? —le preguntó Delilah entregándole el bebé a Sole.

Emma intentó disimular su alivio.

—El padrino de Joseph. Un amigo.

—Qué bien. Como yo.

Emma esperó hasta oír cerrarse la puerta de la calle y se volvió hacia Delilah.

—No tienes ningún derecho a mi amistad desde la primera vez que te acostaste con Joe.

Delilah levantó las manos.

—Perdóname.

—Dame una buena razón por la que deba hacerlo.

—Porque lo siento con todo mi corazón. —Ladeó la cabeza—. Porque apuesto a que no te has pasado toda la noche despierta hablando y escuchando a James Taylor con nadie más. ¿Te acuerdas? —Se puso a cantar *You've got a friend...*

—¡Para! —Emma cogió el bolso y se lo puso al hombro—. Por el amor de Dios, no me cantes —le dijo, marchándose.

—Sí. Nunca se me quedan las melodías. —Delilah la siguió al exterior y se puso las gafas de sol, cuyas patillas reflejaron el sol.

—Oye, este es mal momento.

—No voy a quedarme mucho. Solo quiero que firmes los documentos.

—Tendré que pensármelo —repuso Emma, cerrando la puerta a su espalda—. ¿Dónde te alojas?

—Aquí.

—¿Estás de broma?

—¿Qué vas a hacer? ¿Echarme? Tenemos que cerrar el trato con los japoneses. No hace falta que me des las gracias, dicho sea de paso...

—¿Darte las gracias? —le gritó Emma—. Sin mí, la venta será un fracaso.

—¿Quieres una ruptura limpia? Bien. Eso te estoy ofreciendo.

Las dos salieron y se dirigieron hacia el pueblo. Delilah miró a Emma.

—Tienes demasiado buen aspecto para haber dado a luz hace tan poco.

—No conseguirás nada haciéndome la pelota. —El dolor de cabeza seguía martirizándola y parpadeó cuando le dio el sol—. ¿Sabes, Lila, cuándo supe seguro que tú y Joe teníais un lío? Iba en coche a la oficina y te vi caminando por King's Road. Te saludé con la mano y frené para llevarte. Sé que me viste, pero seguiste de largo.

—No me acuerdo.

—Te sentías tan culpable que no eras capaz de mirarme a la cara.

—No era la primera vez que habíamos estado juntos —dijo Delilah en voz baja.

—Entonces ¿dónde fue?

—¿Qué?

—¿Cuándo empezó vuestra aventura?

—No, Em...

—¡No! —le gritó, deteniéndose de golpe—. Quiero saberlo. ¿Cuántas noches crees que he llorado hasta dormirme, Lila? Preguntándome cómo y dónde empezó.

—En Brighton.

—¿En Brighton?

—Habíamos estado trabajando hasta tarde. Era una noche preciosa. Le dije a Joe que por qué no íbamos hasta la costa para divertirnos, como en los viejos tiempos.

Emma se acordó de los tres en el descapotable de Joe, con Lila normalmente en el asiento trasero, dormida, con el viento lamiéndole la cara mientras iban a toda velocidad hacia la costa.

—Tendría que haber sido yo —le dijo Delilah.

—¿Qué?

—Le esperé todo ese tiempo. Había estado saliendo con esa chica...

—¿Con Clare?

—Sí, eso es, con Clare. Todo el primer curso en Columbia le fue fiel. Lo intenté con todas mis fuerzas...

—Seguro que sí.

—Luego me enteré de que había roto con ella. Esa primera noche de nuestro último semestre iba a decirle que estaba enamorada de él. —Rio con amargura—. Pero allí estabas tú, presentándote para tu estúpido cursillo, como una bocanada de aire fresco, vibrante y hermosa. —Suspiró—. Joe me lo confesó esa noche, ¿puedes creerlo? Vi que los dos os habíais enamorado a primera vista. —Miró a los ojos a Emma—. Había perdido mi última oportunidad. Me robaste mi momento. Te odiaba.

Emma sostuvo su mirada.

—Lo ocultabas muy bien. —Se volvió y caminó hacia la iglesia.

—No quería perderlo. Si demostraba lo que sentía, habría perdido también a Joe. Se dice siempre que el amor es simplemente una manera distinta de ver a un amigo. Tuve que aprender a hacer que mi amor por Joe pareciera amistad.

—Así que nada de aquello... Nuestra amistad, ¿era una farsa?

—Al principio. Pero tú... eras tan encantadora. Creo que fue cuando tuve la gripe aquel invierno que empecé a tenerte cariño.

—¿A mí o a mi sopa de pollo con jengibre? —Emma se acordó de las horas que había pasado cuidándola. Botellas de agua caliente, los ratos leyendo ejemplares atrasados de *Vanity Fair* y *Vogue* en su cama, rodeada de pañuelos de papel—. No entiendo cómo no la pillé yo.

—¿Tú? Tú nunca te pones enferma. Tienes un sistema inmunológico de hipopótamo.

—¿Están sanos?

—Sabe Dios. —Delilah rebuscó en el bolso y encendió un cigarrillo—. ¡Oh, qué lío, Em! Lo siento.

Emma se paró en los escalones de la iglesia y la miró. Aquella era la mujer que le había destruido deliberadamente la vida.

«Pero también está triste», pensó. Reacia, la abrazó.

—Te perdono.

—¿En serio?

—¿Qué otra cosa puedo hacer? Las dos... —dudó—. Las dos lo hemos perdido.

Delilah la estrechó.

—Gracias. La vida es demasiado corta, Em. Eso fue lo que me dijo una vez tu madre. —Emma se envaró al oír mencionar a Liberty, pero Delilah no la soltó—. Tenía razón, como siempre. Dejemos atrás el pasado.

—Como has dicho, solo quiero una ruptura limpia. —Emma se apartó cuando Luca se le acercó con Joseph en brazos—. Quédate si quieres, o vete. Me da igual. Aquí no se te ha perdido nada.

Delilah la miró entrar en la iglesia y susurró, con expresión dura:

—Yo no contaría con ello.

Tocones arrancados, listos para las fogatas, formaban un montón a las afueras del pueblo como una pila funeraria, con pegotes de tierra roja en las raíces. Más allá de ellos, las siluetas caminaban a campo abierto, como las almas de los desposeídos a la luz gris de última hora de la tarde, con los ojos bajos.

—¿Qué está haciendo esa gente de ahí? —dijo Delilah cuando pasó con el coche haciendo chirriar las ruedas.

—Cogen caracoles —le dijo Emma desde el asiento trasero. Metió a Joseph en la sillita con una manta—. Estamos en Fallas y todo el mundo prepara paella.

—¿Qué hacen con ellos?

—Los ponen en una bolsa con hierbas, los lavan y se los comen. Deberías probarlos.

—Uf, qué asco. —El coche de alquiler de Delilah dio una sacudida—. Maldita sea —murmuró cuando pillaron un bache. A lo mejor tendríamos que haber cogido el tuyo. No sé cómo puedes vivir aquí. Quiero decir que... Mira esta mierda... todo el país es como una zona de obras. Hay perros por todas partes. Mira eso... —Gesticuló hacia un rebaño de ovejas marrones que pastaban en la tierra polvorienta, a la sombra de un olivo—. Es como en los malditos tiempos bíblicos.

—Me gusta esto.

—¡Oh, no te pongas a la defensiva, querida! Solo me preocupo por ti, Em, eso es todo. Esto no se parece en absoluto a lo que estás acostumbrada. —Se pasó la mano por las brillantes ondas rubias. A Emma siempre la sorprendía la pequeñez de sus dedos como de niña, que se estrechaban desde una palma suave y redondeada hasta unas diminutas uñas rojas.

«Me pregunto por qué», se dijo Emma. No podía creer que Delilah le hubiera sacado una invitación para la fiesta a Dolores.

—¿Has hablado con alguien? Muchas mujeres se deprimen después de tener un bebé, quiero decir. —Delilah le echó un vistazo por el retrovisor.

—Yo no estoy deprimida.

—Venga ya, cariño, mírate. Vas un poco dejada, ¿no? ¿Desde cuándo no vas a la peluquería para que te arreglen el pelo?

Emma inspiró profundamente. Más adelante, en una granja, un horno brillaba con luz tenue. Un grupo de seis o siete hombres estaban inclinados sobre una bancada de piedra, atentos a algo. Cuatro patas oscuras se sacudían entre ellos.

—¿Qué demonios pasa ahí? —gritó Delilah.

—No mires —le recomendó Emma, recordando el efecto que le causaba la sangre. Hizo una mueca cuando oyó los chillidos del animal—. Están matando un cerdo.

—¿Qué es esto? ¿El señor de las jodidas moscas? —Delilah alzó el puño cuando el coche pasó por su lado—. ¡Bastardos!

—Tú comes panceta. ¿De dónde crees que sale?

—¡No quiero saberlo! —Delilah estudió su reflejo en el retrovisor y se pasó la lengua por los dientes.

—Gira por ahí. —Emma le indicó el largo camino de entrada de la finca de los De Santangel.

—Bueno... —dijo Delilah cuando se detuvieron delante de la casa—. Es impresionante. Tu amigo tiene buena planta y dinero. No está nada mal.

—Hola —saludó Luca, abriéndole la puerta a Emma, que notó lo enfadado que seguía con ella, aunque lo disimulaba muy bien. Le besó la cabeza a Joseph y luego le plantó a ella dos besos en las mejillas—. Ha sido una bonita ceremonia. Entrad.

Delilah se adelantó.

—Hola a todos. ¡Qué lugar tan hermoso! Yo... —Se paseó y se quedó petrificada cuando vio a los empleados de la empresa de cáterin que llevaban un cordero recién sacrificado hacia el fuego para asarlo—. ¡Oh, Dios! —jadeó, y se desmayó.

Luca corrió a cogerla.

—Otra vez —dijo Emma—. Siempre que ve sangre le pasa esto.

Luca la llevó a un banco y le echó en la frente agua de la fuente. Delilah agitó los párpados.

—Dale un cachete... —murmuró Emma—. A veces resulta de gran ayuda.

—Perdón, Delilah —le dijo Luca.

—Puedo perdonártelo todo. —Lo miró a los ojos—. Llámame Lila, como hacen todos mis amigos.

—Encantado de conocerte, Lila.

Emma se fue sin decir palabra hacia la casa en el momento en que Paloma salía a recibirla, con los brazos abiertos para darle la bienvenida.

—¡Aquí está nuestro invitado de honor! —Cogió en brazos a Joseph—. ¿Dónde está tu amiga?

Emma hizo un gesto hacia la fuente.

—Pegada a tu hermano.

Paloma achicó los ojos.

—¡Ah! Conozco a las de su calaña. —Se inclinó hacia Emma—. ¿A que no tiene muchas amigas?

Emma se dio cuenta de repente de que así era. Emma seguía en relación con gente a la que conocía desde la escuela. «Amigos leales —pensó—. Delilah solo me tiene a mí.»

—Luca no es ningún tonto.

«A diferencia de mí.» Emma frunció el ceño. No iba a permitir que Delilah le estropeara el día. Se cogió del brazo de Paloma.

—Gracias. Esto es precioso —dijo mientras caminaban hacia la fiesta.

—Ha sido un placer. ¿Te apetece una copa? Deja que te sirva un zumo.

—¿Un zumo? No, gracias. Me encantaría tomarme una copa de vino.

—¿Vino? ¡Bienvenida al mundo de los vivos!

Los invitados circulaban y Joseph pasaba de mano en mano. Las ancianas le hacían carantoñas y le daban a Emma consejos que no les había pedido pero que aceptaba de buen grado. En la explanada Paloma había puesto una mesa con mantel de lino y colgado farolitos del árbol. La comida era sencilla pero deliciosa.

Luca se sentó a la cabecera de la mesa y Emma notó que Delilah se aseguraba de situarse a su lado. Siempre había tolerado que Delilah flirteara con cualquier hombre atractivo que se cruzara en su camino, pero en aquel momento todos sus movimientos, su voz, su risa la sacaban de quicio. Escogió un higo del cuenco de la mesa, inhaló sus notas verdes y su perfume leñoso y terroso. Cogió un cuchillito de plata afilado y lo partió.

«Me parece que lo que siento está cerca de ser odio.» Los sentidos se le habían agudizado. Sentía que veía las cosas con claridad por primera vez desde hacía meses. Hincó los dientes en la fruta dulce, de consistencia suave. Cuando alzó la vista, Luca la estaba observando.

Cayó la noche y, mientras los adultos conversaban sentados, los niños corrían y reían por el césped. Benito sacó un estéreo y la gente se puso a bailar en el patio.

—Se porta de maravilla. —Luca se había puesto en cuclillas junto a la silla de Emma. Acarició la cara del bebé dormido en sus brazos.

—¿Joseph? Creo que ha disfrutado de las atenciones. Le viene de su padre —le respondió fríamente.

Luca tenía un brazo apoyado en el respaldo de la silla de Emma mientras se tomaba el vino.

—¿Está bien tu amiga?

—¿Cómo voy a saberlo? La última vez que la vi estaba sentada en tu regazo.

Luca torció los labios, divertido.

—¿También está embarazada?

—¿Lo dices por el desmayo? No, ella es así. —Lo fulminó con la mirada—. ¿Por qué? ¿Acaso te interesa?

Él se encogió de hombros.

—Le he dicho que mañana le enseñaría Valencia. ¿Por qué no te vienes con nosotros?

Emma le siguió con la vista mientras se alejaba a hablar con Delilah.

—No lo hagas tan patente —le susurró Paloma, evidentemente leyéndole el pensamiento. Le apretó el hombro y se inclinó hacia ella—. Nadie sabe la historia. Todo lo que saben es que es tu mejor amiga y que ha venido de Inglaterra para asistir al bautizo. Te saldrá mal. A alguien como ella se le da bien engatusar a todos: como Maquiavelo aparenta bondad, ¿no? Pero en el fondo supongo...

—Gracias a Dios que estás aquí. —Emma le palmeó la mano—. Nadie lo diría, ¿a que no? Mira lo natural y encantadora que es. Nadie creería que me quitó el amor de mi vida.

—¿Lo era?

—¿Joe? —Emma dudó—. Yo... no lo sé. Fue el primer hombre al que amé. Era casi una niña cuando lo conocí.

—Entonces no te precipites en tus afirmaciones. —Paloma apoyó la cabeza en la de Emma—. Quizás el amor de tu vida esté todavía por llegar. —No la sorprendió ver que Luca no apartaba los ojos de Emma, ignorando por completo a Delilah.

61

Londres, marzo de 2002

Charles estaba sentado en una mesa de picnic, tomando sorbos de una taza de té de poliestireno en el patio, junto al Chelsea Gardener. Leía un boletín de la fundación en memoria de las Brigadas Internacionales, esperando a Freya. La nota necrológica de uno de los médicos que había trabajado en el servicio de transfusiones de sangre de Bethune le llamó la atención.

«¿Cómo se llamaba el tipo?», pensó, recordando aquel día de 1942. Había estado apoltronado en la casa una tarde, intentando hacer acopio de valor para llamar a Freya a Cornwall. Hicieron falta varios golpes del llamador de la puerta para que se levantara.

—¿Qué demonios pasa? —Charles se había puesto en pie con dificultad, tropezando con una botella vacía. La mesa de la cocina estaba llena de vasos y platos sucios y el gato, en medio del desorden, lamía un cuenco. Fue tambaleándose por la sala de estar, pasando por encima de un montón de libros y periódicos. Otro golpe en la puerta—. ¡Ya voy! —había gritado, abriendo de golpe la puerta para ver quién era. La luz menguaba porque caía la noche y entrecerró los ojos para mirar al hombre que esperaba fuera—. ¿Qué se le ofrece?

Tom se había quitado el sombrero de fieltro y se lo había metido bajo el brazo.

—Hola —había dicho, tendiéndole la mano a Charles y doblando el papel en el que llevaba escrita la dirección.

Charles había visto la escritura de Freya y mirado con suspicacia el ramo de rosas blancas que el otro sostenía.

—¿Le conozco?

Tom se había reído.

—No. Nunca nos hemos visto. Soy Tom Henderson, un amigo de Freya. Usted debe ser su hermano Charles.

—Lo lamento, pero ya no vive aquí. —Charles se apoyó en la jamba. Le daba vueltas la cabeza y la cara de Tom se difuminaba ante sus ojos.

—Ha pasado tiempo. He estado en China con la unidad de sangre de Bethune.

—¿Bethune? Lo recuerdo.

—Murió en 1939, por desgracia, pero hemos continuado su trabajo.

Charles tuvo la horrible sensación de que iba a vomitar.

—Se ha ido —le dijo bruscamente.

—¿Tiene su dirección? Le he escrito un par de veces, pero no he vuelto a saber de ella. Me marcho a Canadá, pero esperaba...

—Se casó hace algún tiempo —había mentido Charles, pensando con culpabilidad en las cartas que había destruido—. Tiene una hija. —A Tom se le había notado la decepción en la cara, pero Charles no iba a arriesgarse a que nadie relacionado con España formara parte de su vida. El único modo que tenían de mantenerse a salvo era cortar de raíz con su pasado—. No va a volver.

Charles se levantó pesadamente y tiró la taza a la papelera. Fue arrastrando los pies por el centro de jardinería hasta que vio a Freya, escogiendo plantas de arriate.

—¡Frey! —la llamó, y ella alzó los ojos y sonrió.

«Sigue siendo guapa», pensó, acercándosele. Era como un cuadro: las flores espléndidas a la luz agonizante resaltando las líneas angulares de su melena blanca y su figura esbelta y un tanto encorvada en su polo negro de marca.

—No he terminado —le espetó—. Sabes que no me gusta que me metan prisas. Te he dicho que te tomaras un té y me esperaras.

—Deja de darme órdenes, mujer. —Dio unas palmaditas en el boletín que asomaba del bolsillo de su chaqueta—. Otro que nos ha dejado... un tipo que estuvo en las unidades de transfusión de sangre.

A Freya se le ensombreció la cara.

—¿No será Tom Henderson?

—No, pero ese era el nombre que intentaba recordar. ¿Quién era?

—¿Tom? —Freya tocó los pétalos del pensamiento azul oscuro que sostenía. Charles notó cómo se le dulcificaba la expresión, la tristeza de sus ojos—. Tom era... —Se encogió de hombros y dejó la planta—. Estábamos enamorados. Yo esperaba... —Suspiró—. Bueno, no funcionó. Lo último que supe de él fue que se había ido a China con Bethune. Se olvidó por completo de mí. —Se abrazó—. Sin embargo, yo nunca lo olvidé. Quizá por eso nunca me he casado. Ningún otro hombre estaba a la altura de Tom.

—¡Por todos los demonios, mujer! ¿Durante todo este tiempo? ¿Por qué no me hablaste de él?

—No sé por qué te lo estoy contando ahora. —Caminó por Chelsea Gardener, mirando las hileras de plantas multicolores expuestas para la primavera—. Creo que es por Emma, que ha tenido el bebé. Me parece un nuevo principio para todos nosotros. Después de lo de Liberty y la pobre Matie... —Se le quebró la voz—. Mis propios problemas ya no parecían importar. Me enterré en Cornwall, construí una nueva vida. —Freya lo siguió con los ojos mientras él caminaba—. ¿Sabes? Este fin de semana se celebra el bautizo y están en Fallas.

—¡Oh, Frey! Todavía no me he hecho a la idea.

—Me gustaría estar allí por Emma. Delilah va para allá y no me fío de ella ni un pelo. Ni un pelo.

Fueron renqueando por las calles llenas de gente. Las farolas iban iluminándose porque caía la noche. Los conductores pitaban frustrados porque tardaban demasiado en cruzar la calle y Charles le hizo a una furgoneta el signo de la victoria una vez estuvieron seguros en la acera opuesta.

Charles jadeaba sin aliento cuando sacó las llaves de la puerta.

—¿Por qué no me contaste todo esto hace años? —le preguntó cuando estuvieron dentro y hubo cerrado—. El canadiense se presentó en Londres, ¿sabías?

—¿Tom? —Se quedó con la boca abierta—. ¿Tom volvió por mí? —Freya buscó a tientas a su espalda y se dejó caer en una silla, junto a la ventana delantera.

—Sí, un sujeto muy agradable. Le dije que te habías casado y que tenías una hija.

—¡Oh, Charles! —Sacudió la cabeza, encendiendo la lámpara—. ¿Por qué?

—Bueno... Tú seguías sin hablarme y hacía demasiado poco que habían intentado llevarse a Libby. Me pareció más seguro cortar toda relación con España. Intentaba protegeros a las dos. —Le apretó el hombro—. También hubo cartas... —Charles se estremeció con el grito de Freya—. Para ser honesto, no creí que fuera importante, solo una aventura en tiempos de guerra.

—¿Por qué no me lo contaste?

—Dios mío, lo siento, Frey. De haber sabido... —Charles se sacó las gafas del bolsillo de la chaqueta—. Si tanto te importaba, ¿Por qué nunca intentaste ponerte en contacto con él?

—Estaba herida. —Se miró las manos—. Al no saber nada de él, tuve miedo de que hubiera encontrado a otra o de que lo que teníamos ya no fuera lo mismo. Temía amarlo más de lo que él me amaba a mí. —Miró a Charles.

—Bobadas. Nunca he visto que tuvieras miedo de nada. —Fue hacia su portátil—. Siempre he pensado que podrías haber hecho más en la vida. Puede que por ese tipo nunca te arriesgaras a intentarlo.

—¿Más que qué, Charles? He trabajado y he sacado adelante una familia. ¿Se te ha pasado alguna vez por la cabeza que he hecho todo lo que siempre quise? He vivido, Charles...

—¿Y amado?

—Sí, he amado. Amé a Tom, mucho, apasionadamente, a pesar de que estuvimos poco tiempo juntos. —Se frotó los ojos—. En cualquier caso, menudo eres tú para hablar, Casanova. Estabas tan atrapado por el sueño imposible de Gerda que te perdiste lo que tenías delante de las narices. Digas lo que digas, también malgastaste tu vida lamentándote.

Charles se dejó caer en la silla del escritorio.

—Te refieres a Inmaculada, ¿no?

—Dejaste pasar la ocasión, Charles. Te adoraba. Si se lo hubieras pedido, se habría ido contigo.

—¿Crees que no me lo he planteado miles de veces? ¿Y si me la hubiera llevado conmigo? ¿Y si Hugo y yo nos hubiéramos marchado en cuanto se disolvieron las Brigadas? —Se pasó la mano por el pelo y miró el aparador—. ¿Queda whisky escocés?

—No. Y en teoría no deberías... el médico te advirtió acerca de tu hígado.

—Frey, tengo ochenta y seis años. Déjame vivir un

poco. —Limpió las gafas—. Era una chica guapa —dijo, nostálgico—. Espero que se casara con ese chico sensible que la seguía como un perrito. ¿Cómo se llamaba?

—Ignacio.

—Sí. Ignacio. —Charles apretó los labios y se encogió de hombros—. Puede que los dos hayamos dejado pasar nuestras oportunidades. Pero no es demasiado tarde. —Dobló los dedos encima del portátil de Freya—. No hay época como la presente.

—¿Qué haces? —Freya se levantó a mirar por encima del hombro de su hermano.

Charles tecleó: «Doctor Thomas Henderson, Canadá», en Google. Al cabo de pocos segundo apareció una dirección.

—¡Oh, no sé! No puedo...

—Demasiado tarde. —Charles marcó el número que salía en la pantalla y le tendió el auricular.

—Buenos días. Despacho del doctor Henderson.

—No puedo hacerlo, Charles... —empezó a decir Freya—. ¡Ah! Buenos días. ¿El doctor Henderson?

—Sí, buenos días, señora. ¿En qué puedo ayudarla?

—¿Podría hablar con él?

—La paso. ¿Quién lo llama?

—Freya Temple.

—Un momento, por favor.

Freya temblaba y Charles se levantó para que pudiera sentarse. Ella oyó que alguien descolgaba.

—Buenos días. Tom Henderson.

El corazón le latía aceleradamente.

—¿Tom? ¿Eres tú? —Tenía la misma voz, exactamente igual. No podía ser. Fue como si los años no hubieran pasado y recordó cómo se sentía al abrazarlo, cómo le brillaban los ojos al sonreír, lo mucho que lo amaba.

El hombre se rio.

—Sí, soy yo. ¿Quién es?

—Soy Freya. —A lo mejor la había olvidado después de tanto tiempo—. Quizá no recuerdes... Trabajamos juntos con Beth.

—¿Beth? —Freya esperó hasta que dijo—: ¿El doctor Bethune? ¡Oh, ya entiendo! Usted quiere hablar con mi padre, con Tom Henderson Senior.

Freya se dio una palmada en la frente.

—Por supuesto...

—Dígame: ¿es usted esa Freya? Esa de la que siempre hablaba tras la muerte de mamá?

«Esa Freya», pensó ella.

—Eso espero.

Él se rio.

—¡Vaya! Esto le habría encantado.

Se le cayó el alma a los pies.

—¿Quiere decir que Tom...?

—Siento decirle que papá murió la primavera pasada.

—Cuánto lo siento... —Freya notó las lágrimas agolpándose—. Siento tremendamente su pérdida.

—Dios. —Suspiró—. Echo de menos a papá todos los días. Sin embargo, ¿sabe usted?, mi hijo es su viva imagen.

—¿Tuvo... tuvieron ustedes una vida agradable?

—La mejor. Cuando papá volvió de China en 1942 se casó con mi madre. Tuvieron seis hijos...

—¿Seis? —Freya rio entre lágrimas.

—Ya sabe cómo era papá, siempre le encantaron los niños.

Freya se acordó de él jugando con los críos en la calle, en Madrid, haciéndoles payasadas y dándoles caramelos.

—Imagino que fue un padre maravilloso.

—Mamá y papá pasaron cincuenta años juntos. Vivieron para ver a sus nietos, que fue lo que él siempre quiso.

Freya se lo imaginó: el patriarca de una camada de niños morenos.

—Me alegro de oír que era feliz.

—Nunca la olvidó, Freya. —Se quedó callado un momento—. Se vieron varias veces.

—Lo hicimos —dijo ella, y se secó una lágrima—. Sí que lo hicimos.

—Se preguntaba... No sé si debería siquiera preguntárselo. Papá hablaba mucho de usted desde que murió mamá. Se preguntaba a veces si se habría usted arrepentido de no irse con él.

Freya pensó en su cara hermosa de expresión abierta y en cuánto lo amaba.

—También he tenido una vida maravillosa. —Tras dudar brevemente, añadió—: Pero sí. Pensaba todos los días en él. Todos los días de mi vida.

62

Valencia, marzo de 2002

—Abre la boca —dijo Luca, consultando la hora.

—¿Por qué? —preguntó Delilah.

—¡Confía en mí! La mascletà... —Hubo una explosión tremenda. El aire vibró y se elevó un clamor multitudinario en la abarrotada plaza de la ciudad. Emma tenía los ojos desorbitados. Le parecía que el aire titilaba y se desintegraba: era como si el ruido tuviera cuerpo y el humo acre fue demasiado para ella.

—¿Por qué hacen esto? —gritó.

—¡Te hace sentir vivo! —Luca se rio y las guio por entre el gentío hacia donde habían aparcado, cerca de la plaza de la Reina. Una efigie de la Virgen tan alta como la catedral se cernía sobre ellos bajo un entoldado azul y blanco. Las Bellezas del Foc con claveles, pasaban las flores a los hombres que trepaban por el andamiaje y ensartaban los tallos para tejer el manto de la Virgen. Cuando disminuyó la aglomeración, se volvió hacia ellas.

—¿Qué os apetece hacer ahora? ¿Ver la costa, comer? ¿Ir a los toros, tal vez?

—¡Oh, los toros! —Delilah se le colgó del brazo.

—¿Estás segura? No queremos que vuelvas a desmayarte —dijo Emma.

—Estoy segura de que Luca se ocupará de mí y habría que probarlo todo al menos una vez. —Delilah se bajó las gafas de sol y lo miró—. O dos, si te gusta.

Emma reprimió la tentación de darle un puñetazo en el brazo a Luca cuando este se rio. Se quedó mirando la espalda delgada de Delilah cuando siguieron caminando decididos. Iba erguida de hombros, y se le marcaban los omóplatos. La columna vertebral era una indentación sinuosa que subía desde el trasero bamboleante, como un corazón invertido. Iba de rosa. Emma sabía que aquello significaba que deseaba parecer femenina y vulnerable. Miró nerviosa a Luca.

«¡Oh, Dios! No le saca los ojos de encima. Me siento como me hubiera vestido con una tienda de campaña.» El aire le levantó el vestido blanco y suelto de algodón. No había querido arriesgarse a dejar a Delilah sola con Luca, así que los había acompañado y dejado a Joseph en casa con Sole.

Delilah se subió de inmediato al asiento delantero del coche de Luca. Este le abrió la puerta trasera a Emma, que se sentó detrás. Luca atajó por calles secundarias hasta incorporarse al tráfico de Guillem de Castro.

—¿Es la primera vez que estás en Valencia, Lila?

—Sí. La encuentro maravillosa. —Se inclinó hacia delante para mirar las torres gemelas de Quart—. ¡Mira ese precioso castillo! Parece sacado de un cuento de hadas, como el de Rapunzel.

—No es un castillo. Eso formaba parte de la antigua muralla. Creo que durante un tiempo fue una cárcel de mujeres.

—¿Cuándo? —Emma miró las enormes torres góticas y se acordó de Rosa. «¿Estuvo encarcelada aquí antes que en Ventas?» Se imaginó a todas aquellas mujeres metidas en las frías habitaciones de piedra con sus hijos.

—No lo sé. Hace mucho. ¿Conoces la leyenda de El Cid? —Luca siguió conduciendo—. Charlton Geston salió a caballo de esta torre atado a su montura.

—¡Qué romántico! —dijo Delilah, mirando las enormes torres con marcas de balas de cañón. Por la arcada vio varias esculturas gigantescas de cartón piedra—. ¡Dios! Son un poco macabras, ¿no? ¿Decíais en serio que van a quemar todo eso mañana por la noche?

—Pues claro —dijo Luca—. Es la última noche de las Fallas, la *cremà*. Toda la ciudad arde en llamas.

Delilah se volvió para seguir mirando las torres.

—Mira, hay gente allí arriba... luego podríamos subir. —Miró a Emma y puso mala cara—. ¡Oh, no podemos, claro! No me acordaba de que tienes vértigo, Em.

Emma cruzó los brazos.

—No dejes que eso te detenga.

—Deberías tener cuidado —dijo Luca—. Los guardianes de la torre encierran a los visitantes dentro con las prisas por marcharse. Tardaron una eternidad en encontrar el que tenía las llaves la otra noche. Alguna pobre familia se quedó encerrada durante horas. —Consultó la hora y se volvió hacia Delilah—. ¿Te gusta la arquitectura? Tenemos un poco de tiempo antes de la corrida. Voy a enseñaros la Ciudad de las Artes y las Ciencias. —Enfiló el puente de Calatrava.

Emma se quedó mirando las blancas costillas arqueadas del edificio, recortadas contra el cielo azul cobalto. Le parecían huesos blanqueados. Los edificios blancos colocados dentro de piscinas de azulejos le recordaban vértebras, costillas, ojos. Se acordó de los huesos fracturados de Vicente esparcidos y cubiertos de cal. «Tuvo que ser durante la guerra —había dicho el policía—. Hubo tantas atrocidades... Este hombro fue completamente desmembrado.» Emma apoyó la cabeza en la ventanilla. Al menos sus restos ya estaban enterrados en la tumba familiar de los Del Valle. No era supersticiosa, pero había notado un cambio en la atmósfera de la casa.

Tan inmersa en sus pensamientos estaba que, cuando el coche paró cerca de la plaza de toros tras circunvalar la ciudad, se sorprendió. Luca fue a abrirle la puerta.

—Gracias —dijo Emma.

—Estás muy callada. ¿Estás disfrutando?

—Ver el modo en que flirteas con Delilah resulta muy entretenido. —Cruzó los brazos.

—¿Flirteo? Me limito a ser amable con tu amiga.

—Muy amable.

—No estás siendo razonable.

—¿No soy razonable? —No pudo evitar decírselo—: Siempre soy razonable, Luca. La buena y razonable Emma. ¿No te parece que ya me has castigado bastante?

—¿Qué te pasa hoy?

—Nada. Te lo he dicho, simplemente estoy cansada.

—¿Quieres irte a casa?

—Sí.

—No nos vamos, ¿verdad? —Delilah se reunió con ellos—. ¡Vamos, no seas tan aburrida, Em!

Emma se mordió la mejilla. La perspectiva de pasar más tiempo con Delilah no le apetecía en absoluto. Consultó la hora.

—Id vosotros dos. Yo debería volver con Joseph.

—¿Estás segura? —dijo Luca mientras Emma ya retrocedía alejándose.

—Pasadlo bien. Cogeré un taxi y ya nos veremos en casa. —Vio la mirada triunfal de Delilah cuando se volvía.

En la plaza de toros, por encima de la arena ocre planeaba un disco de cielo azul.

—Espero que estos asientos estén bien. —Luca hizo pasar delante a Delilah.

—Estoy segura de que son perfectos.

—Me gusta el sol. Cuando compras tickets para una corrida escoges sol o sombra.

—Fascinante. —Delilah miró la arena.

—¿A Em le gusta esto?

—No lo sé. Nunca hemos venido.

—Dudo que le guste. ¡Jesús, qué malhumorada puede llegar a ser! —Sacó el carmín del bolso y frunció los labios—. Bueno, cuéntame lo que pasa.

—Los matadores van a la capilla.

—¿Adónde?

—A la capilla. Antes de la corrida, le piden protección a la Virgen. —El público aplaudió—. Esto es el paseíllo.

Delilah bostezó. El calor la aletargaba.

—¿Quién se sienta ahí arriba?

—Eso es el palco presidencial. El presidente es la figura más importante. Hoy es el alcalde y con él están un veterinario y el asesor artístico.

—¿Arte? —Resopló—. ¿Llaman arte a masacrar toros?

—Lo es.

—¡Oh, vamos! Es un hombrecito gracioso con un traje brillante...

—Es el traje de luces. La seda es resistente, como una armadura...

—... acosando un toro fabuloso.

—Si vieras el cuerpo de un matador... No tiene nada de divertido. Todos están llenos de cicatrices. —Cruzó los brazos—. Tú no lo entiendes. Nos identificamos con el toro y con el matador. Se trata de la intensidad de la relación...

Delilah chilló y enterró la cara en el hombro de Luca cuando el toro se tambaleó, con las mortales banderillas clavadas en el lomo agitándose. Cuando volvió a levantar la cabeza, le había ensuciado de pintalabios la camisa.

—Lo siento... —Cuando fue a besarlo, Luca se levantó

con brusquedad—. No, lo siento. Te equivocas. —Abandonó el asiento y cogió el móvil que sonaba. Leyó el mensaje: «¿En Cuenca mañana? Emma.»

Emma estaba sentada en la terraza, contemplando la encendida puesta de sol, con el teléfono al lado. Meditaba sobre su conversación con Freya. Le había contado la llegada de Delilah a España y Freya le había contado la historia de su romance con Tom.

—Lucha por él, Emma —le había dicho—. Si crees que tienes una oportunidad de ser feliz con ese hombre, no permitas que Delilah lo eche todo a perder antes de empezar siguiera.

Emma tenía a su alrededor las últimas cartas de Liberty y la caja vacía y reluciente. Tomó un sorbo de vino y miró hacia las montañas. Los murciélagos volaban entre los naranjos. Tenía el último sobre en la mano: «En caso de emergencia.»

Cogió el abrecartas de plata, dorado por los últimos rayos del sol. Dudó brevemente y luego abrió el sobre.

Querida Emma:

En primer lugar: sea lo que sea, no es tan malo como crees. Si has llegado a uno de esos momentos de la vida en que uno se encuentra en una encrucijada, párate a pensar. El cambio es lo único seguro en esta vida. Por mucho que nos aferremos a lo que nos resulta familiar, todo es pasajero. La vida puede ser hermosa o espantosa y a menudo es ambas cosas a la vez. Cuando es espantosa conviene recordar que todo cambia. Piensa en las posibilidades futuras: encuentra lo hermoso. Párate a escucharte a ti misma. La respuesta está en ti. Toma una decisión y luego actúa. En realidad no importa demasiado si has hecho una elección perfecta. Has elegido. Determinas tu destino, el azar no te maneja. Por eso tantos sueños se quedan en eso, en sueños: porque la gente no sigue su instinto visceral, Em. Confía en ti misma. Da ese paso. Si la vida te tumba, levántate. Si te tumba de nuevo, ponte en pie y mírala a los ojos... tantas veces como haga falta. Siempre habrá algo que combatir o alguien contra quien luchar. Casi siempre, la batalla será contigo misma. Escoge tus luchas y a tus amigos con cuidado. La vida es corta y créeme si te digo que se acaba demasiado pronto. No pierdas tiempo con gente que te chupa la energía, Em: rodéate de gente que te dé fuerza. No permitas que los idiotas te den órdenes. Sé fuerte. Devuelve los golpes. No permitas que nadie sobrepase las fronteras que hayas establecido. Si tu corazón y tu alma son fuertes, ganarás... siempre. Eres más fuerte de lo que puedas imaginar y yo siempre, siempre te estaré protegiendo. Te quiero, Emma. Tú puedes.

MAMÁ

Emma sonrió. Aquel era el consejo que estaba buscando. «Gracias, mamá.» Miró las cartas esparcidas sobre la mesa. Todos los demás consejos, acerca de los negocios, la familia, las relaciones, cada carta tendría su día.

Cogió el móvil y le mandó un mensaje de texto a Luca. A continuación, le quitó la tapa a su Montblanc y hojeó el contrato de los japoneses con Liberty Temple. Puso sus iniciales en cada página y paró un momento cuando llegó a la última. Por un instante, se imaginó regresando a Londres, planteando una adquisición de todo el negocio y obligando a Delilah a dejar la empresa. Luego miró el jardín y la puesta de sol, las montañas color lavanda.

«Encuentra lo hermoso.» Ella formaba parte de aquel lugar. Valía la pena luchar por eso. Con una floritura, estampó su firma junto a la de Delilah y apartó el contrato.

Se quitó las chancletas y se metió descalza en el jardín, oliendo el aroma de la hierba fresca bajo sus pies y los perfumes especiados de las hierbas aromáticas. Se había quitado un peso enorme de encima. Recorrió el perímetro junto a la tapia, con la cabeza alta. Fue acariciando las hojas con los dedos, imaginando las flores que saldrían. El jardín de Rosa volvía a la vida, con el perfume de la albahaca, la menta y el romero.

Conjuró mentalmente los perfumes e imaginó un torbellino de pétalos cayendo.

—«Levántate, Aquilón, y ven, Austro; soplad en mi huerto, despréndanse sus aromas. Venga mi amado a su huerto y coma su dulce fruta» —citó en voz baja Emma el Cantar de los Cantares como Liberty había hecho tantas veces en su infancia.

Después de ver cómo estaba Joseph en la cuna y encender el fuego en la cocina, volvió a salir. Se había puesto una chaqueta de lana gruesa encima del vestido y se quedó esperando a que volviera Delilah contemplando la puesta de sol.

La puerta del jardín se abrió.

—La próxima vez que vaya a una corrida sangrienta recuérdame que coja sombra en vez de sol, ¿vale? —Delilah salió en tromba a la terraza. Tenía la cara quemada por el sol y un halo blanco alrededor de los ojos—. Podrías haberme dicho lo fuerte que es aquí el sol. ¿Por qué están mis maletas en la entrada?

Emma se volvió hacia ella.

—Porque te marchas. —Metió tranquilamente las cartas de su madre en la caja lacada y se la puso debajo del brazo.

—¿Qué?

—Lo que te he dicho —repitió Emma, acercándosele y recogiendo de paso el contrato—. Te vas.

—¡Ahora no puedo irme! Se hace de noche... Sabes que de noche no puedo conducir.

—Vale. —Emma la apartó para pasar—. Vete por la mañana, entonces. Luca y yo tenemos que asistir a una reunión. Cuando vuelva, quiero que te hayas ido.

—Espera, Em. ¿Qué te ha contado? —Echaba chispas.

—No empieces, Lila. Ni siquiera lo intentes. Se acabó. —Le tiró los contratos—. He firmado los papeles. Vende la empresa, coge el dinero y sal de mi vida.

—¿Eso es todo? —gritó Delilah a su espalda—. ¿Después de todos estos años?

—Ojalá no te hubiera conocido nunca.

—No puedes irte sin más. ¿Cómo puedes?

Emma se detuvo y la miró por encima del hombro.

—Es fácil. Mira.

63

Valencia, marzo de 2002

Se iluminó la señal de abrocharse el cinturón de seguridad. Freya miró la alfombra de lucecitas, las barriadas del extrarradio y las carreteras que no existían hacía sesenta años. Las vías relucían de color naranja, parpadeando como sinapsis a la luz de primera hora de la mañana.

—Ya hemos llegado, Charles. Hemos vuelto.

Charles abrió los ojos y miró por la ventanilla del avión. La luz rosada incidió en el cristal cuando el avión viró hacia el aeropuerto de Valencia.

—Solo estaba pensando, Frey. ¿Te acuerdas de cuando intentaron quitarnos a Liberty?

—Nunca lo olvidaré. Jamás.

—Creía que no me perdonarías nunca por decir que la habían matado.

Freya le cogió la mano. Se acordó de cómo Charles se había presentado un día en Cornwall. Ella había ignorado tanto sus cartas como sus llamadas. Había caminado hacia ella por la playa de Bamaluz, azotado por el viento. Se habían quedado de pie, mirándose, mientras Liberty jugaba chapoteando en las olas, ignorante de lo que sucedía. Ella había dado el primer paso y se habían abrazado. Su extraña familia se había reunido bajo un cielo sofocante, deslumbrante.

—Fue hace mucho tiempo. —Miró la costa española y el mar reluciente a lo lejos.

—Estuve sentado, pensando en el bautizo y en Delilah presentándose. Pensando en Rosa y en que lo peor que puede pasarle a una madre es perder a su hijo.

Freya sacudió la cabeza.

—Vamos, Charles. Te falta un tornillo. —Le apretó la mano—. La maldición de los Del Valle. ¿En eso piensas? Eres demasiado sensible para eso.

Miró a su hermana.

—Sabes lo inestable que es. El último intento falló, pero... —Charles frunció el ceño—. Quizá tendríamos que habérselo dicho a Emma.

—No quise preocuparla. Tiene muchas cosas de las que ocuparse.

Freya miró por la ventanilla cuando el avión aterrizó.

—No creí que Delilah tuviera las narices de presentarse, pero después de hablar con Em anoche, tengo una sensación espantosa...

Charles notaba su preocupación y le palmeó la mano.

—No te preocupes. Para nosotros es demasiado tarde, pero no para Emma. —Apoyó la cabeza en el respaldo y contempló las familiares montañas. Se acordaba de Gerda, de Hugo.

—¿Dónde se han ido todos estos años, Charles? —dijo Freya, nostálgica.

—Si al menos hubiéramos... Si al menos... Puedes pasarte la vida pensando en las posibilidades. No existe eso de vivir para siempre felices. Existe la conformidad, con suerte. Pero la felicidad, la verdadera felicidad, es como una de mis mariposas. Es mareante e improbable, y la encuentras cuando menos te lo esperas. —Parpadeó y miró a Freya—. Se va demasiado pronto.

Freya le apretó la mano.

—No si la coges por las alas.

Delilah arrastró la última maleta hasta el coche. Oyó sonar el teléfono dentro de la casa, entró de nuevo y cerró la puerta.

—Casa de los Temple —dijo.

—Delilah, ¿eres tú?

—Bueno, Frey, qué alegría oírte.

—¿Qué haces ahí?

—De hecho me marcho. Emma ha firmado los documentos.

—¿Está Emma?

Delilah volvió la cabeza cuando oyó la llave en la cerradura.

—No.

Sole empujó el cochecito por la puerta.

—Perdone, señora. He olvidado el biberón y tiene hambre.

—¡Eres una parásita, Delilah! Siempre lo has sido. Le chupas la sangre a todos y a todo.

—Erre que erre. Pareces un disco rayado, Freya. —Se acercó a Sole y cogió a la niña. Joseph se puso a llorar.

—¿Es Joseph? —dijo Freya—. ¿Por qué lo ha dejado solo contigo Emma? —Delilah sonrió cuando notó el pánico de Freya—. Vete. Ya tienes todo lo que querías.

—Por una vez, ¿te das cuenta?, estás completamente en lo cierto.

—Me ha colgado. —Freya y Charles salieron de la terminal de llegadas al intenso sol.

—Emma tiene el teléfono apagado. —Charles hizo una mueca mirando su móvil—. Ojalá dejara de hacer eso. ¿Cuántas veces se lo he dicho? Bueno, seguiremos intentándolo. Tenemos que advertírselo.

Freya miró hacia atrás, impaciente.

—Venga, Charles. —Le hizo señas a un taxi con el bastón—. El enemigo está a las puertas. —Se puso la capa al hombro—. Nuestra niña nos necesita. Tenemos que detener a Delilah. No lo soportaría si algo le pasara al hijo de Emma.

64

Cuenca, marzo de 2002

La carretera de Cuenca atravesaba las colinas y subía hacia las montañas. La tierra era roja y ocre en contraste con el cielo azul, como la arena y la sangre de una plaza de toros. Conduciendo se relajaba. Era feliz de estar con Luca, de viajar en silencio sabiendo que tenían por delante toda la mañana.

Estacionaron a las afueras de la ciudad y cruzaron el puente de piedra hacia el acantilado. Las casas colgaban de las rocas, con los balcones de madera asomados al abismo.

—En verano los campos de los alrededores están llenos de girasoles —le dijo Luca—. Todas las corolas miran al sol en perfecta formación y van girando a lo largo del día.

—Me encantaría verlo. Y me encantaría alojarme en ese parador. —Miró el hermoso hotel antiguo.

—También hay uno en los terrenos de la Alhambra, en Granada. —Luca la guio hacia el puente—. Nunca me he alojado en él, pero cada vez que voy a los jardines y veo a la gente... —Dudó antes de proseguir—. A las parejas. Siempre me ha parecido muy...

—¿Romántico?

—Sí.

Luca la llevó por una estrecha callejuela de detrás de la catedral de Cuenca.

—Esto es muy distinto de Valencia, ¿no?

—Completamente.

Emma miraba los muros antiguos y oscuros, percibía las sombras, las reliquias del interior. Se estremeció.

—Todavía no me he acostumbrado a la sensación que da España de oscuridad y luz.

—Sol y sombra. Eso es lo que somos.

—Para serte sincera, la sombra sigue dándome bastante miedo.

—A lo mejor te atrae.

Se detuvieron delante de una puerta de madera y llamaron. Emma oyó unos pasos que se acercaban por un suelo de piedra y la puerta se abrió.

—Concepción —dijo Luca, inclinándose para abrazar a una mujer diminuta vestida de negro.

—Luca, Luca —dijo ella, cogiéndole la cara entre las manos—. Mírate. ¿sigues trabajando tanto? ¿Cuándo vas a sentar cabeza y tener unos cuantos niños que trabajen para ti?

—Concepción, ella es mi amiga Emma. Emma, Concepción Santos.

—Entrad. —Se apartó para que entraran a su taller.

La puerta se cerró a su espalda y la penumbra y el aroma de sándalo y especias los envolvieron. Un gato negro sedoso se puso a hacer ochos entre los tobillos de Emma.

—Así que tú también eres perfumista —le dijo Concepción a Emma.

—La familia de Emma es de Valencia —intervino Luca—. Su abuela era de Granada, del Sacromonte. Era amiga de mi abuela.

Las dos mujeres se estrecharon la mano.

—¿Y qué vas a producir? Mi hijo me ha enseñado tu empresa en el ordenador. Parece muy moderna, muy centrada en el envasado y los envoltorios.

—Todo eso se acabó —dijo Emma—. He usado el órgano de fragancias de mi madre, pero quiero construir uno mío por primera vez. Quiero las esencias naturales propias de esta tierra. —Emma se acordó del duende, de algo que surgía de la tierra: un espíritu, una pasión. Aquella era la magia que quería para su obra.

—No será fácil. —Frunció los labios—. Van a decirte que usar ingredientes naturales no es nada sencillo.

—Empezaré con fórmulas simples, tal vez de colonias florales.

Concepción chasqueó la lengua.

—Valencia no es el lugar adecuado para las flores. Las mejores son de Sicilia y de Andalucía.

—Emma ya lo sabe. Podemos ayudarla con parte de las nuestras provenientes del sur —terció Luca.

—Desde luego, tendré que usar ingredientes del mundo entero, en perfumería siempre ha sido así, y si todo sale bien, la producción tendrá que ser a gran escala. Pero quiero que la empresa esté afincada aquí. De momento, voy a concentrarme en hacer fragancias a medida.

—Así se hacía en los viejos tiempos —dijo Concepción—. Antes de que hubiera productos sintéticos. Me alegro de que el perfume regrese a lo natural. Quizá se vuelva más holístico de nuevo.

—Y cuando la cosa arranque, ¿volverás a viajar tanto? —le preguntó Luca a Emma.

—No. Antes el resultado fue un desastre. Contrataré a alguien joven que quiera estar viajando todo el tiempo. Yo me quedaré en casa y haré aquello para lo que sirvo.

—Crear perfume, hacer el amor y tener niños.

Concepción se rio.

—Bueno, miradme a mí. Tengo casi noventa años y me he pasado la vida haciendo lo que me gusta. —Se acercó a

Emma y le susurró con ironía—: ¿Sabes? En la Alhambra, las concubinas de los harenes comían almizcle para que cuando hacían el amor su sudor estuviera perfumado. Puedo darte algunas antiguas recetas. —Le palmeó la mano y les hizo señas a ambos para que la siguieran.

Emma tuvo la sensación de que había pasado alguna clase de prueba. Mientras caminaban por el pasillo escasamente iluminado, notó que la temperatura bajaba. Era como entrar en una ladera, dentro de una cueva.

Concepción abrió una puerta y encendió unas luces suaves.

—Te agradezco que me dejes ver tu estudio... —empezó a decir Emma, pero se quedó muda cuando entró en la habitación. Las ventanas estaban cubiertas por cortinas de terciopelo rojo oscuro. Tenía ante sí una mesa de caoba enorme, con estantes llenos de botellitas de vidrio, cada una con una etiqueta escrita a mano, algunas con el dorado del tapón gastado—. ¡Oh, esto es fabuloso! —Se sentía de nuevo como cuando de niña iba a la tienda de la esquina todos los sábados con Charles a escoger un cuarto de kilo de caramelos de los tarros de vidrio. Centenares de viales de perfume, extractos, absolutos y esencias relucían a su alrededor—. Nunca había visto... ¿Lo llamáis un órgano en España también? En comparación el mío parece de aficionada. —Se volvió y, cuando los ojos se le acostumbraron a la penumbra, vio que la pared del fondo estaba cubierta de estantes con botes llenos de hierbas y líquidos.

—En mi familia llevamos siglos trabajando con fragancias —le dijo Concepción—. Mis antepasados eran de Arabia: creaban perfumes para el sultán Boabdil en la Alhambra.

—Me parece que algunos de estos frascos son de la época de Boabdil —dijo Luca, riendo.

Concepción pasó la mano con cariño por la madera de la mesa de trabajo.

—Creo que llamarlo «órgano» es acertado. Cuando creas un gran perfume, es como si oyeras una melodía transformándose en sinfonía. Compones un aroma. Es como música.

—Me queda mucho por aprender —dijo Emma, girando despacio sobre sí misma.

—No hay prisa. Todos los grandes perfumes son obra de años de trabajo.

—Eso solía decir mi madre.

La cara de Concepción se ensombreció.

—Ya no queda nadie en mi familia interesado por esto. Soy la última. —Hizo un gesto con la mano abarcando la pared del fondo—. Algunos de estos ingredientes llevan macerándose años. Como sucede con el vino, algunas cosechas y algunos años son mejores que otros. Mira todo lo que quieras —dijo, y los dejó solos.

—Es maravilloso. —Emma se inclinó a leer las etiquetas. «Ámbar gris —pensó—. Claro»—. Algunos frascos son antiquísimos. Este parece de cristal veneciano.

—Concepción es como mi abuela, nunca tira nada —dijo Luca—. Desde la guerra, me parece que creen que ya perdieron demasiado.

—¿Sabes? Cuando estudié en Grasse, memoricé tres mil olores —le dijo Emma—. Creo que hay algunos aquí completamente desconocidos para mí. —Abrió un vial y aspiró el aroma—. Solo hay unos cientos de aromas naturales. Esos son los que me interesan ahora.

—¿Eso no te limita?

Emma negó con la cabeza.

—El perfume tiene sus raíces en la naturaleza, y las combinaciones son prácticamente infinitas. Me encanta. Mamá decía siempre que el aceite es el alma de una planta, de una flor. El perfume era sagrado para ella.

—¿Y tú estás de acuerdo? —Luca sonreía viendo lo excitada que estaba. Se apoyó en el taburete alto, junto a la mesa—. ¿Cuál es este?

—Cierra los ojos. —Cuando se le acercó y su muslo le rozó la rodilla, abrió ligeramente un ojo. Ella dejó la botella y se desenrolló la bufanda roja del cuello. Le cubrió la nariz y los labios—. Inspira —le dijo—. Esto te aclarará la nariz, la paleta. No digas nada —le susurró, respirando junto a su oreja—. Confía en mí. Emma le acercó la botella—. Ahora, ¿a qué huele?

—A sándalo —dijo Luca.

—Este es fácil.

Él se rio, inseguro.

—Muy bien. —Emma cogió un frasco de la mesa y midió una pequeña cantidad que echó en alcohol. Se volvió y Luca notó sus caderas cerca de él. Cada ruido, cada aroma le aceleraba más la sangre en las venas—. Ahora dime: ¿qué es?

Él inhaló.

—Una especia. —Un aroma de madera cálida lo embriagó—. ¿Canela o clavo? —Estiró los brazos hacia ella sin abrir los ojos y encontró su cintura.

—Muy bien, excelente —murmuró Emma. Se puso a trabajar rápidamente y él oyó el característico tintineo de los frasquitos de cristal cuando manejaba los viales y le palpó la curva de la espalda mientras preparaba la fragancia.

—¿Qué haces? —Era consciente de su respiración, de los latidos de su corazón. Le llegaban fragmentos de fragancia como las notas de una melodía: lavanda, madera de naranjo, azahar, cuero... algo que no sabía lo que era, como tierra húmeda de lluvia.

—¡Paciencia! —le dijo ella, riendo.

Oyó un último tintineo del cuentagotas y abrió los labios cuando le llegó el perfume: piel cálida, aire veraniego, sexo.

—No huelo más que...

—A ti —dijo Emma. Le cogió la mano, y le puso un poco

de perfume en la cara interna de la muñeca y se la masajeó con el pulgar—. ¿Qué te parece?

Luca se llevó la mano a la nariz, todavía en la de ella, y aspiró. Sus sentidos se reavivaron, se sintió como si despertara tras un sueño prolongado. Emma le aflojó la bufanda.

—Me parece que eres una maga. —Le cogió la cara con ambas manos, cerró los ojos y la besó. A su alrededor, fue como si el aire se dilatara cuando sus labios se tocaron. La bufanda cayó al suelo, hacia la oscuridad, cuando se abrazaron. Él murmuraba su nombre mientras le besaba el cuello, con las manos en su pelo, y ella le acariciaba los hombros y la espalda—. ¿Qué le has puesto a eso? —Sonrió, conteniendo el aliento.

—Es un secreto.

Emma oyó los pasos de Concepción en el pasillo y se volvió hacia la mesa para escribir algo en una etiqueta que pegó al vial. Emma le puso el tapón mientras Luca la atraía hacia sí. La besó, con un beso como nunca había experimentado. Él sintió que se entregaba sin ningún temor. La puerta se abrió y se apartó, sin aliento.

—¡Oh, me gusta! —Concepción se les acercó con una bandeja en la que llevaba un decantador con jerez y copas que tintineaban en la penumbra—. Muy masculino. Muy... —Los miró a ambos con chispitas en los ojos—. Me recuerda un poco Peau d'Espagne.

—Me alegro. Eso era exactamente lo que pretendía.

—Pero tiene algo más... ¿no es almizcle?

—Ámbar gris —dijo Emma.

—¡Ah! Interesante. —Concepción dejó el jerez en la mesa y los miró, valorativa—. Me gusta el equilibrio. Muy afrodisíaco. Tienes el germen de algo, creo. ¿Cómo vas a llamarlo?

Emma sonrió. Solo podía tener un nombre.

—Duende. —Se volvió hacia la anciana—. Deja que te pague los ingredientes —le dijo, cogiendo el bolso.

—Ni hablar. —Concepción dio una palmada—. Y bien, ¿qué opinas? —Les sirvió una copa de jerez y les pasó un plato de almendras saladas.

Emma miró a Luca y vio el deseo en sus ojos.

—Será un honor continuar con tu trabajo. Me encantaría que me enseñaras todo lo que sabes.

—¿Lo harás, Concepción? —Le preguntó Luca. Se lamió la sal de los labios, notando el calor del jerez bajándole por la garganta.

—Debería retirarme. Mi hermana vive en Málaga. Me ha estado insistiendo para que me vaya a vivir con ellos. Esta casa ya está vendida. La van a convertir en una especie de atracción turística. —Hizo gestos hacia los perfumes—. Lo único que me importa es que esto continúe.

—Me parece —dijo Emma, mirando a Luca— que esto solo acaba de empezar.

65

Valencia, marzo de 2002

Luca enterró la cara en el pelo de Emma cuando esta abrió la puerta de Villa del Valle.

—Hueles de maravilla.

—Huelo a sexo —le susurró volviéndose hacia él. La puesta de sol era embriagadora y el cielo llameaba, ámbar y rosa.

—Precisamente. —La besó—. Deberías olvidarte de la flor de azahar. Si eres capaz de crear una fragancia que hace que los hombres se sientan como me siento yo en este momento...

—Podemos hacer eso, un perfume afrodisíaco.

—Más que eso. —Le acarició la mandíbula con las yemas de los dedos—. Duende... magia... amor.

—¿Me quieres? Me. Quieres... —se rio bajito.

—Te he querido desde el instante en que te vi.

En cuanto abrió la puerta al silencio, Emma supo que algo iba mal. Normalmente oía la radio que Sole ponía cuando planchaba, o el DVD de los *Teletubys* de Joseph. Taconeó por la casa vacía. Las maletas de Delilah no estaban.

Llamó al móvil de Sole desde el teléfono de la cocina.

—Diga —contestó la chica. Emma oyó risas al fondo.

—¿Sole? ¿Dónde estás?

—¿Yo? En el parque. Empieza la fiesta de la *cremà*.

—Ven a casa. ¿Cómo está Joseph?

—¿Joe? ¿No está con usted?

La invadió una oleada de pánico.

—No. Lo dejé contigo. Te dije...

—Pero ella dijo que todo estaba bien.

—¿Quién? ¿Quién dijo que todo estaba bien?

—Su amiga dijo que se lo llevaba a dar un paseo. Dijo que usted volvería pronto y que la esperaría.

—¡No está! —gritó Emma—. ¡Delilah se ha ido y se ha llevado a mi bebé!

—¡Oh, cariño! Es peor de lo que pensaba. —Freya dejó la maleta de piel en la puerta.

—¿Freya? ¿Charles? —Emma se volvió de golpe—. ¿Qué estáis haciendo aquí?

—Nos pareció que necesitarías ayuda con Delilah —dijo Charles—. Por lo que parece llegamos tarde.

—¿Dónde estabais?

—Hemos pasado todo el día sentados en el café. Tenías el teléfono apagado.

A Emma le temblaba la mano cuando colgó el teléfono de la cocina.

—Se ha llevado al bebé.

Freya la abrazó un momento antes de ponerse en marcha.

—Sabía que era capaz de muchas cosas pero esto es el colmo. Bien. ¿Habéis llamado a la policía?

—¿La policía? —preguntó Luca—. ¿Cree que es necesario?

—Sí —repuso Freya, categórica—. No queríamos preocuparte con el estado de Delilah. No está demasiado centrada.

Luca sacó el móvil.

—¿Cuándo lo ha estado? —murmuró Charles, dejándose caer en una silla. Miró la cocina. Increíble. Está todo igual.

—¿Qué quieres decir con eso de que no está centrada? —Emma tenía el corazón acelerado.

—Estoy segura de que está bien —dijo Freya mientras Luca hablaba con la policía.

—Bien, ya vienen —les comunicó él.

—Venga, siéntate, Emma. Prepararé un té —dijo Freya.

—¡Té! ¡No quiero té! —gritó Emma, pero su abuela ya buscaba en el armario que había junto a la chimenea.

—En el mismo sitio donde lo guardaba Rosa. —Encendió el fogón, puso al fuego la pava y echó las hojas en la tetera—. Hasta que llegue la policía no podemos hacer nada. Puedes contarme lo que está pasando.

—Voy a buscar a la familia. Necesitamos toda la ayuda posible —dijo Luca. Se inclinó hacia Emma y la besó tiernamente—. Todo saldrá bien. Encontraremos a Joseph, estoy seguro.

Freya lo siguió con la mirada cuando se fue.

—¿Luca? —le preguntó a Emma.

—Sí. Lo siento. Tendría que haberos presentado.

—Habrá tiempo de sobra para eso. Ahora tienes que pensar con claridad. ¡Siéntate, por el amor de Dios! Me estás mareando. Tienes que conservar las fuerzas. ¿Has comido?

—Desde esta mañana no.

—Vale. —Buscó en los armarios hasta que encontró pan—. Un té dulce y una tostada. Prepararé para todos.

Emma sabía que era mejor no discutir. En una crisis, siempre era lo primero que hacía Freya.

—Me alegro de que estéis aquí. —Emma le cogió la mano a Charles—. Lo entiendo. Sé lo que pasó en España—. Enterró la cara en el hombro de Charles cuando la abrazó—. Gracias. Comprendo que lo hicisteis por mamá.

—Hicimos lo que debíamos: mantenerla a salvo. —Miró a Freya—. Volveríamos a hacerlo sin dudar un segundo. —El reloj de la cocina marcaba los minutos—. Veo que hay cosas que no cambian. —Charles se bebió lo que quedaba de té en la taza y miró hacia el jardín. Había oscurecido y dio un respingo cuando sonó el primer cohete—. ¿Dónde demonios está la policía?

—Lleva tiempo llegar. —Emma levantó la cabeza en cuanto se abrió la puerta y Dolores entró en la habitación.

—Luca me ha llamado —dijo—. Íbamos a la fiesta pero hemos venido a ayudar.

Sole apareció detrás de ella, con los ojos enrojecidos.

—Es culpa mía. Confié en su amiga —dijo.

Emma la abrazó.

—No. No es culpa tuya. Tú no lo sabías.

Fuera oyeron cerrarse las puertas de un coche y pasos en el sendero.

—¿Dónde puede haber ido? —Freya miró la libreta que había junto al teléfono y vio la letra de Delilah—. ¿El hotel Ad Hoc?

—Está cerca de la catedral —dijo dolores—. Se ha ido a la ciudad.

—Lila es demasiado lista para dejarse olvidada una dirección —dijo Emma.

—Al menos es un punto de partida.

Emma habló rápidamente con los agentes.

—Aquí está la foto más reciente que tengo de ella. —Les dio una copia del último folleto de Liberty Temple y levantó la cabeza cuando Luca apareció con Paloma y Olivier.

—Hola... —los saludó Charles, acercándoseles con la mano tendida—. Ella es Freya y yo soy...

—¿Carlos? —Inmaculada salió de la oscuridad.

—¿Macu? —Freya se rio y dio una palmada—. No puedo creerlo. —Se acercó renqueando a abrazar a su vieja amiga. Miró a Charles y vio que tenía color en las mejillas.

—¿Os conocíais? —preguntó Luca, desconcertado.

—Es una larga historia —manifestó Inmaculada—. Una historia muy, muy larga. De momento, vamos a buscar al niño.

—Este... —dijo Emma, sacando una foto de Joseph de la cartera—. Este es mi hijo.

—Las haremos circular de inmediato —dijo el policía—. ¿Debemos saber algo más?

—Es capaz de cualquier cosa —dijo Freya—. Intentó suicidarse hace un par de meses.

Emma la miró, sorprendida.

—No queríamos preocuparte...

—¡Y ahora tiene a mi hijo! —Emma se pasó la mano por el pelo y Luca le puso un brazo sobre los hombros.

—¿A qué esperan? Vayan a buscarlo —les dijo a los policías. Cuando estos salían, se volvió hacia Emma—. ¿Qué quieres hacer?

—No puedo quedarme aquí sin hacer nada. La cantidad de veces que he pensado que si hubiera ido a Nueva York habría encontrado a Joe... —Se frotó los ojos—. Esta vez no me puedo quedar esperando. ¿Me llevas?

—Claro. —Luca cogió las llaves.

—Nosotros te seguimos —dijo Olivier, acompañando fuera a Paloma y Dolores.

—Nosotros nos quedaremos aquí —dijo Freya, y Macu la cogió del brazo—. ¿Llevas el móvil?

Emma asintió.

—Asegúrate de que lo llevas conectado. Si nos enteramos de algo te llamaremos.

—¿No es San José, la noche de la *cremà*? —preguntó Charles, mirándolos irse—. Esta noche hay hogueras por toda la ciudad. —Cogió una foto de Joseph de la repisa de la chimenea. Veía el parecido del pequeño con Liberty de bebé. Pensó en todo lo que habían hecho para protegerla. «Todas las mentiras, todas las vidas perdidas; por eso luchábamos, para que los de las futuras generaciones pudieran ser niños inocentes y que estuvieran seguros.» —Tenía el estómago encogido de miedo por el hijo de Emma.

66

Valencia, marzo de 2002

Luca hizo sonar el claxon, gesticulando para que el coche de delante les dejara paso. La luces posteriores de los vehículos formaban una cola roja que serpenteaba hacia la ciudad.

—Esto está fatal —dijo—. Tardaremos demasiado en llegar al centro. Todo el mundo viene a las Fallas.

Emma estaba sentada en el borde del asiendo, agarrada al salpicadero.

—Para aquí. Iremos más deprisa corriendo.

Luca aparcó en la cuneta, con el coche de Olivier detrás. Dejaron los vehículos cerca del cauce seco del Turia y corrieron por el puente Trinidad y entre la gente hacia la plaza de la Virgen. Cuanto más se adentraban en las callejuelas estrechas, más lleno estaba el aire de humo. Olía a cordita. Se veían los destellos y se oían los petardos de las tracas. El cielo nocturno latía con un brillo siniestro.

—Pronto quemarán las Fallas —gritó Luca, mirando el reloj—. La gente se vuelve loca entonces. Tenemos que intentar encontrarla antes de...

—¿Antes de que sea demasiado tarde? —dijo Emma.

Mientras Olivier, Paloma y Dolores buscaban por la plaza, Emma y Luca corrieron hacia el hotel. El recepcionista les dijo que Delilah se había alojado allí solo unas horas y que se había ido aquella tarde con su hijo.

—¡Su hijo! —gritó Emma mientras corrían por las calles atestadas.

Encontraron a Olivier cerca de la basílica.

—¿Ha habido suerte? —les gritó para que lo oyeran a pesar del ruido.

Dolores y Paloma se les unieron.

Emma negó con la cabeza.

—Puede estar en cualquier parte.

Sonó el teléfono de Luca y él habló apresuradamente, tapándose la otra oreja para amortiguar el estampido de los cohetes y los gritos de la gente.

—La policía dice que no ha estado en el aeropuerto —les dijo—, y están vigilando la estación de trenes. ¿Su coche?

—No irá conduciendo. No de noche. —Emma le daba vueltas a todo, intentando encontrarle un sentido a lo que le estaba sucediendo.

—Entonces está en la ciudad. Si planea irse en coche, tendrá que esperar a mañana por la mañana. Todavía tenemos una oportunidad...

Emma notó que el pánico la invadía cuando se vio rodeada de un gentío.

—Pero mira esto. ¡Es imposible!

—¿Te acuerdas de algo que Delilah dijera? Sea lo que sea —le preguntó Paloma.

—No te preocupes, cariño —le dijo Dolores—. Buscaremos por toda la ciudad si hace falta. Intenta pensar con calma. Conoces a esa mujer. ¿Adónde puede haber ido?

Se abrían paso entre la gente por las callejuelas.

—¡Espera! —llamó Emma a Luca, que retrocedió hacia ella y le cogió la mano.

Las macabras estatuas de cartón piedra, con dragones,

princesas y caballeros se cernían sobre ellos, grandes como edificios. En el cielo, los fuegos artificiales estallaban en una lluvia dorada sobre la ciudad. A Emma se le salía el corazón del pecho y se oía la sangre.

Entonces se acordó.

«Es como un cuento de hadas», recordó que había dicho Delilah.

En cuanto llegaron a una zona despejada de la calle Caballeros, echó a correr.

—¡Sé dónde está! —Emma señaló hacia delante—. ¡Las torres! ¡Ha ido a las torres!

Ella y Luca corrieron por las viejas calles, esquivando a los trasnochadores. La Torre de Quart se alzaba ante ellos, enorme y oscura. La parte posterior había sido eliminada hacía mucho y los pasillos abovedados se abrían a la oscuridad como bocas hambrientas. Luca no tardó en ver a Delilah en una de las terrazas, con Joseph en brazos.

—¡Ahí! —gritó.

—¡Delilah! —chilló Emma, por encima del estruendo de los fuegos artificiales, corriendo hacia ella.

Delilah se apartó del borde, ocultándose en la oscuridad.

El gentío rugió cuando las enormes Fallas fueron quemadas por toda la ciudad. Emma y Luca se abrieron paso por la acera, apartando a la gente, ahogados por el humo que los cegaba.

Una mujer agarró a Emma por el hombro.

—¿Es amiga suya la que se ha quedado encerrada en la torre? Estaba pidiendo ayuda. No se preocupe. Alguien ha llamado al guardián.

—¿Pedía ayuda? —Emma se protegió los ojos, mirando hacia arriba. La cabeza le daba vueltas por la enormidad de los muros de piedra.

—Pasa de vez en cuando —le dijo a gritos la mujer—. La gente se queda encerrada accidentalmente.

«¿Accidentalmente? —pensó Emma—. Eso sí que no me lo trago.»

—¡La puerta está por ahí! —vociferó Luca.

Emma corrió hacia la reja de hierro y sacudió los barrotes. Los golpeó, frustrada.

—Está cerrado. —Miró hacia el primer tramo de escalones de piedra que conducían a la puerta en arco de madera—. Tenemos que entrar.

—Sabe Dios lo que tardará en venir el guarda, sobre todo hoy. —Luca protegió a Emma con el brazo cuando la gente los empujó—. Voy a llamar otra vez a la policía.

Emma miraba la torre que se cernía sobre ellos.

—Esa zorra sabe que detesto las alturas —dijo sin aliento, arremangándose. Pasó una pierna por encima del barrote de la puerta.

—¿Qué haces? ¡Ten cuidado! —gritó Luca, que estaba al teléfono.

—Tardaremos demasiado si esperamos a la policía. Tiene que haber un modo de entrar. —Se volvió a mirarlo—. Esto es entre Delilah y yo. —Escaló hasta la parte superior. Hizo una mueca por el esfuerzo, porque tenía la musculatura de la barriga todavía débil por el embarazo y el parto.

—¡Cuidado con las puntas! —le gritó él, encaramándose detrás de ella—. Apoya los pies en mis hombros y salta por encima.

Se había congregado gente a su alrededor. Un par de hombres se acercaron a ayudar, subiéndose a la verja para que Emma pudiera pasar al otro lado. Cosa que hizo, con un grito de dolor.

—¡Emma! ¿Estás bien? —le preguntó Luca.

—Estoy bien —repuso ella, levantándose—. El tobillo... —Miró hacia arriba, hacia la torre y vio un destello de pelo rubio en la terraza superior cuando Delilah se asomó a mirarlos.

Luca quiso cogerla entre los barrotes.

—Espéranos.

—No. Es mi hijo. Tengo que recuperarlo ahora mismo.

—Ten cuidado. Estaré justo detrás de ti.

Emma subió corriendo los escalones de piedra de la parte de fuera e intentó abrir la primera puerta. Estaba cerrada con llave. La golpeó con el hombro pero la pesada puerta no se movió. Entonces bajó los escalones a la carrera, con la espalda sudorosa.

«Tiene que haber un modo de entrar», pensó, buscando frenética en la oscuridad un puerta, una ventana un poco abierta.

—¡Emma! —oyó que la llamaba Luca.

Volvió corriendo hacia él y vio a un viejo que buscaba una llave de un llavero.

—Ha sido una suerte que estuviera en la ciudad para la *cremà* —dijo.

—¡Démela! —Pasó la mano entre los barrotes para cogerla.

El hombre sacó del llavero una antigua llave de hierro y se la pasó. Emma subió corriendo los escalones, a trompicones. Le temblaba la mano y falló al primer intento de meterla en la cerradura. Al final giró, la puerta se abrió y ella entró en la oscuridad del primer pasillo. Sus pasos resonaban en los muros. Le parecía estar en una pesadilla, corriendo por la escalera de piedra, girando y girando, subiendo los escalones voladizos, con los sollozos de su hijo empujándola a seguir. Tropezó cuando oyó a Joseph gritar de miedo. El tobillo le cedió, cayó por la escalera y quedó colgada sobre la caída vertical hasta el pasillo abovedado. El vértigo se apoderó de ella y clavó los dedos en la piedra. Se aupó y se puso de pie, agarrada al delgado metal de la barandilla. Corrió más deprisa, con el corazón en la boca. Los pulmones le ardían. El cielo nocturno se desplegó ante ella cuando salió a la terraza. Una capa gris de humo se elevaba hacia las estrellas desde la ciudad. A sus pies vio las

Fallas en llamas. Luces azules parpadeantes se abrían paso entre la gente que abarrotaba las calles.

Emma se agachó cuando una barra de metal le pasó junto a la cabeza.

—¡No te acerques más! —chilló Delilah.

—Te has llevado a mi hijo. —Emma la fulminó con la mirada.

—No me lo he llevado —dijo Delilah—. Me he quedado encerrada aquí.

—Y un cuerno. Sabías exactamente lo que hacías. Has creído que sería un buen lugar para ocultarte durante la noche, que nunca te buscaría aquí.

—Sí, tú y tu famoso vértigo. —Delilah soltó un bufido—. ¿No te asusta, Em, estar aquí arriba? —Se asomó al borde—. Estamos a mucha, mucha altura.

Emma se le acercó un poco.

—¿Qué es esto? ¿Otro grito pidiendo ayuda? ¿Qué quieres, Delilah? ¿Atención?

—¿Un grito pidiendo ayuda? —dijo Delilah en voz baja.

—No le hagas daño a mi hijo.

—¿Tu hijo? Tendría que haber sido nuestro hijo, mío y de Joe. —Delilah le acarició la cabecita con los labios—. Solo quería... Quería...

Emma se le acercó decidida. Delilah estaba al borde del edificio, con el pelo al viento y las chispas elevándose por detrás de ella, iluminada por las hogueras.

—Joseph es hijo mío.

—¡No! Tendría que haber sido mío. —Retrocedió un paso y lo abrazó más fuerte—. Se lo he contado todo de Joe. Se lo he contado todo acerca de su padre.

La voz de Emma era más aguda.

—Por favor, baja de ahí.

—¿Por qué? ¿Qué me queda para seguir viviendo?

Emma pensó rápido.

—El dinero, Delilah. Serás una mujer rica. Es lo que siempre has querido. Quédatelo todo, me da igual. —Los gemidos de su hijo le desgarraban el corazón—. Solo quiero a mi niño.

—¿Dinero? Yo solo lo quiero a él. Quiero a Joe. —Delilah se secó los ojos desorbitados con la mano y se le corrió el rímel. El niño se balanceó peligrosamente, colgado de un brazo. Emma contuvo la respiración, lista para saltar hacia él.

Fue acercándose.

—Amé a Joe desde el instante en que lo conocí, pero tuviste que venir tú a estropearlo todo.

—Yo no lo sabía.

—No es justo.

—No sabemos si Joe ha muerto.

—¡Sí que lo sabemos! —Delilah se echó a llorar, con la boca abierta de rabia—. ¡Está muerto!

—No lo sabemos con seguridad. A lo mejor va a buscarte. —Estaba a punto de tocar al niño.

—¿A mí? —Delilah sollozaba.

Emma se protegió los ojos del humo y las chispas. Detrás de Delilah vio una silueta que se movía a lo largo del parapeto.

—Podrías haber tenido a cualquiera —lloriqueó Delilah—, pero te quedaste con él. Igual que ahora yo voy a quedarme con tu hijo.

—¡No!

Cuando Delilah saltaba hacia el borde, Luca la agarró.

—Dale el bebé a Emma —le dijo.

—¡Suéltame! —Delilah se revolvió, intentando librarse de él.

Emma cogió a Joseph por la cintura.

—Suéltalo —le rogo—. Es un bebé, un niño inocente.

Delilah la miró a los ojos, con la cara retorcida de dolor.

—Estoy aquí —dijo Luca en voz baja.

—Suéltalo —le susurró Emma, con la voz ronca a causa de la desesperación—. Por favor, mi hijo...

Notó que Delilah soltaba al niño y lo cogió en brazos. Delilah miró a Emma y al niño, con las mejillas arrasadas de lágrimas.

—Lo tienes todo. Tienes todo lo que yo siempre he querido.

Luca saltó a la terraza.

—Lo cogeré —dijo, llevándose a Joseph a lugar seguro—. Mira a ver si puedes hacerla entrar en razón.

—¡Es tan guapo! —dijo Delilah entre dientes—. ¡Tan hermoso!

—Gracias —le dijo Emma a Luca, y se volvió hacia Delilah en el preciso instante en que esta pasaba las piernas por encima del borde.

Se miraron. Emma nunca olvidaría la absoluta calma en el rostro de Delilah mientras caía.

—¡No! ¡Lila! —se asomó y la agarró por la muñeca cuando saltaba. La piedra se le clavó en los brazos y le arañó la piel mientras intentaba no soltarla.

—¡Suéltame! —gritó Delilah, con las piernas colgando y dando manotazos con el brazo libre. Un zapato se le cayó y desapareció en la oscuridad hacia los escalones de la calle.

—¡No puedo sujetarte! —le gritó Emma—. ¡Lila, agárrate a mí! —Se le escurría la muñeca. Delilah abrió mucho los ojos y sus últimas palabras le llegaron a Emma cuando ya caía.

—Casi lo conseguimos, Joe. Casi lo conseguimos —gritó, precipitándose hacia la calle llena de fuego.

—¡Lila! —chilló Emma.

Un rugido de horror surgió de la multitud. En Valencia, setecientas Fallas ardían. Emma se tapó los ojos con las manos y se volvió hacia Luca, que sostenía al bebé contra el pecho y le tendió la mano libre.

—Gracias a Dios que estás bien. Siento no haber llegado a tiempo. —Le besó la sien. El sonido de sirenas cortó la noche.

—Has llegado a tiempo. Has salvado a mi hijo.

Se abrazaron fuerte y Emma miró la ciudad. Por encima de las llamas, el cielo nocturno brillaba con miles de estrellas. Pensó en su madre. Pensó en Rosa, bailando para Jordi con su vestido rojo a la luz de una hoguera, en Freya y Tom, paseando del brazo por las colinas de España. Pensó en todas las vidas segadas por la guerra, en todos los años que podrían haber vivido. Pensó en Joe, leyendo su mensaje entrando en las Torres Gemelas, con la sombra de un avión pasando por encima de su cabeza. Pensó en el hombre cayendo en Nueva York y en el soldado cayendo de la foto de Capa. Vio todas sus vidas escritas en el cielo nocturno. Vio el pasado, el presente y el futuro.

—Ha muerto —dijo, y Luca los abrazó a ella y al niño.

—Ahora estás a salvo.

—Lo hemos salvado —dijo, besando a Joseph y mirando luego a Luca. Caminaron en la oscuridad y Emma apretó el guardapelo de oro en la mano—. Quizá sea hora de que los dos nos salvemos el uno al otro.

Nota de la autora

En julio de 1936, generales conservadores dirigidos por Francisco Franco iniciaron una rebelión militar contra el gobierno elegido democráticamente de la Segunda República. Se estima que la Guerra Civil subsiguiente costó la vida a medio millón de personas. Otro medio millón huyeron como refugiados.

Aquello fue el preludio de la Segunda Guerra Mundial. Los rebeldes franquistas obtuvieron el apoyo de las tropas nazis de Hitler y de los fascistas italianos de Mussolini. Cerca de 60.000 voluntarios de cincuenta países se unieron como soldados o civiles para combatir a los nacionales y a quienes apoyaban a estos a las Brigadas Internacionales del Ejército republicano. Muchos de los voluntarios eran mujeres, que trabajaban en su mayoría con las unidades sanitarias. Unas 200.000 bajas se produjeron en combate; 4.900 fueron de las Brigadas. Los otros 300.000 que perdieron la vida durante la guerra y las represalias posteriores a la victoria de los nacionales fueron asesinados, ejecutados o murieron en los bombardeos. Muchas de esas víctimas eran mujeres y niños.

Valencia resistió contra las tropas nacionales hasta el final. Fue la última gran ciudad de España en caer. Veteranos de las Brigadas Internacionales y exiliados republicanos combatieron el fascismo en Europa durante la Segunda Guerra Mundial.

La Guerra Civil dividió el país y a las familias. Hasta 2007 hubo un pacto de olvido nacional. El escritor español Jorge Santayana dijo: «Quienes no pueden recordar el pasado están condenados a repetirlo.» Ahora, gracias a la Ley de Memoria Histórica, la historia de la guerra se está reescribiendo.

Este relato de mujeres durante la guerra y de sus familias mezcla la ficción con sucesos reales de la época. Los recuerdos verdaderos de quienes estuvieron envueltos en ella dan fe de los extraordinarios sacrificios que la gente común hizo por la libertad.

Agradecimientos

Muchos han compartido sus conocimientos y su experiencia durante el trabajo de investigación para esta obra. Gracias principalmente al profesor Paul Preston; a Jim Jump, del Comité en Recuerdo de las Brigadas Internacionales; a Emilio Silva, de la Asociación por la Recuperación de la Memoria Histórica, y a Cynthia Jackson, del Archivo Robert Capa en el Centro Internacional de Fotografía, por su gran ayuda y sus sugerencias de búsqueda. También quiero dar las gracias a Stuart Christie, Angela Jackson, Natalia Benjamin, de la Asociación para los Niños Vascos del 37; James Cronan, del Archivo Nacional; Mónica Moreira, Harriet Batchelor Patrizi, Alison Craven, de la iglesia de St Luke's and Christ; Tim Birch, Susana Gil, Pilar Ballesteros, Ivan Llanza Ortiz, David Barros, Jorge Garzón, John Muddeman, Julian Donohue, de la Sociedad de Lepidopteristas; Mark Ritchie, de la Royal Borough of Kensington and Chelsea, y a Lisa Wood, del Archivo Universitario John Rylands.

Gracias asimismo a los doctores Rookmaaker, Foster, Friday y Asher, de la Universidad de Cambridge; Elaine Oliver y Jonathan Smith, de la biblioteca del Trinity College Library, y a Tracy Wilkinson, del Archivo del King's

College. Isabelle Gellé y Luca Turin fueron generosos con sus consejos acerca de los perfumes.

Quiero dar las gracias a Peter Stanford y a David Whiting, del Cecil Day-Lewis Estate, por permitirme citar un hermoso resumen de *Walking Away*.

Gracias a Leila Aboulela, Sherry Ashworth, Nicholas Royle, a mi grupo de la MMU y a los maníacos de Moniack Mhor por su ayuda con la historia.

Gracias a mi maravillosa agente, Sheila Crowley, y a todos los de Curtis Brown. El equipo de Corvus es notable: gracias especialmente a Laura Palmer, mi excepcional editora, a Lucy Ridout, Nicole Muir, Rina Gill y Becci Sharpe.

Parafraseando a Marcel Proust: los «encantadores jardineros» que hicieron florecer mi alma me han apoyado con mucha paciencia durante la redacción de este libro. Para mi marido y mis hijos, y para mi familia, con amor, siempre. No olvidéis oler las flores.